菅家文草注釈

文章篇

第二冊　巻七下

文草の会　著

勉誠出版

題字　本間洋一

はじめに

平安朝漢文学史は勅撰詩集の出現から出発する。嵯峨朝における『凌雲集』（八一四年）、『文華秀麗集』（八一八年）、そして淳和朝の『経国集』（八二七年）と相継ぐ、いわゆる勅撰三集であるが、やがて、時代の転換をもの語る事象の一つとして、別集の時代を迎える。『野相公集』（小野篁）、『江音人集』（大江音人）、『田氏家集』（島田忠臣）、『都氏文集』（都良香）、『橘氏文集』（橘広相）、『菅家文草』『菅家後集』（菅原道真）、『紀家集』（紀長谷雄）『善家集』（三善清行）などがつぎつぎと編纂される。これら諸集には今は書名を伝えるだけのものもあるが、現存する詩文集のうち、最も重要な位置を占めるのが菅原道真の『菅家文草』であるというのは衆目の一致するところであろう。

『菅家文草』一二巻は、詩を収める巻一から巻六までと、それ以外の文体の作品を収める巻七以下とに大きく分けられる。今、道真の作品の研究は、詩に比べて他の文体については、はなはだ遅れていると見受けられるが、それは、我々が用いるテキストのありように一つの要因があるのではなかろうか。ほぼ皆がと言ってもいいだろうが、現在我々は川口久雄校注、日本古典文学大系本（岩波書店、一九六六年初版）に依って『菅家文草』を読んでいる。この大系本は、詩については書き下し文を挙げ、頭注、補注が付されているが、巻七以下の作品は原漢文のままである（ただし、返り点、部分的な読み仮名・送り仮名は付されている）。これでは、作品を読み解くことはなかなか難しい。

このような現在の状況を考えて、我々は『菅家文草』の詩以外の作品の注釈を思い立った。会読を始めてから今までに要した時間を考えると、前途はなお遥かであるが、本書が菅原道真またその作品の研究の進展に寄与することができればと願っている。それは本書が対象とする諸文体のみではない。前記の日本古典文学大系本が果たした役割は実に大きなものであったが、刊行以来、五十年近い時間の経過のなかで研究も深化し、詩についても読み直しが必要となってきている。こうした機運をいっそう促すことにもなってほしい。さらには道真の存在の大きさを考えると、周辺の文学の研究にも刺激を与えるものとなるならば幸いである。

二〇一四年七月

文草の会

本冊では巻七に表題のみが記録される詩序を扱う。詩序の本文はその詩序が冠せられる詩とともに、巻一～巻六に置かれているが、それらをまとめて巻七に記録されている順に注釈を行った。

二〇一九年四月

目次

凡例

一　注釈は、文体解説、解説、本文、訓読、校異、語釈、通釈からなる。
一　作品に通し番号を付した。
一　漢字は、原則として通行の字体を用いるが、正字体を用いる場合もある。
一　訓読は、歴史的仮名遣いによる。
一　本文の底本には、元禄十三年刊本を用いた。
一　本文の解釈に関わる異同を【校異】に示した。
一　校異に用いた諸本及び略号は以下の通りである。

底本―元禄十三年刊本
寛――寛文七年刊本
内――内閣文庫蔵林羅山旧蔵本
川――川口文庫善本影印叢書（勉誠出版）
大――日本古典文学大系（岩波書店）
集――本朝文集　新訂増補国史大系（吉川弘文館）
粋――本朝文粋　新日本古典文学大系（岩波書店）
朝――朝野群載　新訂増補国史大系（吉川弘文館）
政――政事要略　新訂増補国史大系（吉川弘文館）
扶――扶桑集　扶桑集校本と索引（櫂歌書房）

一　作品の概要、制作年次などを【解説】で記した。題については、【題注】を立てて注釈を加えた。
一　作品の解釈に資する典拠、用例等を【語釈】に記した。
一　【語釈】に引用する資料には出典名と巻数を明記した。なお、全唐詩・先秦漢魏晋南北朝詩・全上古三代秦

一　漢三国六朝文・全唐文については、「唐」、「隋文」、「唐文」など適宜略名を用いた。但し、菅家文草及び白氏文集は頻出するので書名を省略し巻数を示した。菅家文草及び後集の詩については、日本古典文学大系の作品番号を、白氏文集については、花房英樹『白氏文集の批判的研究』の「綜合作品表」の番号を示した。また、本書所収の作品については、「本書」、『菅家文草注釈 文章編 第一冊 巻七上』所収の作品については「第一冊」として通し番号を付した。

【語釈】で用いた作品番号・条文番号は以下のものによる。

懐風藻、文華秀麗集　日本古典文学大系（岩波書店）
凌雲集、経国集　国風暗黒時代の文学（塙書房）
田氏家集　田氏家集注（和泉書院）
本朝無題詩　本朝無題詩全注釈（新典社）
本朝文粋　新日本古典文学大系（岩波書店）
類聚句題抄　類聚句題抄全注釈（和泉書院）
千載佳句　平安時代文学と白氏文集――句題和歌・千載佳句研究篇――（藝林舎）
和漢朗詠集　新潮日本古典集成（新潮社）
新撰朗詠集　和歌文学大系（明治書院）
新撰万葉集　新編国歌大観（角川書店）
養老令　日本思想大系（岩波書店）

一　本文及び引用文献の割注は〈　〉、省略は……で示した。

一　作品末尾に、注釈担当者の氏名を記した。長文の場合は分割し、それぞれの末尾に氏名を記した。

菅家文草注釈　巻七下

序【文体解説】

『文心雕龍』巻四・論説に「序者次レ事」とあり、「文選序」の「篇辞引序碑碣誌状」とある呂延済注に「序、舒也。舒二其物理一」と見えており、物事の次第を順序立てて述べた文のことである。また、明の徐師曽の『文体明弁』巻四四・序上にも「按、爾雅云、序、緒也。字亦作レ叙。言、其善叙二事理一、次第有レ序、若二糸之緒一也」とある。即ち、はじめの意である。なお、漢代の書序は自序として巻末に位置していたが、後漢後期に至ると、自序も他者による序も巻頭に付されるようになり、それが後世一般化したようである。詳しくは、池田秀三「「序在書後」説の再検討」（『中国古典のかたち』研文出版、二〇一四年）参照。さて、第一冊でとりあげた書物の序文「書序」とは別に、道真がここで「序」として所収するのはすべて所謂「詩序」（本朝文粋ではこの称を用いる）である。ここで云う詩序は、作文会などで詠作された詩篇に冠せられた文のこと（その点で「毛詩大序・小序」とは趣を異にする）。その作文会の性格により異なることもあるが、その会の意義を説き、主宰者・場・時節・景物などを称えつつ、題意を展開させることが多く、文中に「夫」「観夫」「於是」「于時」「故」などを用いつつ章段を成し、末尾には「云爾」や「謹序」（応製の場合に限る）などを置くものとなっている。本朝では早く『懐風藻』や光明皇后発願の興福寺西金堂造営の資財を記す「造仏所作物帳」（天平六年〈七三四〉。辛国人成書と伝える「七夕詩并序」）、また『東大寺要録』（巻二「供養舎那仏歌辞序」）等にも見えている。当時、中国の詩序の古写本『詩序』（正倉院蔵、慶雲四年〈七〇七〉写。王勃の詩序四一篇所収）も伝えられており、『文選』巻四六、正倉院御物聖武天皇宸翰『雑集』や『翰林学士集』にも詩序は見える。大伴旅人「梅花歌序」（万葉集巻五）が王羲之「蘭亭叙」の影響を受けていることもよく知られ、中国文人の詩序に関心が持たれていたことが想像される。

（本間洋一）

25 八月十五夜　厳閤尚書授後漢書畢　各詠史　序

八月十五夜　厳閤尚書後漢書を授け畢《をは》る　各《おの》おの史を詠ず　序

【解説】

本序は『菅家文草』巻一9と『扶桑集』巻九91に序と詩が、『本朝文粋』巻九263、『本朝文集』巻二八に序のみが所収される。先行注に柿村重松『本朝文粋註釈』（冨山房、一九二二年初版）がある。菅家廊下での父是善の『後漢書』講義が終了した貞観六年（八六四）八月一五日（開始時期は未詳）に催された作文会の序文（滝川幸司「菅原是善伝考」『菅原道真論』塙書房、二〇一四年）。題辞も公的な講書竟宴のものとは異なるようで、例えば元慶六年（八八二）春に行われた大学寮のそれでは「後漢書竟宴各詠レ史得二龐公一」（紀長谷雄作、本朝文粋巻九262）とある。また、「菅著作講二漢書一。門人会而成レ礼。各詠レ史」（田氏家集巻上55）とも見えるように、菅家廊下ではこうした私的講義が行われていたと考えられる。本序も「厳閤尚書」の父が「授」けるという記述で、公的なものというより、私的性格のものであることを示していると考えるべきであろう。また、本序の後半の表現によれば、講筵に列なる者が競ってやってくる様子も記されており、受講者は菅家廊下の門人のみに限られていたわけではなさそうである。とすれば、かの廊下は決して鎖されたものではなく、開放的な一面もあったことを垣間見せてくれているようにも思われる。道真はこの当時二〇歳で文章生であった。彼はこの序と同じ八月一五日付で他に「為二大枝豊岑真岑等一先妣周忌法会願文」（巻一二）を作し、一〇月頃には同族の連聡の死に逢遇することとなる（第一冊20「祭二連聡霊一文」参照）。

なお、詩の題辞に見える「各詠史」のあとの「得二黄憲一」は、道真に課せられた賦詩の題で、黄憲について詠むことを意味する。他の参会者も同様に列伝中の人物を詠んだものと思われる。この部分が道真の詩序中に見えないのは、作文会詩群全体に冠せられるものであると道真が考えたことによるであろう。詩は左の通りである。

黄生未免在人間　黄生　未だ人間に在ることを免《まぬか》れず
千頃汪汪一水閑　千頃汪汪として　一水閑《しづ》かなり
逆旅初知師表相　逆旅《げきりよ》初めて知んぬ　師表の相
高才更見礼容顔　高才更に見む　礼容の顔
陳蕃印綬慙先佩　陳蕃が印綬　先づ佩《お》びしことを慙《は》ぢ
郭泰車鑾歎早還　郭泰が車鑾《しやらん》　早《つと》に還《かへ》りしことを歎く
僅就京師公府辟　僅かに京師公府の辟《まね》きに就《つ》きしも
徴君豈出白雲山　徴君　豈に白雲の山より出でむや

【題注】

八月十五夜―旧暦八月十五日の夜。貞観六年八月一五日『後漢書』講了後の作文会が行われた日。八月十五夜は中秋の名月として後世知られるが、それについては大曽根章介「八月十五夜」（『大曽根章介 日本漢文学論集』第一巻、汲古書院、一九九八年）や北山円正「菅原氏と年中行事」（『平安朝の歳時と文学』和泉書院、二〇一八年）参照。

厳閤尚書―道真の父是善（八一二～八八〇）を指す。「厳閤」は『後漢書』巻六四・盧植列伝に「植抽㆓白刃厳閤之下㆒、追㆓帝河津之間㆒」と見え、宮中の意で用いられているが、ここでは本序の後半に見える「厳君」に同じ（本朝文粋註釈）と考えられる。恐らく「厳父閤下」の意で、「閤」は貴人への敬称として用いたものであろう。是善はこの頃刑部卿（唐名は刑部尚書）であり、文章博士・近江権守の職にも在った。なお、是善は、『公卿補任』貞観一四年条によると、天安元年（八五七）八月に『漢書』を（恐らく大学寮で）講じ始め、この貞観六年六月に講了しているので、『漢書』『後漢書』の二書を併行して、公私で講義していたことになる。

後漢書―南朝宋の范曄（三九八～四四六）の撰になる後漢の歴史書。『史記』『漢書』とともに「三史」と称される。『日本国見在書目録』正史家には「後漢書九十二巻〈宋太子詹事范曄撰、鹿本〉後漢書百三十巻〈范曄本、唐臣賢太子。但、志三十巻、梁剡令劉昭注補〉」と見える。范曄は紀一〇巻、列伝八〇巻を成したものの、志が成らなかったので、南朝梁の劉昭が范曄の『後漢書』に施注した時、西晋の司馬彪の『続漢書』の志三〇巻をもって補い、唐代に李賢（章懐太子）が注を加え、広まることとなった（なお他に『後漢書』と通称されるものに謝承・薛瑩・華嶠・謝沈・袁山松・張璠・司馬彪らのものもあったことが知られている）。ところで、道真の祖父清公（七七〇～八四二）は文章博士の時の承和二年（八三五）に仁明天皇の『後漢書』侍読をつとめている（続日本後紀承和二年七月一四日条）。その後、春澄善縄（七九七～八七〇）は承和一〇年に文章博士となって大学寮で『後漢書』を講じ、「解釈流通、無レ所二淹礙一。諸生質疑者、皆洮二汰累惑一」（三代実録貞観一二年二月一九日条薨伝）とその名講義ぶりが称えられている。そして、その後、貞観一四年に巨勢文雄が講じ始め、その後を引継いで、元慶三年（八七九）に道真が講じていることも知られている（紀長谷雄「後漢書竟宴各詠レ史得二龐公一」詩序）。なお、後藤昭雄「平安朝人は『後漢書』をいかに読んだか――吉川忠夫訓注『後漢書』第一冊を読んで――」（『文学』3―1、二〇〇二年）参照。

各詠史―作文会の参会者がそれぞれ史書に記されている内容を詠込む。『文選』巻二一に「詠史詩」が収載されているが、その冒頭（晋の王粲「詠史詩」）の呂向注に「謂、覧二史書一、詠二其行事得失一、或自寄レ情焉」ものだと見える。前述のように、道真は黄憲（字は叔度。後漢書巻五三）の事蹟をテーマに詠んでいる。黄憲は字を叔度といい、汝南慎陽の人。父は牛医で、代々貧賤の家の出身であったが、徳行清廉で知られ、顔回の再来とも言われた。陳蕃や周挙は、黄憲に会わずにいると、いやしく物惜しみする心が生じると語った。また、陳蕃が三公になった時には「もし黄憲が生きていたら、彼より先に三公の印綬を帯びることはなかった」と嘆き惜しまれ、郭林宗は「黄憲の才能は深く広い千頃の池のようで、容易に清めたり、濁らしたりできない。はかり知れない奥深い人物だ」と評したと伝えられている。

若夫、
詘中[1]挟一、天度之起可知、
記事籠群、日[2]官之用爰立。
故、
堯舜盛矣、尚書者隆平之典。
周道衰焉、春秋者撥乱之法。
司馬遷之修史記、君挙無遺、
班孟堅之[3]記漢書、国経終建。
逮于
洛陽帝里、劉嬰暫拠宮城、
建武王春、更始纔偸甲子、

若《も》し夫《そ》れ、
中を詘《くつ》し一を挟《さしはさ》む、天度の起こり知んぬべく、
事を記《しる》し群に籠む、日官の用爰《ここ》に立つ。
故に、
堯舜盛んにして、尚書は隆平の典なり。
周道衰へて、春秋は撥乱の法なり。
司馬遷の史記を修するや、君挙遺《のこ》すこと無く、
班孟堅の漢書を記《き》するや、国経終《つひ》に建《た》つ。
洛陽の帝里に、劉嬰《りうえい》暫く宮城に拠《よ》り、
建武の王春に、更始纔《わづ》かに甲子を偸《ぬす》むに逮《およ》ぶも、

遂
撫運於堯胤、垂徳於火方、
[4]静我風雲、安我社稷者、
斯乃光武中興之[5]主也。
雖則顕宗祗承、使後之言事者、争先永平之政、
然而孝安属当、令天之厭徳者、遂至王度之秕。
嗟虖、
四百之年、図書絶筆於孝献、
桓霊之弊、礼楽墜文於山陽。
諸葛亮所謂、親小人遠賢士、是所以後漢傾頽者也。
於是、

遂に
運を堯胤に撫し、徳を火方に垂れ、
我が風雲を静め、我が社稷《しやしよく》を安んずる者は、
斯れ乃《すなは》ち光武中興の主《あるじ》なり。
則ち顕宗祗《つつし》み承《う》けて、後の事を言ふ者をして、争ひて永平の政を先にせしむと雖も、
然《しか》れども孝安属《つ》き当たりて、天の徳に厭《あ》きたる者をして、
遂に王度の秕《しひな》なるに至らしむ。
嗟《あ》虖《あ》、
四百の年、図書は筆を孝献に絶ち、
桓霊の弊《へい》、礼楽は文を山陽に墜《お》とせり。
諸葛亮の所謂《いはゆる》、小人に親しみ賢士を遠《さ》くるは、是れ後漢の傾頽《けいたい》せし所以《ゆゑん》の者なり。
是に於いて、

順陽范蔚宗、修紀伝而[6]懸日月、
巨唐太子賢、通注解以振膏肓。
南陽故事、雖百代而可知、
東観群言、成一時之茂典。
易曰、観[7]乎人文、以化成天下者、[8]文之謂哉。

順陽の范蔚宗《はんうつそう》、紀伝を修めて日月を懸け、
巨唐の太子賢、注解を通して以て膏肓《かうくわう》を振《ふる》ふ。
南陽の故事、百代と雖も知んぬべく、
東観の群言、一時の茂典と成れり。
易に曰はく、人文を観て、以て天下を化成すといふは、
文の謂《いひ》なるかな。

【校異】
1挟—扶（底本）。　2官—即（文粋身延本）・宦（内）。　3記—就（底本・扶）。　4静—靚（底本）。　5主—王（扶）。
6懸—繫（底本・扶・粋）。　7乎—兮（文粋身延本）。　8文—斯文（扶・粋）。

【語釈】
若夫—発語の辞。『広益助語辞集例』巻下に「若夫　助語辞曰、此欲下指二別事別意別名件一入中此文中上、故以レ此転喚起。孟子、若夫為二不善一非二才之罪一也。小学、若夫立レ志不レ高、則其学皆常人之事」とあり、梁の蕭統（昭明太子）「文選序」にも「若夫姫公之籍、孔父之書、与二日月一俱懸、鬼神争レ奥」と見えるように、文の中途にあって文脈の転換を示すのが一般である。だが、たとえば、初唐の王勃「春日孫学宅宴序」（文苑英華巻七〇八）に「若夫、懐二放曠寥廓之心一、非二江山一不レ能レ宣二其気一」、同「晩秋遊二武檐山寺一序」（同上）に「若夫、武丘仙鎮、呉王殉殁之墟」、或は、高宗武皇后（則天武后）の「夏日遊二石淙一詩序」（唐文巻九七）にも「若夫、円嶠方壺、渉二滄波一而靡

㆑際」などと見えるように、「若夫」を文の冒頭に置く例もまま見受けられる。

詘中挟一—川口久雄（『菅家文草』大系本補注）は、「「詘」は、きわまる意。「詘中」は天中即ち天の最中央を極める意か」と記し、「扶二」を「挟一」に作り、「一日一度日景がうごくことによって暦日がかぞえられる意か」という。校注者按ずるに、天文を見定めることと関わる表現か。『太平御覧』巻二三五・職官部三三・太史令に「春秋元命苞云、屈㆑中挟㆑一而起者為㆑史、史為㆓言紀㆒也、天度文法以㆑此起也」（なほ、宋・孫逢吉『職官分紀』巻一五・総史官では「屈」を「詘」、「紀」を「記」、「文」を「之」に作る）とある文をふまえたもの。「詘」には屈・曲・従・窮・尽・詰などの意がある。

天度—日月の運行に関わる語。一昼夜に天が動く単位を天の一度とし、暦の一日とする（第一冊50「日本文徳天皇実録序」語釈参照）。『後漢書』律暦志下に「天之動也、一昼一夜而運過周、星従㆑天而西、日違㆑天而東。日之所㆑行与㆑運周、在㆑天成㆑度、在㆑暦成㆑日」とある。

記事—事件、事実を記す。『漢書』巻三〇・芸文志に「古之王者、世有㆓史官㆒。……左史記㆑言、右史記㆑事、事為㆓春秋㆒、言為㆓尚書㆒」とあり、初唐の魏徴『群書治要』序にも「左史右史、記㆑事記㆑言」と史官の記録のこととして見え、『続日本後紀』序に「竊惟、史官記㆑事、帝王之跡攢興」と用いられている。

籠群—多くのものを包括する。「記事籠群」は群事を記し籠める意の互文と解しても良いか。『群書治要』序に「包㆓括天地㆒、牢㆓籠群有㆒」と見えるような表現が参考になろう。

日官—暦日・天文等を掌る官（第一冊50「日本文徳天皇実録序」語釈参照）。ひいて、日々の記録を担当する役人の意となる。『後漢書』巻五九・張衡伝にも「曩滞㆓日官㆒、今又原㆑之」とあり、李賢注に「日官、史官也。左伝曰、天子有㆓日官㆒」と見える。

堯舜—古代の聖天子として称揚される堯と舜。戦国楚の屈原「離騒経」（文選巻三二）に「彼堯舜之耿介兮、既遵㆑道而得レ路」と見え、王逸注に「堯舜所三以能有二光明大徳之称一者、以循二用天地之道一、挙レ賢任レ能、使レ得二万事之正一也」とあり、白居易「池上閑吟二首（其二）」（巻六四3113）に「幸逢二堯舜無為日一、得レ作二羲皇向上人一」、紀麻呂「春日応詔」（懐風藻14）に「天徳十二堯舜一、皇恩霑二万民一」などと詠まれている（第一冊2「未レ旦求レ衣賦」語釈参照）。なお、ここは、『尚書』が「上断二於堯一、下訖二于秦一、凡百篇、而為二之序一、言二其作意一」（漢書芸文志）と、堯舜以後のことを採挙げているのを意識して用いている。

尚書―孔子が百篇に刪定したとされる歴史書。虞舜の頃（虞書）、夏の世（夏書）、商の代（商書）、周の時代（周書）の政治について記す尚ぶべき上古の書の意。古く単に「書」とも言い、宋代には「書経」とも言う。秦の焚書により散佚し、伏勝が伝えたものは二八篇で、漢代には隷書で書写され、「今文尚書」と呼ばれる。一方、漢の恵帝の時に、魯の恭王が孔子の旧宅を壊し、先秦の古文字（蝌蚪文字）で書かれた「古文尚書」を発見するも散佚し、東晋の元帝の時に梅賾が『古文尚書』五九篇を献上した。今文と古文、更に新出資料に書序も加わり、現存本『古文尚書』となり、初唐の孔穎達の『尚書正義』はこれに依拠し、宋代には孔安国伝・孔穎達疏と合わせ『十三経注疏』に組入れられた。なお、『文選』巻四五には孔安国「尚書序」が収載されている。

隆平―太平。後漢の班固「東都賦」（文選巻一）に「遷レ都改レ邑、有二殷宗中興之則一焉。即二土之中一、有二周成隆平之制一焉」とあり、呂向注に「即、就也。土中、洛陽也。言、我今就二洛陽一而都、有二成王太平之制度一」と記し、魏の曹植「七啓八首（其八）」（文選巻三四）にも「超二隆平於殷周一、踵二羲皇一而斉泰」と用いられている。

周道衰―周の政道が衰える。晋の杜預「春秋左氏伝序」（文選巻四五）に「韓子所レ見、蓋周之旧典、礼経也。周徳既衰、官失二其守一」とあり、『隋書』巻三二・経籍志一にも「夫周室道衰、紀綱散乱」などと見える。

春秋―孔子が編した魯国の歴史書。『隋書』巻三二・経籍志一に「春秋者、魯史策書之名。昔成周微弱、典章淪廃、魯以二周公之故一、遺制尚存。仲尼因二其旧史一、裁而正レ之、或婉而成レ章、以存二大順一、或直書二其事一、以示二首悪一」

とあり、後世の編年史の起源となった（また、歴史書の代名詞ともなる）。その本文の解釈をめぐる注釈書に『春秋左氏伝』『春秋公羊伝』『春秋穀梁伝』がある。

撥乱—乱れた世を治める。魏の鍾会「檄レ蜀文」（文選巻四四）に「我太祖武皇帝、神武聖哲、撥レ乱反レ正」とあり、李善注に「魏志曰、有二太武皇帝一為二魏太祖一。公羊伝曰、君子曷為二春秋一。撥二乱世一、反二諸正一、莫レ近二春秋一」と記し、『芸文類聚』巻一二・後漢光武帝にも「魏陳思王曹植漢二祖優劣論曰、客有レ問。余曰、夫漢二帝、高祖光武、倶為二受レ命撥レ乱之君一」と見えている。この語は『毛詩』大雅「雲漢」の小序にも見えるが、李善注に見えるように『春秋公羊伝』の表現を意識していると言って良い。

司馬遷—前漢の史家（前一四五?～前八六?）。武帝の代に父談の後を継いで太史令となる。友人李陵を弁護して宮刑に処せられたが、発憤して『史記』を著したという。後漢の班固「典引」（文選巻四六）に「司馬遷著レ書成二一家言一、揚二名後世一」とあり、その著のことは『隋書』巻三三・経籍志二に「至二漢武帝時一、始置二太史公一。命二司馬談一為レ之、以掌二其職一。時天下計書皆先上二太史一、副上二丞相一。遺文古事、靡レ不二畢臻一。談乃拠二左氏国語世本戦国策楚漢春秋一、接二其後事一、成二一家之言一。談卒、其子遷又為二太史令一、嗣成二其志一。上自二黄帝一、訖二于炎漢一。合十二本紀十表八書三十世家七十列伝。謂二之史記一」とある。なお、『史記』編纂の趣意はその巻末に付せられた「太史公自序」に詳しい。

君挙—君主の挙措、立居振舞い。南朝宋の顔延年「応詔讌二曲水一作」（文選巻二〇）に「郊餞有レ壇、君挙有レ礼」とあり、李善注に「左氏伝曹劌曰、君挙必書」と典拠を示し、張銑注に「君之挙措、必依二於礼一」と解釈されている。道真は本書39「賦レ催レ粧序」でも「臣等職為二侍中一、業書二君挙一」と用いている。

無遺—ひとつ残らず。あますことなく。南朝宋の謝霊運「擬二魏太子鄴中集一八首 応瑒」（文選巻三〇）に「傾レ軀無レ遺レ慮、在レ心良已叙」とあり、張銑注に「言、我委レ公無レ遺二思慮一、在レ心之事、皆已申叙」と記す。紀在昌

「北堂漢書竟宴詠レ史得二蘇武一」詩序（本朝文粋巻九261）にも「二百年之伝暦、枢機編而無レ遺」と用いられている。

班孟堅―班固（三二〜九二）のこと。孟堅は字。父彪の後を継いで漢王朝の歴史を撰した。『後漢書』巻四〇上・班固伝に「固以為、漢紹二堯運一以建二帝業一、至二於六世一。史臣乃追二述功徳一、私作二本紀一、編二於百王之末一、廁二於秦項之列一。太初以後、闕而不レ録。故探二撰前記一、綴二集所レ聞、以為二漢書一。起二元高祖一、終二于孝平王莽之誅一、十有二世、二百三十年。綜二其行事一、傍貫二五経一、上下洽通、為二春秋考紀表志伝一、凡百篇。固自二永平中始受レ詔、潜レ精積レ思二十余年、至二建初中一乃成。当世甚重二其書一。学者莫レ不二諷誦一焉」とあり、紀在昌「北堂漢書竟宴詠レ史得二蘇武一」序にも「班孟堅之修二斯書一也、摭二北闕之故事一、正二西都之前史一」と見えている。

国経―国を治める基本的な原則。魏の曹植「責レ躬詩」（文選巻二〇）に「挙掛二時網一、動乱二国経一」とある。

逮于―〜に及ぶ。〜に及んでは。梁の沈約「恩倖伝論」（文選巻五〇）に「逮二于二漢一茲道未レ革」、都良香「漏剋対策」（都氏文集巻五、本朝文粋巻三72）に「逮二于梁高博練一、霊鑑昭然」などと見える。

洛陽―漢・後漢時代の都。漢の揚雄「解嘲」（文選巻四五）に「天下已定、金革已平、都二於洛陽一」とある李善注に「漢書曰、高祖西都二洛陽一」、また、班固「両都賦序」（文選巻一）題下李善注に「自二光武一至二和帝一、都二洛陽一。西京父老有レ怨。班固恐三帝去二洛陽一、故上二此詞一以諫。和帝大悦」ともある。

帝里―皇帝の住むところ。梁の陸倕「石闕銘」（文選巻五六）に「或以表二正王居一、或以光二崇帝里一」とあり、李善注に「蜀都賦曰、崤函有二帝皇之宅一。河洛為二王者之里一」と見え、麻田陽春「和下藤江守詠二裨叡山先考之旧禅処柳樹一之作上」（懐風藻105）に「近江惟帝里、裨叡実神山」と詠まれる。

劉嬰―前漢の宣帝の玄孫に当たる安定公（広戚侯）嬰。王莽の下で皇太子（当時二、三歳）となり孺子と号し、更始三年（二五）に方望により漢主として天子に推戴されたが、更始帝（劉玄。更始元年に即位）に殺される（後漢書巻一一・劉玄伝）。ここで劉嬰をとり挙げたのは、王莽支配の時代を指すものとしてであろう。

建武―後漢光武帝代の年号（二五〜五五）。范曄「後漢書二十八将伝論」（文選巻五〇）に「建武之世、侯者百数」とあり、李善注に「建武、光武年号」と見える。

王春―春。『春秋左氏伝』隠公元年に「経元年春、王正月」とあり、孔穎達の疏によると、暦は王により定められ、その一年の始めの春をわが王の春と称したもの。『公羊伝』ではその王は天命を受けて王となった周の文王のこととする。孔子の理想である周の文王が、天の命により、天下を治めた意を込めた表現と考えられる。杜甫「暮春江陵送三馬大卿公恩命赴二闕下一」（唐巻二三二）に「卿月升二金掌一、王春度二玉墀一」、『田氏家集』巻下184(a)「菅家寒食第三晨宴遇レ雨、同賦二煙字一」に「雖レ賀三王春施二恵沢一、猶嫌微雨似二軽煙一」とあり、『新古今和歌集』真名序末尾にも「聖暦乙丑王春三月云爾」と見えている。

更始―更始帝（劉玄、字は聖公。光武帝の族兄）。南陽劉氏として王莽の末年に緑林山（湖北省当陽）に勢力をたくわえ、地皇四年（二三）正月に王莽軍を破り、更始将軍と称せられ、諸将により天子に推され、二月に帝位に即き、建元して更始元年とする。六月に宛城（河南省南陽）に都し、威名のあった劉演（伯升。光武帝の兄）を殺し、九月に王莽が討たれると首を宛城の市に懸け、一〇月に天子を称していた劉望を汝南（河南省）に伐ち洛陽に遷都した。翌二年（二四）二月長安に遷都し、功臣を王とした。更始は趙萌に政を委ね、その娘と日夜飲宴し、諫言も聞き入れず政治が乱れた。同三年正月に方望らに擁立された天子劉嬰を討つも、三月に赤眉軍に大敗し、臣下の不信を招き、張卬の策もあって、赤眉の将の謝禄によって縊殺された（後漢書巻一一・劉玄伝）。

偸甲子―「甲子」は十干十二支を示し、年月時を記すのに用いることから暦の意。それを「偸む」とは、皇帝としての位を簒奪していたことを言うであろう。なお、暦を定め時間を支配することは帝王の権威を示すものであり（第一冊4「重陽細雨賦」の「漏刻」の語釈参照）、例えば、『漢書』巻二一上・律歴志によると、武帝の時に、公孫卿・壺遂・司馬遷らが、「暦紀壊廃、宜レ改二正朔一」（「正朔」は暦のこと）と言上し、兒《げい》寛らも「帝王必改二正朔一、易二服色一、所二以明レ受二命於天一也」と述べる。また、黄帝は暦を造り、律声を定め、五行を起こし、二十四節気を定めたとも言い、「治レ暦明レ時、所三以和二人道一」のものであるとも説いている。

撫運―運を手にする、つかむ。ここでは政事を掌握する運命を持つこと。南朝宋の傅亮「進二宋公一為二宋王一詔」（傅光禄集）に「公命世撫レ運、闡二曜威霊一」、『群書治要』序にも「歴二観前聖一、撫レ運膺レ期」とあり、紀在昌「北堂漢書竟宴詠レ史得二蘇武一」序にも「十二世之撫レ運、糸綸載而不レ朽。二百年之伝レ暦、枢機編而無レ遺」と用いられている。

堯胤―古の聖天子堯の子孫。『後漢書』巻四〇上・班固伝に「固以為、漢紹二堯運一、以建二帝業一」、『芸文類聚』巻一二・漢高帝に「後漢班固、高祖紀述曰、皇矣漢祖、纂二堯之緒一」とあり、『初学記』巻九・総叙帝王にも「漢氏〈火徳〉。帝王世紀曰、漢出レ自二帝堯一。劉姓也」と見える。

垂徳於火方―陰陽五行説によると漢は王者の火の徳にあたることを言う（前記注引初学記参照）。たとえば、范曄「後漢書光武紀賛」（文選巻五〇）にも「炎政中微、大盗移レ国」とあり、呂延済注に「炎、火也。大漢、火徳也」と見える。なお、「垂」は施す意。

風雲―ただごとではない時勢、戦乱などを暗示する。また、英雄が時に乗じて雄飛する機会の意も含み持つ。范曄「後漢書二十八将伝論」（文選巻五〇）に「中興二十八将、前世以為、上応二二十八宿一、未二之詳一也。然咸能感二会風雲一、奮二其智勇一」とあり、呂向注に「咸、皆也。言、二十八将皆如二風雲相感一、奮二振其智勇一」と見える。また、漢の高祖が、淮南王鯨布を伐ち故郷の沛に帰って宴を催した時に自ら歌った「大風歌」（文選巻二八に「歌一首〈幷序七言〉」として所収）に「大風起兮雲飛揚、威加二海内一兮帰二故郷一、安得二猛士一兮守二四方一」とも詠まれている。

社稷―土地の神と五穀の神。この二神を宮殿の右に祭る（左には宗廟を祭る）のが古代の支配者の例であったことから、国の守り神ともなり、さらに国の意ともなる。『文選』に頻出する語彙の一つで、晋の左思「魏都賦」（文選巻六）

に「建二社稷一作二清廟一」（李善注「周礼曰、左宗廟、右社稷」）、晋の陸機「漢高祖功臣賛」（文選巻四七）にも「右三十一人、与定二天下一、安二社稷一者也」とあり、『続日本紀』宝亀二年（七七一）二月二二日条の藤原永手薨伝に「定レ策遂安二社稷一者、大臣之力居多焉」と用いられている。

光武中興之主也―光武帝は劉秀、字を文叔という。前漢高祖（劉邦）九世の孫、前漢景帝の子の長沙王発の子孫という。早くに父を失い、河南省の南陽劉氏の叔父に養われ、王莽の天鳳年間（一四～一九）に長安に赴き『尚書』を学ぶも、地皇三年（二二）一〇月、李通らに促されて宛（南陽のことで、現在の河南省南部の地）で挙兵。劉玄（更始帝）・劉演（伯升）らの軍や農民の反乱軍と連合し、更始元年（二三）三月、玄が天子となるや、彼は太常偏将軍に任じられ、昆陽で王莽の大軍を撃破した。帝により兄の演は謀殺され、王莽も殺されて、一〇月に更始帝は洛陽に遷都し、赤眉軍も従った。同二年二月に長安に遷都。五月に秀は王郎を誅し河北を基盤として独立し、建武元年（二五）六月には鄗（河北省柏郷の北）で帝位に即いた。が、赤眉は劉盆子を天子に推戴して長安に入城。一〇月光武帝は洛陽を都とし、一二月には更始帝が赤眉に殺された。翌二年一月、光武帝は功臣を列侯に封じ、同五年には農民の反乱も終息させ、同一二年には天下統一を完成させた。中元二年（五七）二月に六二歳で死去（後漢書巻一・光武帝紀）。彼が漢を中興したということは、晋の陸機「五等論」（文選巻五四）に「光武中興、纂隆二皇統一而猶遵二覆車之遺轍一」、『続漢書』（芸文類聚巻一二・後漢光武帝所引）に「討レ賊平レ乱、克復二漢業一、号称二中興一」などと見えている（次の「顕宗」注所引永平二年詔も参照）。

顕宗―光武帝の次の顕宗孝明皇帝。光武の第四子で、諱は荘、母は陰皇后。一〇歳で『春秋』に通じ、父はこれを奇とした。建武一九年（四三）に皇太子となり、桓栄に師事して『尚書』にも通じ、中元二年（五七）二月、三〇歳で即位した。永平二年（五九）正月に光武帝を明堂に宗祀し、詔に「仰惟、先帝受レ命中興、撥レ乱反レ正、以寧二天下一」と称えている。一〇月に養老の礼を行い、一一月には前漢の功臣の蕭何と霍光を祠った。翌三年二月に皇后

（馬氏）と皇太子（炟）を定め、四年二月には自ら藉田を耕して農事を奨励した。九年四月、郡国に詔して公田を貧民に賜わるや、この年五穀大いにみのり、四姓小侯の為に学校を開設し、五経の師を置いたりしている。一一年漢湖（安徽省）に黄金出でて献ぜられ、各地に麒麟・白雉・醴泉・嘉禾といった祥瑞を生じた。一二年、天下安平にして、人は徭役なく、大豊作となり、牛羊は野にあふれた。一八年八月に四八歳で崩御した。父帝の業を立派に継承し、法令分明で、驕りたかぶることなく治政につとめ、「後之言レ事者、莫レ不レ先二建武永平之政一」と評される（後漢書巻二・顕宗孝明帝紀）。

祗承―つつしんで承ける、継承する（第一冊24「崇福寺綵錦宝幢記」注参照）。魏の曹植「責レ躬詩」（文選巻二〇）に「皇恩過隆、祗承怵惕」とあり、李善注に「尚書曰、祗承二于帝一」と見える。本朝の「考課令」69に「祗承合レ意産業不レ怠」（令集解に「祗者敬也。承、猶レ事也」）、『続日本紀』天平宝字元年（七五七）八月一八日条に「朕祗承二嘉符一還恐二寡徳一」と用いられている。

言事―史書に記してある言葉や事柄。斉の王融「三月三日曲水詩序」（文選巻四六）に「紀二言事於仙室一」とあり、李善注に「史記曰、秦文公初有レ史以紀レ事。礼記曰、動則左史書レ之」と見える。また『芸文類聚』巻一二・漢明帝に「范曄後漢書曰、……故後之言レ事者、莫レ不レ先二建武永平之政一」（顕宗孝明帝紀の引用。前掲「顕宗」注参照）とある。なお以下の表現は基本的に范曄『後漢書』の帝紀の記述を用いることが多い。

永平之政―「永平」は顕宗帝治政下の年号（五八〜七五）で、顕宗の治政を言う（「顕宗」「言事」注参照）。班固「東都賦」（文選巻一）に「今将下語レ子以二建武之治、永平之事一、監二于太清一以変中子之惑志上。（李善注〈東観漢記曰、建武・光武年号也。永平、孝明年号也〉）……仁聖之事、既該而帝王之道備矣。至二乎永平之際一、重熙而累洽（張銑注〈言、光武既明而明帝継レ之。故曰二重熙累洽一也〉）」ともある。

孝安―後漢六代の孝安帝、諱は祐。粛宗の孫で、父は清河孝王慶、母は左姫。延平元年（一〇六）八月に一三歳で皇帝となった。元服した同三年には大飢饉があり、秋以降は海賊や匈奴の反乱に見舞われた。同五年三月の詔では「災異蜂起、寇賊縦横、夷狄猾レ夏、戎事不レ息、百姓匱乏、疲二於徴発一。重於三煌虫滋生、害及二成麦一、秋稼方収、甚可レ悼也」と自然の災害や反乱に軍事やまず、百姓も疲弊し、不作に悩み、統治の実質を失い、忠臣の輔佐も得られぬと歎いている。七年八月に甚大な蝗害があり、翌年（一一四）元初と改元。夏以降旱・蝗害、反乱、地震、雨水の害等あり、以後の年もこの記述の繰返しが続く。永寧・建光・延光と改元し、天下に大赦を下すも延光四年（一二五）三月に三二歳で崩御した。その論に「令自二房帷一、威不レ逮レ遠。始失二根統一、帰成二陵敝一。遂復計レ金授レ官」（鄧太后が政に口を出し、国威は遠くに及ばず、皇帝の権威は失われてぼろぼろとなり、官を金でやりとりするに至った）とあり、賛に「秕二我王度一」（王者としての行ないを汚した）、「彼日而微、遂祲二天路一」（君道明ならず、天路を邪気が侵した）と記される。後者の李賢注には「君道闇乱、政化陵遅、漢祚衰微、自レ此而始」とある（後漢書巻五・孝安帝紀）。

属当—続いて担当する。『後漢書』巻二・顕宗孝明帝紀に「（永平二年）冬十月壬子……詔曰、光武皇帝建二三朝之礼一而未レ及二臨饗一、眇眇小子属当二聖業一」とある。

厭徳—ここでは天が漢の徳を厭う意。それにより国が大いに乱れることになる。斉の王倹「褚淵碑文」（文選巻五八）に「天厭二宋徳一」とあり、李善注に「左氏伝、鄭伯曰、天而既厭二周徳一矣」、張銑注に「天厭二宋徳一、言二大乱一也」とある。また、『後漢書』巻九・孝献帝紀にも「論曰、伝称、鼎之為レ器、雖レ小而重。故神之所レ宝、不レ可二奪移一。至レ今負而趨者、此亦窮運之帰乎。天厭二漢徳一久矣。山陽其何誅焉」と見えている。

王度之秕—皇帝の悪政を言う。「王度」は王法（帝王の行うべき軌範、掟）で「秕」は「しひな」（クズ米）のこと。晋の傅咸「贈二何劭王済一」（文選巻二五）に「但願隆二弘美一、王度日清夷」とあり、李善注に「詩曰、思二我王度一式如レ玉、式如レ金」、劉良注に「但願、二子盛二大美之道一、為二王之法度一。日益清平」と見えている。ここでは、『後漢書』巻五・孝安帝紀に「賛曰、安徳不レ升、秕二我王度一」とあるのをふまえており、李賢注に、「秕、穀不レ成也。諭二政教之穢一。左伝、祈昭之詩曰、思二我王度一」とある。

嗟虖―ああ（感嘆の辞。第一冊22「書斎記」語釈参照）。

四百之年―前漢・後漢の時代を併せると四百年強となる。『後漢書』巻九・孝献帝紀に「賛曰、献生不レ辰、身播国屯、終二我四百一、永作二虞賓一」、『初学記』巻九・総叙帝王に「漢前後幷諸廃帝及王莽合三十一帝、四百二十六年」などとあり、本朝の後の例だが、大江佐国「冬日於二翰林藤主人文亭一諸文友読二後漢書一畢各詠レ史得二後漢一」詩序（本朝続文粋巻八）にも「才幹遂愚、不レ審二漢朝之四百年一」と見えている。

図書―書物。『韓非子』大体に「豪傑不レ著二名於図書一、不レ録二功於盤盂一」、後漢の張衡「帰田賦」（文選巻一五）に「弾二五絃之妙指一、詠二周孔之図書一」とある。

絶筆―記述をやめること。晋の杜預「春秋左氏伝序」（文選巻四五）に「絶二筆于獲麟之一句一」、白居易「画竹歌」（巻一二 0594）に「自言便是絶筆時、従レ今此竹尤難レ得」などと見えている。

孝献―後漢最後（一二代）の皇帝。諱は協。霊帝の中子で、母は王美人。中平元年（一八四）に起った黄巾の乱以来、全国は戦乱により既に秩序を失っていた。同六年四月に渤海王、陳留王となり、九月に董卓が洛陽を制圧して、九歳で皇帝に推戴された。初平元年（一九〇）正月、東方より董卓討伐の軍が起こる。同二年董卓は太師となり、光武帝らの洛陽の諸陵をあばき、長安に入った。三年四月に董が誅され、関中は混乱するが、同じ頃東都太守曹操が黄巾軍を破り擡頭。建安元年（一九六）八月宮室焼尽し、許（河南省許昌の東）に遷都し、曹操に迎え入れられた。一一月曹操は司空となり、百官はその指揮下に入った。曹操は三年一二月に呂布、五年正月に黄承、九月に袁紹を討ち、九年八月には冀州を征し、翌年には華北を平定掌握している。一三年六月、曹操は丞相となり、劉表を征し、孔融を殺し、一〇月孫権を伐つも、周瑜のために烏林・赤壁に敗れる。一八年、曹操は魏公となり、二一年には魏王に進み、二二五年正月に薨じた。子の曹丕が襲位するが、その一〇月に孝献帝は魏王丕に皇位を譲り、山陽公（河南省修武）となった。位は諸侯王の上に在り、魏の臣を称せず、詔を受けるに拝せず、天子の車服を許されるなどの恩典が与えられた。青龍四年（二三四）五四歳で薨じた（後漢書巻九・孝献帝紀）。

桓霊―後漢一〇代の孝桓帝と一一代の孝霊帝のこと。三国蜀の諸葛亮「出師表」（文選巻三七）に「未五嘗不四歎二息痛三恨於桓霊一也」と見え、李周翰注に「桓霊、漢二帝。用二閹豎一所レ敗也」とあり、宋の謝霊運「擬二魏太子鄴中集一八首 王粲」（文選巻三〇）にも「幽厲昔崩乱、桓霊今板蕩」と用いられている。孝桓帝は、諱は志。三代粛宗孝章帝の曽孫、父は蠡吾侯翼、母は匽氏。本初元年（一四六）一五歳で即位。建和元年（一四七）飢饉・地震・反乱あり、三年一一月の詔に「朕摂レ政失レ中、災眚連仍、三光不レ明、陰陽錯レ序、監寐寤歎、疢如レ疾レ首」と、相継ぐ国の混乱に見舞われ苦悩している。元嘉年間（一五一～一五二）には都や地方で疾疫流行し、旱害・飢饉・地震・反乱あり、永興年間（一五三～一五四）にも蝗害・水害などが甚大な被害をもたらした。永寿年間（一五五～一五七）延熹年間（一五八～一六六）にも災害やまず、人相食み、大水溢れ、山崩れあり、更に政権を壟断していた外戚の梁冀が宦官に誅殺されたり（一五九年）、宦官政府に対抗する「清議」に加わった李膺他二百名余りが投獄される「党錮」事件も起こり（一六六年）、帝は永康元年（一六七年）一二月に三六歳で崩御した。音楽を好み、琴笙をよくし、宮殿を飾り立て、仏・老子を祠ったのは国の亡びる前兆であったかと論に記され、「政移二五倖一、刑淫二三獄一」、皇嗣にも恵まれなかったと賛に見える（後漢書巻七・孝桓帝紀）。孝霊帝は、諱は宏。粛宗の玄孫、父は解瀆亭侯萇、母は董夫人。建寧元年（一六八）正月一二歳で皇帝となった。同三年正月河内の婦が夫を食らい、河南の夫が婦を食らうことあり、冬には済南の賊が反し、翌年には地震・水害があった。熹平四年（一七五）三月に諸儒をして五経の文字を正さしむ。五年一〇月、御殿の後の槐樹が自らにぬけて倒《さかしま》に立ち、光和元年（一七八）には馬が人を生む怪異があった。また、帝は密かに官職を売買させ、公は千万、卿は五百万銭で取引されたと言う。四年には後宮に商店街を作り、帝自ら商人姿をして飲宴し、采女に販売をさせたところ、互いに品物を盗み喧嘩し合ったともいう。お気に入りを寵用し、国も大いに乱れた。中平元年（一八四）二月に、張角らによる黄巾の乱が起こる。二年には洛陽の民が両頭四臂の子を生み、四年六月にも一身両頭の男子が生まれたと怪異が記され、帝は世襲の関内侯（金印紫綬を貸与）の身分を五百万銭で売ったという。五年九月南単于や白波の賊起こり、黄巾も復た反す。六年四月、三四歳で崩御した。末尾の賛によると、霊帝は小人の器で君子となり、身を宦官に委ね、後漢の滅亡を招来させたという（後漢書巻八・孝霊帝紀）。

弊―悪いこと。害になること。梁の任昉「天監三年策二秀才一文三首（其一）」（文選巻三六）に「百王之弊、斉季斯甚」とあり、李善注に「班固漢書賛曰、漢承二百王之弊一」と見えている。

礼楽―社会の秩序を整える「礼」と、人々の心をやわらげる「楽」。それは政治上殊に重視されるものであった。『文選』にもよく見える語彙で、晋の潘岳「西征賦」（文選巻一〇）に「如二其礼楽一、以俟二来哲一」とあり、李善注には「論語、冉求曰、如二其礼楽一以俟二君子一」、呂向注には「至レ如二礼楽化一レ人、非二我能及一。以待二将来之智者一矣」と見える。

墜文―文化の伝統が滅びる。『論語』子張に「文武之道、未レ墜二於在一レ人。賢者識二其大者一、不レ賢者識二其小者一」とあり、漢の劉歆「移レ書譲二太常博士一」（文選巻四三）にも「文道之道、未レ墜二於地一」と用いられている。

山陽―孝献帝は魏の曹丕に位を譲り「山陽公」となった（「孝献」注参照）。格式は優遇されたものの河内郡山陽県（河南省）に移ったことは実質的に後漢の滅亡を意味する。

諸葛亮―蜀漢の劉備に仕えた諸葛孔明（一八一～二三四）。亮はその名で、琅邪の人。自らを斉の管仲や燕の楽毅に擬していたという。司馬徽に加え徐庶も孔明を「臥龍」だとして劉備に推薦し、三顧の礼をもって迎えられた。「自分に孔明があるのは、魚に水があるようなものだ」と言わしめ、備の帝位に即くや丞相に任じられ、よくその信頼に応えた。曹操軍を赤壁に破るのにも貢献し、劉備没後は後主劉禅を輔佐し、魏と闘い続け、青龍二年（二三四）に五四歳で病没した（三国志巻三五蜀書・諸葛亮伝）。

親小人遠賢士―以下「傾頽也」まで、孔明「出師表」（文選巻三七）の一節の引用。皇帝がつまらぬ人物に親しみ、賢い人物を遠ざけたために後漢は傾き滅んだという意（この「出師表」は後に「前出師表」とも言われる）。孔明は先主劉備没後、後主を輔佐して中原進出の機をねらっていたが、天下三分の形勢とはいえ、蜀は最も劣勢にあり、君主も暗愚であった上、連年の出征の為、財政も逼迫していた。そこで、亮は中原に出て、魏と決戦すべく決意し、出陣するが、それに際して、劉禅に宛てた注意・教訓の文章がこの「出師表」である。

傾頽―傾き崩壊する。「出師表」本文の李周翰注に「頽、壊也」とある。『三国志』前掲諸葛亮伝に見える先主劉備の言に「漢室傾頽、姦臣竊レ命、主上蒙レ塵」とも見えている。

順陽范蔚宗―南朝宋の范曄は『後漢書』の撰者で、順陽山陰（河南省）の出身。蔚宗は字。学を好み経史に渉り、文章もよくして、隷書に巧みで、音律にも通じていたという。太子左衛将軍に進むが、魯の孔熙先と反乱を謀り誅殺された（宋書巻六九・范曄伝）。『後漢書』の他に『范曄集』一五巻があった（隋書経籍志）。

紀伝―帝紀（本紀）と列伝（第一冊53「定三太政大臣職掌有無幷史伝之中相二当何職一議」語釈参照。歴史の記録、史書の意にも用いられる）。『北史』巻四〇・李彪伝に「彪与二秘書令高祐一、始奏従二遷固体一、創二為紀伝表志之目一焉」とある。

懸日月―明らかであり、日月の如く朽ちることのないこと。梁の任昉「斉竟陵文宣王行状」（文選巻六〇）に「撰二四部要略浄住子一、並勒成二一家一。懸二諸日月一」と見え、張銑注に「此言、書伝二之後世一、如三日月懸二於天一、永不レ朽也」とある。また、梁の蕭統「文選序」にも「姫公之籍、孔父之書、与二日月一倶懸、鬼神争レ奥」とあり、呂向は「奥、深也。言、周孔之書、明並二日月一、深如二鬼神一也」と注する。滋野貞主「経国集序」の「冀映二日月一而長懸、争二鬼神一而将レ奥」はこれに学んだもの。

巨唐太子賢―唐の高宗の子の李賢（六五一～六八四）。章懐太子ともいう。張大安・劉納言らと共に范曄本『後漢書』の注釈を、上元二年（六七五）に始めて、六年かけて成し遂げた。『日本国見在書目録』の記事（「題注」の「後漢書」）参照。宋の晁公武『郡斎読書志』巻二上「後漢九十巻志三十巻」にも「右宋范曄撰。十帝紀八十列伝。唐高宗令下章懐太子賢与二劉内言《ママ》・革希言一作上レ註。范曄所レ撰本、志未レ成而伏レ誅。後劉昭補注二三十巻一……」と記されている。なお、「巨唐」は唐への敬意を込めたもので「大唐」というに同じ。中唐の韓愈「論二捕レ賊行賞一表」（全唐文巻五四八）に「陛下神聖英武之徳、為二巨唐中興之君一」と見え、本朝の後の例になるが、慶滋保胤「奝然上人入唐時為レ修レ善願文」（本朝文粋巻一三411）に「捨二本土一朝二巨唐一、有二何心一有二何願一乎」と用いられている。

膏肓―手の届かないところ（第一冊47「顕揚大戒論序」語釈参照）。転じて困難な意に用いる。『春秋左氏伝』成公一〇年条による語で、『芸文類聚』巻七五・医に「左伝曰、晋侯求二医於秦一。秦伯使二医緩為一レ之〈為、猶治也〉。未レ至、公夢二二竪子一。曰、彼良医也。懼レ傷レ我。焉逃レ之。其一曰、居二肓之上、膏之下一若レ我何。〈肓、鬲也。心下為レ膏〉。医至曰、疾不レ可レ為也、在二肓之上、膏之下一、攻レ之不レ可レ達、針レ之不レ及、薬不レ至焉。公曰、良医也。厚礼而帰之」と引用されている。なお、「振」はとりあげおさめるの意。

南陽故事―後漢の勃興を言う。『後漢書』巻一上・光武帝紀に「世祖光武帝、諱秀、字文叔。南陽蔡陽人、高祖九世之孫也」とあるように、南陽（河南省南方。宛とも言う）は劉秀の故郷であり、「夫南陽者、真所謂漢之旧都也」（後漢の張衡「南都賦」文選巻四）という処。光武帝紀末尾の論によると、気を望み占う蘇伯阿なる者が王莽の使いとして南陽にやって来た時、遥かに春陵の城郭を見て「気佳哉、鬱鬱葱葱然」と歎じたが、それが劉秀の天子となる兆候であったと言われる。

雖百代而可知―百代後でもわかる。『論語』為政による表現（第一冊、50「日本文徳天皇実録序」語釈参照）で、晋の皇甫謐「三都賦序」（文選巻四五）にも「自二夏殷一以前、其文隠没、靡二得而詳一焉。周監二二代一、文質之体、百世可レ知」と見えている。

東観―後漢。『隋書』経籍志に「固撰二後漢事一、作二列伝一載記二十八篇一。其後劉珍・劉陶・伏無忌等、相次著二述東観一、謂二之漢記一」とある。東都洛陽から見た漢の歴史という含意があるとされる。

群言―もろもろのことば。多くの文言。『尚書』秦誓に「我士聴、無レ譁。予誓二告汝群言之首一」とあり、漢の孔安国「尚書序」（文選巻四五）に「研レ精覃レ思、博考二経籍一、采二摭群言一、以立二訓伝一」、また、晋の陸機「文賦」（文選巻一七）にも「傾二群言之瀝液一、漱二六芸之芳潤一」と見えている。

一時―ここでは、その当時、その同時代の、というほどの意。梁の劉峻「弁命論」（文選巻五四）に「近世有二沛国劉瓛、瓛弟璡一、並一時之秀士也」とあり、本朝の後の例になるが、源順「沙門敬公集序」（本朝文粋巻八202）にも「江淹一時之友、集二范別駕之遺文一」（和漢朗詠集巻下・文詞付遺文475）と見える。

茂典―美しく立派な典籍。斉の王融「永明九年策二秀才一文五首（其三）」（文選巻三六）に「敬法卹刑、虞書茂典」とあり、呂向注に「茂盛也。……此為二盛典一」と見える。

易曰……成天下―人文を観察して人々を教化育成する。蕭統「文選序」に「逮二乎伏羲氏之王二天下一也、始画二八卦一、造二書契一、以代二結縄之政一。由レ是文籍生焉。易曰、観二乎天文一、以察二時変一、観二乎人文一、以化二成天下一。文之時義遠矣哉」とある表現を学んだもの。もともとは『周易』上経・賁に見える文言で、陰陽剛柔の交錯するのが天文であり、文明で宜しきに止まるのが人文である。従って、天文を観察して四時の変化を明らかにし、人文を観察して人々を教化すべきである、と述べている箇処の引用である。

【通釈】

八月十五夜に厳閤尚書（父上）が『後漢書』を教授し終わった。各人が史を詠む。その序。

そもそも、日月星辰を見極めることで、天文の動き（歳月の経過）が知られ、（日々の）できごとを記し、それをまとめることで、暦日を掌る官（或は史官）の役割は果たされてきた。

だから、堯舜の世は盛栄であったから、『尚書』は太平の書となったのであり、周の政道が衰え世が乱れて、『春秋』はその乱世を治める術《すべ》を教えてくれるものとなったのである。

司馬遷が『史記』を編纂したことで君主の挙措《ふるまい》が余すことなく記され、班固が『漢書』を記述したことで国のあるべき原則と言うべきものが遂に確立したと言えよう。

都の帝里に劉嬰がしばし宮中を占拠し（王莽簒奪の世があり）、建武年間に更始帝劉玄が位を奪う時期があったのだが、結局は堯の後胤たる命運と火徳を示し、世の乱れを治め、国土を安んじた者はと言えば、乃ち光武帝であり、（漢の）中興の主《あるじ》に他ならない。

次いで顕宗帝はつつしんで皇位を継承し、後世の史家は争って先ず永平の御世を称えるが、次の孝安帝が政事を引継ぐと、天は漢の徳を厭うて、遂に王法は乱れ、実のないものとなり果てた。

ああ、漢の四百年の歴史の記録も、孝献帝の世に至って絶たれることとなり、孝桓・孝霊帝の治政の弊害により、（漢の）礼楽（文化）を山陽公（孝献帝）の御代に失うこととなったのである。

諸葛亮の言う、「小人に親しみ、賢人を遠ざけたことが、後漢崩壊の理由である」ということになろう。

かくして、順陽の范曄は歴史を記述して、日月の如くに事を明らかにし、大唐の太子李賢はこれを注解して、奥義を解き明かしたのである。

この南陽における後漢勃興の歴史は（こうして）百代の後までも知られることとなり、後漢時代のもろもろの言葉はその時代の盛典となったのである。『易』に言うところの「（その時代の）人々の様子をよく観察して、天下の人々を教化育成する」、とはその通りなのである。

（本間洋一）

厳君、
知斯文之直筆、味斯文之良史、
遂引諸生、校授芸閣。
蓋、
仲尼閑居、曽子侍坐。
思道之事、自古而存。
観夫、
人之吐白鳳者、通引籍以先来、
世之踏青雲者、待撞鐘而[1]競至。
肩舁汗簡、手執韋編。
或不覚暴雨之漂流、或不知坑岸之顚墜。
豈唯
士安高尚、時人号為書淫、
元凱多才、独自称有伝癖而已。
属至貞観六年甲申歳八月十五日、

厳君、
斯文《しぶん》の直筆なるを知り、斯文の良史なるを味はひ、
遂に諸生を引きて、芸閣《うんかく》に校授す。
蓋《けだ》し、
仲尼閑居して、曽子侍坐す。
道を思ふ事、古《いにしへ》よりして存す。
観《み》れば夫れ、
人の白鳳を吐く者、引籍を通じて以て先づ来たり、
世の青雲を踏む者、撞鐘《たうしょう》を待ちて競ひ至る。
肩に汗簡を舁《か》き、手に韋編を執《と》る。
或いは暴雨の漂流を覚《さと》らず、或いは坑岸の顚墜《てんつい》を知らず。
豈唯《あにただ》
士安の高尚なる、時人号して書淫と為し、
元凱《げんがい》の多才なる、独自《ひとり》伝癖有りと称するのみならむや。
属《このごろ》貞観六年甲申の歳八月十五日に至りて、

序

訓説雲披、童蒙霧散。
三冬用足、百[2]遍功成。
知籯金之仮珍、感琢玉之真器。
稽古之力、不可較量。
於是、
赤帝之史、倚席於白帝之秋、
三千之徒、式宴於三五之日。
厳涼景気、方酔上界之煙霞、
[3]満月光暉、[4]盛陳中庭之玉帛。
数盃快飲、一曲高吟。
不可必赴[5]瑤池、不可必臨梓沢。
遊宴之盛、亦復如是。
子墨客卿、翰林主人、
請各分史、以詠風流。

訓説雲のごとく披《ひら》け、童蒙霧のごとく散ず。
三冬用足り、百遍功成る。
籯金《えいきん》の仮珍なるを知り、琢玉の真器なるに感ず。
稽古の力、較量すべからず。
是に於いて、
赤帝の史、席を白帝の秋に倚《よ》せ、
三千の徒、式《もつ》て三五の日に宴す。
厳涼の景気、方《まさ》に上界の煙霞に酔ひ、
満月の光暉、盛んに中庭の玉帛を陳《つら》ぬ。
数盃快飲し、一曲高吟す。
必ずしも瑤池《えうち》に赴くべからず、必ずしも梓沢《したく》に臨むべからず。
遊宴の盛んなること、亦《ま》復《た》是《か》くの如し。
子墨客卿、翰林主人、
請ふらくは各おの史を分かちて、以て風流を詠ぜむことを。

云爾。

云ふこと爾《しか》り。

【校異】

1競―竟（扶）。　2遍―篇（底本）、粋・扶により改む。　3満―蒲（底本）、内により改む。
4盛―咸（内）。　5赴―趁（内・川・大・粋・扶）。

【語釈】

厳君―父。『周易』家人に「家人有二厳君一焉、父母之謂也」とあり、もとは父母をいう。晋の潘尼「乗輿箴」（晋書巻五五・潘尼伝）に「国事二明王一、家奉二厳君一」とあるのは父をいう。道真は『菅家文草』巻頭の「月夜見二梅花一」（巻一1）の詩題注に「厳君令二田進士試一レ之、予始言レ詩」と用いているが、他では多く「家君」を用いる（第一冊20「祭二連聡霊一文」、22「書斎記」、47「顕揚大戒論序」）。

斯文―ここではこの書物の意。『後漢書』をいう。語は『論語』子罕の、孔子が匡の地で危険にさらされた時に発した「天之将レ喪二斯文一也、後死者不レ得レ与二於斯文一也。天之未レ喪二斯文一也。匡人其如レ予何」にもとづく。この例は道、文明の意。意味が転じ拡大するが、この文（詩）、この書の意でも用いられる。晋の王羲之「三月三日蘭亭詩序」（晋文巻二六）の「後之覧者、亦将レ有レ感二於斯文一」はその例。道真はこの意味でよく用いており、第一冊22「書斎記」の「余今作二斯文一、豈絶交之論乎、唯発レ悶之文也」は文章の意（その注参照）、50「日本文徳天皇実録序」の「良香、愁二斯文之晩成一忘二彼命之早殞一」は書物の意。

直筆―事実をありのままに書く。晋の干宝「晋紀総論」（文選巻四九）に「長虞数直筆、而不レ能レ糾」、『文心雕龍』史伝に「奸慝懲戒、実良史之直筆、農夫見レ莠、其必鋤也」、白居易「紫毫筆」（巻四0166）に「臣有二奸邪一正衙奏、君有二動言一直筆書」とある。我が国では紀長谷雄「後漢書竟宴、各詠レ史得二龐公一」詩序（本朝文粋巻九262）に「後漢書者、宋太子詹事范曄之刊定也。編レ世十二、録レ年二百。名居二良史之甲一、文擅二直筆之華一」とある。

良史―すぐれた歴史書。用例は前注「直筆」に引用した『文心雕龍』及び紀長谷雄の詩序に見え、共に同じく「直筆」と併せて用いる。他に『顔氏家訓』省事に「良史所レ書、蓋取三其狂狷一介論二政得失一耳」とある。道真は「漢書竟宴、詠レ史得二司馬遷一」（巻一63）に「毎思劉向称二良史一、再拝龍門一片雲」と詠み、劉向が『史記』を「良史」とほめ称えたという。

諸生―学生。『後漢書』巻三五・劉寛伝に南陽太守であった時のこととして「毎三行レ県息二亭伝一、輒引二学官祭酒及処士諸生一、執レ経対講」とある。我が国では『拾芥抄』官位唐名部に「学生」の唐名を「国子諸生」とする。道真の「絶句十首、賀二諸進士及第一（其四）」（巻二132）の「知君大学能常住、願使二諸生競見レ賢」はその例。文章生に及第した者に後輩の指導もよろしくという。「博士難」（巻二87）の「四年有二朝議一、令三我授二諸生一」もその例であろう。ただし文章生を「諸生」と称する例もある。「講書之後、戯寄二諸進士一」（巻二82）に「勧道諸生空赧レ面、従レ公万死欲レ銷レ魂」とある。

芸閣―書斎。「芸」は香草の一つ。葉に香りがあり書物の防虫のために用いられたことから、書物を収蔵する施設に冠していう。奈良時代、石上宅嗣が設けた日本最古の図書館とされる芸亭もその例。白居易の「留二別呉七正字一」（巻一三0658）に「成レ名共記甲科上、署レ吏同登芸閣間」とあるが、これは宮廷の図書館をいう。我が国では「続日本後紀序」に「校二文芸閣一、嫌二旧史之有レ虧、留二縢蘭台一、恨二先旨之未レ竟」とある。

校授―「校」は調べる、考え合わせるの意。『冊府元亀』巻六二〇・卿監部総序に「東都国子監置二学官学生一、分二於両京一校授」とある。

仲尼閑居・曽子侍坐―「仲尼」は孔子の字。「閑居」はゆっくりとくつろぐ。「曽子」は孔子の弟子の一人。本名は曽参、孝行で知られ、『孝経』はその著とされる。ここは『古文孝経』の巻頭、開宗明義章に「仲尼閑居、曽子侍坐」

とあるのをそのまま用いる。なお、今文孝経では「仲尼居、曽子侍」に作る。

観夫―見ると。文頭や段落の始めに置かれる発句。段落の始めの場合は文脈の転換を示す。観智院本『作文大体』の「筆大体」に「発句〈施レ頭〉」として、「夫」「於是」「方今」「伏惟」などと共に挙げる。初唐の王勃「広州宝荘厳寺舎利塔碑」（王子安集巻一六）に「観夫、至道不レ私、瑞生必繇二乎楽園一」とあり、道真は「秋湖賦」（第一冊1）に「観夫、物無二二理一、義同二一指一」と用いる。

吐白鳳―すぐれた文才を備えている。「白鳳」は白い鳳凰。『西京雑記』巻二に漢の揚雄が『太玄経』を著した時のこととして「（揚）雄著二太玄経一、夢下吐二鳳凰一（太平広記巻一六一所引は「白鳳皇」）集中元之上一上」とあり、これにもとづいて「吐鳳」は文章の才能がすぐれていることの意で用いられる。白居易「賦賦」（巻二一1422）に「掩二黄絹之麗藻一、吐二白鳳之奇姿一、振二金声於寰海一、増二紙価於京師一」とあり、また都在中「八月十五夜於二文章院一対レ月同賦二清光千里同一」詩序（本朝文粋巻八210）に「夫文章院者国子学之流焉。……吐レ鳳懐レ蛟之士、亦復容レ身」とある。

引籍―宮門を出入するための鑑札。ここでは名札というほどの意。『史記』巻五八・梁孝王世家に「梁之侍中、郎、謁者、著二引籍一出二入天子殿門一。与二漢宦官一無レ異」とある。

青雲―高い地位をたとえていう。『史記』巻七九・范雎伝に「須賈頓首言二死罪一曰、賈不レ意、君能自致二於青雲之上一」とあり、島田忠臣の「感三喜勅二賜白馬一因上二呈諸侍中一」（田氏家集巻下164）に「始覚青雲応レ易レ踏、天恩已許レ騎二龍媒一」とある。道真は「奉レ和下王大夫賀二対策及第一之作上」（巻一50）に「幸免空帰為二白首一、無レ期上列在二青雲一」と詠む。この表現のあることから、この講書には公卿などの参加があったものと思われる。

撞鐘―鐘をつく。「叩鐘」も同じ。『礼記』学記に「善待レ問者如レ撞レ鐘。叩レ之以レ小者、則小鳴、叩レ之以レ大者、則大鳴」とあるのにもとづき、質問する、教えを乞うことをいう。菅原文時「北堂文選竟宴、各詠レ句得三遠念二賢士風一」詩序（本朝文粋巻九239）に「負レ笈叩レ鐘者、還二迷洙泗之縮レ地、撃レ蒙染レ教者、自伝二淹稷之遺塵一」、また紀在昌「北堂漢書竟宴、詠レ史得二蘇武一」詩序（本朝文粋巻九261）に「昇レ堂礼成、叩レ鐘問発」とある。

肩昇―肩にかつぐ。道真は「書レ懐、寄二安才子一」（巻一61）に「昇レ肩范漢百篇書、大学門前日出初」と詠むが「范漢百篇書」は『後漢書』をいう。

汗簡―竹簡。転じて書物。『後漢書』巻六四・呉祐伝に「殺二青簡一、以写二経書一」とあり、李賢注に「殺レ青者以レ火炙レ簡令レ汗取二其青一。易レ書亦不レ蠹。謂二之殺青一、亦謂二汗簡一」とある。文字を書く竹簡を作る過程で、火で竹をあぶって油気、水気を抜いて乾燥させる。表皮に油気が浮き出た状態を汗と見立てていう。『初学記』巻一二・秘書監所引の北周の庾信「麟趾殿校書和二劉儀同一」に「子雲方汗簡、温舒正削蒲」とある。

韋編―革でとじた竹簡、転じて書物。『史記』巻四七・孔子世家に「孔子晩而喜レ易、序二彖伝繋象説卦文一、読レ易、韋編三絶」とあり、これにもとづく「韋編三絶」はよく知られた成語。唐の太宗「帝京篇十首（其二）」（唐巻一）に「韋編断仍続、縹帙舒還巻」、また島田忠臣の「仲秋釈奠聴レ講二周易一」（田氏家集巻下167a）に「老邁帰田知レ不レ晩、応下休二職役一絶中韋編上」とある。

暴雨之漂流―突然の雨で庭に乾していた麦が流される。後漢の隠者、高鳳が勉学に励んでいた頃の故事。『後漢書』巻八三・逸民列伝の高鳳伝に「妻嘗之レ田、曝二麦於庭一令二鳳護レ鶏。時天暴雨、而鳳持レ竿誦レ経不レ覚二潦水流レ麦。妻還怪問、鳳方悟レ之」とある。高鳳は麦を庭に乾して留守番をしていたが、経書を学ぶのに熱中して、にわか雨で麦が流されるのにも気づかなかったという。『蒙求』に「高鳳漂麦」があり、注にこの故事を引く。三善清行「詰レ眼文」（本朝文粋巻一二355）の「無レ見レ流レ麦」もこの故事にもとづく。また『扶桑集』巻九、勤学に先の高鳳伝の記事をほぼそのまま引いて題とした詩（96・作者未詳）がある。

坑岸之顚墜―崖下に転落すること。『後漢書』巻四三・朱穆伝に「及レ壮耽レ学、鋭意講誦、或時思至、不丁自知丙亡二失衣冠一、顚乙隊阬岸甲」とある。朱穆は学問に熱中して崖から落ちそうになっても気がつかなかったという。前項の高鳳と同様の故事。

士安・書淫—「士安」は晋の皇甫謐をいう。士安はその字。「書淫」は書物狂い。「淫」は度を過ごすこと。『晋書』巻五一・皇甫謐伝に「耽二翫典籍一、忘二寝与一レ食。時人謂二之書淫一」とある。

高尚—けだかい。志、行動が高潔である。『晋書』皇甫謐伝に「史臣曰、皇甫謐、素履二幽貞一、閑居養レ疾。……軒冕未レ足レ為レ栄、貧賤不二以為一レ恥。確乎不抜、斯固有晋之高人者歟」、また「賛曰、士安好レ逸、栖二心蓬蓽一。属二意文雅一、忘二懐栄秩一」とある。これらを踏まえて「高尚」という。晋の張協「雑詩十首（其三）」（文選巻二九）に「高尚遺二王侯一、道積自成レ基」とあり、李善注に「周易曰、不レ事二王公一、高二尚其事一」。石上宅嗣「小山賦」（経国集巻一3）に「高尚在レ心兮坳池足只、清静委レ命兮崑岳蔑爾」とある。

元顗・伝癖—「元顗」は晋の杜預。元顗はその字。「伝癖」は『春秋左氏伝』をはなはだしく愛好すること。『晋書』巻三四・杜預伝に「時王済解二相馬一、又甚愛レ之。而和嶠頗聚斂。預常称、済有二馬癖一、嶠有二銭癖一。武帝聞レ之、謂レ預曰、卿有二何癖一。対曰、臣有二左伝癖一」とある。『蒙求』に「元顗伝癖」とあり、注に『晋書』を引く。『白氏六帖』巻三五・勤学に「伝癖　書淫〈杜預有二春秋癖一、皇甫謐有二書淫一〉」と二語を対語としてあげる。

多才—多くの才能を有する。『晋書』巻三四・杜預伝に「預、博学多通」とある。これを「多才」と言い換えた。『晋書』巻三八・東安王繇伝に「博学多才、事レ親孝、居レ喪尽レ礼」、島田忠臣「継二和渤海裴使頭見レ酬二菅侍郎紀典客行字詩一」（田氏家集巻中108）に「多才実是丹心使、少壮猶為二白面郎一」とある。

属—このごろ。観智院本『類聚名義抄』（法下）に「コノコロ」の訓がある。『漢書』巻七五・李尋伝に「属者頗有二変改一」とあり、顔師古注に「属者謂二近時一也」とある。

雲披—空にかかる雲が消えて晴れあがる。物がはっきりと見えるようになること。物事がはっきりすることの喩えとしてもいう。南朝宋の謝霊運「擬二魏太子鄴中集詩一八首　王粲」（文選巻三〇）に「排レ霧属二盛明一、披レ雲対二清朗二」とあり、李善注に「王隠晋書曰、楽広為二尚書令一。衛瓘見而奇レ之、命二諸子一造焉。曰、毎レ見二此人一瑩然若下開二雲霧一之覩中青天上」とある。小野岑守「奉レ試詠レ天」（経国集巻一四184）に「就レ日望二唐帝一、披レ雲観二楽広一」と詠むが、これも李善注の楽広の故事を踏まえる。道真の他の例に「喜二田少府罷レ官帰一レ京」（巻二80）の「西望五年空送レ日、暮来千里乍披レ雲」がある。

童蒙—本来は無知な子供をいう。『周易』蒙の卦辞に「匪三我求二童蒙一、童蒙来求レ我」とある。転じて無知、物事の道理に暗いこと。ここではこの意味。『抱朴子』詰鮑に「遠古質樸、蓋其未レ変。民尚童蒙、機心不レ動」とあり、島田忠臣の「歎二李孔一」（田氏家集巻下211）に「此理帰二自然一、何家決二童蒙一」とある。道真は「為二昭宣公一辞二摂政一上二太上皇一第一表」（本朝文粋巻四98）に「今臣年出二不惑一、性猶童蒙」という。

霧散—霧が消えるようになくなる。後漢の班固「西都賦」（文選巻一）に昆明池に飛来する多くの鳥の様を述べて「浮沈往来、雲集霧散」という。『宋書』巻四五・王鎮悪伝に「鎮悪軽舟先邁、神兵電臨、旰食之虞、一朝霧散」とある。

三冬用足—「三冬」は冬三か月（三度の冬とする説もある）。「用足」は用いる事ができるようになったの意。漢の東方朔は貧乏であったので、農閑期の冬の間に学問に励み修得した。『漢書』巻六五・東方朔伝に「年十三学レ書、三冬文史足レ用」とあり、如淳注に「貧子冬日乃得レ学レ書、言二文史之事、足一レ可レ用也」とある。三善清行「詰レ眼文」（本朝文粋巻一二355）の「度二三冬一而不二暫休一、終二十舎一以未二仮寐一」、道真の「冬日賀二船進士登科一兼感二流年一」（巻一57）の「君功我業先成後、不レ恨三冬景易レ傾」もこれを踏まえる。

百遍—くり返しくり返し。『芸文類聚』巻三・冬に引く『魏略』に「董遇好レ学。人従レ学者、遇不二肯教一云、当二先読レ書百遍一、而義自見。従レ学者云、苦レ渇無レ日。遇曰、当レ以二三余一。冬者歳之余、雨者晴之余、夜者日之余」とある。

籯金—「籯」はかご。かごいっぱいの黄金。晋、左思「蜀都賦」（文選巻四）に錦の美しさを「籯金所レ過」という。

仮珍―みせかけの、本物ではない宝。『漢書』巻七三・韋賢伝に「鄒魯諺曰、黄金満レ籯、不レ如二一経一」とある。「黄金満レ籯」は前注の「籯金」であるが、それも一つの経書を学ぶことに及ばない。学問の力に比べれば、かごに溢れるほどの黄金もみせかけの宝だという。

琢玉之真器―玉を磨いて作った本物のうつわ。『礼記』学記の「玉不レ琢不レ成レ器、人不レ学不レ知レ道」にもとづく表現。白居易「見下蕭侍御憶二旧山草堂一詩上因以継和」(巻五0183)に「琢レ玉以為レ架、綴レ珠以為レ籠」とあり、都良香「第四皇子始受二蒙求一命レ宴」詩序(本朝文粋巻九264)に「研二乎其志一、所二以披レ沙練一レ金也、礪二乎其心一、所二以琢レ玉成一レ器也。学之為レ益、不二其然一乎」とある。

稽古―昔のことを考える。転じて学問。『後漢書』巻三七・桓栄伝に「以レ栄為二少傅一、賜以二輜車乗馬一。栄大会二諸生一、陳二其車印綬一曰、今日所レ蒙、稽古之力也。可レ不レ勉哉」とあり、「稽古之力」の語はこれに拠る。白居易「叙レ徳書レ情四十韻」(巻一三0612)に「還将二稽古力一、助立二太平基一」とあり、道真も「博士難」(巻二87)に「已知稽古力、当レ施二子孫栄一」と詠む。

較量―くらべはかる。比較する。道真の「九月九日侍レ宴」(巻二173)に「較二量皇恩沢一、翻二来四海波一」とあり、大江朝綱の「同院(朱雀院)周忌御願文」(本朝文粋巻一四414)に「彼一句半偈之功能、仏猶難二算数一、況八万十二之較量、誰敢知二浅深一」とある。

赤帝之史―「赤帝」は本来は天帝の一つで、五行説では夏、南方を司る神。漢は火徳の王朝とされ、『史記』巻八・高祖本紀では高祖を「赤帝之子」と称しているが、ここでは後漢をいう。したがって「赤帝之史」は『後漢書』をいう。

倚席―席を片づける。『後漢書』巻七九上・儒林列伝に「自二安帝覧一レ政、薄二於芸文一、博士倚レ席不レ講」、その李賢注に「倚レ席、言レ不レ施二講座一也」とある。ここでは講義が終了したことを意味する。菅原文時「文選竟宴得三遠念㆓賢士風㆒」詩序（本朝文粋巻九239）に「天慶二年春、兼㆓国子祭酒㆒、孟冬十月、講席既倚」とある。

白帝―秋、西方を司る神。『晋書』巻一一・天文志上に「西方白帝、白招矩之神也」とある。李白「西嶽雲台歌、送㆓丹丘子㆒」（唐巻一六六）に「白帝金精運㆓元気㆒、石作㆓蓮花㆒雲作㆑台」と詠む。

三千之徒―数多くの弟子。多数の受講者をいう。『史記』巻四七・孔子世家に「孔子以㆓詩書礼楽㆒教。弟子蓋三千人焉」とあるのにもとづく。漢の孔安国「尚書序」（文選巻四五）に「先君孔子生㆓於周末㆒。……三千之徒、並受㆓其義㆒」とある。本書27「仲春釈奠聴㆑講㆓孝経㆒同賦㆑資㆑父事㆑君序」に「能志㆓於道㆒、抛㆓於徳㆒擁㆑経、猶有㆓三千㆒」と用いる。

式―もって、そうして。「以」「用」に同じであるが古めかしい用字。『毛詩』小雅・南有嘉魚之什「南有㆓嘉魚㆒」に「君子有㆑酒、嘉賓式燕以楽」、山田三方「秋日於㆓長王宅㆒宴㆓新羅客㆒序」（懐風藻52）に「含㆑毫振㆑藻、式賛㆓高風㆒」とある。

三五之日―十五日。作者未詳「古詩十九首（其一七）」（文選巻二九）に「三五明月満、四五占兎欠」とあり、李善注に「礼記曰、……和而后月生也。是以三五而盈、三五而闕」という。白居易「遊㆓悟真寺㆒詩」（巻六264）に「是時秋方中、三五月正円」、また良岑安世「早秋月夜」（凌雲集50）に「三秋三五夜、夜久夜風涼」とある。道真はのち「八月十五夜同賦㆓秋月如㆑珪」（巻六441）に「聖主何憐三五夜、欲㆑将㆑望㆑月始臨㆑軒」と詠む。

厳涼―きびしい冷気。用例を見いだしがたい語。『佩文韻府』も『宋史』を最初の用例とする。

景気―様子。景色。中唐の権徳輿「酬㆓九日㆒」（唐巻三二九）に「重九共遊娯、秋光景気殊」とあり、また紀斉名「落葉賦」（本朝文粋巻一8）に「既而微寒至、景気清」とある。

上界―神仙の住む天上の世界。中唐の王建「上㆓李益庶子㆒」（唐巻三〇〇）に「紫煙楼閣碧紗亭、上界詩仙独自行」、白居易「贈㆓韋錬師㆒」（巻一七1024）に「上界女仙無㆓嗜慾㆒、何因相顧両徘徊」とある。我が国では仏教でいう天上界の意で用いられ、仙界の意味のこの用例は希少な例。

煙霞―もやとかすみ。ここでは仙界を象徴する気。初唐の王勃「懐レ仙」序（唐巻五五）に「客有下自二幽山一来者上、起レ予以二林壑之事一、而煙霞在レ焉」、詩に「鸞情極二霄漢一、鳳想疲二煙霞一」とある。白居易は「早服二雲母散一」（巻六四3130）に「暁服二雲英一漱二井華一、寥然身若レ在二烟霞一」と詠む。道真の「廬山異花詩」（巻五386）の「煙霞不レ記誰家種、水石相逢此地神」もその例。

光暉―かがやき、ひかり。光輝に同じ。

玉帛―玉と絹織物。『論語』陽貨に「子曰、礼云礼云、玉帛云乎哉」とあるのにもとづき、儀礼の場における贈物として用いられるが、本序では月光の白い輝きを喩えていう。初唐の陳子昂「奉レ和二皇帝上礼撫レ事述レ懐一」（唐巻八四）に「雲陛旂常満、天庭玉帛陳」というのは本序の表現に近似する。

快飲―気持ちよく酒を飲む。晋の陶潜「飲酒二十首（其二〇）」（晋巻六）に「若復不二快飲一、空負二頭上巾一」とあり、道真は「九日侍宴同賦三菊花催二晩酔一」（巻六435）に「高陪嘉宴席、快飲菊花盃」と詠む。

高吟―高らかに歌う。『三国志』巻三五・蜀書・諸葛亮伝の裴松之注に「夫其高吟俟レ時、情見二乎言一、志気所レ存、既已定二於其始一矣」、また初唐、楊師道「初秋夜坐」（唐巻三四）に「爽気長空浄、高吟覚二思寛一」とある。

不可必……―必ずしも……の必要はない。中国の故事を挙げてそれを否定することで詩宴の場を賞賛する類型表現。類似の例に島田忠臣「就二花枝一」詩序（本朝文粋巻一〇294）の「臣等何幸、事得二両兼一。何必潘岳戴二星於河陽一、王粲夜登二於高楼一」、紀長谷雄「侍二宴朱雀院一同賦三秋思入二寒松一」詩序（同287）の「何必蘭棹桂檝、払二衣東海之東一、巌室松楹、高二枕北山之北一」などがある。

瑤池―仙女西王母が住む中国西方の崑崙《こんろん》山にある池。そのほとりで、周の穆王と西王母が宴を催したという。『列子』周穆王に「賓二于西王母一、觴二于瑤池之上一」とある。白居易「八駿図」（巻四150）に「穆王独乗何所レ之、……瑤池西赴二王母宴一」、三善清行「八月十五夜同賦二映レ池秋月明一」詩序（本朝文粋巻八206）に「周遊忘レ帰、似レ行二瑤池之曲一」とある。

梓沢—洛陽の北西にある谷。金谷ともいう。晋の石崇がここに宏壮な別荘を造り贅沢な生活を送った。『晋書』巻三三・石崇伝に「崇有二別館一、在二河陽之金谷一、一名二梓沢一」とある。白居易「狂吟七言十四韻」（巻七一3631）に「香山閑宿一千夜、梓沢連遊十六春」、紀斉名「三月尽同賦二林亭春已晩一」詩序（本朝文粋巻八220）に「管妙絃清、如レ遊二梓沢之家一」とある。

遊宴—宴を催して楽しむ。『漢書』巻八三・朱博伝に「博為レ人廉倹、不レ好二酒色遊宴一」、白居易「張常侍池涼夜閑讌贈二諸公一」（巻六二2989）に「朝忙少二遊宴一、夕困多二眠睡一」とある。道真の例に「見二南亜相山荘尚歯会一」（巻二78）に「風光惜得青陽月、遊宴追尋白楽天」がある。

子墨客卿—詩宴に招かれた文人たち。「子墨」は墨を擬人化したもの、文人をいう。「客卿」は次注の「翰林主人」の「主人」と対語をなす。漢の揚雄「長楊賦」序（文選巻九）に「還上二長楊賦一。聊因三筆墨之成二文章一、故藉二翰林一以為二主人一、子墨為二客卿一以風」とある。次注の「翰林主人」と共にこれにもとづく。藤原篤茂「陪二藤相公亭子一同賦二消レ酒雪中天一」詩序（本朝文粋巻八212）に「藤相公因二休仮之景一、命二筆硯之遊一。爰子墨客卿含レ毫、翰林主人在レ座」とある。

翰林主人—「翰林」は筆の林。転じて文人の集団、詩壇をいう。語は前注の「長楊賦」にもとづくが、「翰林主人」は文章博士の唐名で、ここではこの意味で用いる。『後漢書』講書を行った是善は時に文章博士であった。なお、これは唐名としての翰林主人の初出例。

分史—詠作の対象とする人物を選び取る。本序題注の「各詠史」参照。

風流—「風流」の語には多くの語義があるが（小川環樹「風流の語義の変化」『中国語学研究』創文社、一九七四年。鈴木修次「「風流」考」『中国文学と日本文学』東京書籍、一九七八年）、その一つに風雅の伝統、文雅の気風の意がある。『文心雕龍』時序の「逮二明帝秉一レ哲、雅好二文会一。……庾以二筆才一逾親、温以二文思一益厚。揄二揚風流一、亦彼時之漢武也」、『詩品』上品・張協の「雄二於潘岳一、靡二於太沖一。風流調達、実曠大之高手」はその例である。ここではこれらからさらに転じて詩の意。

云爾―以上のとおりである、……の次第である、の意。句末の助字。観智院本『類聚名義抄』（僧中）に「イフコトシカリ、シカリ、シカイフ」の訓がある。詩序の文末に置かれる常套語で、『懐風藻』の詩序五首のうち三首に用いられ、平安朝ではきわめて高い比率で用いられる。

【通釈】

父君はこの書が事実をありのままに書いていることを知り、すぐれた史書であるこの書を味読して、さらには学生たちを招いて、書斎で講義された。思うに孔子がゆったりとくつろぎ、曽子が傍らに侍って教えを受けたということがあった。講書によって学問の道の継承を思うということは古くからこのようにあったことなのだ。

見ると、すぐれた文才を備えた者が名札を提出してまずやって来るし、高貴の人が教えを受けようと待ちかまえて争って来る。彼らは書物を肩にしたり、手に持ったりしている。高鳳がにわか雨で庭の麦が流されるのにも気づかなかったように、また朱穆が一心不乱になり崖下に転落しそうになったように、学習に熱中している。このようなことは高い志を抱いた皇甫謐が周りの人から書物狂いと呼ばれ、多才な杜預が自分には『左伝』の癖があると称したという例だけではないのである。

近頃、貞観六年八月十五日、講義によって疑問は雲が晴れるように明らかになり、無知は霧が消えるようになくなった。余暇における学習で文章を読む力も身に付き、くり返し書物を読んでその努力は成就した。かごに溢れる黄金も見せかけの宝物であることを知り、学問に励むことが本当に自己を磨くことであることが身にしみた。学問の力というものは、他にくらべようのないものだ。

ここに『後漢書』の講義は秋に終了し、多数の弟子たちは十五日に宴を行うこととなった。厳しい秋冷の気もまさに天上世界のもややかすみに酔ったかのようで、満月の輝きは庭いっぱいに玉帛を拡げたかのようである。盃を重ねて気持ちよく飲み、高らかに一曲を歌う。必ずしも瑤池や梓沢の宴に出かけて行く必要はないのだ。宴会の盛大なことはこのとおりだ。ご参加の文人諸氏、主人役の文章博士、どうかそれぞれに史書中の人物を選んで詩を詠もう。以上申し述べる。

（後藤昭雄）

26 早春侍内宴 同賦無物不逢春 応製 序

早春内宴に侍り 同じく「物として春に逢はざるは無し」といふことを賦す 製に応《こた》ふ 序

【解説】

本序は、『文草』巻一27に七言律詩とともに載せており、『本朝文粋』巻八216、『本朝文集』巻二八にも収めている。また、底本等の巻一の詩題に付せられた後人の注記には「扶二」とあり、『扶桑集』巻二に収載していたが、現在は失われている。製作年次は、『三代実録』にこの宴についての記載がなく、不明である。巻一27の詩題には、「幷序。自レ此以下、秀才作」と自注を付しており、道真が「秀才」つまり文章得業生であった時期の作であることが分かる。道真が文章得業生となった貞観九年（八六九）正月七日（公卿補任。政事要略巻二二・八月上・四日北野天神会事によれば、貞観八年五月七日のこと）以降の内宴で詠じたことになる。『三代実録』貞観九年正月二一日条には「停二内宴一。以二仲野親王薨一也」とあり、九年は停止されているので、この内宴は翌一〇年以降のこととなる（三代実録貞観十年正月二一日条、「内二宴於仁寿殿一。喚二文人一賦レ詩、内教坊奏二女楽一。宴竟賜レ禄各有レ差」）。ただ、巻一の本詩の次に配する28「仲春釈奠聴レ講二孝経一同賦二資レ父事レ君」は、『三代実録』貞観九年二月七日条に「釈奠幷園韓《そのから》神祭如レ常」と記していること、また釈奠において経書を講じる順序である七経輪転によれば、九年二月は『孝経』を講じる順に当たっており、貞観九年二月に詠じた詩と見なければならない。そうなると巻一の詩27・28と巻七の序26・27の配列がともに逆ということになる。ここではひとまず貞観一〇年正月に催されたと考えておく。なお、『田氏家集』巻上41にも同題の詩が見える。この詩は、貞観七年の作である40「七年歳旦立春」と、同年正月二七日に肥後守に任じられた紀夏井の、餞宴での作43「奉レ餞二紀大夫累出刺レ肥、聊因二詩酒一各分二一字一得レ行」の間にある。『田氏家集』のこのあたりが年代順に詩を配列しているのであれば、本詩序は貞観七年の作ということになる。その限りではこの年に本詩序が製作された可能性はあろう。ただ、『三代実録』には、貞観七年の内宴についての記事は見えない。道真の詩は次のとおり。

寒光早退更無余　　寒光早く退きて 更に余り無く
万物逢春渙汗初　　万物春に逢ふ 渙汗の初め
問著林前鶯語報　　問著す 林前に鶯語報《つ》ぐるかと
看過水上浪文書　　看過す 水上に浪文書けるを
詩臣胆露言行楽　　詩臣胆露はして 行楽を言ひ
女妓粧成舞歩虚　　女妓粧成りて 歩虚を舞ふ
侍宴雖知多許事　　宴に侍りて 多許《そこばく》の事を知ると雖も
一年一日忝仙居　　一年の一日 仙居を忝くす

【題注】

侍内宴―「内宴」は、正月二一日頃、宮廷（原則として常の御在所である仁寿殿）で天皇が皇太子・王卿・侍臣らに賜う公宴。『文徳実録』仁寿二年（八五二）正月二二日条に「其預ㇾ席者、不ㇾ過㆓数人㆒」とあるように、規模の小さい宴であった。宴のおもな内容は、文人らの行う賦詩と妓女の舞である。右の『文徳実録』では「弘仁遺美」と称えて、嵯峨天皇の代をその起源と見ているが、『類聚国史』巻七十二・内宴は、平城天皇の大同四年（八〇九）正月二三日の曲宴を始発とする。後に仁明天皇の代の終わり頃から公事となった。「内宴」については、滝川幸司「内宴」

(『天皇と文壇』和泉書院、二〇〇七年)参照。題辞の「侍内宴」の「侍宴」は、『朝野群載』巻一三・書詩体に「公宴之時、必書二侍宴字一也。臨時密宴不レ書レ之」とあるとおり、公宴の題辞には必ず書くことになっている。重陽節会の場合も同様である。したがってここに「侍宴」とあるのは、内宴が公宴であることを示している。「早春侍二内宴一翫二春景一応制」(田氏家集巻上18)、道真「九日侍宴同賦二鴻雁来賓一。各探二一字一得レ葦応製」(巻一8)は、その例。六朝では、南朝宋の丘遅「侍二宴楽遊苑一送二張徐州一応詔詩一首」(文選巻二〇)、唐代では、初唐の宋之問「春日芙蓉園侍宴応制」(唐巻五二)、盛唐の王維「三月三日曲江侍宴応制」(唐巻一二七)などとあり、特定の宴においてのみ用いる語ではない。また、『懐風藻』では、大石王「侍宴応詔一首」(37)、山前王「五言侍宴一首」(41)と、どのような宴であるかを示していない例も見える。同じく奈良時代には、石上宅嗣「七言三月三日於二西大寺一侍宴応詔一首」(経国集巻一〇66)のような節日での例があるほか、『万葉集』には、「向レ京路上、依レ興預作侍宴応詔歌一」(巻一九4254題詞)と「右一首、為二七日侍宴一、右中弁大伴宿禰家持預作二此歌一」(巻二〇4494左注)がある。いつの宴か不明のものと白馬節会について用いる場合とがある。どの宴に「侍宴」を用いるかは固定していない。したがって、この語を公宴つまり内宴と重陽節会における詩題に用いることがふつうになるのは、平安初期になってからであろう。詩題における「侍宴」については、滝川「天皇と文壇——平安前期の公的文学に関する諸問題——」(前掲書)参照。

同賦……——詩会の参加者がともに……を題として詩を詠むの意。その例には、初唐の太宗皇帝「五言塞外同賦二山夜臨レ秋以レ臨為レ韻」(翰林学士集5)、中唐の戴叔倫「九日与二敬処士左学士一同賦三采レ菊上二東山一便為二首句一」(唐巻二七三)、嵯峨天皇「重陽節神泉苑同賦二三秋大有レ年。題中取レ韻尤韻成レ篇」(凌雲集6)などがある。「同賦……」については、斯波六郎「「賦得」の意味について」(『六朝文学への思索』創文社、二〇〇四年)参照。

無物不逢春——この詩宴における句題。どんな物でも春にあわないことはないの意。その出典は未詳。この句に類似した表現には、道真のこの詩の「寒光早退更無レ余、万物逢レ春渙汗初」や、「元年立春〈十二月十九日〉」（後集492）の「天愍長寒万物凋、晩冬催レ立早春朝。浅深何水氷猶結、高卑無二山雪不一レ消」（後の二句は、新撰朗詠集巻上立春・1に収載）がある。同類の句形には、漢の東方朔「答二客難一」（文選巻四五）の「遵レ天之道、順レ地之理、物無レ不レ得二其所一」、魏の何晏「景福殿賦」（同巻一一）の「京庾之儲、無二物不一レ有」、中唐の韓愈「滝吏」（唐巻三四一）の「聖人於二天下一、於レ物無レ不レ容」などがある。「逢春」は、春にあう、春を迎えるの意。白居易「春遊」（巻六三3039）「逢レ春不二遊楽一、但恐是痴人」、菅原清公「冬日汴州上源駅逢レ雪」（凌雲集71）の「雲霞未レ辞レ旧、梅柳忽逢レ春」がその例。

応製―みことのりに応える、みことのりに応じて詩歌を詠むの意。六朝では、南朝宋の顔延之「応詔観二北湖田収一」（文選巻二二）、北周の庾信「詠二春近余レ雪応詔」（北周巻二）と、もっぱら「応詔」を用いている。唐代では、初唐の褚遂良「五言遼東侍宴山夜臨レ秋同賦二臨韻一応詔」（翰林学士集5）、王維「三月三日勤政楼侍宴応制」（唐巻一二七）と、両方が用いられている。白居易にも、「広宣上人以二応制詩一見レ示。因以贈之。詔許下上人居二安国寺紅楼院一、以レ詩供奉上」（巻一五0814詩題）とある。なお、応詔は天授元年（六九〇）に応制に改められる。それは則天武后が即位して、その諱である照と同音の詔を避けるためである（東野治之「中国文学の摂取」、直木孝次郎編『古代を考える 奈良』吉川弘文館、一九八五年）。「製」は、作った詩文、天子の作の意であり、みことのり、天子の命令の意はない。中国では「応製」と記すことはない。奈良時代は、大伴王「従二駕吉野宮一応詔二首」（懐風藻47・48）、石上宅嗣「三月三日於二西大寺一侍宴応詔」（経国集巻一〇66）と「応詔」を用いるだけである。『万葉集』（巻一九4254）にも、「向レ京路上、依レ興預作侍宴応詔歌一首」と、「応詔」を用いている。平安初期には、皇太弟大伴親王「九月九日侍二讌神泉苑一。各賦二一物一得二秋露一応製」（凌雲集25）、清原夏野・三原春上「七言扈二従梵釈寺一応制」（経国集巻一〇47・48）と、「応製」と「応制」が併存している。日本においても、中国の詩文集等の影響を受けて「応詔」

が「応制」へと変わる。その時期は、嵯峨天皇の時代であったことが明らかにされている（後藤昭雄「文徳朝以前と以後」『平安朝漢文学史論考』勉誠出版、二〇一二年）。道真が活躍した時期にも、「七言九月九日侍宴各分二一字一応制一首」（田氏家集巻中102）、「九日侍宴同賦二寒露凝一応制一首」（後集472）、「重陽日侍宴同賦二黄菊残花欲レ待レ誰応製」（田氏家集巻下203）、「早春内宴侍二仁寿殿一同賦三春娃無二気力一応製一首」（巻二148）と、両様である。以後もっぱら「応製」が用いられる。「応製」については、小島憲之「弘仁期文学より承和期文学へ――嵯峨天皇をめぐる応制・奉和の詩について㈠――」（『国語国文』35―2、一九六六年）参照。『朝野群載』巻一三・書詩体では、「帝王」「太上皇」の命に応える詩の題辞には、「応製詩」「応製」と記すべきことを示している。

臣聞、
春者一年之警策[1]、四時之光彩[2]也。
時是鶯花、人皆鳧藻。
君王遊予、其不悦乎。
故、
一聯楽韻、非勅喚、不得発其声、
数輩詩臣、非詔旨、不得言其志。
謂之内宴、其事可知。

臣聞く、
「春は一年の警策《けいさく》にして、四時の光彩なり」と。
時は是れ鶯花にして、人は皆鳧藻《ふさう》なり。
君王の遊予したる、其れ悦《よろこ》ばしからずや。
故に、
一聯の楽韻も、勅喚に非ずは、其の声を発することを得ず、
数輩の詩臣も、詔旨に非ずは、其の志を言ふことを得ず。
之を内宴と謂ふ、其の事知るべし。

序

観夫、
天文建寅、帝徳旁午。
天以春為化、帝以恵為和。
恵化一時、呴[3]嘔[4]何甚。
乃知、
四海之大也、何処有陰勝之愁、
庶類之多也、何物[5]有寒余之色。
一草一木、光華掲焉、
惟夏惟夷、娯楽至矣。
臣、
地是遊鈞、身同挟纊。
視聴失所、豈敢多言。
伏叙一人之有慶、兼賦万物之逢春。
云爾。謹序。

観れば夫《そ》れ、
天文建寅にして、帝徳旁午たり。
天 春を以て化を為し、帝 恵を以て和を為す。
恵化一時なる、呴《く》嘔《う》何ぞ甚しき。
乃ち知りぬ、
四海の大なるや、何れの処にか陰勝の愁へ有らむ、
庶類の多きや、何れの物にか寒余の色有らむと。
一草一木、光華掲焉《けちえん》にして、
惟《こ》れ夏《か》惟れ夷、娯楽至れり。
臣、
地は是れ遊鈞《いうきん》にして、身は挟纊《けふくわう》に同じ。
視聴《してい》は所を失ひて、豈に敢へて多言せむや。
伏して一人の慶び有るを叙し、兼ねて万物の春に逢ふを賦す。
云ふこと爾り。謹しみて序す。

【校異】

1警―驚（寛）。　2彩―粉（底本・粋）、寛・川・大により改む。　3煦―呴（底本）、大・粋により改む。　4嘔―嫗（大）。　5物―処（粋）。

【語釈】

臣聞―臣下である道真が聞くところによればの意。「四時之光彩也」までかかる。この語は、『文選』では、表（巻三七、三八）と連珠（巻五五）の各文の冒頭に用いているが、序（巻四五、四六）には見えない。『文苑英華』（巻四七七～五〇二）の「策」（対策文）には、「対《コタフ》。臣聞」、「表」（巻五五三～六二六）には、「臣聞」「臣某言、臣聞」で始まるものがある。平安朝では、滋野貞主「経国集序」の冒頭に「臣聞、天肇二書契一、奎主二文章一」とある。また、『経国集』巻二〇の対策文は、「臣聞」で始まるものがある。小野篁「令義解序」（本朝文粋巻八197）の「臣夏野等言。臣聞、春生秋殺、刑名与二天地一倶興、……」は同類と言えるだろう。道真以前の詩序において、「臣聞」で始まるものはないようだが、これ以後は、「九日侍宴同賦二天錫レ難レ老応製序」（本書30）、紀長谷雄「九日侍宴観レ賜二群臣菊花一応製」詩序（本朝文粋巻一一326）などと見える。

警策―最もすばらしいもの、何かについて一番よいもの。もとは、魏の曹植「応詔詩」（文選巻二〇）に「僕夫警策、平路是由《ヨル》」とあるように、馬を走らせるために鞭打つこと、またはその鞭のこと。『色葉字類抄』中には、「驚策」に「イマシム　ケイサク」の訓があり、「警策」に同じ。この鞭打つ意から転じて、晋の陸機「文賦」（文選巻一七）の「立二片言一而居《スウ》レ要、乃一篇之警策」（李善注「以レ文喩レ馬也。言、馬因二警策一而弥駿。以喩下文資《ヨリテ》二片言一而益明上也」）と、文章の要となる語句の意となり、さらには、白居易「与二劉蘇州一書」（巻五九2925）の「得雋之句、警策之篇、多因二彼此唱和中一得レ之」、『性霊集』序の「稍挙二警策一、雑二此帙中一」のように、すぐれた作品の意ともなった。ここでは、一年でいちばん良い時節ということであろう。中村健史「『風雅集』真名序の「警策」について

――陸機「文賦」からの影響――」（京都大学『国文学論叢』23、二〇一〇年）が、この語の語誌を述べている。

四時―春夏秋冬、四季。白居易「暮立」（巻一四0790、千載佳句巻上・秋興177、和漢朗詠集巻上・秋興223）の「大抵四時心総苦、就レ中腸断是秋天」、巨勢識人「神泉苑九日落葉篇応製」（文華秀麗集巻下140）の「四時寒暑来且往、一歳栄枯春与レ秋」がその例。

光彩―ひかり、美しいひかり、輝き。その例には、魏の文帝「芙蓉池作」（文選巻二二）の「上天垂二光采一、五色一何鮮」、中唐の楊巨源「送二司徒童子赴レ挙」（千載佳句巻上・幼智378）の「光彩春風初転レ蕙、性霊秋水不レ蔵レ珠」、空海「天長皇帝為二故中務卿親王一、捨二田及道場支具一入二橘寺一願文」（性霊集巻六）の「乗蓮金体、流二累日之光彩一、潤草玉文、致二梵釈之誠請一」がある。「四時之光彩也」は、春は、四季のうちの光り輝く時であるという。

鶯花―鶯と花、春を代表する景物。白居易「春夜宴席上、戯贈二裴淄州一」（巻六六3309、千載佳句巻下・春宴698）の「今年相遇鶯花月、此夜同歓歌酒筵」、小野篁「早春侍二宴清涼殿一翫二鶯花一応製」詩序（本朝文粋巻一一341）の「沙浪一去、鶯花幾春」などがある。啼く鶯と咲く花によって春の到来をあらわしている。

鳧藻―カモが水草を得たのと同じように喜び楽しむこと。春を迎えた喜びをあらわしている。南朝宋の顔延之「秋胡詩」（文選巻二一）の「捨レ車遵二往路一、鳧藻馳二目成ヲ一」（呂延済注「秋胡望二其妻一而前、如下鳧鳥得二水草一歓躍而進《ススムコト》上。……藻ハ水草也」）、空海「奉レ賀二天長皇帝即位一表」（性霊集巻四）の「況乎於二微僧一詎任《タヘ》二手足一、不レ任二鳧藻之至一」（性霊集便蒙巻四、「後漢書杜詩上レ疏曰、将帥和睦、士率鳧藻。注曰、言、其和睦歓悦、如三鳧之戯二於水藻一也」）、紀長谷雄「九日侍宴観レ賜二群臣菊花一応製」詩序（本朝文粋巻一一326）の「烏轡景暮、鳧藻楽酣」などがその例。

遊予―あそびたのしむ。ここは「君王」（清和天皇）がお遊びになるの意。「予」は、魏の何晏「景福殿賦」（文選巻一一）に「鳩《アツメ》二経始之黎民一、輯二農功之暇予一」とあり、その李善注が「韋昭曰、……予、楽也」と言うように、楽しむの意。「遊予」の例には、晋の左思「魏都賦」（文選巻六）の「既苗既狩、爰遊爰予」（李善注「孟子、夏諺曰、吾王不レ遊、吾何以休《イコハム》。吾王不レ予、吾何以助《タスカラム》。一遊一予、為二諸侯度一」）、初唐の李嶠「二月奉教作」（唐巻五八）の「乗レ春重遊予、淹賞玩二芳菲一」、白居易「和二三月三十日四十韻一」（巻五二2257）の「仙亭日登眺、虎丘時遊預」（「預」は「予」に同じ）などがある。

其不悦乎—喜ばしいことではないか。『論語』学而の「子曰、学而時習レ之、不二亦説一乎」は、類似の例。天皇がこの春に遊ぶことのめでたさを言う。

一聯—一曲、一節。この「聯」は音曲の数をあらわす単位。

楽韻—音楽、楽曲。晩唐の黄損「公子行」（唐巻七三四）の「微風飄二楽韻一、半日酔二花辺一」は、楽曲の音色の意。

勅喚—天子・皇帝のお呼び、お召し。『北史』巻八九・張子信伝に「是夜琅邪王五使切召二永洛一。且云二勅喚一」、『続日本後紀』天長一〇年（八三三）四月一九日条に「勅喚三大舎人穴太馬麻呂与二内竪橘吉雄一双立、量二其身長一」、道真「早春侍二宴仁寿殿一同賦二春暖一応製序」（本書31）に「非二彼恩容侍臣、勅喚文士一、未二曽清談遊宴、夢想追歓一」とある。ここでの「勅喚」は、『清涼記』（撰集秘記巻七・廿日内宴事所引）に「爰内教坊別当公卿、執二舞妓奏一進。奏覧了仰二音楽一。舞妓出レ自二綾綺殿軟障南一着座」とあるように、「内教坊別当公卿」が「奏」して「音楽」の開始を命じることを言う。『西宮記』（臨時六・左右近衛将事）には「同日及節会、奏楽之時、内教坊別当少将、執二舞奏杖一、授二之別当上卿一」とあり、舞妓の奏杖を内教坊別当に授けて楽を命じた。

不得発其声—（天皇のお召しがなければ）音楽は奏せられないの意。「発其声」は、楽器を奏で歌を唄うこと。晋の向秀「思旧賦」（文選巻一六）の「隣人有二吹レ笛者一、発レ声寥亮」、晋の成公綏「嘯賦」（同巻一八）の「発二妙声於丹脣一、激二哀音於皓歯一」（李周翰注「妙声哀音、謂二嘯響一也」）は、その例。

数輩詩臣—「詩臣」は、「宮廷詩宴あるいはそれに準ずる詩会での献詩者（＝「文人」）」を言う（滝川幸司「詩臣としての菅原道真」『菅原道真論』塙書房、二〇一四年、参照）。道真には、【解説】において引いた詩の「詩臣胆露言二行楽一、女妓粧成舞二歩虚一」や、「三月三日侍二於雅院一賜二侍臣曲水之飲一応製」（巻四324）の「四時不レ廃レ歌二王沢一、長断三詩臣作二外臣一」ほかの例があり、しばしば用いていた。数人の詩を献上するべき臣下、つまり内宴に召される献詩者は、その数が限られていた。小野篁「早春侍二宴清涼殿一翫二鶯花一応製」詩序（本朝文粋巻一一341）の「知レ文之人一二、得レ上二其雲漢一焉」、『続日本後紀』承和元年（八三四）正月二〇日条に「主上内二宴於仁寿殿一、内教坊奏レ態、中貴陪歓。殊喚二五位已上詞客両三人幷内史等一、同賦二早春花月之題一」、『清涼記』（同前）には、「又蔵人頭、奉レ仰令レ廻二可レ参文人等一〈儒士幷文章生得業生、候二蔵人所一文章生、在二諸司一旧文章生《ノ》才学傑出者一両、但内記依レ例預レ之〉」とある。

詔旨―天子の仰せ、命令。梁の任昉「為二褚諮議蓁一、譲二代レ兄襲《ツグヲ》レ封表」（文選巻三八）の「仰称二詔旨一、許二臣兄賁所レ請、以レ臣襲二封南康郡公一」、『万葉集』巻二〇4493題詞・大伴家持の「仍応二詔旨一、各陳二心緒一、作レ歌賦レ詩」などがその例。『清涼記』（同前）の、「遣二使〈蔵人所〉於親王第一、令レ仰二明日可レ参之状一〈先例親王一人預レ之。但堪レ属レ文親王、有レ召如レ例。不レ過二二人一而已〉」および「数輩詩臣」において引いた、これにつづく記事にあるように、仰せによって蔵人所が文人召をしている。

言其志―心に思うところを述べる、詩に思いをあらわすの意。第一冊22「未レ旦求レ衣賦」序に「各献二一篇一、具言二汝志一」とある。その注参照。ほかには晋の潘岳「悼亡詩三首（其二）」（文選巻二三）に「賦レ詩欲レ言レ志、此志難二具紀《ツブサニシルスコト》一」があり、その李善注は、「尚書曰、詩言レ志」を引いている。道真も「重陽後朝同賦二秋雁櫓声来一応製序」（本書37）に「詩臣両三人、近習七八輩、請各成レ篇、以備《ツブサニ》言レ志」と用いている。

其事可知―内宴とはこのようなものであることを、心得ておくべきである。

観夫―みるところによれば。第一冊1「秋湖賦」に「観夫物無二二理一、義同二一指一」、25「八月十五夜厳閤尚書授二後漢書一畢。各詠レ史序」に「観夫、人之吐二白鳳一者、通二引籍一以先来」と見える。

天文建寅―その時が正月であることを言う。「天文」は、天空のありさま、日月星辰の運行、その配列。『文選』序の「易曰、観㆓乎天文㆒、以察㆓時変㆒、観㆓乎人文㆒、以化㆓成天下㆒」（李周翰注「天文、日月星辰」）、桑原腹赤「月夜言㆑離」（文華秀麗集巻上27）の「地勢風牛雖㆑異㆑域、天文月兎尚同㆑光」などはその例。「建寅」は、北斗七星の柄が寅（東北東）の方角を指すこと。「建」は指すの意。暦では「建寅」をもって正月とする。「斗杓為㆓小歳㆒。正月建㆑寅、月従《ニヨリ》㆑左行《メグル》㆓十二辰㆒」（淮南子・天文訓）、「孝経緯曰、周天七衡六間曰㆓立春㆒、後十五日、斗指㆑寅、為㆓雨水㆒」（芸文類聚巻三・春）、「建㆑寅廻㆓北斗㆒、看㆑暦占㆓春風㆒」（盛唐の劉長卿「歳日作」、唐巻一四七）、「簡《エラビ》㆓日《ヲ》於建寅之十七《ニ》㆒、卜㆓塋《ツカヲ》于城邙之九泉㆒」（空海「大唐神都青龍寺故三朝国師灌頂阿闍梨恵果和尚之碑」、性霊集巻二。性霊集便蒙「論語註曰、夏時謂以㆓斗柄初昏、建㆑寅之月㆒為㆓歳首㆒也」）などがその例。

帝徳旁午―天皇の徳が天下におよぶこと。「帝徳」は、天子の徳、君徳。晋の左思「魏都賦」（文選巻六）の「皇恩綽《オホ》矣《シ》、帝徳沖《フカシ》矣」（李善注「尚書曰、帝徳広運」）、息長臣足「春日侍宴」（懐風藻55）の「帝徳被㆓千古㆒、皇恩洽㆓万民㆒」などの例がある。「旁午」は、あまねく行きわたる、広く及ぶ。その例には、中唐の韓愈、李正封「晩秋郾城夜会聯句」（唐巻七九一）の「旁午降㆓糸綸㆒、中堅擁㆓鼓鐸㆒〈正封〉」、道真「喜㆑雨詩」（巻一25）の「令辰成㆓徳政㆒、旁午育㆓耕農㆒」がある。

天以春……為和―天は春によって万物をはぐくみ、皇帝はその恩沢によって人々を和やかにするものである。

恵化―恩恵を与えはぐくみ育てる。ここの前句の帝の恩恵と天の化育を言う。その例には、李白「贈㆓崔秋浦㆒三首（其三）」（唐巻一六九）の「地逐㆓名賢㆒好、風随㆓恵化㆒春」、白居易「早春酔吟寄㆓太原令狐相公蘇州劉郎中㆒」（巻六四3061）の「大振㆓威名㆒降㆓北虜㆒、勤行㆓恵化㆒活㆓東呉㆒」がある。つづく「一時」は、同時にこれがともにもたらされたことを言う。

煦嫗―呴嫗に同じ。天と帝の恵みの暖かさを言う。「煦」はあたたかい、あたためるの意。晋の陸機「演連珠」（文選巻五五）には、「春風朝煦、蕭艾蒙二其温一」（李善注「薛君韓詩章句曰、煦、暖也」）とある。『類聚名義抄』仏下末には、「アタ、カ」の訓がある。「嘔」もあたためるの意。漢の揚雄「劇レ秦美《ホム》レ新」（文選巻四八）に「玄黄剖判、上下相嘔」（李善注「言、天地既開、玄黄分判。故天地上下、相与《トモニ》嘔二養万物一也。……礼記曰、煦二嫗覆三育万物一。鄭玄曰、以レ気《テスルヲ》曰レ煦。煦与レ嘔同」）とある。白居易「歳暮」（巻六二2972）の「一事一物、皆是温和。相送相迎、靡《ナシ》レ非二煦嘔一」は、その例。道真「早春侍二宴仁寿殿一同賦二春暖一応製序」（本書31）の「加之《シカノミナラズ》一盃酒、煦嫗如二陽春一」、

四海之大也―広大な天下の意。「四海」は、四方の海の内、つまり天下、世界。『論語』顔淵の「君子敬而無レ失、与レ人恭而《ウヤウヤシクシテ》有レ礼、四海之内、皆兄弟也」はよく知られた例。ほかには、後漢の班固「東都賦」（文選巻一）の「天子受二四海之図籍一、膺《ウク》二万国之貢珍一」、「弘仁格序」（本朝文粋巻八198）の「四海有レ截《タル》、八紘無レ事」などがある。

陰勝―陰気が勝る、陰気が天下を覆って寒冷であること。『淮南子』天文訓に「八尺之景、脩径尺五寸、景脩《ナガケレバ》則陰気勝、景短則陽気勝。陰気勝則為レ水、陽気勝則為レ旱」、『漢書』巻二六・天文志に「日陽也。陽用レ事則日進而北、昼進而長。陽勝故為二温暑一。陰用レ事則日退而南、昼退而短。陰勝故為二涼寒一也」とある。

庶類―さまざまな類の物、あらゆるものの意。後漢の班固「典引」（文選巻四八）の「沈浮交錯、庶類混成」（李善注「国語曰、夏禹能平二水土一、以品二処庶類一者也」）は、その例。

寒余―寒さのなごり、まだ寒気が残っていること。中唐の楊凌「小苑春望二宮池柳色一」（唐巻二九一）の「春至条偏弱、寒余葉未レ成」、中唐の冷朝陽「立春」（唐巻三〇五）の「臘尽星迴レ次、寒余月建レ寅」は、その例。道真の詩では、「寒光早退更無レ余、万物逢レ春渙汗《ノ》初」（巻一27）と寒い光はすべて退き、万物に春がめぐってきたと詠じている。

一草一木―ひとつひとつの木や草、転じてすべての草木。中唐の顧況「范山人画二山水一歌」（唐巻二六五）の「漫漫汗汗一筆耕、一草一木棲二神明一」、道真「仲春釈奠聴レ講二孝経一、同賦二資《トリテ》レ父事レ君序」（本書27）の「一草一木、不レ伐二勾甲於和風之前一、乃父乃兄、無レ虧《カクコト》二燕毛於観学之後一」などがその例。

光華―かがやき、華やかな様子。南朝宋の鮑照「擬古三首（其二）」（文選巻三一）の「宗党生二光華一、賓僕遠傾慕」は、一族郎党の繁栄を、平城天皇「賦二桜花一」（凌雲集2）の「昔在二幽岩下一、光華照二四方一」は、桜の花の輝きを、それぞれ表現している。

掲焉―際だつさま、著しいさまを言う。春を迎えて草木の輝きが際立っていると言う。「焉」は助字。『類聚名義抄』仏下末には、「掲」に「イチシルシ」、『色葉字類抄』には、「掲焉」に「ケチエン、イチシルシ」の訓がある。後漢の張衡「西京賦」（文選巻二）の「予章珍館、掲焉中峙《ソバダツ》」（李善注「説文曰、掲、高挙也」）、『続日本後紀』承和五年三月八日条、池田春野卒伝の「春野衣冠古様、身長六尺余。稠人之中、掲焉而立。会集衆人、莫レ不レ駐レ眼」は、その例。

惟夏惟夷―中国と夷狄の国、自国と外国。転じて至る処、どこもかしこもの意。「惟」は語調を整える助字。梁の陸倕「新漏刻銘」（文選巻五六）の「惟精惟一、可レ法《ノツトル》可レ象《カタドル》」（李善注「尚書曰、惟精惟一、允《マコトニ》執二厥《ソノ》中一」）、仲雄王「和二和少輔鶺鴒賦一」（経国集巻一6）の「惟雄惟雌、爰孳爰尾」は、その例。「夏」と「夷」は、「儀制令」1に、「皇帝華夷所レ称」とあり、『令義解』は「謂、華、華夏也。夷、夷狄也」と注する。「華」は「夏」に同じ。初唐の駱賓王「従軍中行路難二首（其二）」（唐巻七七）に「中外分二区宇一、夷夏殊二風土一」、白居易「法曲」（巻三0126）に「願求二牙曠一正二華音一、不レ令二夷夏相交侵一」と見える。

娯楽―たのしみ、喜び楽しむ。班固「西都賦」（文選巻一）の「既庶且富、娯楽無レ疆《カギリ》」は、その一例。

臣地―「地」は、我が身を置いているところ、立場や地位。「臣」につづく例には、道真の「辞二右大臣職一第一表」（巻一〇）の「臣地非二貴種一、家是儒林」（本朝文粋巻五118）、「重請レ解二右大臣職一第三表」（同）の「臣地望荒麁、售《ウルニ》以二箕裘之遺業一、天資浅薄、飾以二螢雪之末光一」（同120）などがある。

遊鈞―用例未見であるが、鈞天で遊ぶということであろう。鈞天は天の中央、天帝のいる所。『史記』巻四三・趙世家に「趙簡子疾、五日不レ知レ人。……居二日半、簡子寤、語二大夫一曰、我之《ユキテ》二帝所一甚楽。与二百神一游二於鈞天一、広楽九奏万舞。不レ類二三代之楽一、其声動二人心一」とあって、趙簡子が病んで見た夢の中で、天帝のもとへ行き天上の音楽（鈞天の広楽）に聴き入ったという。紀古麻呂「望レ雪」（懐風藻22）の「夢裏鈞天尚易レ涌、松下清風信難レ斟」や紀長谷雄「九日侍宴観レ賜二群臣菊花一応製」詩序（本朝文粋巻一一326）の「鈞天之夢易レ驚、仙洞之遊難レ久」は同様の例。内宴を繰り広げる殿舎を鈞天に見立て、そこでの音楽や舞を鈞天の広楽と考えたのであろう。道真は、自分の今いる「地」は天帝のおわす天上のようであると言うのである。詩では、自分のいるところを、「一年一日忝二仙居一」と仙界に喩えている。

挟纊―「纊」は、『新撰字鏡』巻四に、「綿也、絮也」とあるように、綿のこと。「挟纊」は、綿を身に着ける、綿入れを着るの意。我が身が天皇の恩沢に恵まれていることの喩えとしている。道真には、「未レ旦求レ衣賦」（第一冊2）の「挟レ纊如レ与、問二千里於寒温一、凝レ旒不レ遑、兼二万機於晨夜一」、「清風戒レ寒賦」（同3）の「時属レ委レ裘、孰《タレカ》謂二秋気如一レ惨、恩均レ挟レ纊、唯非二春日載《スナハチ》陽一」の例がある。その注参照。

視聴―みるときく、耳目。『色葉字類抄』には、「シテイ」の訓がある。その例には、晋の王羲之「三日蘭亭詩序」（芸文類聚巻四・三月三日）の「仰二観宇宙之大一、俯二察品類之盛一、所三以遊レ目騁レ懐、足三以極二視聴之娯一。信足レ楽也」、梁の王巾「頭陀寺碑文」（文選巻五九）の「視聴之外、若レ存若レ亡」（李善注「僧肇涅盤論曰、視聴之所レ不レ暨《オヨバ》、四空之所二昏昧一」）などがある。

失所―平静を保てない、平常心を乱される、驚き動転するの意。ここは、天上で繰り広げられているような妙《たえ》なる楽と舞を見聞きして、感動している様を言う。晋の左思「魏都賦」（文選巻六）の「矍焉《クワクエントシテ》相顧、䁪《テキ》焉失レ所」、『金光明最勝王経』巻一〇・捨身品の「王聞レ語已《ヲハリテ》、驚惶失レ所、悲哽《ムセビテ》而言」は、その例。日本の例は、居場所を失う、拠り所をなくすの意が大半で、心の動揺をあらわす例は、右の『金光明最勝王経』を利用した、『日本書紀』巻一六・武烈天皇即位前紀の「驚惶失レ所、悲涙盈レ目」くらいしかない。

多言―口数多く言う、多くを語るの意。その例には、白居易「晩出二西郊一」（巻一六0942）の「老来何所レ用、少レ興不二多言一」、道真「冬夜閑居話レ旧、以レ霜為レ韻」（巻三239）の「懐旧猶勝レ到二老忘一、多言且恐レ損二中腸一」がある。

一人之有慶―天子に善行があるの意。内宴の行われたことを言う。これによって万民が幸いをこうむるとする。『尚書』周書・呂刑の「一人有レ慶、兆民頼レ之。其寧惟永」（孔氏伝「天子有レ善、則兆民頼レ之。其乃安寧長久之道」）にもとづく語。白居易「捕レ蝗」（巻三0136）に「一人有レ慶兆人頼、是歳雖レ蝗不レ為レ害」、道真「九日侍宴同賦レ喜晴応製」（巻一48）に「無レ為玄聖化、有レ慶兆民情」とある。

万物之逢春―あらゆる物が春に逢う。句題の「無二物不レ逢レ春」と同じ意。

【通釈】

早春内宴に侍り、ともに「物として春に逢はざるは無し」ということを賦す。天皇の命にお応えする。その序

臣は聞いております。「春は一年のうちのもっとも良い時期であり、四季のうちの輝きである」ということを。この時まさに鶯が囀り花が咲いており、人はこぞって春の到来を喜んでいます。そして君王が春に遊び楽しまれる、何と悦ばしいことではありますまいか。

ですから一つらなりの音楽も、天子のお召しがなければ、その音声を発することはできず、数人の詩臣も、天子の仰せがなければ、その思いを表現することはできません。これを内宴と言うのでありまして、よく心得ておかねばなりません。

みると天空では北斗星が寅の方角を指して時あたかも正月であり、帝の徳があまねく行きわたっております。天は春によってすべてのものを育み、帝は恵みによって万民を和やかになさいます。帝の恵みと天の化育が同時に与えられるのでありまして、その温もりはこの上もございません。

なるほどよく分かりました。天下は広大ですが、どこにも寒さの愁えはなく、多くのあらゆる物どもの、どれにも寒さの名残りをとどめる様子のないことを。どの草や木にも光があふれ、どんな所にも人々の喜びが満ちていることであります。

臣のいるところは、宮中にあって天上の楽や舞を見ているかのようでありまして、その身は、綿にくるまれているのと同じことです。目も耳も落ち着きをなくして感動しておりまして、この喜びを表すのに多言を要しません。そこで伏して君王に善行のあることを詠い、あわせてすべての物が春に逢うことを詠じる次第でございます。このように謹んで申し上げます。

（北山円正）

27 仲春釈奠 聴講孝経 同賦資父事君[1] 序

仲春の釈奠《せきてん》 孝経を講ずるを聴き 同じく「父に資《と》りて君に事《つか》ふ」といふことを賦す 序

【校異】

1父―事父（大・粋）。

【解説】

本序は、『文草』巻一28に五言律詩と共に所収。また『扶桑集』巻九79、『本朝文粋』巻九241、『本朝文集』巻二八にも出る。柿村重松『本朝文粋註釈』に施注がある。本作は、釈奠賦詩の際の詩序である（釈奠については【題注】参照）。この時の釈奠は、直前に排列された「早春侍二内宴一同賦レ無二物不一レ逢レ春応製」（巻一27）の自注に「自レ此以下、秀才作」とあり、道真の補文章得業生の貞観九年正月七日以降となる。貞観九年春の釈奠は、『三代実録』に「(二月）七日丁丑。釈奠弁園韓神祭如レ常」とあって、経典名を記さないが、前年秋は「(八月）五日丁丑。釈奠。直講従七位下船連副使麿講二左氏伝一。文章生等賦レ詩如レ常」と、『左伝』が講じられている。七経輪転の順では、貞観九年春に『孝経』が講じられるはずである。この釈奠も、貞観九年二月七日のものと考えてよかろう。詩序は、前半、釈奠の儀式、論義について記し、題の「資レ父事レ君」に即して、孝子のいる家から忠臣が出ることを述べる。

詩は、以下の通りである。

懐忠偏得意　忠を懐《いだ》きて 偏《ひと》へに意を得たり
至孝自成人　至孝 自《おのづか》ら人と成る

換白何軽死　白に換《か》へて 何ぞ死を軽しとせむ
含丹在顕親　丹を含みて 親を顕《あらは》すに在り
王生猶有母　王生 猶母有るがごとし
曽子豈非臣　曽子 豈《あに》臣に非ざらむや
若向公庭論　若し公庭に論ぜば
応知両取身　応に知るべし 両《ふたつ》ながら身に取らむを

【題注】

釈奠―毎年二月、八月の上丁の日に孔子及びその弟子を祭る儒教儀礼。『礼記』王制に「天子将二出征一、……出征執二有罪一反、釈二奠于学一。以二訊馘一告」と、天子が出征し、有罪の物を捕らえて帰った時には釈奠を行うとある。鄭玄注に「釈菜・奠幣、礼二先師一」とある。同じく『礼記』文王世子に「凡始立レ学者、必釈二奠于先聖先師一。及レ行レ事必以レ幣」と、始めて学校を建てる際に「先聖先師」に釈奠することが見える。「学令」3に「凡大学国学、毎年春秋二仲之月上丁、釈二奠於先聖孔宣父一。其饌酒明衣所レ須、並用二官物一」と、春秋に釈奠が行われることが定められている。儀式次第は、『延喜式』巻二〇・大学寮に詳しい。廟堂院で饋享《ききょう》（拝廟）が行われ、その後、都堂院に場所を移して講論が行われる。日本では、孝経・毛詩・尚書・礼記・論語・周易・左伝の七経が順に毎回一経ずつ論義され、一巡すると孝経に戻る七経輪転が行われた。講論が終わると宴が行われる。賦詩に関係するのでやや詳しく記せば、参加者は一旦都堂院を退出し、準備ができてから再び座に着き、宴が行われる（百度座）。この宴が終わると、六位以下が退出し、五位以上、文人が宴座に着く（宴座）。文章博士が題を下し、文人賦詩。その間、明経・明法・算の三道博士らが学生を率いて論義を行う。その後、文人が献詩する。釈奠については、彌永貞三「古代の釈奠について」（『日本古代の政治と史料』髙科書店、一九八八年）、翠川文子「釈奠一～七」（『川村短期大学紀要』

10〜14、17、18、一九九〇〜一九九八年）、所功「日本における釈奠祭儀の特色」（『京都産業大学論集』27―4人文科学系列24、一九九七年）、中野昌代「唐代における釈奠について」（『史窗』58、二〇〇一年）などを参照。

孝経―儒家の経書の一つ。孝を論じたもの。一巻。曽子門流の著とされる。『漢書』巻三〇・芸文志に「孝経者、孔子為二曽子一陳二孝道一也。夫孝、天之経、地之義、民之行也。挙二大者一言、故曰二孝経一。漢興、長孫氏・博士江翁・少府后倉・諫大夫翼奉・安昌侯張禹伝レ之、各自名レ家、経文皆同。唯孔氏壁中古文為レ異。父母生レ之、続莫レ大レ焉。故親生二之膝下一。諸家説不二安処一。古文字読皆異」とある。日本では、「学令」5に「凡教二授正業一、周易鄭玄、王弼注、尚書孔安国、鄭玄注、三礼、毛詩鄭玄注、左伝服虔、杜預注、孝経孔安国、鄭玄注、論語鄭玄、何晏注」とあり、孔安国と鄭玄の注で学ぶことになっていたが、貞観二年一〇月一六日の清和天皇の詔に「孔鄭之注並廃二於時一、御注之経独行二於世一而唯伝二彼注一。未レ読二件経一、仮二之通論一、未レ為二允愜一。鄭孔二注、即謂レ非レ真、御注一本、理当二遵行一。宜下自今以後、立二於学官一、教二授此経一、以充中試業上」とあり、『御注孝経』が教授されるようになる（但し、この詔の末尾には「若猶敦二孔注一、有レ心二講誦一、兼聴二試用一。莫レ令レ失レ望」ともあり、孔安国の注を学ぶことも許されている）。この釈奠で講義されたのも、『御注孝経』であろうか。この一巡前の釈奠で、「釈奠如レ常。正六位上行直講刈田首安雄講二御注孝経一。文章生等賦レ詩如レ常」（三代実録・貞観四年八月一一日条）と『御注孝経』が講義されたことを勘案すれば、『御注孝経』が用いられたと考えられる。但し『本朝文粋』巻九の目録では、題を「釈奠聴レ講二古文孝経一賦二資レ事レ父事レ君詩序一首」に作っている。また、『菅家文草』巻五367は「仲春釈奠聴レ講二古文孝経一同賦二以レ孝事レ君則忠一」と、「古文孝経」が用いられている。阿部隆一「室町時代以前に於ける御注孝経の講誦伝流について――清原家旧蔵鎌倉鈔本開元始注本を中心として――」（『斯道文庫論集』4、一九六五年）には、前掲貞観二年の清和天皇の詔以後にも古文孝経が釈奠で用いられた例が指摘されている。なお、『孝経』の受容については、林秀一「孝経の伝来とその影響――写本時代を中心として――」（『孝経学論集』明治書院、一九七六年）、阿部隆一前掲論文、小島憲之「学令の検討」（『国風暗黒時代の文学　上』塙書房、一九六八年）、坂田充「『御注孝経』の伝来と受容――九世紀日本における唐風化の一事例として――」（『学習院史学』43、二〇〇五年）、後藤昭雄「平安朝における『孝経』の受容」（『斯文』128、二〇一六年）を参照。

資父事君―父に仕えるそのままの態度で、君主に仕えること。『御注孝経』士章に「資㆓於事㆒㆑父以事㆑母、而愛同。資㆓於事㆒㆑父以事㆑君、而敬同」とあり、御注に「資、取也。言愛㆓父与㆑母同、敬㆓父与㆑君同」と見える。なお、底本以下、『孝経』本文の「於事父」を「父」に作っている。大系本は「事」を補い、新大系『本朝文粋』も古活字本にもとづいて同様の措置を取っている。しかし、『本朝文粋』身延山本では「資㆑父事㆑君」であり、前項に触れた目録では、新大系の「事父」を身延本は「文」に作るが、「文」は「父」の誤写であろう。すなわち、本序に於いては、『菅家文草』、『本朝文粋』古写本、『扶桑集』いずれも「資父事君」の形である。また、『朝野群載』巻一三・書詩体には、本序の題辞が釈奠の例として取り上げられるが、「仲春釈奠聴㆑講㆓古文孝経㆒同賦㆓資㆑父事㆑君一首」とあり、これも「資㆑父事㆑君」である。なお、『菅家文草』は、巻末に詩序の題が一覧されるが、本序が収められる巻一末でも「資㆑父事㆑君」である。平安朝では、この形で用いられたか。例えば、梁の元帝「上㆓忠臣伝㆒表」（芸文類聚巻二〇・忠）に「資㆑父事㆑君、寔曰㆓厳敬㆒。求㆑忠出㆑孝、義兼㆓臣子㆒」、初唐の楊炯「左武衛将軍成安子崔献行状」（楊盈川集巻一〇）に「公、自㆑家刑㆑国、資㆑父事㆑君、楽㆓王粲之神武㆒、棄㆓班超之筆硯㆒」、白居易「柳公綽父子温贈尚書右僕射。……八人亡父同制」（巻三二1558）に「銀青光禄大夫……柳公綽父子温等、咸有㆓令子㆒、集㆓于中朝㆒。資㆑父事㆑君、移㆑忠自㆑孝」などと見える。また、『千字文』に「資父事君」とある。これらは対句等を考慮すれば、四字句でなければならないので、この形を取ったとも考えられるが、『晋書』巻二〇・礼志中・凶礼では「博士徐藻議、以為、資㆑父事㆑君而敬同」とあり、この例は四字句である必要がなく、このような形も存したと考えられる。なお、滝川幸司「仲春釈奠聴講孝経同賦資（事）父事君――菅家文草・本朝文粋の校訂をめぐって――」（『国文論藻』16、二〇一七年）参照。

仲春之月、初丁大昕、有事于孔廟。蓋釈奠也。
籩豆之事、則有司存之、
苾芬之儀、則鬼神享之。
礼云礼云、可[1]名目以言矣。
於是、
円冠撙節、博帯搵衣。
命夫君子之儒、稽其古文之典。
立言在簡、憲章于魯堂之中、
敷説如流、擬議于洙水之上。
故能
志於道、拠於徳、擁経猶有三千、
芸其草、修其書、去聖曽未咫尺。
夫、
孝事親之名、経為書之号。

仲春の月、初丁大昕《だいきん》に、孔廟に事有り。蓋し釈奠なり。
籩豆《へんとう》の事は、則ち有司存し、
苾芬《ひつふん》の儀は、則ち鬼神享《う》く。
礼と云ひ礼と云ふ、名目して以て言ふべし。
是に於いて、
円冠 節に撙《おもむ》き、博帯 衣を搵《かか》ぐ。
夫《か》の君子の儒に命じて、其の古文の典を稽《かんが》へしむ。
言を立つること簡に在り、魯堂の中に憲章し、
説を敷くこと流るる如く、洙水の上《ほとり》に擬議す。
故に能く
道に志し、徳に拠りて、経を擁《と》るもの猶三千有り、
其の草を芸《うん》し、其の書を修めて、聖を去ること曽て未だ
咫尺《しせき》ならざらむや。
夫《そ》れ、
孝は親に事《つか》ふる名なり、経は書為《た》る号なり。

謂之、[2]義者旁観地理、
謂之、行者俯察人文。
是以、
膺籙受図之貴、非孝無以約左龍、
啜菽飲水之卑、非孝無以拠懸象。

至如
子諒之心、孫謀之[3]訓、
求之於百行、不如此一経者也。
観其、
一草一木、不伐[4]勾甲於和風之前、
乃父乃兄、無虧燕毛於観学之後。
済済焉、鏘鏘焉。
孝治之世、其猶鏡[5]容乎。

之《これ》を謂はば、義は旁《あまね》く地理に観《み》、
之を謂はば、行《かう》は俯して人文に察するなり。
是を以て、
籙に膺《あた》り図を受くる貴も、孝に非ずは以て左龍を約すること無く、
菽《しゆく》を啜《すす》り水を飲む卑も、孝に非ずは以て懸象に拠ること無し。

子諒の心、孫謀の訓《をしへ》の如きに至りては、
之を百行《はくかう》に求むるも、此の一経に如かざる者なり。
観れば其れ、
一草一木も、勾甲《こうかふ》を和風の前に伐《ほこ》らず、
乃ち父乃ち兄、燕毛を観学の後に虧《か》くること無し。
済済たり、鏘鏘《さうさう》たり。
孝治の世、其れ猶鏡容のごときか。

況亦、
[6]資於慈父、以事聖君、君父之敬可同、
孝子之門、必有忠臣、臣子之道何異。
然則、
揚名之義、可請[7]益於北闕之臣、
[8]刑国之儀、豈失問於南垓之子。
願録三綱之無爽、将叙五教之在寛。
[9]云爾。謹序。

況むや亦、
慈父に資《と》りて、以て聖君に事ふれば、君父の敬同じかるべく、
孝子の門には、必ず忠臣有れば、臣子の道何ぞ異ならむをや。
然れば則ち、
名を揚ぐる義は、益《えき》を北闕の臣に請ふべく、
国を刑《なさ》むる儀は、豈問《あにとひ》を南垓《なむがい》の子に失はむや。
願はくは三綱の爽《たが》ふ無きを録し、将に五教の寛《ひろ》きに在るを叙べむとすと。
云ふこと爾り。謹みて序す。

【校異】
1名―各（底本・扶）。粋により改む。　2義―儀（川）。　3訓―詠（底本）。粋により改む。
4勾―句（川）。　5容―谷（寛・扶・粋）。　6資於―資（底本）。扶・粋により改む。　7請―謂（扶）。
8刑―形（寛・扶・粋）。　9云爾―矣（寛）。

【語釈】

初丁―その月の最初の丁の日。上丁ともいう。釈奠はこの日に行われる。中国での用例未見。【題注】の「釈奠」に引いた「学令」参照。

大昕―夜明け。『礼記』文王世子に「天子視レ学、大昕鼓徴、所二以警一レ衆也。衆至。然後天子至。乃命二有司一行レ事、興二秩節一、祭二先師先聖一焉。有司卒レ事、反命。始之レ養也、適二東序一、釈二奠於先老一、遂設二三老五更群老之席位一焉」とある。天子が学事を視察する際に、夜明け方（「大昕」）に太鼓を鳴らして学生を召し寄せるという。初めて学校を設立して養老の儀礼を行う場所へ行く際には、先老（亡くなった長老）に釈奠するという。鄭玄の注に「早昧爽撃レ鼓、以召レ衆也。……昕音欣。説文云、旦明、日将レ出也」と見える。

孔廟―孔子廟。大学寮内にある。道真「北堂餞宴各分二一字一」（巻三187）に、「孔廟」という形ではないが、「倩憶分憂非二祖業一、徘徊孔聖廟門前」とある。

有事―祭事を行う。『礼記』祭統に「夫祭有二昭穆一。昭穆者、所下以別二父子遠近、長幼親疏之序一而無上レ乱也。是故有レ事二於大廟一、則群昭群穆咸在。而不レ失二其倫一。此之謂二親疏之殺一也」と父子、長幼の序を区別するために祭事を行うとある。

籩豆・有司―「籩豆」は、祭や宴会に用いる器の名。「籩」は、竹を編んで作った器で、祭の際に果実や干し肉などを盛る。「豆」も器で、木製。祭礼に用いる。『論語』泰伯に「君子所レ貴二乎道一者三。動二容貌一、斯遠二暴慢一矣。正二顔色一、斯近レ信矣。出二辞気一、斯遠二鄙倍一矣。籩豆之事、則有司存」とあり、本序の「籩豆之事、則有司存」と同じ形で出る。何晏集解に「籩豆、礼器」とある。『延喜式』巻二〇・大学寮・釈奠に「二座〈先聖文宣王、先師顔子〉。座別籩十〈堅塩、乾魚、乾棗、栗黄、榛子人、菱人、芡人、鹿脯、白餅、黒餅〉。豆十〈韮菹、醓醢、菁菹、鹿醢、芹菹、菟醢、筍菹、魚醢、脾折菹、豚胉〉。……従祀九座〈閔子騫、冉伯牛、仲弓、冉有、季路、宰我、子貢、子游、子夏〉、座別籩二〈栗黄、鹿脯〉。豆二〈葵菹、鹿醢〉……」と、供え物が器毎に列挙されている。「有司」は、担当の役人。前述のように『論語』泰伯に見えた。『延喜式』巻二〇・大学寮によれば、上述の器（「籩豆」）は、「在㆓寮家㆒。当㆓祭時㆒出㆓充諸司㆒」という。また、「三牲〈大鹿、小鹿、豕、各加㆓五臓㆒〉、菟〈醢料〉」については、「六衛府別大鹿・小鹿・豕各一頭。先㆑祭一日、進㆑之以充㆑牲。其菟一頭。先㆑祭三月、致㆓大膳職㆒、乾曝造㆑醢。祭日弁貢」とあり、「凡魚醢者、大膳職造備。臨㆑祭弁㆓貢之㆒」とあるように供物を準備する諸司の規定がある。

苾芬―かんばしい様。『毛詩』小雅・谷風之什「楚茨」に「苾芬孝祀、神嗜㆓飲食㆒。卜㆓爾百福㆒、如㆑幾如㆑式」とあり、鄭箋に「苾苾芬芬、有㆓馨香㆒矣。女之以㆓孝敬㆒享祀也、神乃歆㆓嗜女之飲食㆒」と見える。鄭箋によれば、香りたかい孝敬の心で祭れば、神も喜んで飲食するとある。本序の表現はこれによるか。

鬼神―祖先の霊、死人の霊魂をいう。ここは、釈奠で祭られる孔子などの霊であろう。『御注孝経』応感章に「宗廟致㆑敬、鬼神著矣。孝悌之至、通㆓於神明㆒、光㆓于四海㆒、無㆑所㆑不㆑通」と見える。

礼云礼云―『論語』陽貨に「子曰、礼云礼云、玉帛云乎哉」とあるのにもとづく。礼といっても、玉や絹布という形式が大切だというわけではない、という。

名目―名指しして注目する、讃える。ここは釈奠という儀式に注目しようという意。『三国志』巻二一・魏書・王粲伝に「評曰、昔文帝、陳王以㆓公子之尊㆒、博好㆓文采㆒。同声相応、才士並出。惟粲等六人最見㆓名目㆒」と見える。

於是―以下、「去㆑聖曽未㆓咫尺㆒」まで釈奠という行事について説明する。

円冠―円い冠。儒者の冠。『荘子』外篇・田子方に「荘子曰、周聞㆑之。儒者冠㆓圜冠㆒者、知㆓天時㆒。履㆓句屨㆒者、知㆓地形㆒。緩㆓佩棔㆒者、事至而断。君子有㆓其道㆒者、未㆔必為㆓其服㆒也。為㆓其服㆒者、未㆔必知㆓其道㆒也」とあり（太平御覧巻六九七・「履」所引荘子では「圜冠」を「㆓円冠」に作る）、中唐の元稹「独孤朗授㆓尚書都官員外郎㆒……制」（元氏長慶集巻四七）に「汝等皆冠㆓円冠㆒曳㆓方屨㆒、以㆓儒服㆒事㆑朕」とあり、『荘子』にもとづいて儒者の姿を描く。なお、『荘子』では「圜冠」に作るが、多く「円冠」の形で用いられる。道真の例としては、「為二大学助教善淵朝臣永貞一請二解レ官侍レ母表」（巻一〇）に「臣為二大学助教一、十五年来、円冠非二中身之服一、函丈是遊手之資」とある。他に釈奠詩序の例として、大江澄明「仲春釈奠、聴レ講二古文孝経一、同賦二夙夜匪レ懈」詩序（本朝文粋巻九242）に「杏壇槐市之前、円冠鼓レ篋、雲幕霞軒之下、大帯摳レ衣」が見える。

撙節―規則に従うこと。『礼記』曲礼上に「是以君子恭敬撙レ節退譲、以明レ礼」とあり、孔穎達疏に「撙者趨也、節法度也。言恒趨二於法度一」とある。紀長谷雄「仲春釈奠、聴レ講二礼記一、同賦二桃始華一」詩序（本朝文粋巻一〇291）に「於レ是歳及二仲春一、奠二于先聖一。王公撙レ節、縉紳粛儀」と見え、本序と同じく釈奠に参加する官人の恭しい姿を描く。

博帯―幅の広い帯。礼装したときに用いる。『芸文類聚』巻六七・衣冠所引『墨子』に「昔斉桓公、高冠博帯、以治二其国一」とある。また、『漢書』巻七一・雋不疑伝に「不疑冠二進賢冠一、帯二櫑具剣一、佩二環玦一、褒衣博帯、盛服至二門上一謁」とあり、顔師古注に「言着二褒大之衣、広博之帯一也」と見える。また、大江挙周の対文「弁二耆儒一」（本朝文粋巻三90）に「博帯繞レ身、規矩之歩継レ踵、高冠理レ鬢、荘敬之姿可レ観」とあり、儒者の帯として見える。

摳衣―衣服の裾をかかげること。貴人の前に出て拝礼すること。『礼記』曲礼上に「毋レ践レ屨、毋レ攀レ席、摳レ衣趨レ隅、必慎二唯諾一」とあり、孔穎達疏に「摳、提也。衣、裳也」とある。道真「重請レ解二右大臣職一第三表」（巻一〇）に「嗟虖、摳レ衣不レ遑、星霜僅移二一十一。潤屋無レ限、封戸忽満二二千一」と見える。また、釈奠詩序としては「円冠」語注に引いた大江澄明の例がある。

君子之儒―君子である学者。『論語』雍也に「子謂二子夏一曰、女為二君子儒一、無レ為二小人儒一」とあり、何晏集解に「孔曰、君子為レ儒将二以明一レ道、小人為レ儒則矜二其名一」とある。君子の儒とは、道を明らかにするもので、小人の儒は、おのれの名を誇るものだという。

古文之典―ここでは、儒教経典一般を指すか。「古文」は古い文章の意。『史記』巻一・五帝本紀に「太史公曰、……至三長老皆各往往称二黄帝、堯、舜之処一、風教固殊焉。総レ之不レ離二古文一者近レ是」とあり、索隠に「古文即帝徳、帝系二書也。近二是聖人之説一」と注される。空海「中寿感興詩」序（性霊集巻三）の「古文云、知レ命読レ易、義趣易レ入」はその一例。柿村注は、『漢書』巻三〇・芸文志の「武帝末、魯共王壊二孔子宅一、欲三以広二其宮一。而得二古文尚書及礼記、論語、孝経凡数十篇一。皆古字也」を引く。「古文」を古文孝経と解釈しているものと思われる。ここは、対句の「君子」を勘案し、古文孝経という典籍自体ではなく、儒教経典一般を指し、釈奠という行事について説明しているものと理解する。

立言―考えを述べること。南朝宋の顔延之「皇太子釈奠会作詩」（文選巻二〇）に「国尚二師位一、家崇二儒門一。稟レ道育レ徳、講レ芸立レ言」とあり、李善注に「西都賦曰、講二論乎六芸一。左氏伝、范宣子曰、其次立レ言」と見え、六芸を講じて考えを述べることをいう。本序では、釈奠に於いて経書を論じて解釈を述べることをいう。道真「明二氏族一」（巻八）に「是知、周官者、姫公之制。自謂二聖人立言一、系レ世以分レ宗」の例を見る。

在簡―簡潔であること。「立言在簡」で、簡潔に解釈して説明することをいう。晋の陸機「丞相箴」（芸文類聚巻四五・丞相）に「夫導レ民在レ簡、為レ政以レ仁。仁実生レ愛、簡亦易レ遵」とある。

憲章―（いにしえに）則り明らかにする。『礼記』中庸に「仲尼祖二述堯舜一、憲二章文武一」とあり、孔穎達疏に「憲、法也。章、明也。言夫子発二明文武之徳一」とある。晋の范堅「書二問馮懐一」（芸文類聚巻三八・釈奠）に「漢代以来、釈二奠先師一、唯饗二仲尼一、不レ及二公旦一。何也。馮答曰、若如来之談、亦当三憲二章堯舜文武一。豈唯周公乎」の例がある。仁明天皇の詔（続日本後紀・天長一〇年三月二日条）に「後太上天皇、憲二章千古一、含二育万邦一。仁化未レ澆、機事遄脱」とあり、「延喜格序」（本朝文粋巻八200）に「憲二章前条一、綜二輯此典一」とある。

魯堂―儒学を学ぶ堂。魯は孔子の故郷。中国での用例は未見。大江挙周の対文「弁二耆儒一」（前掲）に「是以遊二魯堂㆒者、孜孜匪㆑懈。仰㆓魏闕㆒者、済済寔繁」とある。本序では、講論が行われる都堂を指すか。

敷説―考えを説く。「大唐大慈恩寺三蔵法師伝」巻一に「到㆓荊州天皇寺㆒。彼之道俗承㆑風斯久。既属㆓来儀㆒、咸請㆓敷説㆒」とある他、梁の王筠「与㆓雲僧正㆒書」（広弘明集巻二八）に「建㆑斎設㆑会務依㆓経典㆒、敷㆓説大乗㆒誘㆓度群生㆒」など、仏教関係の例が見える。紀在昌「北堂漢書竟宴、詠㆑史得㆓蘇武㆒」詩序（本朝文粋巻九261）に「垂㆑訓無㆑厭、已居㆓魯儒之宗㆒、敷㆑説不㆑躓、早得㆓漢聖之号㆒」とあるのは、講書での例であり、本序と近い。

如流―弁舌が流れるようになめらかなことをいう。『毛詩』小雅・節南山之什「雨無正」に「哀哉不㆑能㆑言、匪㆓舌是出㆒、維躬是瘁、哿矣能言。巧言如㆑流、俾㆓躬処㆑休」とある。安倍真勝卒伝（類聚国史巻六六・薨卒）に「天資質樸、不㆑好㆓祇媚㆒。学㆓老荘㆒、能口自読如㆑流、不㆑精㆓義理㆒」とある。

擬議―（いにしえに）なぞらえて議論すること。『周易』繫辞上伝に「言㆓天下之至賾㆒而不㆑可㆑悪也。言㆓天下之至動㆒而不㆑可㆑乱也。擬㆑之而後言、議㆑之而後動。擬議以成㆓其変化㆒」と見える。『易』では「擬」は、おしかはるの意だが、ここは対句の「憲章」から考えて、なぞらえるの意か。

洙水―孔子の故郷を流れる川。孔子の教え、儒学が生まれた場所、あるいは儒学そのものを指す。ここでは、釈奠で議論が行われる都堂を指すか。『礼記』檀弓上に「吾与㆑女事㆓夫子於洙泗之間㆒、退而老㆓於西河之上㆒」と見え、鄭玄注に「言其有㆑師也。洙泗魯水名」とある。子夏、曾子が、孔子に洙水、泗水で仕えたことをいう。道真「仲春釈奠聴㆑講㆓論語㆒」（巻一23）に「珠従㆓洙水㆒出、轄自㆓孔門㆒投」と、論語の教えが洙水から出たという。なお、「如流」と縁語関係になる。

志於道、拠於徳―正しい道を目指し、徳をよりどころにすること。『論語』述而の「子曰、志㆓於道㆒、拠㆓於徳㆒、依㆓於仁㆒、遊㆓於芸㆒」にもとづく。

擁経―経書を抱くこと。儒学を学ぶものについていう。後漢の明帝が経書を持って師の桓栄の病を見舞った故事による。『後漢書』巻三七・桓栄伝に「帝幸二其家一問二起居一。入レ街下レ車、擁レ経而前、撫レ栄垂レ涕」とあるように、明帝は、経書を持って進み、桓栄を撫でて、涙を流したという。梁の簡文帝「昭明太子集序」（梁文巻一二）に「名儒称レ疾、無レ労擁レ経入レ巷」とある。

三千―孔子の弟子の数。本書25「八月十五夜厳閤尚書授二後漢書一畢。各詠レ史」に既出。その注参照。ここでは、釈奠に集う者の多さを譬える。

芸其草、修其書―文章（書籍）を保ち、その書籍（経書）を修得することをいうか。『毛詩』小雅・甫田之什「裳裳者華」に「裳裳者華、芸其黄矣」とあり、伝に「芸、黄盛也」とある。「芸其草」の措辞はこれにもとづくのだろうが、本序の「芸其草」は、対語の「志」から考えて、動詞で使われていよう。「芸」は香草で、書物の虫食いを防ぐために用いる。「芸其草」は書物（=草）を虫食いから防いで保ってきたことをいうか。あるいは、「芸」には、くさぎるの意があり、草を切るように読解していくことをいうか。

去聖―聖人から遠ざかること。『孟子』尽心下に「孟子曰、由二堯舜一至二於湯一、五百有余歳。若二禹皐陶一則見而知レ之。若レ湯則聞而知レ之。由レ湯至二於文王一、五百有余歳。若二伊尹莱朱一則見而知レ之。若二文王一則聞而知レ之。由二文王一至二於孔子一、五百有余歳。若二太公望散宜生一則見而知レ之。若二孔子一則聞而知レ之。由二孔子一而来至二於今一、百有余歳。去二聖人之世一、若レ此其未レ遠也。近二聖人之居一、若レ此其甚也」とあり、聖人孔子の世を去ること、まだ遠くはないという。後漢の孔融「答二虞仲翔一書」（芸文類聚巻五五・経典）に「示所レ著易伝、自二商瞿一以来、舛錯多矣。去レ聖弥遠、衆説騁辞」とある。【題注】の「孝経」に引いた清和天皇の御注孝経採択の詔に「但去レ聖久遠、学不レ厭レ博。若猶敦二孔注一、有レ心二講誦一、兼聴二試用一。莫レ令レ失レ望」とあり、聖人から久しく時代を隔てているので、御注以外の孔注を学ぶことを許すという。道真「奉二淳和院大后令旨一請三大覚寺置二僧俗別当幷度者一状」（文草巻九）に「右此寺、元太上皇（嵯峨上皇）之閑院也。微誠有レ達、乃許レ為レ寺。令（今カ）所レ恐像末時及、去レ聖逾遠」と見える。この例は、「像末」と関わるので、釈迦という聖から遠ざかることを指すのであろう。

咫尺―非常に近い距離。『春秋左氏伝』僖公九年に「対曰、天威不レ違二顔咫尺一」とあり、杜預注に「言、天鑑察不レ遠二威厳一、常在二顔面之前一。八寸曰レ咫」とある。本書39「早春観レ賜二宴宮人一同賦レ催レ粧応製序」に「天臨咫尺、逼二金鋪一以展レ筵、地勢懸高、排二繡幌一而移レ榻」と見え、天子との距離が近いことをいう。

夫―発語の表現。話題を変える際に用いる。以下、今回の講論の対象となった孝経について述べる。

孝事親―孝とは親に仕えることの意。『孝経』開宗明義に「夫孝始二於事レ親、中二於事レ君、終二於立レ身」とある。この対句で「孝」「経」の書名を説明する。

地理―地上のことわり、道理。『周易』繋辞上伝に「易与二天地一準。故能弥二綸天地之道一。仰以観二於天文一、俯以察二於地理一」とあり、孔穎達疏に「地有二山川原隰一各有二条理一。故称レ理也」と見える。『孝経』三才に「子曰、夫孝天之経也。地之義也。民之行也」とある。本序で「義者……地理」と記すのも「地之義」に基づき、「地」を「地理」と表現したのであろう。

俯察―うつむいてよく見ること。後漢の張衡「西京賦」（文選巻二）に「旗亭五重、俯察二百隧一」、晋の王羲之「蘭亭序」に「仰観二宇宙之大一、俯察二品類之盛一」と見える。

人文―人の行うこと、または諸現象。本書25「八月十五夜、厳閤尚書授二後漢書一畢、各詠レ史序」に見えた。その注参照。本序で「行者俯二察人文一」と記すのも、前掲『孝経』三才の「民之行」にもとづき、「民」を「人文」と表現したのであろう。

膺籙受図―天子が天下を所有する運命を持つこと。後漢の張衡「東京賦」（文選巻三）に「高祖膺レ籙受レ図、順レ天行レ誅、杖二朱旗一而建二大号一」とあり、薛綜注に「膺レ籙、謂レ当二五勝之籙一、受レ図、卯金刀之語」と見え、李善注には、「春秋命歴引曰、五徳之運徴二符合一、膺二籙次一相代」とあり、「膺籙」とは、預言書を持つこと、預言書の伝える順番通りに天下を取る運命を持つことをいい、「受図」は、「劉」を分解した「卯金刀」の三字を予言した図を受けたことをいう。『日本書紀』成務四年二月一日条の詔に「我先皇大足彦天皇、聡明神武、膺レ籙受レ図、洽レ天順レ人、撥レ賊反レ正」と、大足彦天皇（景行）が即位したことを「膺籙受図」という。菅原文時「北堂文選竟宴各詠レ句得三遠念二賢士風一」詩序（本朝文粋巻九239）に「聖主膺レ籙之六載、承平開元五年、朝野清平、風雲律呂」とあるのも、天皇が即位することをいう。

左龍―本来は、左にある剣の龍の紋様のこと。武官を表す。『春秋繁露』服制に「剣之在レ左、青龍之象」とあり、大江匡衡「夏夜守二庚申一侍二清涼殿一同賦三避レ暑対二水石一応製」詩序（本朝文粋巻八223）に「繞レ日夢レ月之家、冠二青雲一以従レ事、左龍右貂之輩、履二丹霞一而承レ恩」とある。匡衡の例は武官を示す。しかし、ここでは武官が出てくる必然性がない。あるいは、「龍」は天子を暗示し、「左龍」で天が天子を助けることをいうか。天子の位につく運命を持っていても、孝でなければ、天子を天が助けることが約束されないというか。

啜菽飲水―豆がゆをすすり水を飲む。貧しい生活をしていること。『礼記』檀弓下に「子路曰、傷哉貧也、生無二以為レ養、死無二以為レ礼也。孔子曰、啜レ菽飲レ水、尽二其歓一。斯之謂レ孝」（芸文類聚巻三五・貧）とある。

懸象―天の現象、日月をいう。第一冊3「清風戒寒賦」に既出。その注参照。ここでは日月を指し、孝でなければ日月の下、天の下で生きていられないという。

子諒之心―慈しみ深い心と誠の心。『礼記』楽記に「致レ楽以治レ心、則易直子諒之心油然生矣。易直子諒之心生則楽」とあり、孔穎達疏に「子謂二子愛一、諒謂二誠信一」とある。

孫謀―子孫のための計画。『毛詩』大雅・文王之什「文王有声」に「豊水有レ裹、武王豈不レ仕。詒二厥孫謀一、以燕二翼子一」とある。鄭玄の箋に「豊水猶以二其潤沢一生レ草。武王豈不下以二其功業一為上レ事乎。以レ之為レ事、故伝四其所三以順二天下之謀一、以安二其敬レ事之子孫一」と見える。『続日本紀』延暦一〇年四月八日条に「左大史正六位上文忌寸最弟、播磨少目正八位上武生連真象等言、……最弟等幸逢二明時一、不レ蒙二曲察一。歴代之後申レ理無レ由。伏望、同賜二栄号一、永貽二孫謀一」とある。

百行―多くの行い。孝は百行の源、首などといわれる。『顔氏家訓』勉学に「孝為二百行之首一。猶須三学以脩二飾之一。況余事乎」とあり、『御注孝経』序に「雖二五孝之用一則別、而百行之源不レ殊」とある。また、前掲『孝経』三才の「夫孝天之経也。地之義也。民之行也」の御注に「孝為二百行之首一、人之常徳」と見える。中臣栗原年足の対文「宗廟禘祫」（経国集巻二〇）に「万徳雖レ舛、以レ道為レ宗、百行雖レ殊、以レ孝為レ大」と見える。

観其―発語の表現。話題を転ずる際に用いる。見るところによれば、思うになどの意。本書25「八月十五夜、厳閤尚書授二後漢書一畢。各詠レ史序」の「観夫」に同じ。菅原文時「繊月賦」（本朝文粋巻一1）に「観其以レ陰為レ位、成二象於天一」とある。中国の用例未見。

一草一木―すべての草や木。本書26「早春内宴同賦レ無二物不一レ逢レ春応製序」に見えた。その注参照。

不伐―（つぼみであることを）ほこらないの意。つぼみであることをほこらないとは、つぼみを開くことをいう。『論語』雍也に「孟之反不レ伐」とあり、『漢書』巻九〇・酷吏伝・楊僕伝に「上欲レ復二使将一、為三其伐二前労一」と見え、顔師古注に「伐、謂二矜恃一也」とある。

勾甲―植物が初めて出てこようとしている外皮。あるいは、外皮を破って出てこようとする植物そのもの。ここではつぼみを指す。「勾」は「句」に同じく植物が出てくるときの曲がった形。「甲」は外皮。『礼記』月令の「季春之月」に「是月也、生気方盛、陽気発泄。句者畢出、萌者尽達」とあり、鄭玄の注に「句屈生者、芒而直曰レ萌」とある。『周易』解に「雷雨作。而百果草木皆甲坼」とある。晩唐の欧陽詹「唐天志」（欧陽行周文集巻七）に「上至事事、下洎営営。羽毛鱗介、勾甲芽萌」と見える。

和風―のどかな春風。晋の何劭「贈二張華一」（文選巻二四）に「暮春忽復来、和風与レ節倶」と見え、李善注に「毛詩曰、習習谷風。毛萇伝曰、習習、和舒之貌。楊泉物理論曰、春気臑、其風温和」とあるように、温かくのどかな春風をいう。

乃父乃兄—父と兄のように仕える。後漢の班固「東都賦」の「辟雍詩」（文選巻一）に「皤皤国老、乃父乃兄」とあるのにもとづく。李善注に「孝経援神契曰、天子尊二事三老一、兄二事五更一。応劭漢官儀曰、天子父二事三老一」とあるように、国老に父のごとく兄のごとく仕えることをいう。

燕毛—先祖の祭りのあとの宴会に、頭髪の色で長幼の区別をして席次を定めたこと。宴の序列。『礼記』中庸に「燕毛、所二以序レ歯也一」と見え、鄭玄の注に「燕謂二既祭而燕一也。燕以二髪色一為レ坐。祭時尊レ尊也。至レ燕親レ親也。歯亦年也」とある。大江匡衡の対文「寿考」（本朝文粋巻三82）に「燕毛之有レ序、猶存二四始之篇一、馬氏之抛レ鞍、能退二五淫之寇一」と例を見る。

観学—孝経の講論を見ること。用例未見。似た言葉に「視学」があり、『礼記』文王世子に「天子視レ学」と見えるが、天子が学業を視察することをいう。

済済焉、鏘鏘焉—大夫、士の威儀あるふるまいをいう。第一冊2「未レ旦求レ衣賦」に既出。その注参照。

孝治—孝で天下を治めること。第一冊50「日本文徳天皇実録序」に既出。その注参照。

鏡容—天子が孝で治めている世（「孝治之世」）が鏡のように澄みきっていることをいうか。孝で治められたくもりない世をいうか。晩唐の韓琮「秋晩信州推院親友或責レ無レ書。即事。寄レ答」（唐巻五六五）に「商吹移二砧調一、春華改二鏡容一」とある鏡に映る姿の例はあるが、本序のような用例は未見。

君父之敬可同—父に仕えることが君に仕えることに繋がるのだから、父と君に対する敬意は同じであるだろうの意。だから「孝子之門」には「忠臣」が出るのである。「敬可レ同」は、句題のもとづく「資二於事レ父以事レ君、而敬同」による。

孝子之門―孝子のいる家。『後漢書』巻二六・韋彪伝に「夫国以レ簡レ賢為レ務、賢以二孝行一為レ首。孔子曰、事レ親孝。故忠可レ移二於君一。是以求二忠臣一、必於二孝子之門一」とある。李賢注は「孝経緯之文也」という。

臣子之道何異―父と君への敬意が連なるのであるから、臣と子の道は異なることがないという。

然則―前文で忠臣と孝子の道は異ならないと述べ、だから忠臣（＝北闕之臣）と孝子（＝南垓之子）に尋ねるのだ、と繋がる。

揚名―名をあらわす、名声を揚げる。『孝経』開宗明義に「立レ身行レ道、揚二名於後世一、以顕二父母一。孝之終也」とある。道真の例としては、「仲春釈奠礼畢王公会二都堂一聴レ講二礼記一」（巻一14）に「尼丘千万仭、高仰欲レ揚レ名」、「賀二宮田両才子入一レ学」（巻一26）に「前程占得揚レ名処、声価遏レ雲城復連」とある。

請益―重ねて教えを請う。『論語』子路に「子路問レ政。子曰、先レ之、労レ之。請レ益。曰、無レ倦」とあり、子路が孔子に重ねて尋ねることを「請益」という。三善清行「奉二左丞相一書」（本朝文粋巻七188）に「悪逆之主、猶処二軽科一。至二于門人一、唯請レ益受レ業而已」とある。

北闕―宮中。第一冊2「未レ旦求レ衣賦」に既出。その注参照。「北闕之臣」で、忠臣を示す。

刑国―国を治める。「自レ家刑レ国」の形で見える。家庭内のことが国を治める基本であるの意。『晋書』巻六七・郗鑒伝に「史臣曰、忠臣本二乎孝子一、奉レ上資二乎愛一レ親。自レ家刑レ国、於レ斯極矣」とあり、白居易「与二薛苹一詔」（巻四〇1881）に「且清白之風、既自レ家而刑レ国」と見える。なお、【題注】「資父事君」に引いた楊炯「左武衛将軍成安子崔献行状」にも見えた。日本の例としては、文徳天皇の策命（文徳実録・嘉祥三年七月一七日条）に「外祖母尚侍従三位藤原氏、自レ家刑レ国、以レ孝率レ忠」とある。なお、『本朝文粋』では「形国」に作るが、『史記』巻一〇三・張叔伝の索隠述賛に「万石孝謹、自レ家形レ国」とあり、「形国」に作るものも見える。

失問―質問しないこと。『荘子』外篇・知北遊に「冉求問二於仲尼一曰、未レ有二天地一可レ知邪。仲尼曰、可。古猶レ今也。

冉求失レ問而退」と見える。冉求が質問できずに退いたことを、「失問」と表現している。

南垓―『毛詩』の逸詩。垓と陔は通用。『毛詩』小雅・鹿鳴之什「南陔」小序に「南陔、孝子相戒以レ養也」とあり、孝子に親を養うように戒めることを詠んだものとされる。晋の束晳「補亡詩六首（其二）」（文選巻一九）に「南陔、孝子相戒以レ養也」と説明している。なお李善注には「陔、隴也」という。紀長谷雄「法皇請レ停二封戸一書」（本朝文粋巻七181）に「帝王既在、未二敢謂一レ貧。寧不レ喜二南陔之志一、只為レ遂二西方之念一也」とあり、子の醍醐の意志を「南陔之志」と表現している。

三綱―君臣、父子、夫婦の道。『白虎通徳論』巻七「三綱六紀」に「三綱者何謂也。謂二君臣、父子、夫婦一也。六紀者謂二諸父、兄弟、族人、諸舅、師長、朋友一也。故君為二臣綱一、夫為二妻綱一」とあり、空海「天長皇帝於二大極殿一屈二百僧一雩願文」（性霊集巻六）に「故経云、羅惹、不レ知レ名、人民多貪殺。三綱弛紊、五常廃絶、則旱澇飢饉、邦国荒涼。国行二十善一、人修二五戒一、則五穀豊登、万民安楽」とある（岩波大系注によれば、「経」は「守護経」）。

無爽―違うことがない。梁の任昉「王文憲集序」（文選巻四六）に「臭味風雲、千載無レ爽」とあり、李善注に「言其感応、千載不レ差也」と見える。仁明天皇が渤海王に与えた書（続日本後紀・承和九年四月二日条）に「惟王奉二遵明約一、沿二酌旧章一。一紀星廻、朝覲之期不レ爽」とある。

五教之在寛―五教が広まること。「五教」は人の行うべき五つの道で、父は義、母は慈、兄は友、弟は恭、子は孝。『尚書』舜典に「帝曰、契、百姓不レ親、五品不レ遜。汝作二司徒一、敬敷二五教一、在レ寛」と見え、孔氏伝に「布二五常之教一、務在レ寛。所三以得二人心一、亦美二其前功一」とある。孔穎達疏に「文十八年左伝云、布二五教於四方一。父義、母慈、兄友、弟恭、子孝。是布二五常之教一也。論語云、寛則得レ衆。故務在レ寛。所三以得二民心一也」とある。『尚書』のもとの意味では、五教を施し、寛大を務めとするの意であるが、本序では、対句を考慮して、「寛」は寛大の意ではなく、広めるの意で解釈した。藤原惟貞の策問「詳二春秋一」（本朝文粋巻三85）に「群后則レ之、敷二五教一在レ寛、百王治レ之、理二衆釐一有レ節」とあるのは、『尚書』のもとの意味であろう。

【通釈】

仲春の釈奠で、孝経を講じるのを聴いて、ともに「父に資りて君に事ふ」ということを賦す。その序

仲春二月の、最初の丁の日の夜明けに、孔子の廟で歳事がある。まさしく釈奠である。祭事のお供えをする器のことは、担当の役人がおり、うるわしい儀式は、鬼神も受け入れてくれる。儀礼というのものは大切なので、その様子に注目して言葉に表そう。

ここに於いて、儒者は、円冠をかぶって規則に従い、幅広の帯をつけて衣の裾をかかげて拝礼する。君子である学者に命じて、儒教の古き経典を学習させるのである。解釈して説明することは簡潔であり、講堂の中で、いにしえに則って儒学の教えを明らかにし、説を連ねることは流れるようで、洙水の畔でいにしえになぞらえて議論するのである。

故に、正しい道を目指し、徳に基き、経書を抱いて弟子とるものは、それは三千人もいるのであり、文章を保ち、経書を修得して、聖人に近づけないことがあろうか。

そもそも孝経の「孝」とは親に仕える行為を意味する名であり、孝経の「経」とは書物の名である。いってみれば、その道理は、広く地上に見ることができるのであり、その行為は、伏して人の世界の中で知ることができるのである。そうして、籙に当たり図を受けるように天子の位につく運命を待つ貴人であっても、孝を行わなければ、天が、天子の行いを助けることは約束されず、豆粥をすすり水を飲む卑賤であっても、日月の下で過ごすことはできないのである。慈愛深い心と誠の心や子孫のための教えについていえば、多くの行いの中に探し求めたとしても、この孝という書物に及ばない。

見ると、つぼみの中にある一本の草も一本の木もすべて、のどかな春風（天子の恩）によって、つぼみのままでい

ることをほこらず（春になってすべてつぼみを開き）、孝経の講義を見たあとの宴でも、父や兄にも、長幼の序列を失うことはない。大夫、士も恭しく威儀を正している。孝で治められた天下は、鏡のように澄みきっている。まして慈父に仕えることそのままに、聖君に仕えるのだから、君と父に対する敬意は同じであろうし、孝子のいる家には、必ず忠臣がいるのだから、臣と子の道は、どうして異なることがあろうか。

だから、名声を揚げる意義は、朝廷の忠臣に重ねて尋ねるのであり、国を治める法則は、南陔の孝子に尋ねないことなどはないのだ。願わくば、三綱の道が違うことがないことを記録し、五教が世界に広まることを述べようとする次第である。謹んで序文を記す。

（滝川幸司）

28 九日侍宴 同賦喜晴 応製 序

九日宴に侍り 同じく「晴を喜ぶ」といふことを賦す 製に応《こた》ふ 序

【解説】

本序は『文草』巻一48に収められ、他に『本朝文粋』巻八213にも出る。また底本等、題下に「貞観十四扶一」の後人注記が存し、『扶桑集』巻一にも収められていたことがわかる（ただし「貞観十四」は誤り）。先行注として柿村重松『本朝文粋註釈』がある。

本序に関しては、『三代実録』貞観一〇年（八六八）九月九日条に「九日己亥、雨始霽。天皇御二紫宸殿一、宴二于群臣一。内教坊奏二女楽一。文人賦二喜レ晴詩一。宴竟賜レ禄各有レ差」と見える。『三代実録』同年八月条に「是月、霖雨」、同九月一日条に「大雨」、同七日条に「今日遣二使於十四箇神一。奉レ幣。祈二止雨一」とあり、八月から長雨が続き、九月七日に止雨を祈る奉幣が行われた。その甲斐あってか九日の重陽節に至りようやく雨がやみ、これを賀して宴の賦詩の題に「喜レ晴」が選ばれたと思われる。『田氏家集』にも「喜レ晴」（巻下186）が見えるが、『田氏家集注』巻之下（和泉書院、一九九四年）に本作と同時に作られた可能性が指摘されている。

本序は大きく三つの部分に分かれ、冒頭の「臣聞」から「詎不二一喜而重喜一者乎」までが題の「喜レ晴」について述べ、次いで「我皇」から「賜二侍臣一以二遠瞻一」までが重陽の宴を侍臣に賜うことへの讃美、最後の「故天下之傾レ首者」から「将レ接二頌臣之朗詠一」までは、晴天を得て重陽の宴が行われたことを受けて、天下の人士に改めて帝徳を讃美することを請う、という構成を取っている。この時の詩は、以下の通りである。

重陽資飲宴　重陽 飲宴を資《たす》け
四望喜秋晴　四望 秋晴を喜ぶ
不是金飆払　是れ金飆《きんぺう》の払ふにあらず
応縁玉燭明　応《まさ》に玉燭の明かなるに縁《よ》るべし
無為玄聖化　無為なり 玄聖の化
有慶兆民情　慶有り 兆民の情
献寿黄華酒　寿を献ず 黄華の酒
争呼万歳声　争ひて呼《さけ》ぶ 万歳の声

【題注】

九日―重陽節の九月九日を指す。

侍宴―本書26「早春侍二内宴一、同賦レ無二物不レ逢レ春、応レ製序」の【題注】参照。

喜晴―雨がやみ天が晴れたことを喜ぶ。『初学記』巻二・霽晴に北周の庾信「喜レ晴詩」が載り、初唐の劉長卿に「喜レ晴」（唐巻一四七）、中唐の劉禹錫にも「酬二皇甫十少尹暮秋久雨喜レ晴有レ懐見レ示」（唐巻三六一）の例がある。

臣聞、　臣聞く、
為雨為露、天以降成歳之靡違、　「雨と為《な》り露と為り、天は以《もつ》て歳を成《な》すの違ひ靡《な》きを降《くだ》し、
乍陰乍陽、人以仰授時之由運。　乍《ある》いは陰に乍《ある》いは陽に、人は以《もつ》て時を授《さづ》くるの運《めぐ》りに由《よ》

洎于
黄落開候、辰角麗天以垂文、
清風戒寒、雨畢随政而設教、
彼
輿蓋之攸覆載、自然当晴以既[1]晴、
車書之所祗承、詎不一喜而重喜者乎。

我皇、
駆人寿域、翫風光以[2]遇凄涼、
導物福庭、推日月而得長久。
菊花一束、聖主助彭祖之[3]先術也。
荃宰千年、群臣効華封之旧詞也。
於是、
繍衣之子、謝暁夢於往時、

るを仰ぐ」と。

黄落候を開きて、辰角《しんかく》天《てん》に麗《つ》きて以て文を垂れ、
清風寒を戒めて、雨畢《うひつ》政《せい》に随ひて教《けう》を設くるに洎《およ》びては、
彼《か》の
輿蓋《よがい》の覆載する攸《ところ》、自然に当《まさ》に晴るべくして以て既に晴れ、
車書の祗承《ししょう》する所、詎《なん》ぞ一《ひと》たび喜びて重ねて喜ばざる者
ならむや。
我が皇《きみ》、
人を寿域に駆《か》り、風光を翫《もてあそ》びて以て凄涼に遇《あ》ひ、
物を福庭に導き、日月を推《お》して長久を得《え》しむ。
菊花一束、聖主 彭祖の先術を助くるなり。
荃宰《せんさい》千年、群臣 華封の旧詞に効《なら》ふなり。
是に於て、
繍衣の子、暁夢を往時に謝《つ》げ、

白頭之公、報秋晴於今日。
遊気高褰、叡哲玄覧。
頒寰寓[4]以高仰、賜侍臣以遠瞻。
故
天下之傾首者、皆是唐尭就日之民。
天下之属心者、孰非楽広披霧之士。
風塵永断、耳目倶清。
請歌聖代之明時、将接頌臣之朗[5]詠。
云爾。

白頭の公、秋晴を今日に報ず。
遊気高く褰《あが》り、叡哲玄《はる》かに覧《み》る。
寰寓《くわんう》に頒《わか》つに高仰を以てし、侍臣に賜ふに遠瞻《えんせん》を以てす。
故に
天下の傾首する者は、皆是れ唐尭《たうげう》日に就《つ》く民なり。
天下の心を属《つ》くる者は　孰《たれ》か楽広《がくくわう》霧を披《ひら》く士に非ずや。
風塵永く断ち、耳目倶《とも》に清し。
請ふらくは聖代の明時を歌ひ、将《まさ》に頌臣の朗詠を接《つ》がむことを。
云ふこと爾《しか》り。

【校異】
1晴—彼晴（川・大）。　2遇—過（底本・寛・川）、大・粋により改める。　3先—仙（大・粋）。
4寓—寓（粋）。　5朗—なし（寛）。

【語釈】
臣聞—本書26「早春侍㆓内宴㆒同賦㆑無㆓物不㆑逢㆑春応製序」にも「臣聞、春者一年之警策、四時之光彩也」と同一の

形式の冒頭表現が用いられる。その注参照。
為雨為露―天の気は、季節の運行に従って春には雨となり、秋には露となって降《くだ》ることをいう。中唐の柳宗元「祭二呂衡州温一文」（柳河東集巻一四）に「豈為レ雨為レ露、以沢二下土一乎。将為レ雷為レ霆、以泄二怨怒一乎」の例が見える。
成歳之靡違―歳月の運行にあやまりのないこと。「成歳」は、歳月が進行し一年という期間になることをいう。道真「清風戒寒賦」（第一冊3）に「露往霜来、其道如レ帰二于成一レ歳」の例が見えた。その注参照。「靡違」は「違えない」の意。晋の阮籍「為二鄭沖一勧二晋王一牋」（文選巻四〇）に「内外協同、靡レ愆靡レ違」の例が見える。
乍陰乍陽―陰気と陽気が交代しながら、季節がめぐること。魏の曹植「洛神賦」（文選巻一九）に「神光離合、乍陰乍陽」と見え、李善注に「陰去陽来也」とある。大系補注はこの句について「ここは空が曇ったり、また晴れて日がかがやいたりする」と解するが、下句と繋がらない。
授時之由運―人々に授けられた時の循環が、時節の運行に則っていること。『尚書』堯典に「乃命二羲和一、欽若昊天、歴象二日月星辰一、敬授二人時一」とある。ここまでの対句は、季節の順調な運行が、天に一年の秩序を保たせ、人に時の正しい流れをもたらすことをいう。以下、「詎不二一喜而重喜一者乎」までは、天象に関する句と人事に関する句とが対句になって文章が進んでいく。
洎于―～に至る、～におよぶ、の意。『晋書』巻七・律歴志中に「洎二于少昊一、則鳳鳥司レ歴」の例が見え、三善清行「立二神祠一対策」（本朝文粋巻三73）に「洎下乎祇神居レ伉、語二土田之虚賜一……河魚泝レ浪、薦中九献於壇場上、六百八十所、無文之秩紛然」の類例がある。
黄落開候―草木の黄落が季秋の開幕を告げる。『礼記』月令に「季秋月……草木黄落」とある。「開候」は季節を始める、の意か。ただしこの意味での用例未見。
辰角麗天……―季秋に辰角星が天に出ると雨がやむ。『国語』周語に「夫辰角見而雨畢、天根見而水涸……火見而清風戒レ寒。故先王之教曰、雨畢而除レ道、水涸而成レ梁……清風至而修二城郭宮室一」とあり、その韋昭注に「辰角、大辰蒼龍之角。角、星名也。見者朝見二東方建戌之初一。寒露節也。雨畢者殺気日至而雨気尽也」とある。「麗天」は、天に懸かる、の意。晋の潘岳「西征賦」（文選巻一〇）に「日月麗レ天、出二入乎東西一」とあり、李善注に「周易曰、日月麗二乎天一」と指摘するように、『周易』離象の「離、麗也。日月麗二乎天一、百穀草木麗二乎土一」にもとづく語。「麗」は、「西征賦」の張銑注に「麗、著也」と注するように、著（＝着）と同義で「麗《つ》く」と訓ずる。

垂文―美しい文様を示す、ここは星宿が輝く様。魏の曹植「七啓」（文選巻三四）に「九旒之冕、散レ耀垂レ文」の例がある。『懐風藻』序に「宸翰垂レ文、賢臣献レ頌」と見えるのは、詩文を作る意。ここまでの句は、季秋になり、降り続いた雨がようやくやんだことを述べる天象の句。

清風戒寒―霜が降りると寒風が吹き、人々に寒さへの備えをするよう誡める。「辰角麗天……」注所引『国語』に「火見而清風戒レ寒」とあった。韋昭注に「謂霜降之後、清風先至、所以戒レ人為二寒備一也」とある。道真「清風戒寒賦」（本書第一冊3）の題注を参照。

雨畢随政而設教―「雨畢随政」は、雨をつかさどる「畢星」が政《まつりごと》の正しいことを反映して、の意か。「畢」は、星座の名で二十八宿の一つで、雨をつかさどる。月がこの星にかかると雨が降るとされる。『毛詩』小雅・魚藻之什「漸漸之石」に「月離二于畢一、俾二滂沱一矣」、晋の張協「七命」（文選巻三五）に「離レ畢之雲、無三以豊二其沢一」とあり、李周翰注に「畢星、主レ雨。離、著也。月行著レ畢則雨也」と説く。島田忠臣「重陽日侍レ宴同賦二黄菊残花欲レ待レ誰、応レ製」（田氏家集巻下203）にも「離レ畢明朝重九来、女華含レ咲雨便催」と、重陽と雨との関わりで畢星が詠まれる。星の名としては「畢」だけでよいものを、「雨畢」としたのは、前の「辰角麗天」句注に引く『国語』に「夫辰角見而雨畢……故先王之教曰、雨畢而除レ道」とあるように、「雨がやむ」の意を掛けたもの。前句の「辰角」とこの「雨畢」とが対を成す。「設教」は、『周易』観象に「観二天之神道一、而四時不レ忒《たがは》、聖人以二神道一設

㆑教、而天下服矣」とあるのにもとづく語で、聖賢が季節ごとに起こる天（＝自然界）の動きを見て、天下の人々に取るべき行動を教え示すこと。「辰角麗天」句注に引いた『国語』の韋昭注に「教、謂㆓月令之属㆒也。九月雨畢、十月水涸」とあり、『礼記』月令を「教」の具体例に掲げる。ここでの「設教」は、具体的には韋昭注の「九月雨畢」を指していよう。ここまでは、前句の天象に対して人事を詠んだ句。

輿蓋之攸覆載—天が覆い地が載せるすべてのところ、の意。輿は人を載せる輿《こし》で大地を意味し、蓋は天を意味する。『礼記』中庸に「天之所㆑覆、地之所㆑載」とあり、また初唐王勃「山亭興序」（王子安集巻四）に「裁㆓二儀㆒為㆓輿蓋㆒、倚㆓八荒㆒為㆓戸牖㆒」の例が見える。この句で詩題の「晴」について、次句で詩題の「喜」についていい、天下の至る所で晴を喜ぶことを述べる。

車書之所祇承—車の軌《わだち》の幅や文字を共に受け継いできた海内すべて、の意。「車書」は、『礼記』中庸に「今天下車同㆑軌、書同㆑文、行同㆑倫」とあるのにもとづく語で、文化を同じくする様。『後漢書』巻一下・光武帝紀下に「金湯失㆑険、車書共㆑道」の例が見える。「祇承」は、謹んで承ける、の意。道真「崇福寺綵錦宝幢記」（第一冊24）に「予末小子、何不㆓祇承㆒」と見えた。その注参照。ここも前句が天象に関わり、この句が人事に関わって対を成す。

詎不……乎—どうして〜しないことがあろうか、必ず〜する、の意。隋の劉砥「上㆓皇太子㆒啓、論㆓渾天㆒」（隋書巻一九・天文志上）に「爝火不㆑息、理有而闕、詎不㆑可㆑悲者也」とある。

一喜而重喜—一度ならず二度も喜ぶ、の意。天が晴れたことを喜び、また重陽を迎えたことを喜ぶことをいうか。

我皇—天皇の唐名、「我后」とも書く。『尚書』秦誓に「我皇多有㆑之」の例がある。ここでは清和天皇を指す。時に一九歳。

駆人寿域—長寿を授かる重陽の宴に人々を赴かせる、の意。「寿域」は、ここでは菊の長寿の霊力を授かる重陽の宴の場を指す。隋の薛道衡「老子碑」（文苑英華巻八四八）に「納㆓烝民于寿域㆒」の例が見える。本序に続く道真の詩（前掲）

にも「献レ寿黄華酒、争呼万歳声」と、長寿をもたらす重陽の宴の場に人々が集まり、帝徳を賛美する様が詠まれる。

翫風光以遇凄涼—重陽の風景を楽しみ、たまたま秋涼の一時に遇《あ》う、の意。「凄涼」は第一冊3「清風戒レ寒賦」に「風也凄涼、歳夫徂遇」と見えた。その注参照。

導物福庭—万物を幸福の場へと導く。「福庭」は、晋の孫綽「遊二天台山一賦」（文選巻一一）に「尋二不死之福庭一」の例が見える。

推日月—日月の運行を推し進める、の意。ここでは天子が暦に従って九月九日の重陽の宴を設けることを指す。『周易』革の「象曰、沢中有レ火革、君子以治レ歴明レ時」の、北宋・程頤の『程氏易伝』（巻四）の当該句の注に「水火相息為レ革。革、変也。君子観二変革之象一、推二日月星辰之遷易一、以治二歴数一、明二四時之序一也」と見える「推二日月星辰之遷易一」と類同の表現。

長久—末永く続くこと、ここでは「長寿」と同義。『芸文類聚』巻四・九月九日（初学記巻四・九月九日にも）に「魏文帝与二鍾繇一書曰……九月九日、九為二陽数一。而日月並応、俗嘉二其名一、以為レ宜二於長久一」とあり、重陽との関連で用いられる語。

菊花一束……彭祖之先術—前注所引の魏の文帝「与二鍾繇一書」（初学記巻四・九月九日）に「思レ飡二秋菊之落英一、輔レ体延レ年、莫二斯之貴一。謹奉二一束一、以助二彭祖之術一」とあるのを踏まえる。彭祖は七百余歳の齢を保ったといわれる仙人。「先術」を『文粋』は「仙術」に作り、その方が意味は通るが、次句の「旧詞」との対からあえて「先」字を用い「先人の術」の意で使用したか。紀長谷雄「九日侍レ宴観レ賜二群臣菊花一応レ製」詩序（本朝文粋巻一一326、和漢朗詠集・九日付菊262）に「尋二旧跡於魏文一、亦黄花助二彭祖之術一」とあるのは、この句を参考にしたものか。

荃宰千年—君主の千年の長寿をいう。「荃」は香草で君主の喩え。「宰」は主宰して采配を振るう意。梁の任昉「宣徳皇后令」（文選三六）に「使二荃宰有レ寄一」と見え、李善注に「楚辞曰、荃不レ察二余之中情一。王逸曰、荃、香草、喩レ君也。鄧析子曰、聖人逍二遙一世間一、宰二匠万物之形一」とある。

華封之旧詞—堯が華（華州、陝西省の地名）に遊んだ際に華の封人（国境を守る役人）が堯の長寿を祝した言葉を献じた故事による。『荘子』外篇・天地に「堯観《あそブ》二乎華一。華封人曰、嘻、聖人。請祝二聖人一、使二聖人寿一」と見える。道真は「九日侍レ宴群臣献レ寿応製」（巻五348）にも「亭育無限何以報、寸丹吐出効二華封一」と重陽の詩でこの語を用いている。

繡衣之子……—繡衣は、刺繡された着物。以下の四句は『芸文類聚』巻二・霽に見える「長沙耆旧伝曰、文虔字仲孺。時霖雨廃二民業一。太守憂色。虔補二戸曹掾一。虔奉レ教斎戒。在レ社三日、夜夢見二白頭翁一謂曰、爾来何遅。虔具白レ所レ夢。太守曰、昔禹夢二繡衣男子一、称二滄水使者一。禹知二水脈当通一。若拠二此夢一、将レ可レ比也。明日果大霽」という故事にもとづく。「繡衣之子……」が、禹の夢に出てきた繡衣男子の話に拠り、「白頭之公……」が、文虔が白頭翁の夢を見た翌朝、霖雨が止んで快晴になった話に拠る。「公」は、長老・年長者などに対する敬称。「謝」は、告げる、の意。

遊気高褰—空に漂っていたもやが除かれ高くまで晴れ上がる様。前の「導物福庭」の注にも引いた孫綽「遊二天台山一賦」の「爾乃羲和亭レ午、遊気高褰」に拠る。これに李善注は「徐爰射雉賦注曰、褰、開也」、劉良注は「亭、至也。遊気、海気也。褰、収也。言、海気蔽レ日、至レ午而気乃高収而見レ日也」と注し、太陽をさえぎっていた海に立ちこめたもやの類が、昼になって高くまで収まり（＝開け）、太陽が見えた様と解する。道真は「遊気」を海気ではなく、空に立ちこめたもやの類に用いた。

叡哲玄覧—天子が遙か遠くまで見わたす意。後漢の張衡の「東京賦」（文選巻三）の「叡哲玄覧、都二茲洛宮一」に拠る。李善注に「叡、聖也。玄、通也」とある。

寰寓—天子の治める領土、天下。ここでは天下の人々、の意。初唐の駱賓王「帝京篇」（唐巻七七）に「声名冠二寰寓一、文物象二昭回一」の例が見える。

遠瞻―重陽の行事として遠望することをいう。ここは晴れわたって遠くまで見やられる意をも込める。『芸文類聚』巻六・岡に「武昌記曰、城北有レ岡。高数丈、名為二鳳闕一。其処顕敞勝闕、以望二川沢一、多レ所二遠瞻一」の例が見える。

傾首―ここは頭を垂れて帝に恭順する意。『漢書』巻八四・翟方進伝に「天下傾首服従、莫三亢二扞国難一」の例が見える。

唐堯就日之民―太陽のような堯帝につき従う民、の意。『史記』巻一・五帝本紀に「帝堯者放勲、其仁如レ天、其知如レ神、就レ之如レ日、望レ之如レ雲」とあるのにもとづく。堯は陶唐氏を名のったので「唐堯」という。漢の司馬相如「大人賦」（史記巻一一七・司馬相如伝）に「歴二唐堯于崇山一兮、過二虞舜于九疑一」の例がある。「就日」と次句の「披霧」とは、雨が止んで空が晴れることにふさわしい故事を対にしている。小野岑守「奉レ試詠レ天」（経国集巻一四184）に「就レ日望二唐帝一、披レ雲覩二楽公一」の対句が既に見え、ここもこれを応用したものか。

属心―ここは（帝に）心を寄せる意。梁の任昉「王文憲集序」（文選巻四六）に「自レ是始有二応務之跡一、生民属レ心矣」、『日本書紀』舒明天皇元年正月一日条に「大王先朝鍾愛、幽顕属レ心」の例が見える。

孰非―誰が～でないことがあろうか（皆すべて～である）、の意。隋の煬帝「三征二高麗一詔」（隋文巻五）に「日月所レ照、風雨所レ沾、孰非二我臣一」の例を見る。

楽広披霧之士―晋の楽広の人品を衛瓘（衛伯玉）が賞賛して「雲霧が披《ひら》けて青天を見るようだ」と評した故事（世説新語・賞誉、晋書巻四三・楽広伝、初学記巻二・芸文類聚巻二霧部等）に拠る。『世説新語』では「衛伯玉為二尚書令一、見下楽広与二中朝名士一談議上。奇レ之曰、自二昔諸人没一已来、常恐二微言将レ絶。今乃復聞二斯言於君一矣。命二子弟一造《いたラシメテ》レ之曰、此人人之水鏡也。見レ之若下披二雲霧一覩中青天上」とある。

風塵―風に巻き上げられた塵ほこり。晋の陸機「為二顧彦先一贈レ婦二首（其一）」（文選巻二四）に「京洛多二風塵一、素衣化為レ緇」の例を見る。この句は雨がやんで塵埃も洗い流され、見るもの聞くものすべてが清らかに感じられることをいう。

耳目倶清―『淮南子』精神訓に「胸腹充而嗜欲省、則耳目清、聴視達矣」とある。

請……将―紀長谷雄「九月尽日惜二残菊一応製」詩序（本朝文粋巻一一335）に「請試飡飽、将レ験二先言一」と同様の用法が見える。

聖代之明時―「聖代」は、聖なる天子の御代、「明時」は、平和に収まった世をいう。道真「為二源相公一請レ罷二右衛門督一状」（巻九）には「然後輸二懇誠於明時一、竭二忠節於聖代一」と二語を対句に用いた例があり、中国にも初唐王勃「春思賦」序（唐文巻一七七）に「殷二憂明時一、坎二壈聖代一」、同徐堅「唐故右驍衛大将軍上柱国金河郡開国公裴公墓誌銘」（唐文巻二七二）に「聖代高士、明時将軍」と二語を対句に用いた例が見える。

接―連ねる、つなぐ、の意。盛唐の張説「酬二崔光禄冬日述懐贈答一」詩序（唐巻三七〇）に「頃因二公讌一、方接二詠言一」とあるのが、ここと同様の用法であろう。道真「為二右大臣一請レ減二職封半一表」（巻一〇）の「伏願、陛下留二臣所レ食千戸一、接二遺美於百年一」の「接」も「つなぐ」の意で用いられた例。

頌臣―天子の御代を讃美する臣下。ただし用例未見。前の「垂文」の注に引いた『懐風藻』序の「賢臣献レ頌」を縮約すればこの形になる。道真の「詩臣」としての自覚を表す。

朗詠―高らかに詠ずる。ここでは詩を作り吟詠すること。前の「遊気高褰」句に用いられた孫綽「遊二天台山一賦」の「爾乃羲和亭午、遊気高褰」の直前に「于レ是遊覧既周、体静心閑……凝二思幽巌一、朗二詠長川一」と用いられ、李善注に「朗、猶清徹也」、李周翰注に「朗、高也。凝レ思坐二於幽巌一、高詠臨二於長川一」と注する。ここは「吟詠」と同義で、前句の「明時」と対にするため、本序でしばしば用いられる「遊二天台山一賦」に見える「朗」の語を持つこの語を用いたか。現存資料において、日本で「朗詠」の語が用いられた最も早い例。

【通釈】

九月九日の宴に侍り、ともに「晴れを喜ぶ」という題で詩を詠む。天皇の命にお応えする。その序

臣が聞く所によると、春には雨、秋には露と、天は一年の運行を誤らずにその気を降《くだ》し、冬には陰、夏には陽の気が満ち、人々は時節が天の運行により与えられることを知り、天を仰ぐということであります。いま、草木が黄落して季秋の候の到来を告げ、辰角星が天に出現して文様を描き、冷たい風が吹き寒気がやってくると警告し、雨をつかさどる畢星が政《まつりごと》の正しきに随って現れ聖賢の教え通りに雨をやませると、天と地は自然に晴れるべくして晴れ、海内すべてが、雨がやんだことを喜び重ねて重陽の訪れを喜んでいます。

我が君は、重陽の宴を催され、人々を長寿の場へ赴かせ、風景を楽しみ、秋涼の一時に遇《あ》わせて下さるとともに、万物を幸福の場へと導き、日月の歩みを進めて、長寿を得させて下さっています。重陽の菊の花の一束は、聖主が昔の彭祖の仙術のように長寿を保つことを助け、千載を祝う詞は、群臣たちが彼の華《か》の地における封人が堯の長寿を祝した言葉を献じた事に倣《なら》うものであります。ここに至り、昔のように、禹の夢に現れた刺繡の衣を着た男子が、夜明け前の夢に出てきて水脈が通ずるとお告げを下し、今日まさに、文虔が夢に見た白頭の公《きみ》が、霖雨がやんで秋晴れになることを告げたのであります。空は高く晴れ上がり、主上は遙か遠くまで風景をご覧になります。（主上は）天下の人民に天を高く仰ぐ機会を分け与えてくださり、侍臣たちに遠望の機会をお与えくださりました。

それ故、主上に頭《こうべ》を垂れる天下の者たちは、昔の堯帝のように皆主上を太陽と仰ぐ民であります。また主上に心を寄せる天下の者たちは、誰も皆、楽広のように霧が開けて青天を見るような、すがすがしい人品を持った士ばかりであります。（雨が洗い流してくれたので）とこしえに塵埃は無くなり、私たちの耳目は清らかに保たれております。聖代のよく治まった御世を讃えて歌い、これを言祝《ことほ》ぐ臣下たちの吟詠を連ねようではありませんか。以上。

（三木雅博）

29 晩冬 過文郎中 翫庭前梅花 序

晩冬 文郎中に過《よぎ》りて 庭前の梅花を翫ぶ 序

【解説】

本序は『菅家文草』巻一49に七言絶句と共に所収され、そこでは「翫庭前梅花」を「翫庭前早梅」に作る。川口文庫本、紅葉山本（来歴志本。国立公文書館内閣文庫）等の写本では『扶桑集』巻一二（今佚）にも採られていた注記が見える（元禄版本「十」に作るは「二」を脱するか）。序は『本朝文粋』巻一〇288、『本朝文集』巻二八にも収められ、柿村重松『本朝文粋註釈』がある。貞観一〇年（八六八）の晩冬に仲間達五、六人と共に、休日をたまたま同じくする文室氏邸を訪れ、杯を傾け、梅花を楽しみ詩作した折の詩序。道真は当時二四歳で文章得業生であった。この時の道真の詠詩は次の通りである。

一年何物始終来　　一年 何物《なに》か始終して来《きた》る
請見寒中有早梅　　請ふ見よ 寒中に早梅有るを
更使此間芳意篤　　更に 此の間に 芳意をして篤《あつ》からしむるは
応縁相接故人盃　　応に故人の盃に 相接《つ》ぐに縁《よ》るなるべし

【題注】

晩冬―『菅家文草』巻一の排列に従って考えると以下のようになる。前詩48「九日侍宴同賦㆑喜㆑晴。応製」は貞観一〇年九月九日（三代実録）作と考えられる（本書28「九日侍宴同賦喜晴応製序」参照）こと、後詩50「奉レ和下王大夫賀二対策及第一之作上」が道真対策登科（貞観一二年五月一七日）後の作であることからすると、本作は貞観一〇年か、一一年の晩冬の作ということになろう。川口久雄が貞観一〇年作とするのは穏当なところか。

文郎中―文室《ふんや》某。「郎中」は「丞」官の唐名。底本他の注記に「文室長者歟」とあるが、「者」は「省」の誤写で、文室長省（三代実録元慶五年〈八八一〉二月一四日条に式部大丞で、正六位上より従五位下に昇進している。道真は当時式部少輔ですぐ一階級下の同僚ということになる）のことであろう（滝川幸司「道真の同僚」『菅原道真論』塙書房、二〇一四年）。なお『三代実録』には文室朝臣・真人に各々数名の名が見えており、道真関係では、『菅家文草』巻四に244「書レ懐寄二文才子一」、245「聞二文進士及第一、題二客壁一」、264「謝下文進士新及第拝二辞老母一尋中訪旧師上」、265「聞二早雁一寄二文進士一」、268「別二文進士一」と見えるのが知られ、いずれも道真の門人文室時実（244詩の傍注に記される名。生没年履歴等未詳）を指すとされる。また、『田氏家集』巻下183にも「和二文十三春夜寤一、次韻」と文室氏が見えている。

翫庭前梅花―庭先の梅の花を楽しむ。巻一所収詩の方では前掲のように「翫庭前早梅」に作り、『本朝文粋』もそれに同じ。「早梅」は早咲きの梅。梅花は春の到来を告げる花とされる。『初学記』巻二八・梅に梁の何遜「詠二早梅一詩」が見え、また、北周の庾信「詠二梅花一詩」には「常年臘月半、已覚二梅花闌一」と十二月中の梅花が詠まれている。なお、本朝では『経国集』巻一一101に嵯峨天皇「閑庭早梅」がある。

日者、朝家有令、禁飲酒。
令行之後、無犯之者。
若不追訪故人、存慰親友、

日者《このごろ》、朝家に令有りて、飲酒を禁ず。
令行はれし後は、之《これ》を犯す者無し。
若《も》し故人を追訪し、親友を存慰せずんば、

序

更無快飲盃酒、縦賦詩章。
夫、
故人未必親友、親友未必故人。
兼之者、文郎中也。
詩家未必酒敵、酒敵未必詩家。
兼之者、文郎中也。
我党五六人、
適[1]遇郎中之暇景、聊叙詩酒之歓娯。
推歩年華、厳冬已晩、
具瞻庭実、梅樹在前。
嗟乎[2]、
時之難得、不可不惜、
物之易衰、不可不愛。

更に快《こころよ》く盃酒を飲み、縦《ほしいまま》に詩章を賦すること無からむ。
夫《そ》れ、
故人未だ必ずしも親友ならず、親友未だ必ずしも故人ならず。
之を兼《か》ぬる者は、文郎中なり。
詩家未だ必ずしも酒敵ならず、酒敵未だ必ずしも詩家ならず。
之を兼ぬる者は、文郎中なり。
我が党の五、六人、
適《まさ》に郎中の暇景に遇ひ、聊か詩酒の歓娯を叙《の》べむとす。
年華を推歩すれば、厳冬已に晩《く》れなむとし、
庭実を具瞻《ぐせん》すれば、梅樹前に在り。
嗟乎《ああ》、
時の得難きは、惜しまずんばあるべからず、
物の衰へ易きは、愛《を》しまずんばあるべからず。

既有故人之局[3]会、盍賦芳樹之早花。
庶幾、
使世[4]人締交者、知孔門之有此風。
云爾。

既に故人の局会有り、盍《なん》ぞ芳樹の早花を賦せざらむ。
庶幾《こひねが》はくは、
世人の交はりを締《むす》ぶ者をして、孔門の此の風有ることを
知らしめむことを。
云ふこと爾《しか》り。

【校異】
1遇―過（川）。 2乎―呼（粋）。 3局―扃（底本）・匀（大）、粋により改む。 4世―故（底本）、粋により改む。

【語釈】
日者―近頃。先に。『続日本紀』宝亀一一年（七八〇）二月一五日条の新羅使に賜った璽書に「日者、虧二違蕃礼一、積レ歳不レ朝」、『続日本後紀』承和三年（八三六）六月一日条にも「太政官牒二僧綱一曰、奉レ勅、日者、陰雨不レ降、陽旱攅レ旬」などの例があり、観智院本『類聚名義抄』仏中に「日者〈ヒコロ、コノコロ〉」と訓が見えている。松井河楽（一六四三～一七二八）著『語助訳辞』巻下にも「日者・茲者・乃者・間者・此者・属者・廼日・曩日・頃日、右ノ十箇皆コノコロト訓ズ」と記される。なお、底本の傍訓に「ムカシ」とも見える。それについては三好似山著『広益助語辞集例』巻下に「日者〇前漢高帝紀、日者荊王兼二有其地一〈日者、猶二往日一也〉」と見えるのに対応する。
朝家―朝廷。国家。『後漢書』巻四八・応邵伝に「苟欲二中国珍貨一、非レ為二畏レ威懐レ徳。計獲事足、旋レ踵為レ害。是以朝家外而不レ内、蓋為レ此也」とあり、唐の李賢注に「朝家、猶国家也」と見え、嵯峨天皇「答二澄公奉献詩一」

（文華秀麗集巻中71）に「朝家無二英俊一、法侶隠二賢才一」と用いられている。

有令—法令が出されたということ。ここでは禁酒令（次項「禁飲酒」注参照）を指す。なお、貞観八年以後の作と思われる島田忠臣「春日仮景訪二同門友人一」（田氏家集巻上44）に「儒家問道詩無用、王法新行酒莫レ淫」と詠まれる後句の自注に「有レ令、不レ放二人之群飲一也」と見えることからも知られる。弥永貞三「春日暇景の詩——応天門の変と道真をとりまく人々——」（『国史大系月報』25、吉川弘文館、一九六五年）、金原理「島田忠臣伝考」（『平安朝漢詩文の研究』九州大学出版会、一九八一年）、後藤昭雄「文人相軽」（『平安朝漢文学論考　補訂版』勉誠出版、二〇〇五年）参照。

禁飲酒—禁酒令は古くからしばしば出されていたようだが、殊に有名なのは、『続日本紀』天平宝字二年（七五八）二月一〇日条の詔であろう。「頃者、民間宴集、動有二違愆一。或同悪相聚、濫非二聖化一、或酔乱無レ節、便致二闘争一。拠レ理論レ之、甚乖二道理一。自レ今已後、王公已下、除二供祭療患一以外、不レ得レ飲レ酒。其朋友寮属、内外親情、至二於暇景一、応二相追訪一者、先申二官司一、然後聴レ集。如有レ犯者、五位已上停二一年封禄一。六位已下解二見任一。已外決杖八十。冀将淳二風俗一、能成二人善一、習二礼於未識一、防二乱於未然一也」と見える。宴集によりともすれば過失が起こりがちで、また、悪党が集って治政を謗り、酔乱闘争に及ぶなどという不穏な事態の惹起が現実としてあり、懸念されていたものと思われ、そこで祭礼や医療以外での飲酒は禁じられたことが知られよう。親しい仲間同志で、休暇に会して飲酒する時には、役所に申告し、許可が必要で、違反した場合には、一年の封禄の停止や現職を解任されたり杖刑が課せられる厳しいものであった。道真のこの作品が作られた頃にも、先の勅を引用する禁酒令が出ている。『類聚三代格』巻一九・禁制事に見える貞観八年（八六六）正月二三日付太政官符「一禁二制諸司諸院諸家所所之人焼尾荒鎮（進士及第の祝宴のこと）又責レ人求レ飲及臨時群飲一事」「一禁下制諸家幷諸人祓除神宴之日諸衛府舎人及放縦之輩求二酒食一責中被物上事」（三代実録貞観八年正月二三日条にも見える）がそれである。先の禁酒令から久しく歳月を経、有名無実化して、群飲酔乱や凌轢闘乱のもとになっていると記し、また、祓除・神宴においても飲酒による濫悪が発生し、群盗の惹起にも等しい状態と述べられ、禁酒令実施の強化が指摘されている。また、後の昌泰三年（九〇〇）四月二五日付太政官符「応三重禁二断諸司諸家所所人等饗宴群飲及諸祭使等饗一事」でも、群飲禁制は天平宝字二年より寛平五年（八九二）に至るまで「数度相重」ねて出されているが、違犯の輩があとをたたないと指摘し、饗宴群飲を重ねて禁じていることからして、道真が記しているように、「之を犯す者無し」とは言えない状況であったことも推察されよう。

追訪―友を求め訪問する意か。前掲の天平宝字二年の詔に「其朋友寮属、内外親情、至二於暇景一、応二相追訪一者、先申二官司一、然後聴レ集」と見えているのに従って用いられていると思われる。『三代実録』元慶八年（八八四）四月一日条の勅にも「応レ禁二諸司諸所焼尾荒鎮及責レ人求レ飲之類一。……無頼之輩不レ粛二格旨一。或改二焼尾荒鎮之名一、而実費倍二於前一。或仮二親情追訪之興一、而内懐不二相和一。又可レ聴二宴飲被物一之色……」と見える。

故人―昔からの知り合い、友人。漢の高祖「大風歌」（文選巻二八所収題は「歌一首」）の序に「高祖還過レ沛、留置二酒沛宮一、悉召二故人父老子弟一佐レ酒。発二沛中児一、得二百二十人一、教二之歌一」、李白「黄鶴楼送三孟浩然之二広陵一」（唐巻一七四）にも「故人西辞二黄鶴楼一、煙花三月下二揚州一」など、漢詩にはよく見える語彙で、嵯峨天皇「餞三右親衛少将軍朝嘉通奉レ使慰二撫関東一」（凌雲集22）にも「郷心杳杳切二帰想一、客路悠悠稀二故人一」と用いられている。

存慰―ねぎらいなぐさめる。「存」には「恤問《あわれみとう》」（説文解字）、「労問《ねぎらいとう》」（戦国策・秦策の注）の意がある。魏の応瑒「侍二五官中郎将建章台集一詩」（文選巻二〇）に「贈レ詩見二存慰一、小子非レ所レ宜」と見え、李善注に「鄭玄周礼注曰、存、省也。毛萇詩伝曰、存、猶レ安二存之一也」とあり、『続日本紀』延暦二年（七八三）四月一九日条の坂東諸国を慰労優給する条にも「朕甚慰レ之、今遣レ使存慰、開レ倉優給」と用いられている。

親友―（日頃）したしくしている友人。晋の潘岳「金谷集作詩」（文選巻二〇）に「親友各言邁、中心悵有レ違」、白居易「対酒」（巻一〇 0470）に「何如会二親友一、飲二此盃中物一」などと見え、道真は「雲州茂司馬視二詩草数首一吟詠之次適見下哭二菅侍医一之長句上不レ勝二傷悼一聊叙二一篇一」（巻二96）でも「我無二父母一無二兄弟一、親友又亡惣是天」と用いる。

快飲―ここちよく酒を飲む。白居易「效二陶潜体一詩十六首（其十）」（巻五0222）に「快飲無レ不レ消、如三霜得二春日一」、紀長谷雄「亭子院賜飲記」（本朝文粋巻一二373）にも「至レ如二経邦一者、始示二快飲一」などと見える。

盃酒―盃につがれた酒（第一冊48「洞中小集序」語釈参照）。白居易「贈二元稹一詩」（巻一0015）に「花下鞍馬遊、雪中盃酒歓」、肖奈行文「秋日於二長王宅一宴二新羅客一」（懐風藻60）に「盃酒皆有レ月、歌声共逐レ風」などとある。

詩章―漢詩。白居易「見二楊弘貞詩賦一因題二絶句一以自諭」（巻一五0828）に「賦句詩章妙入レ神、未レ年三十一即無レ身」、島田忠臣「乞レ紙贈二隣舎一」（田氏家集巻上5）に「莫レ為二多少相嫌意一、写二著詩章一続送レ君」などとある。

未必……未必……―この句型の類例に、『荘子』外篇・田子方の「君子有二其道一者、未三必為二其服一也。為二其服一者、未三必知二其道一也」、白居易「澗底松」（巻四0151）の「高者未二必賢一、下者未二必愚一」や「天長四年六月一三日付太政官符」（本朝文粋巻二64「応下補二文章生幷得業生一復中旧例上事」）所引の都腹赤の牒文の「高才未二必貴種一、貴種未二必高才一」などがある。

兼之者―この句型の類例に、『世説新語』品藻に「会稽虞騤、元皇時与二桓宣武一同俠。其人有二才理勝望一。王丞相嘗謂レ騤曰、孔愉有二公才一而無二公望一、丁潭有二公望一而無二公才一。兼レ之者其在レ卿乎。騤未レ達而喪」があるが、道真の本作の「未必…、兼之者…」の句法の影響を受けたものとして、その孫菅原文時の「暮春侍二宴冷泉院池亭一同賦二花光水上浮一」詩序（本朝文粋巻一〇300）に「布政之庭、風流未三必敵二於崐閬一、兼レ之者此地也。好文之世、徳化未三必光二黄炎一、兼レ之者我君也」（和漢朗詠集巻下・帝王660）と見えるのが挙げられよう。

詩家―詩人。白居易「重酬二周判官一」（巻二〇1380）に「秋愛二冷吟一春愛レ酔、詩家眷属酒家仙」、嵯峨天皇「春日大弟雅院」（文華秀麗集巻上4）に「詩家有レ興来二雅院一、雅院由来絶世閑」などとある。道真は「送春」（巻五391、和漢朗詠集巻上・三月尽54）でも「若使三韶光知二我意一、今宵旅宿在二詩家一」と用いているが、これは旅館の意と詩人の意を掛けたものである。

酒敵―飲酒の好敵手。晩唐の司空図「力疾山下呉村看二杏花一十九首（其二）」（唐巻六三四）に「掉レ臂只将詩酒敵、不レ労金鼓助二横行一」とある。なお、白居易「和下令狐相公寄二劉郎中一兼見レ示長句上」（巻五七2770）に「酒軍詩敵如相逢、臨レ老猶能一拋レ鞍」（居易は令狐楚を酒友・詩友の意で「酒軍」「詩敵」と表現している）とあるに倣った表現か。「詩敵」は『江談抄』（第五59「公任斉信為二詩敵一事」でも用いられている。

我党―私の仲間。ここでは是善門下の（道真と）同世代の仲間ということであろう。慶滋保胤「暮春於二六波羅蜜寺供花会一聴レ講二法華経一同賦三一称二南無仏一」詩序（本朝文粋巻一〇276）に「我党一心無二余心一、千唱又万唱」と見えるが、『論語』子路に見えるように「吾党」（第一冊51「鴻臚贈答詩序」語釈参照）の語形の方が圧倒的に多いようで、『史記』巻四七・孔子世家に「帰乎帰乎、吾党小子、狂簡、斐然成レ章、吾不レ知レ所二以裁一レ之」と見えるのも同書公冶長に見える一節を引用するものに他ならず、菅原淳茂「鳥獣言語対策」（本朝文粋巻三76）に「飛羽奔足、非二吾党之所一レ同レ辞」と見えている。

暇景―休暇。いとま。「暇」は「仮」と通用する。陳の徐陵「玉台新詠序」に「無レ怡二神於暇景一、惟属二意於新詩一」、前掲「禁飲酒」注所引天平宝字二年の詔にも「其朋友寮属、内外親情、至二於暇景一、応二相追訪一者、先申二官司一、然後聴レ集」とあり、島田忠臣詩（前掲「有令」注所引）や道真詩「春日仮景尋二訪故人一」（巻一32）の題詞にも見える「仮景」に同じ。

詩酒―詩作と飲酒。白居易「哀病無レ趣因吟二所懐一」（巻二〇0576）に「平生好二詩酒一、今亦将二捨棄一」とある他多く見え、道真「七月六日文会」（巻一37）にも「一感二流年一心最苦、不レ因二詩酒一不レ消レ愁」と詠まれる。

歓娯―たのしみ。晋の張協「詠史詩」（文選巻二一）に「昔在二西京一時、朝野多二歓娯一」、白居易「湖上酔中代二諸妓一寄二厳郎中一」（巻二〇1397）に「笙歌杯酒正歓娯、忽憶二仙郎一望二帝都一」とあり、道真「寄二白菊一四十韻」（巻四269）

にも「面目歓娯少、風塵悶乱煩」と見えている。

推歩—天体の運行を計算すること。「推」はおしはかる意。晋の陸機「演連珠五十首（其四七）」（文選巻五五）に「儀レ天歩レ晷而脩短可レ量」とあり、劉孝標注に「鄭玄尚書大伝注曰、歩、推也」、李周翰注にも「儀レ法。歩、推。晷、影。脩、長」と見える。『後漢書』巻三〇上・楊厚伝に「就二同郡鄭伯山一、受二河洛書及天文推歩之術一」は語例。

年華—歳月。盛唐の王維「晩春答下厳少尹与二諸公一見上レ過」（唐巻一二六）に「自憐黄髪暮、一倍惜二年華一」、白居易「山枇杷」（巻一七1051）に「深山老去惜二年華一、況対二東渓野枇杷一」などと見え、道真も「臘月独興」（巻一2）で「可レ恨未レ知勤二学業一、書斎窓下過二年華一」と詠む。

厳冬—寒さきびしい冬。白居易「新製二布裘一詩」（巻一0055）に「誰知厳冬月、支体暖如レ春」、嵯峨天皇「吏部侍郎野美聞《ママ》レ使二辺城一賜二帽裘一」（凌雲集21。なお、「聞」は本来「吏」の上にあるべき）に「歳晩厳冬寒最切、忠臣為レ国向二辺城一」などとある。

具瞻—皆がともに仰ぎ見る。『毛詩』小雅・節南山之什「節南山」に「節彼南山、維石巌巌、赫赫師尹、民具爾瞻」とある毛伝に「具、俱。瞻、視也」と記す。三善清行「意見十二箇条」（本朝文粋巻二67）に「依二太政大臣昭宣公匪躬之誠、具瞻之力一、庶民子来、万邦稟至」、源英明「孫弘布被賦」（本朝文粋巻一12）にも「位昇二具瞻一、欲レ異二徳於凡百一」などと用いられている。なお、道真は「為二昭宣公一辞二右大臣一第一表」（本朝文粋巻五117）、「辞二右大臣一第二表」（同上119。以上二篇は菅家文草に未所収）や「為二藤大納言一請レ減二職封半一状」、「為二在中納言一謝二民部卿一状」（以上巻九）等でもこの語を用いている。

庭実—本来は、『儀礼』聘礼に「庭実皮則摂レ之、毛在レ内、内摂レ之、入設也」、『礼記』郊特牲に「庭実私覿、何為二乎諸侯之庭一」、後漢の班固「東都賦」（文選巻一）に「庭実千品、旨酒万鍾」（李善注に「左氏伝、孟献子言二於公一曰、臣聞聘而献レ物、於レ是有二庭実旅百一」）などと見えるように、朝廷の庭に並べられた献上物、貢物のことであった。ところが、小島憲之『古今集以前』（塙書房、一九七六年。二〇一頁）は、白居易「養竹記」（巻二六1474）で竹林を指して「君子人多樹レ之、為二庭実一」と記すのに注目し、庭の眺望にたえるよい植栽のことと解した。島田忠臣「和下前菅讃州竹奉レ謝二源納言一詩上」（田氏家集巻下157）に「心知二虚往一為二庭実一、節対二温顔一帯二歳寒一」、道真「春惜二桜花一序」（本書42参照。本朝文粋巻一〇292）に「特詔二知レ種レ樹者一、移二山木一備二庭実一」と見えるのもその意である。

時之難得―時（時間や機会）のえがたいことは、『淮南子』原道訓に「賢人不レ貴二尺之璧一而重二寸之陰一。時難レ得而易レ失也」、『史記』巻三二・斉太公世家に「逆旅之人曰、吾聞、時難レ得而易レ失」、同巻九二・淮陰侯伝に「夫功者難レ成而易レ敗、時者難レ値而易レ失也。時乎時、不二再来一」などとあり、『後漢書』巻七一・皇甫嵩伝にも「難レ得而易レ失者時也」と見えるなど諸書にしばしば見受けられる。白居易「閑吟」（巻六三3018）に「人生不レ富即貧窮、光陰易レ過閑難レ得」と見え、時は過ぎ易くのんびりともできないと詠まれるのも、そのヴァリアントであろう。なお、「歳忽忽其若レ頽、時亦冉冉而将レ至」（楚辞・九章「悲回風」）、「人生二天地之間一、若二白駒之過レ郤、忽然而已」（荘子外篇・知北遊）など、時がたちまちのうちに過ぎてしまうという表現も多く見え、本朝にも受継がれている。道真以後の例になるが、大江朝綱「紅桜花下作応二太上法皇製一」詩序（本朝文粋巻一〇293）に「嗟乎、難レ得易レ失者時也、難レ開易レ落者花也」、また『雲州消息』（上末）の八月十五夜の月見の会への誘いの書簡にも「難レ得易レ失時也、何可二黙止一乎」などと成句化されて見え、「あら名残惜しの夜遊やな、惜しむべし惜しむべし、得難きは時、逢ひ難きは友なるべし」（謡曲「西行桜」）などと表現されてゆくことにもなる。

不可不……―……せずにはいられない。……しなくてはいけない。この句法は、『論語』里仁に「父母之年、不レ可レ不レ知也」、前漢の司馬相如「報二任少卿一書」（文選巻四一）に「刑不レ上二大夫一。此言、士節不レ可レ不二勉励一也」などと見え、後の大江匡衡「為二関白一請下以二積善寺一為中御願寺上状」（本朝文粋巻五147）にも「朝家之恩溢レ身、不レ可レ不レ報、尊親之命銘レ骨、不レ可レ不レ陳」とある。

物之易衰―物のうつろい衰えやすいことは。戦国の楚の宋玉「九弁」（文選巻三三）に、「悲哉、秋之為レ気也、蕭瑟兮草木揺落而変衰」（晋の潘岳「秋興賦」にも引用される）とあり、菅原清公「重陽節神泉苑賦二秋可一レ哀」（経国集巻一13）にも「秋可レ哀兮、哀二秋物之変衰一」と四季の中での自然の衰えを詠み、『楚辞』「惜誓章句」には「惜余年老而日衰兮、歳忽忽而不レ反」とあって人の場合も変わらず、嵯峨天皇「九日翫二菊花一篇」（経国集巻一三138）も「人物蹉跎皆変衰」と詠じ、道真は「惜二残菊一序」（本書38）でも「難レ遇易レ失者時也、難レ栄易レ衰者物也」（本朝文粋巻一一329）と表現している。

局会―小ぢんまりとした詩文述作の会の意か、なお未詳。「扃」が「局」の異体字なら家（の一部である門戸を指す）の意ということになる。『本朝文粋註釈』の本文は「匀」の異体字とみて「韻」に作るか、韻事（字）の会合の意にとるか。

芳樹―かぐわしい花木。白居易の「惜レ春贈二李尹一」（巻六六3298）に「芳樹花団レ雪、衰翁鬢撲レ霜」、王孝廉「在二辺亭一賦得二山花一戯寄二両箇領客使幷滋三一」（文華秀麗集巻上39）に「芳樹春色色甚明、初開似レ咲聴無レ声」などとある。

早花―早咲きの花。白居易「薔薇正開春酒初熟……」（巻一七1055）に「明日早花応二更好一、心期同酔二卯時盃一」、晩唐の趙嘏「陪三盧侍御訪二盧山元処士一」（千載佳句巻上・歳暮238）に「望レ臘早花縁レ路見、堕レ巌寒水隔レ林聞」とあり、本朝でも有智子内親王「奉レ和二春日作一」（経国集巻一一92）に「煙軽新草緑、林暖早花芳」と見えている。

庶幾―こいねがう（第一冊5「元慶寺鐘銘」、50「日本文徳天皇実録序」語釈参照）。

世人―世の中の人。戦国の楚の屈原「漁父辞」（文選巻三二）に「世人皆濁我独清、衆人皆酔我独醒」、白居易「短歌行」（巻六二2992）に「世人求二富貴一、多為二身嗜欲一」とあり、道真「八月十五日夜思レ旧有レ感」（巻四298）にも「菅家故事世人知、翫レ月今為二忌月期一」と見えている。

締交―交わりをむすぶ。『史記』巻六・秦始皇本紀に「合レ従締レ交、相与為レ一」とあり、漢の賈誼「過秦論」（文選巻五一）にも同文が引用されて、李善注に「張晏曰、締、連結也」、張銑注に「締、結也」と見える。菅原文時「封事三箇条」（本朝文粋巻二68）に「官途締レ交之儲、窮二陸海一而尽レ珍」、大江朝綱「晩春陪二上州大王臨水閣一同賦二香乱花難レ識」詩序（同巻一〇297）に「蕭会稽之過二古廟一、託締二異代之交一」（和漢朗詠集巻下・交遊736）などと用いられている。

孔門―孔子一門。ここでは菅家廊下同門の人達のことを指す。白居易「飲後戯示二弟子一」（巻六九3537）に「吾為二爾先生一、爾為二吾弟子一、孔門有二遺訓一、復坐吾告レ爾」、大江朝綱「論二運命一対策」（本朝文粋巻三78）に「顔子淵者孔門之賢人也」とある。なお、道真「賀二宮田両才子入学一」（巻一26）に「陽春明月孔門前」とあるのは、学問をする処である大学寮を指している。

此風―このような風雅な習わし。ここでは詩を作ること。そもそも詩を賦す者、詩人は時節の変化に敏感に反応し詩を紡ぎ出すものであるという。白居易「新秋喜涼」（巻六五3168）には「光陰与二時節一、先感是詩人」と見え、島田忠臣「早秋」（田氏家集巻上4）によれば、「百氏書中収二夏部一、諸家集裏閲二秋詩一」というように季節の変化に応じ、その季節の漢詩に親しみ、詩心を養っていたことが知られる。

【通釈】

晩冬に文室某のところに立寄り庭先の梅を楽しんだ。その序。

近ごろ朝廷より御触れが出て、飲酒が禁じられた。その布令以後、その禁を犯す者はいない。もし、古《ふる》馴染《なじみ》を尋ねたり、親しい友人を慰労することがなければ、まったく気持ちよく飲酒し、思いのままに詩を賦したりすることもないことだろう。

そもそも、古馴染みといっても必ずしも親しい友とは限らないし、親しい友が必ずしも古馴染みというわけでもあるまい。その双方を兼ねる者こそ、文郎中だ。詩人といっても酒の好敵手とは限らないし、酒の好敵手といっても詩人とは限らない。その双方を兼ねる者こそ、文郎中だ。

私の仲間五、六人はちょうど文郎中の休暇にめぐり合うこととなり、いささか詩を詠み酒を飲む楽しみを語り合おうということになったのだった。

歳月をおしはかれば、厳しい寒さの冬もすでに終わろうとし、庭先の景物を共に見やれば、早くも目を楽しませてくれる梅花がある。

ああ、時とは得難いもので、惜しまずにはいられないし、物は衰えやすく、いつくしまずにはいられないものだ。もとより古馴染みの小ぢんまりとした会であるので、どうして（庭先の）かぐわしい早咲きの梅の花を詠まずにおれようか。是非とも世間の交遊を結ぶ人達にも、学問仲間にはこんな風雅の習わしのあることを知らしめたいものだ。言うことは以上の通りである。


（本間洋一）

30 九日侍宴 同賦天錫難老 応製 序 已上六首 附第一巻

九日宴に侍り同じく「天老い難きを錫《たま》ふ」といふことを賦す 製に応ふ序〈已上六首 第一巻に附す〉

【解説】

本序は『文草』巻一56に収められる。他に『本朝文粋』巻九243に収載する。底本の詩題注に「扶五」とあり、『扶桑集』巻五にも収められていたが散佚した。『本朝文粋註釈』に注釈がある。

本序に関しては『三代実録』貞観一二年（八七〇）九月九日条に「重陽節、天皇御二紫宸殿一、賜二宴群臣一。喚二文人一、賦二天錫レ難レ老詩一。内教坊奏二女楽一。宴竟賜レ禄、各有レ差」とあり、この時の作。道真は、この年、対策に及第し、翌年の任官を持つ身であった。

本序は三段落からなる。第一段落では天も自然界も変化しつづけるなかで人の老いも避けがたいが、帝の徳化により長寿が与えられるという。第二段落（「猗歟」以下）は宴に列なる人々が長寿に与るさまを具体的に述べる。第三段落（「況乎」以下）に至って重陽のことを取り入れて眼前の宴の様を叙し、帝徳の讃美を以て結ぶ。

この時の道真の詩は次のとおりである。

明王開寿域　　明王 寿域を開き
不老自蒼天　　不老 蒼天自《よ》りす
駐采非因道　　采を駐《とど》むるは道に因《よ》るに非ず

軽身豈学仙　身を軽くするは豈《あに》仙に学ばむや
鶴毛無一片　鶴毛　一片も無し
鮐背可千年　鮐背《たいはい》　千年なるべし
已識皇恩洽　已《すで》に識《し》る　皇恩の洽《あまね》きことを
将編雅頌伝　将に雅頌の伝を編まむとす

【題注】

九日―重陽節の九月九日。重陽宴の詩序は本書28「九月侍レ宴、同賦レ喜レ晴応製序」に前出。

侍宴―本書26「早春侍二内宴一、同賦レ無二物不一レ逢レ春応製序」の【題注】参照。

同賦―26【題注】参照。

天錫難老―天が長寿を与えてくれる。晋の陸雲「大将軍讌会被レ命作詩（其六）」（文選巻二〇）の「天錫レ難レ老、如二嶽之崇一」による。「錫」は賜に同じ。観智院本『類聚名義抄』の訓に「アタフ、タマフ」とある。

已上六首附第一巻―25からこの30までの六首の詩序の本文は第一巻に詩に付して収めたということ。

臣聞、　臣聞く、
精誠感致、欽若之機自斉　精誠感致れば、欽若の機自《おの》づから斉《ととの》ひ、
冥報来臻、孔昭[1]之鑑無掩　冥報来り臻《いた》りて、孔昭の鑑《かがみ》掩《おお》ふこと無しと。
蓋、　蓋《けだ》し、

五緯連珠、二離合璧、則躔次頻謝。孰謂長生。
雲膚爛紫、露液流甘、則気色難留。未期久視。
豈若
聖化旁達、天居既成一葦之程、
皇明遠覃、司命不換三科之算。
猗歟、
穣穣景福、駆老彭以列周行、
済済風猷、趁亀鶴以朝魏闕。
紅桃在面、非蔵春色於形容、
白雪呈肌、寧結寒光於腰体。
彼紫府黄庭之遊、熊経鳥申之戯、
説在方外、誠為巣焉。
故、

五緯珠を連ね、二離璧を合はすれば、則ち躔次《てんじ》頻りに謝す。孰《たれ》か長生と謂はむ。
雲膚紫を爛《くた》し、露液甘きを流せば、則ち気色《きしょく》留め難し。未だ久視を期せず。
豈《あに》
聖化旁《あまね》く達して、天居既に一葦の程を成し、
皇明遠く覃《およ》びて、司命三科の算を換へざるに若《し》かむや。
猗歟《ああ》、
穣穣《じやうじやう》たる景福、老彭を駆《か》りて以て周行に列せしめ、
済済《せいせい》たる風猷《ふういう》、鶴亀を趁《お》ひて以て魏闕《ぎけつ》に朝せしむ。
紅桃面《おもて》に在り、春色を形容に蔵するに非ず、
白雪肌《はだ》に呈《あらは》る、寧《なん》ぞ寒光を腰体に結ばむや。
彼の紫府黄庭の遊び、熊経鳥申の戯れ、
説は方外に在りて、誠に巣焉《さうえん》と為す。
故に、

肉餐空設、遂可無勤養之労、
鳩杖旧在、誰見有扶持之用。
況乎、
重陽慶節、九日優遊。
侍宴者得道於登高、合歓者帰心於避悪。

霓裳一曲、鈞天夢裏之音、
露酌数行、仙窟掌中之飲。
臣等、
不知不識、帝力何施、
優哉游哉、神交斯在。
非頌天錫之遐齢、無叙人君之至徳。
云爾。謹序。

肉餐空しく設けて、遂に勤養の労無かるべく、
鳩杖旧《むかし》より在りて、誰か扶持の用有るを見むや。
況《いは》むや、
重陽の慶節、九日の優遊なるをや。
宴に侍る者は道を登高に得《え》、歓びを合する者は心を避悪《ひあく》に帰せり。

霓裳《げいしやう》の一曲は、鈞天《きんてん》夢裏の音、
露酌の数行は、仙窟掌中の飲なり。
臣等、
知らず識《し》らず、帝力何をか施せる。
優なるかな游なるかな、神交斯《ここ》に在り。
天錫《てんしやく》の遐齢《かれい》を頌《しよう》するに非ざれば、人君の至徳を叙《の》ぶること無し。
云ふこと爾《しか》り。謹みて序す。

【校異】

1昭―照（諸本）、粋により改む。

【語釈】

精誠―真心、誠意。漢の班昭「東征賦」（文選巻九）に「好二正直一而不レ回、精誠通二於明神一」とあり、李善注に「文子曰、精誠通二於形一、動二気於天一」という。道真は「日本文徳天皇実録序」（第一冊50）に「臣等、百二倍筋力一、参二合精誠一」と用いる。その注参照。

感致―思いが相手に届く。感動させる。『後漢書』巻一下・光武帝紀に「以レ感二致神祇一、表二彰徳信一」、『晋書』巻一二二・呂光伝に「李広利精誠玄感、飛泉湧出。吾等豈独無二感致一乎」とある。

欽若―つつしみ従う。『尚書』堯典の「乃命二羲和一、欽二若昊天一、暦二象日月星辰一、敬二授民時一」にもとづき、ここでは日月星辰の意を表す。道真は「清風戒レ寒賦」（第一冊3）に「月令行、陽気降。……民者冥也。申二欽若於窮巷一」、「諸公卿賀二朔旦冬至一表」（本朝文粋巻四97）に「皇帝陛下、欽若無レ掩、昇二惟馨於昊天一」と用いる。

冥報―知らず知らずのうちに与えられる報い。「夫有二陰徳一者、必有二陽報一」（淮南子・人間訓）の「陽報」（かたちに現れる報い）の対語であろう。『出曜経』巻八に「善哉福報如レ影追レ形、福業冥報如レ油津レ衣」とある。道真は「為二平子内親王一先妣藤原氏周忌法会願文」（巻一二）に「勝因在レ近、冥報非レ賒」と用いる。

来臻―やってくる。陸雲「大将軍讌会被レ命作詩」（題注前出）に「粛雍往播、福禄来臻」とある。

孔昭―きわめて明らかであること。『毛詩』小雅・鹿鳴之什「鹿鳴」に「我有二嘉賓一、徳音孔昭」とあり、鄭箋に「孔、甚也。昭、明也」という。梁の劉孝威「重光詩」（芸文類聚巻一六・儲宮）に「徳音孔昭、民胥攸レ詠」、中唐、劉禹錫「謝二中書張相公一啓」（唐文巻六〇四）に「神理孔昭、報応斯必」の例がある。

五緯連珠―五つの星が珠のように連なる。「五緯」は金、木、水、火、土の五星。後漢の張衡「西京賦」（文選巻二）

に「五緯相汁、以旅二于東井一」とあり、李善注に「五緯、五星也」という。ここは『漢書』巻二一・律暦志に「日月如二合レ璧一、五星如二連珠一」とあるのにもとづく。初唐、駱賓王「帝京篇」（唐巻七七）に「五緯連レ影集二星躔一、八水分レ流横二地軸一」とある。道真は「諸公卿賀二朔旦冬至一表」（「欽若」注前出）でも「双離合レ璧、五緯連レ珠」と類似の対句を用いている。

二離合璧—「二離」は日月。前注の「律暦志」の「日月如レ合レ璧」を言い換えたもの。晋の傅咸「贈二何劭王済一」（文選巻二五）に「双鸞遊二蘭渚一、二離揚二清暉一」とあり、李善注に「瓚曰」として「二離、日月也」という。ここでの「離」はかかるの意。空に懸かるものとしていう。「合璧」は美しいものが二つ合わさること。『初学記』巻一・日の事対に「合璧 連珠」があり、「合璧」の注に「漢書曰、……日月如レ合レ璧」とある。

躔次—「躔」は日月五星が軌道を周ること。その順序。『晋書』巻一一・天文志に「五緯躔次、用告二禍福一」とある。

謝—移りかわる。晋、束晳「補亡詩（其四）」（文選巻一九）に「四時逓謝、八風代扇」、紀長谷雄「柳化為レ松賦」（本朝文粋巻一7）に「寒暑改レ節、星霜迭謝」とある。

長生—長生きすること。後出の「久視」とともに『老子』五九章の「是謂二深レ根固レ柢、長生久視之道一」にもとづく。晋、木華「海賦」（文選巻一二）に海に遊ぶ仙人について「甄二有形於無欲一、永悠悠以長生」とある。都言道（良香）の「神仙」対策（本朝文粋巻三70）に「求二諸素論一、長生之験寔繁、訪二於玄談一、久視之方非レ一」とあり、ここと同じく「長生」と「久視」とを対語とする。

雲膚—雲気。晋、潘尼「苦雨賦」（芸文類聚巻二・雨）に「気触レ石而結蒸兮、雲膚合而仰浮」、初唐、李嶠「雨」（李嶠百詠）に「西北雲膚起、南東雨足来」とあり、道真は「古石」（巻二156）に「雲膚何望レ雨、水脈欲レ通レ泉」と詠む。

爛紫—紫蘭を痛めつける。「紫」は紫蘭をいう。白居易「自嘲」（巻五八2821）に「秋月晩生丹桂実、春風新長紫蘭芽」とある。「爛」は傷つけること。措辞は異なるが、「文子曰、……叢蘭欲レ茂、秋風敗レ之」（芸文類聚巻八一・蘭）に見える発想による。菅原文時「蘭蕙苑嵐摧レ紫後、蓬莱洞月照レ霜中」（和漢朗詠集巻上・菊271）の「摧レ紫」も同意。

露液流甘—この句は「風俗通曰、南陽酈県有二甘谷一。谷水甘美。云、其山上大有レ菊、水従二山上一流下。得二其滋液一」（芸文類聚巻八一・菊）を踏まえながら、ここでは露が菊の甘美な美しさを流し去るという意。

久視—いつまでも見つづける。長生をいう。前述の「長生」の注に引く『老子』に出る語。晋、潘岳「西征賦」（文選巻一〇）に「命有レ始而必終、孰長生而久視」、紀長谷雄「九日侍レ宴観レ賜二群臣菊花一」（本朝文粋巻一一326）に「餌後始期年久視、擬レ教二生路不一レ知レ涯」とある。

聖化—天子の徳による教化。『漢書』巻八一・匡衡伝に「今長安天子之都、親承二聖化一」、『続日本紀』天平宝字元年四月四日条に「其高麗・百済・新羅人等、久慕二聖化一、来附二我俗一」とあり、道真の他の用例に「侍二宴仁寿殿一同賦二春暖一」（巻二79）の「春風聖化物陽和、初出二重闈一露布過」がある。

旁達—広く行きわたる。『礼記』聘義の「孚尹旁達、信也」にもとづく。『史記』巻六・秦始皇本紀に「皇帝哀レ衆、遂発二討師一、奮二揚武徳一。義誅信行、威燀旁達、莫レ不二賓服一」とある。

天居—天の住まい。南朝宋の鮑照「舞鶴賦」（文選巻一四）に「仰二天居之崇絶一、更惆悵以驚思」とあり、李善注に「蔡邕述行賦曰、皇家赫赫而天居、崇絶高而懸絶」とある。また『宋書』巻八一・顧覬之伝に「喬・松之侶、雲飛天居、夷・列之徒、風行水息」とある。

一葦程—「一葦」は一本のあし。『毛詩』衛風「河広」に「誰謂二河広一、一葦杭レ之」とあるのにもとづき、水を渡る小舟のたとえ。『類聚国史』巻一九三所引、延暦一七年五月一九日条の桓武天皇より渤海国王宛の書に「顧二巨海之無一レ際、非二一葦之可一レ航」とあり、道真は「九日侍レ宴同賦二鴻雁来賓一」（巻一8）に「畏レ月是孤弦、渡レ江非二一葦一」と詠む。「一葦程」は小舟で行く事のできる近い距離。

皇明—天子のすぐれた徳。漢の班固「西都賦」（文選巻一）に「天人合応、以発二皇明一」、大友皇子「侍宴」（懐風藻1）

に「皇明光二日月一、帝徳戴二天地一」とある。

司命—星の名。人の寿命を支配する。『晋書』巻一一・天文志に「西近二文昌一二星、曰二上台一、為二司命一。主レ寿」とあり、中唐、顧況「山居即事」（唐巻二六六）に「楊君閑二上方一、司命駐二流年一」とある。

三科—『白虎通』寿命にいう、命の三種。「命有二三科一以記驗。有二寿命一以保レ度。有二遭命一以遇レ暴、有二随命一以応二行習一。寿命上命也」とある。

猗歟—感嘆詞。『本朝文粋』久遠寺本は「ヨイカナ」と訓む。『毛詩』周頌「潜」に「猗与漆沮、潜有二多魚一」とある。道真は「諸公卿賀二朔旦冬至一表」（本朝文粋巻四97）では「陛下得二之明徳一、至矣猗歟」と用いる。

穰穰—多いさま。『毛詩』周頌・清廟之什「執競」に「降レ福穰穰、降レ福簡簡」とあり、毛伝に「穰穰、衆也」という。これにもとづいて『隋書』巻一四、音楽志の「穰穰介福、下被二群生一」、初唐の張九齢「南郊太尉酌献二武舞一作二凱安之楽一」（唐巻四七）の「介福何穰穰、精誠格二穹昊一」など、幸せに満ちていることをいう例が多い。

景福—大きな幸せ。『毛詩』小雅・谷風之什「小明」に「神之聴レ之、介二爾景福一」とあり、毛伝に「介・景、皆大也」という。『宋書』巻二〇・楽志に「眉寿祚二聖皇一、景福惟日新」、中唐の権徳輿「仲秋朝二拝昭陵一」（唐巻三二五）に「吾皇弘二孝理一、率土蒙二景福一」とあり、また三善清行「元慶三年孟冬八日大極殿成命レ飲」詩序（本朝文粋巻九268）に「韋仲将含二毫於景福一」とある。

老彭—老子と彭祖。長命を保った者の代表としていう。『論語』述而に「子曰、述而不レ作、信而好レ古。窃比二於我老彭一」とあり、王弼注に老は老聃（老子）、彭は彭祖という。彭祖は八百歳以上生きたという仙人。

周行—行列。『毛詩』周南「巻耳」に「嗟我懐レ人、寘二彼周行一」とあり、毛伝に「置二行列一」という。盛唐、韋応物「夜直二省中一」（唐巻一九三）に「顧レ跡知レ為レ忝、束帯愧二周行一」、三善清行「意見十二箇条（第四条）」（本朝文粋巻二67）に「皇矣之士、列二彼周行一」とある。

済済―盛んなさま。『宋書』巻二〇・楽志所引の「食挙東西箱楽詩」に「黻冕充二広庭一、鳴玉盈二朝位一、済済朝位、言観二其光一」とあり、初唐、陳叔達「太廟祼地歌辞」（唐巻八八二）の「降レ福穰穰、来儀済済」はここと同じく「穰穰」と対語にした例。

風猷―道徳による道。『宋書』巻五一・劉義慶伝に「陛下、恵哲光宣、経緯明遠、皇階藻曜、風猷日昇」、『三代実録』貞観一四年五月二五日条所引の清和天皇の渤海国王宛勅書に「風猷不レ墜、景式猶全」とある。

亀鶴―亀と鶴。長寿の代表としていう。晋の郭璞「遊仙詩」（文選巻二一）に「借問蜉蝣輩、寧知二亀鶴年一」とあり、李善注に「養生要論曰、亀鶴寿有二千百之数一、性寿之物也」という。白居易「効二陶潜体一詩（其一）」（巻五0213）に「松柏与二亀鶴一、其寿皆千年」、空海の「三島大夫為二亡息女一書二写供三養法華経一講説表白文」（性霊集巻八）に「所レ冀保二亀鶴之永歳一、遊二椿桃之遐年一」とある。

魏闕―高大な門。宮城の門をいい、転じて朝廷の意。『荘子』雑篇・譲王に「身在二江海之上一、心居二乎魏闕之下一」、都良香「応三早速討二滅夷賊一事」（本朝文粋巻二60）に「胡城雲隔、魏闕天遥」とある。道真はまた「丙午之歳、四月七日、……」（巻四262）に「未三昔離二心於魏闕一、如今享レ福不二唐捐一」と用いる。

紅桃―赤い桃の花。陳の徐陵「諫二仁山深法師罷レ道書」（広弘明集巻二四）の「眉如二細柳一、何足レ関レ懐、頰似二紅桃一、詎能長久」、『遊仙窟』の十娘が詠む詩の「翠柳開二眉色一、紅桃乱二臉新一」はともに顔色のつややかさを桃にたとえた例であるが、『神仙伝』の劉安伝に「年可二十四五一、角髻青緑、色如二桃花一」とあり、神仙の若々しさが桃花にたとえられる。ここもこの発想を承けている。

形容―姿と顔。『楚辞』「漁父」に「顔色憔悴、形容枯槁」、都言道（良香）の「神仙」対策（本朝文粋巻三70）に「骨録攸レ存、好尚分二於皮竺一、相法既定、表候晃二於形容一」とあり、道真は「北溟章」（巻四333）に「変化談二同日一、形容類二各宵一」と詠む。

白雪呈肌―雪のような白い肌。『荘子』内篇・逍遥遊の「藐姑射之山、有二神人居一焉。肌膚若二氷雪一」にもとづき、神仙を表わす表現。ここもこの意を含む。戦国楚の宋玉の「登徒子好色賦」（文選巻一九）に「眉如二翠羽一、肌如二白雪一」とある。我が国では後の例であるが、大江朝綱「男女婚姻賦」（本朝文粋巻一15）に「露二白雪之膚一、還忘レ厭レ醜」。

腰体―腰つき。『太平御覧』巻一四四・昭儀に「西京雑記曰、趙后腰体弱善二行歩進止一」とある。

紫府―神仙の宮殿。『抱朴子』巻一八・地真に「昔黄帝到二青丘一、過二風山一見二紫府一」、盛唐、李康成「玉華仙子歌」（唐巻二〇三）に「夕宿紫府雲母帳、朝餐玄圃崑崙芝」とある。道真は「叙意一百韻」（後集484）に「脱レ屣黄埃俗、交レ襟紫府仙」と詠む。

黄庭―仙人の住む所。『広弘明集』巻六「列代王臣滞惑解」、張普済の条に「仙童玉女侍二老君之側一、黄庭朱戸述二命之事一」、初唐、則天皇后「唐享昊天楽（其三）」（唐巻五）に「閶陽晨披二紫闕一、太一暁降二黄庭一」とあり、春澄善縄「神仙」策文（本朝文粋巻三69）には「紫府黄庭、群仙之遊斯遠」という、本序の「紫府黄庭之遊」に近い表現がある。

熊経鳥申―熊のように直立し、鳥のように首を伸ばす。神仙の行う行の一つ。『荘子』外篇・刻意の「吹呴呼吸、吐レ故納レ新、熊経鳥申、為レ寿而已矣。此道引之士、養形之人、彭祖寿考者之所レ好也」にもとづき、『後漢書』巻五二・崔寔伝に「夫熊経鳥伸、雖二延歴之術一、非二傷寒之理一」とある。

方外―俗世間の外。世俗の規範に縛られない世界。『荘子』内篇・大宗師の「孔子曰、彼遊二方之外一者也。而丘遊二方之内一者也」にもとづく語。魏の曹植「七啓」（文選巻三四）に「雍容暇予、娯志二方外一、此羽猟之妙也」、大江朝綱「重陽日侍宴同賦三寒雁識二秋天一」詩序（本朝文粋巻一一339）に「遂不レ知二方外也塵中也一、又不レ知二露莱乎雲閬乎一」とある。

瑱焉―小さいさま。漢、張衡「東京賦」（文選巻三）に「薄狩二于敖一、既瑱瑱焉。岐陽之蒐、又何足レ数」とあり、李善注に「瑱瑱、小也」という。

肉餐―肉食。老人に肉を食べさせる。『礼記』王制に「養老」の礼法として「六十宿レ肉」、「六十非レ肉不レ飽」とあり、『孟子』梁恵王上には「七十者可二以食一レ肉矣」とある。

勤養―老人をいたわることにつとめる。『後漢書』巻八四・列女伝の楽羊子の妻の条に「羊子感二其言一、復還終レ業、遂七年不レ反。妻常躬勤レ養レ姑」とある。

鳩杖―頭に鳩の飾りのついた杖。『後漢書』礼儀志中に「年始七十者、援レ之以二王杖一。……王杖長九尺、端以二鳩鳥一為レ飾。鳩者不レ噎之鳥也。欲二老人不一レ噎」とあり、七十以上の老人には王から鳩杖が下賜された。杜甫「有レ懐二台州鄭十八司戸一」（唐巻三八）に「鳩杖近二青袍一、非レ供二折レ腰具一」とあり、大江匡衡「寿考」対策（本朝文粋巻三91）に「鳩杖後立、更謝二祝噎之対一」とある。

扶持―助ける、支える。『史記』巻二〇・建元以来侯者年表に「蔡義……是時年八十、衰老。常両人扶持乃能行」、道真の「読二楽天北窓三友詩一」（菅家後集477）に「燕雀殊レ種遂レ生一、雌雄擁護逓扶持」とある。

重陽―九月九日。陽の数「九」が重なるので「重陽」という。五節句の一つ。この日は茱萸を身に着ける、高い所に登る（登高）、菊を浮かべた酒を飲んで悪気を払う（避悪）などを行う習慣であった。

慶節―めでたい日。中唐、張籍「送二従弟刪東帰一」（唐巻三八五）に「雲水東南両月程、貪レ帰二慶節一馬蹄帰」とある。

優遊―ゆったりしていること。後漢、班固「東都賦」（文選巻一）に「嗜欲之源滅、廉恥之心生、莫レ不二優遊而自得、玉潤而金声一」とある。道真は「秋湖賦」（第一冊1）に「雖レ云二行路之艱渋一、誠是卒歳之優遊」と用いる。

登高―高い所に登る。『芸文類聚』巻四・九月九日に引く『続斉諧記』に「汝南桓景随二費長房一遊学多年。長房謂レ之曰、九月九日、汝家当レ有二災厄一。急宜レ去。令下家人各作二絳嚢一、盛二茱萸一以繋レ臂、登レ高飲中菊酒上、此禍可レ消」とある。災を避けるために高所に登るという。盛唐、王維「九月九日、憶二山東兄弟一」（唐巻一二八）に「遥知兄弟登高処、遍挿二茱萸一少二一人一」とあり、道真は「九日侍レ宴各分二一字一」（巻二99）に「五雲晴指登レ高処、千日暮知解レ酔時」と詠む。

合歓—ともに楽しむ。『礼記』楽記に「酒食者所二以合一レ歓也、楽者所二以象一レ徳也」とある。

避悪—悪気を避ける。道真「洞中小集序」（第一冊48）に「寒食者悼亡之祭、重陽者避悪之術」とある。その注参照。また大江朝綱「重陽日侍レ宴同賦三寒雁識二秋天一詩序」（本朝文粋巻一一339）に「臣聞、三秋暮月、九日霊辰、本是臣下避レ悪之佳期」とある。

霓裳一曲—霓裳羽衣曲。唐の開元年間に河西節度使、楊敬述が献上した西域伝来の曲に玄宗が手を加えた楽曲。『教訓抄』巻三に「或書云、霓裳羽衣ノ曲ハ、一越調ノ曲ナリ。本名ヲバ一越波羅門ト云ケリ。玄宗皇帝之代、天宝年中ニ霓裳羽衣ニ改タリ」とある。白居易「長恨歌」（巻一二0596）の「漁陽鼙鼓動レ地来、驚破霓裳羽衣曲」は有名な例。紀長谷雄「内宴侍二清涼殿一同賦二草樹暗迎一レ春詩序」（本朝文粋巻一一319）に「風人墨客、皆帝念之特徴、霓裳羽衣、非二恩命一不レ得レ進」とある。

鈞天夢裏之音—天上世界で奏される音楽。「鈞天」は天の中央をいう。『史記』巻四三・趙世家の趙簡子についての次の挿話による。趙簡子は病気にかかって意識不明となり、二日半たって目を覚し、大夫に次のように語る。「我之二帝所一、甚楽。与二百神一遊二於鈞天一、広楽九奏万舞、不レ類二三代之楽一、其声動二人心一」。紀古麻呂「望レ雪」（懐風藻22）に「夢裏鈞天尚易レ涌、松下清風信難レ斟」とある。本書26「早春侍二内宴一、同賦レ無二物不一レ逢レ春序」の「地是遊鈞」の「遊鈞」もこの故事を踏まえる。その注参照。

露酌—酒を酌み交わす。「露」は酒を喩える。『毛詩』小雅・南有嘉魚之什「湛露」に「湛湛露斯、匪レ陽不レ晞、厭厭夜飲、不レ酔無レ帰」とあるのにもとづく。陳の叔達「早春桂林殿応詔詩」（初学記巻三、春）に「軽輿臨二太液一、湛露酌二流霞一」、初唐の喬知之「梨園亭子侍宴」（唐巻八二）に「天杯承二露酌一、仙管雑二風流一」とある。

数行―しばしば杯が巡る。「行」は行酒（杯を回す）の行。『史記』巻五二・斉悼恵王世家の「（劉）章自請曰、臣、将種也。請得下以二軍法一行酒上。高后曰、可」、二十巻本「捜神記」巻一・左慈の「行二酒百官一、莫レ不二酔飽一」はその例。

仙窟掌中之飲―「仙窟」は神仙のすみか。『遊仙窟』に「此是実神仙窟也」、白居易「想二東遊一五十韻序」（巻五七 2117）に「紫洞蔵二仙窟一、玄淵媚二潜虬一」とある。「掌中之飲」は杯を手にして酒を飲むことをいう。

不知不識―知らず知らずに。『毛詩』大雅・文王之什「皇矣」に「不レ識不レ知、順二帝之則一」とある。

帝力何施―皇帝は自分にとって何の関わりもない。『初学記』巻九・総叙帝王、事対の「撃壌」の注に「史曰、堯時有二老父者一、撃レ壌而嬉二於路一、言曰、我鑿レ井而飲、耕レ田而食。帝力何有二於我一哉」とある。人民がこのように思うことは為政の理想的な状態。

優哉游哉―ゆったりとしているさま。また憂いのないさま。「優游」の語に助辞「哉」を添えて四字句とした。晋、潘岳「秋興賦」（文選巻一三）の結びに「逍二遥乎山川之阿一、放二曠乎人間之世一、優哉游哉、聊以卒レ歳」とあり、李善注に「家語、孔子歌曰、優哉游哉、聊以卒レ歳。王粛曰、言、優游以終レ歳也」とある。兼明親王「山亭起請」（本朝文粋巻一二 384）に「山雲不レ厭、澗水無レ情。優矣遊矣、聊送二吾之残生一」の例がある。

神交―精神的な交わり。紀長谷雄「後漢書竟宴、各詠レ史得二龐公一詩序」（本朝文粋巻九 262）に「菅師匠承二祖業之後一、為二儒林之宗一。経籍為レ心、得二王何於逸契一、風雲入レ思、叶二張左於神交一」とある。

天錫―天からの賜りもの。『毛詩』魯頌・駉之什「閟宮」に「天錫二公純嘏一、眉寿保レ魯」とあるのにもとづく。盛唐、源乾曜「奉レ和下聖製送三張説上二集賢学士一賜上レ宴」（唐巻一〇七）に「寵命垂二天錫一、崇恩発二叡情一」とある。

遐齢―長寿。『魏書』巻八二・常景伝に「以二知命一為二遐齢一、以二楽天一為二大恵一」、滋野善永「翫二菊花一篇」（経国集

巻一三140）に「自有二心中彭祖術一、霜潭五美奉二遐齢一」とある。「五美」は菊をいう。
至徳―この上ない徳。『礼記』礼器に「天道至教、聖人至徳」、山前王「侍レ宴」（懐風藻41）に「至徳洽二乾坤一、清化朗二喜辰一」とある。

【通釈】

九月九日宴に侍り、同じく「天老い難きを錫ふ」という題で詩を詠む。天皇の命にお応えする。その序〈以上六首の序は第一巻に詩に付して収めた〉

私は「誠意が通じれば日月星の運行のしくみは自ずから整い、知らず知らずの報いはやって来て、きわめて明らかな天の鏡は覆われることなく写し出す」と聞いています。思うに、五つの星が玉のように連なり、日と月が璧のように輝けば、天の運行は絶え間なく推移します。誰が長寿でありえましょうか。雲気は香り高い紫蘭を傷つけ、露が菊の甘美さを流し去ると香気も消えてしまいます。長命を期することはできません。ゆえに天子の教化があまねく行き渡って、天人の住まいもすぐに到ることができるようになり、その明徳が遠く及んで、司命も人の寿命を変えることができないようになるがいちばんです。

ああ、大いなる幸福は、老子彭祖を行列に列ならせ、盛んなる道徳は、亀や鶴を朝廷に参内させています。（これら宴に侍る人々は）顔は赤い桃のように若やいでいます。しかし春の色を容貌のうちに秘めているわけではありません。雪のような白い肌をしています。だが寒々とした光を腰に宿しているのではありません（腰の衰えもありません）。あの神仙世界での遊び、仙人の延命の行の戯れ（養生の術）は、その説くところ、世離れしたもので、まことにちっぽけなものです。だから肉食の備えも無駄なことで、結局老いを養う働きも必要ありません。鳩杖も古くからありますが、老いを助ける用に使うのを見たことはありません。

まして重陽のめでたい節句、九日のゆったりとした遊宴なのです。宴に侍る者は高所に登ることができており、楽しみを共にしている者は災いを避けることに思いを寄せています。霓裳羽衣の曲はあたかも夢に聴いた天上の音楽、何度も巡る杯はまるで仙人の洞窟での飲酒かと思われます。私どもは天子のお恵みをいただいていることにも気づかず、何の恵みを賜っているのかという思いです。ゆったりとした遊び、魂の交わりはここにあります。天の与えた長寿を讃えることこそが、天子の至上の徳を述べることに他なりません。以上のとおりです。謹んで序を記します。

（後藤昭雄）

31　早春侍宴仁寿殿　同賦春暖　応製　序

早春仁寿殿《じじうでん》に侍宴し同じく「春暖かなり」といふことを賦す　製に応ふ序

【解説】

本序は、『文草』巻二79にあり、『本朝文粋』巻八215および『本朝文集』巻二八に収める。柿村重松『本朝文粋註釈』にはこの序の注釈がある。また、底本等には、79の題下に「元慶二扶二」と後人による注記があり、『扶桑集』巻二にも収載していたことが分かる。ただしすでに逸している。また『江談抄』巻六32「菅家御序秀勝事」は、「催粧序、内則綺羅脂粉、又風月鶯花之句等、染㆓心肝㆒者也」と本序の一部を引いて、その表現を讃えている。ただし、題の「催粧」（本書39）は誤り。製作年次は、巻二78「暮春見㆓南亜相山荘尚歯会㆒」が、貞観一九年（元慶元年・八七七）三月に南淵年名が催した尚歯会（扶桑略記）での作であり、81「仲春釈奠、聴㆑講㆓孝経㆒」が、元慶三年二月の釈奠における作であること（彌永貞三「古代の釈奠について」『日本古代の政治と史料』高科書店、一九八八年）からすると、元慶二年か三年のいずれかである。『三代実録』には、二年正月二〇日条に「内㆓宴近臣㆒、賦㆑詩及奏㆓女楽㆒、群臣歓洽。畢㆑景而罷。賜㆑禄各有㆑差」、三年正月二〇日条に「内宴停止」とあるので、本詩序は元慶二年の作であることが分かる。この時の詩は、次のとおり。

春風聖化揔陽和[1]　　春風聖化　揔《すべ》て陽和なり
初出重闈露布過　　初めて重闈より出でて　露布して過ぐ
語鳥千般皆徳呴[2]　　語鳥千般にして　皆徳呴あり

游魚万里半恩波
虹霓細舞因晴見
沆瀣流盃向晩多
日落先帰何恨苦
儒生不便手廻戈

游魚万里にして 半ば恩波なり
虹霓の細舞 晴に因《よ》りて見え
沆瀣《かうがい》の流盃 晩《ゆふべ》に向ひて多し
日落ちて先づ帰らむとするに 何ぞ恨みの苦《はなはだ》しき
儒生 手に戈を廻らすに便《たより》あらず

【校異】

1捴—惣（内・川）。　2喣—煦（大）。

【題注】

侍宴—本書26「早春侍二内宴一同賦レ無二物不一レ逢レ春応製序」の「侍内宴」で触れたように、公宴の詩会における書式に用いる語であり、内宴と重陽宴つまり公宴の場合にのみ記す（滝川幸司「天皇と文壇——平安前期の公的文学に関する諸問題——」『天皇と文壇』和泉書院、二〇〇七年）。よって「早春」内宴での作であることがわかる。この語は、本書に、28「九日侍宴同賦レ喜レ晴応製序」・30「九日侍宴同賦二天錫レ難レ老応製序」と見える。その注参照。

仁寿殿—内裏内の殿舎の一つ。紫宸殿の北、清涼殿の東にある東西棟。仁明朝頃までは天皇の常の御在所であり、内宴を催す殿舎でもあった。「於二仁寿殿一内宴。令レ賦二春妓応製詩一。日暮賜レ禄有レ差」（類聚国史巻七二・内宴・天長八年〈八三一〉正月二〇日条）、「内二宴於仁寿殿一。喚二文人一賦レ詩、内教坊奏二女楽一。宴竟賜レ禄各有レ差」（三代実録・貞観一〇年〈八六八〉正月二一日条）などと見える。本書33には「早春内宴侍二仁寿殿一同賦三春娃無二気力一応製序」もある。

春暖—春は暖かいの意。白居易「履道西門二首（其一）」（巻六九3562）に「行竈朝香炊二早飯一、小園春暖掇《トル》二新蔬一」と見える。また詩題にも「春暖」（巻六八3442）がある。嵯峨天皇「答二澄公奉献詩一」（文華秀麗集巻上71）の「深房春不レ暖、花雨自然来」も一例。

春之為気也、霏霏焉、漠漠焉。
鴦瓦雪銷、見[1]天下之皆就暖、
鳳池氷冶[2]、知天下之不受寒。
時也、
翠幌高開、珠簾競[3]撥。
留万機於一日、翫三春於二旬。
非彼恩容侍臣、勅喚文士、
未曾清談遊宴、夢想追歓者乎。
既而、
金箭頻移、玉盃無算。
紅衫舞破、所綴者後[4]庭之花、
朱吻歌高、所遏者行雲之影。

春の気為《た》るや、霏霏《ひひ》たり、漠漠たり。
鴦瓦《あうが》に雪銷《き》え、天下の皆暖に就《つ》くを見、
鳳池に氷冶《と》け、天下の寒を受けざるを知る。
時や、
翠幌《すゐくわう》高く開き、珠簾競ひて撥《かか》ぐ。
万機を一日に留め、三春を二旬に翫ぶ。
彼の恩容の侍臣、勅喚の文士に非《あら》ざれば、
未だ曾て清談遊宴、夢想追歓せざる者か。
既にして、
金箭《きんせん》頻りに移り、玉盃算無し。
紅衫《こうさん》舞破《は》にして、綴《つづ》る所の者は後庭の花、
朱吻《しゆふん》歌高くして、遏《とど》むる所の者は行雲の影。

猗虖、
其為外也、風月鶯花、
其為内也、綺羅脂粉。
一事一物、皆是温和、
相送相迎、靡非呴嫗[5]。
小臣、
解形俗人、取楽今日。
将詳盛事於瑣[6]窓、還誡不言於温樹。
嗟嘆不足、略而叙之。
云爾。謹序。

猗《あ》虖《あ》、
其の外為るや、風月鶯花、
其の内為るや、綺羅脂粉。
一事一物、皆是れ温和にして、
相送り相迎ふ、呴嫗《くう》に非ざる靡《な》し。
小臣、
形を俗人に解き、楽しみを今日に取る。
将に盛事を瑣窓《ささう》に詳《つまび》らかにせむとするも、還《かへ》りて不言を温樹に誡《いまし》めむ。
嗟嘆して足らざるも、略して之を叙ぶ。
云ふこと爾《しか》り。謹しみて序す。

【校異】
1見―知（粋）。　2治―涓（底本・寛）、他本によって改む。　3競―幾（底本・寛）、他本によって改む。
4後―禁（底本）・ナシ（寛）、他本によって改む。　5嫗―嘔（諸本）、意によって改む。
6瑣―璅（川・大）、隟（内）。

【語釈】

春之為気也―春の気というものは、の意。「春気」は、春の氣。白居易「春夜喜レ雪、有レ懐二王二十二一」（巻一四0756）の「窓引二曙色一早、庭銷二春気一遅」は、その一例。この句形は、戦国楚の宋玉「九弁五首（其一）」（文選巻三三）の「悲哉秋之為レ気也、蕭瑟兮草木揺落而変衰」にもとづいている。滋野貞主「奉レ和二太上天皇秋日作一」（経国集巻一三154）の「悲哉為レ気也、叡興与レ天高」は、その受容例。

霏霏―『毛詩』小雅・鹿鳴之什「采薇」の「今我来思、雨《フル》レ雪霏霏」（毛伝「霏霏、甚也」）、紀古麻呂「望レ雪」（懐風藻22）の「落雪霏霏一嶺白、斜日黯黯半山金」と、雪がさかんに降るさまを表したり、白居易「栽レ松二首（其一）」（巻一〇0480）の「蒼然澗底色、雲湿煙霏霏」のように、もや・かすみが覆う様の意などがある。ここは春の気の盛んな様のことであろう。

漠漠―一面に広がっている様子を表す。斉の謝朓「游二東田一」（文選巻二二）の「遠樹曖仟仟、生煙紛漠漠」（呂尚注「漠漠、布散也」）は、その一例。白居易「惜二栯李花一」（巻九0440）の「朝艶藹霏霏、夕凋紛漠漠」は、「霏霏」（盛んに茂る様）と「漠漠」（花が散り敷いて一面に広がっている様）が対をなす例。

鴦瓦―鴛鴦《おしどり》をかたどった瓦。内宴を催す仁寿殿および宮中の殿舎に葺いた瓦。白居易「長恨歌」（巻一二0596）の「鴛鴦瓦冷霜華重、旧枕故衾誰与共」にもとづく語。中唐の劉禹錫「謝二寺双檜一」（唐巻三五九）にも「龍象界中成二宝蓋一、鴛鴦瓦上出二高枝一」とある。小野岑守「奉レ和二春日作一」（経国集巻一一93）の「龍鳳長楼影、鴛鴦薄瓦霜」は、右の「長恨歌」を受容した例（小島憲之『国風暗黒時代の文学 下I』の詩注参照）。岑守の詩も、「鴦」と「鳳」が対をなしている。また、『玉造小町子壮衰書』には、「鳳甍連二璲珞一、鴛瓦並二琮琦一」とあり、類似の対が見える。

就暖―暖かさに向かうの意。初春の陽気をあらわす語。中唐の韓愈「鳴雁」（唐巻三三八）の「去レ寒就レ暖識レ所レ依、天長地闊《ヒロケレド》棲息稀」、白居易「立春後五日」（巻八0360）の「迎レ芳後園立、就レ暖前簷坐」などがある。また、嵯峨天皇「和二左大将軍藤冬嗣河陽作一」（凌雲集14）の「節序風光全就レ暖、河陽雨気更生レ寒」は「暖」と「寒」が対をなす例でもある。

鳳池―禁中の庭園にある池。白居易「聞三斐李二舎人拝二綸閣一」（千載佳句巻上・早秋151、巻下・禁中549、和漢朗詠集巻上・禁中521）の「鳳池後面新秋月、龍闕前頭薄暮山」（白氏文集には見えない）、道首名「秋宴」（懐風藻49）の「望苑商気艶、鳳池秋水清」は、その例。

治―とける、氷が溶ける意。『類聚名義抄』法下に「トク」の訓がある。例には、晋の木華「海賦」（文選巻一二）に「陽氷不レ治、陰火潜然《モユ》」（李善注「説文曰、治、銷也」）、道真「感三源皇子養二白鶏雛一聊叙二一絶一」（巻一20）の「治氷残片雪孤団、怪問鶏雛子細看」などがある。

受寒―寒気に覆われること。盛唐の李嘉祐「和二韓郎中揚子津玩レ雪寄二厳維一」（唐巻二〇六）の「夜禽驚レ暁散、春物受レ寒催」は、その一例。ここまで、春の陽気が天下を覆い、もう寒くはないと述べている。

時也―この時まさに、ちょうど今など、時間を強調して用いる。内容を転じる時に用いることも多い。『史記』巻八〇・楽毅伝の「于二斯時一也、楽生之志、千載一遇」、小野美材「七夕代二牛女一惜二暁更一応製」詩序（本朝文粋巻八224）の「時也、香筵散レ粉、綵縷飄レ空」、藤原有国「初冬感二李部橘侍郎見レ過、懐レ旧命レ飲」詩序（本朝麗藻巻下145）「時也、宅荒主貧、交芳志切」などは、その例。

翠幌―「翠」は、みどり色。「幌」は、『和名抄』巻一四・屏障具に「唐韻云、幌〈胡広反、上声之重、和名止波利〉帷幔也」とあって、外との隔てとして垂らす布、とばり、カーテン。初唐の駱賓王「帝京篇」（唐巻七七）は、「翠幌珠簾不二独映一、清歌宝瑟自相依」と、対をなす「珠簾」とともに同じ句で用いている。白居易には、「立秋夕涼風忽至、炎暑稍消。……」（巻六九3508）に「紅釭霏微滅、碧幌飄颻開」と、類似の例が見える。

珠簾―たまのすだれ。これも室外との仕切りに用いる。右の駱賓王の例のほか、道真「雨晴対レ月。韻用二流字一応製」（巻五354）に、「緑酒猶催醒後盞、珠簾未レ下暁来鉤《カギ》」とある。

撥—かかげる、はねあげる。御簾をはねあげること。観智院本『類聚名義抄』仏下本に「カヽク」の訓がある。白居易「重題（其三）」（巻一六0978）の「遺愛寺鐘欹レ枕聴、香爐峯雪撥レ簾看」（千載佳句巻下・山居991、和漢朗詠集巻下・山家554）は、よく知られた例。道真にも、「書斎雨日独対二梅花一」（巻一68）に「紙障猶卑依レ樹立、蘆簾暫撥引レ香廻」とある。春の暖かい気を殿舎に入れるべく、御簾や前句の「翠幌」を上げるのであろう。

万機—天子の行う政務。梁の任昉「天監三年策二秀才一文三首（其一）」（文選巻三六）の「雖二一日万機、早朝晏罷《オソク》一、聴覧之暇、三余靡《ナシ》レ失」（李善注「尚書曰、兢兢業業、一日二日万機」）はその例であり、「一日」とともに用いている。「留二万機於一日一」は、この日天皇は執務をしないということ。道真「三月三日同賦二花時天似一レ酔応製序」（36）の「我君一日之沢、万機之余」も、「万機」と「一日」が対をなしている。また、第一冊2「未レ旦求レ衣賦」に「疑レ旒不レ遑、兼二万機於晨夜一」とある。その注参照。

三春—春三か月、春。三国魏の嵆康「琴賦」（文選巻一八）の「三春之初、麗服以レ時」（李善注「纂要曰、一時三月、謂二之《ヲ》三春一」）、道真「賦得二春之徳風一」（巻三242）の「和風期二五日一、徳化在二三春一」は、その例。

二旬—「旬」は、十日間の意であり、「二旬」は二十日間の意。ここでは正月二十日の意で用いている。後漢の繁欽「与二魏文帝一牋」（文選巻四〇）に「自二初呈試一、中間二旬」とある。『撰集秘記』所引の『清涼記』は、内宴実施の日を、「廿一二三日間、若有二子日一者、便用二其日一」と定めている。貞観年間ではほとんどが二一日の開催。元慶二年は正月二〇日に開いている。

恩容—天子の恩によって許容されること。ここでは内宴に召されることについて言う。白居易「和二春深一二十首（其三）」（巻五六2655）には「詔借二当レ衢宅一、恩容二上レ殿車一」と見える。道真にも、「九日侍宴同賦レ吹二華酒一応製」（巻一71）に「恩容九日酔顔酣、酒湛二兼清一菊採レ甘」とある。

侍臣―天子の側に仕える臣下。『魏書』巻一二・鮑勛伝に「文帝将レ出二游猟一、勛停レ車上疏曰、帝手毀二其表一而競行猟。中道頓息問二侍臣一曰、……」、白居易「自題二写真一」(0229)に「何事赤墀上、五年為二侍臣一」、『続日本紀』天平一九年(七四七)正月一日条の「廃朝。天皇御二南苑一、宴二侍臣一」とある。『続日本後紀』承和二年(八三五)正月二〇日条の「天皇内二宴於仁寿殿一。公卿近習以外、内記及直二校書殿一文章生一両人、殊蒙二恩昇一」、『文徳実録』仁寿二年(八五二)正月二二日条の「帝觴二于近臣一、命レ楽賦レ詩。其預レ席者、不レ過二数人一」に見える「近習」「近臣」に同じ。当日の記録「内二宴近臣一、賦レ詩及奏二女楽一」(三代実録)によれば、内宴は天皇が側近のために催行した行事であったことが分かる。

勅喚―天皇からのお呼び。これも内宴に召されたことを言う。本書26「早春侍二内宴一同賦レ無二物不一レ逢レ春応製序」に「一聯楽韻、非二勅喚一不レ得レ発二其声一」と見えた。その注参照。

文士―文事に携わる人、詩人。中唐の劉禹錫「洛中寺北楼、見二賀監草書一題レ詩」(唐巻三五九)の「中国書流尚二皇象一、北朝文士重二徐陵一」、本書39「早春観三賜二宴宮人一同賦レ催レ粧応製序」の「自レ觴二王公於正朝一、至レ喚二文士於内宴一」は、その例。『三代実録』貞観一九年正月二二日条に見える「文人賦レ詩如二常儀一」の「文人」に同じ。「侍臣」「文士」は「恩容」「勅喚」によって参加すると強調している。本書26「数輩詩臣、非二詔旨一不レ得レ言二其志一」の「詩臣」、紀長谷雄「早春内宴侍二清涼殿一同賦二草樹暗迎レ春応製」詩序(本朝文粋巻一一319)の「風人墨客、皆帝念之特徴、霓裳羽衣、非二恩命一不レ得レ進」の「風人」も同じこと。内宴のこの性格については、【題注】に引いた滝川「内宴」に詳しい。

清談―世俗から離れた風雅な話。この内宴で交わす会話のことを言う。白居易「贈二談君一」(巻六六3273)の「上客清談何亹亹《びび》、幽人閑思自寥寥」、島田忠臣「賦二雨中桜花一」(田氏家集巻下149)の「呉娃洗浴顔脂沢、姹女清談口唾津」は、その例。

夢想―夢の中の思い、夢の世界のように思うの意。晋の左思「詠史八首（其一）」（文選巻二一）の「鉛刀貴二一割一、夢想騁《ハス》二良図一」、『日本後紀』弘仁二年（八一一）一一月二一日条の「朕嘉二爾令徳一、夢想猶存」は、夢に思うということ。また、第一冊50「日本文徳天皇実録序」に「夢二想先皇之起居一、庶二幾聖主之言動一」と見える。その注参照。ここでは、内宴の模様を夢の中でのすばらしいできごとのように思うこと。

追歓―喜びを追い求めること。内宴に参加して喜びを求めること。白居易「追歓偶作」（巻六七3398）に「追レ歓逐レ楽少二閑時一、補帖平生得レ事遅」とあるが、これは自らの歓楽を追い求める意。道真「早春侍二宴仁寿殿一同賦二春雪映二早梅一応製」（巻一66）の「雪片花顔時一般、上番梅楥待二追歓一」や本書38「惜二残菊一各分二一字一応製序」の「聊分二一字一、叙二其追歓一」も、喜びを求めるの意。「非彼恩容侍臣」以下の四句は、天皇に召された者でなければ内宴に参加して喜びを味わうことはできないと、自分がこうむった殊遇を強調している。

既而―いつの間にか、早くもの意。南朝宋の鮑照「舞鶴賦」（文選巻一四）の「既而氛昏夜歇《ヤミ》、景物澄廓」、藤原万里「暮春於二弟園池一置酒」詩序（懐風藻94）「既而日落庭清、樽傾人酔」は、その例。

金箭頻移―「箭」は漏刻（水時計）の器に付けた目盛りのある矢（漏箭）で、水の減少につれて動き時刻を示した。梁の陸倕「新漏刻銘」（文選巻五六）の題の李善注に、「司馬彪続漢書曰、孔《アナアケテ》レ壺為レ漏、浮レ箭為レ刻、下レ漏数レ刻。以考二中星昏明星《ノ》一焉」とある。「金」は美称。「箭」が「移」るとは時間が過ぎること。宴がたちまち終わって行くことを言う。初唐の韋承慶「直二中書省一」（唐巻四六）の「禁宇庭除潤、間宵鐘箭移」、大江朝綱「朱雀院四十九日御願文」（本朝文粋巻一四413）の「射山計レ日、蚪箭頻移」は、その例。なお道真には、類似の例として、「夏夜対二渤海客一同賦下月華臨二静夜一詩上」（巻二107）の「仙娥弦未レ満、禁漏箭頻加」がある。

玉盃無算―酒杯が数限りなく巡ったということ。「玉」は美称。白居易「泛二太湖一書レ事寄二微之一」（巻五四2443）の「玉盃浅酌巡《メグリ》初匝、金管徐吹曲未レ終」（千載佳句巻下・宴楽721）は、「玉盃」の例。盃がいく度も巡る例には、紀長谷雄「八月十五夜同賦二天高秋月明一各分二一字一応製」詩序（本朝文粋巻八207）の「更及二盃無レ算、令レ叙二事大綱一」がある。

紅衫―「衫」は衣と裳が一つづきになった単衣の服。日本では後の裾が長い。表着の上に着る。衫汗《かざみ》。ここでは妓女の衣裳。その例には、中唐の戎昱「閨情」（唐巻二七〇）に「宝鏡窺二妝影一、紅衫裛《ツツム》二涙痕一」がある。「衫」の例には、中唐の楊巨源「陪宴」（千載佳句巻下・歌舞748）に「歌態暁臨団扇静、舞客春映薄衫妍」、中唐の元稹「雑憶五首（其五）」（唐巻四二二）に「憶得双文衫子薄、鈿頭雲映褪紅酥」がある。なおよく知られた、白居易「牡丹芳」（巻四0152）の「庫車軟轝貴公主、香衫細馬豪家郎」（和漢朗詠集巻下・親王666）は男性の衣装についての例。

舞破―「破」は、雅楽の曲の中間部分。曲調が次第にはやくなり、変化に富んで行く部分。雅楽の舞が「破」になったということ。元稹「箏」（唐巻四二二）の「急揮二舞破一催二飛燕一、慢逐二歌詞一弄二小娘一」、道真「早春内宴聴三宮妓奏二柳花怨曲一応製」（巻三183）の「舞破雖レ同レ飄二緑朶一、歓酣不レ覚レ落二銀釵一」は、その例。

所綴者後庭之花―「所綴者」の「綴」は、前句「破」の縁語であり、破れたところを繕うとともに、つづく「後庭之花」を咲かせる意を持つ。また、「綴」は「玉樹後庭花」を舞う意も表している。「後庭」は、嵯峨天皇「婕妤怨」（文華秀麗集巻中58）の「久罷後庭望、形将二歳時一除《サラム》」によれば、後宮の庭の意。「後庭之花」は、ここでは歌曲「玉樹後庭花」のこと。『陳書』巻七・後主張貴妃伝の「後主毎引二賓客一、対二貴妃等一遊宴、則使下諸貴人及女学士与二狎客一、共賦二新詩一互相贈答上、採二其尤艶麗者一、以為二曲詞一、被以二新声一。選下宮女有二容色一者上、以二千百数一、令二習而歌一之、分レ部迭進、持以相楽。其曲有二玉樹後庭花・臨春楽等一。大指所レ帰、皆美二張貴妃・孔貴嬪之容色一也」と、陳の後主の宮廷で詠じられた詩をもととする歌辞。艶麗な詩に曲を付けて唱わせたという。『教訓抄』巻三・玉樹後庭花は、「通典云、玉樹後庭花……、並陳ノ後主所レ造。恒与二宮女学士及朝臣一、相和為レ詩、太楽令何胥、採二其尤軽艶者一、以為二此曲一」と、『通典』を引いて、陳の後主の作であることを述べている。白居易「和二春深二二十首（其一）」（巻五六2653）の「馬為二中路鳥一、妓作二後庭花一」は、妓女がこの曲を舞うと詠じている。また、「玉樹後庭花」は楽府題でもあり、『楽府詩集』（巻四七）には、陳の後主と中唐の張祜の詩を載せている。

朱吻―赤い唇、朱唇。妓女の唇をあらわす。「吻」は、『篆隷万象名義』第二に「口辺也」とある。「朱吻」の例は見出しがたい。戦国楚の宋玉「神女賦」（文選巻一九）の「眉聯娟以蛾揚兮、朱脣的其若レ丹」、盛唐の岑参「酔戯二竇子美人一」（唐巻二〇一）の「朱脣一点桃花殷、宿妝嬌羞偏髻鬟」、『三教指帰』巻中の「紅瞼朱脣、不レ能二暫離一」は類似の例。

歌高―歌声が空高く届くということ。妓女の歌声は美しく伸びやかであった。後漢の傅毅「舞賦」（文選巻一七）の「亢《アゲテ》レ音高歌、為二楽方《ノリ》一」、白居易「酔後」（巻一九1224）の「酒後高歌且放狂、門前閑事莫二思量一」は、その例。

所遏者行雲之影―「遏」は、とめる、とどめる。『新撰字鏡』巻九には、「遏　留也、塞也、壅也、止也、遮也、絶也」とある。歌姫の歌声が空高く響くので、行く雲を留めた秦青のようだとそのすばらしさを評する。『芸文類聚』巻四三・歌に、「列子曰、薛談学二謳《ヲ》於秦青一。未レ窮二青之伎《ワザヲ》一、自謂レ尽之。遂辞帰、秦青弗レ止。餞二於交衢一、拊レ節悲歌。声震二林木一、響遏二行雲一。薛談乃謝求レ反《カヘラムコトヲ》、終レ身不二敢言一レ帰」と、その故事を載せる。『新撰万葉集』巻上序にも、「処処遊客、鎮《ツネニ》作二行雲之遏一、家家好事、常有二梁塵之動一」と見える。

猗虖―感嘆の辞。『文語解』巻之四に「猗ア、　猗與《ア、》那《ナル》　與〈商頌〉、猗嗟《ア、》昌《ナリ》　兮〈斉風〉、並ニ嘆美ノ辞ナリ」（掲出句は、『毛詩』商頌「那《だ》」と斉風「猗嗟《いさ》」。前者の毛伝は、「猗歎《ハ》辞」と注する）とある。「虖」は乎に同じで、助字。第一冊4「九日侍レ宴重陽細雨賦応製」の「猗虖、宴楽酔深、告レ蹊《コミチ》発レ音」は、その一例。この後、陽春の中にある宮廷の内外を賛嘆する。

其為外也―仁寿殿の外はというと。「外―内」と、内宴を催している殿舎仁寿殿の中と建物の外とを対比して描く例は、道真の「早春侍二宴仁寿殿一同賦レ認レ春応製」（巻二77）に「和風附レ外排二山水一、暖気留レ中属二綺羅一」と見える。

風月鶯花―風と月、鶯と花。外界の美しい風物をあらわす。「風月」は、詩興を起こさせる自然を意味することが多い。白居易「留二題郡斎一」（2352）の「吟レ山歌レ水嘲二風月一、便是三年官満時」、滋野貞主「和二藤神策大将閑レ門好レ静花鳥馴レ人不レ勝レ感什一」（経国集巻一一131）の「蒙二牽風月好一、非二是遁栖人一」は、その例。この語については、大曾根章介「「風月」攷」（『大曾根章介 日本漢文学論集』第一巻、汲古書院、一九九八年）、滝川幸司「「風月」考――宮廷詩宴との関わりにおいて――」（『天皇と文壇』和泉書院、二〇〇七年）参照。春の風物の象徴としての「鶯花」の例には、白居易「春夜宴席上、戯贈二裴淄州一」（巻六六3309）の「今年相遇鶯花月、此夜同歓歌酒筵」、道真「四年三月廿六日作」（巻四251）の「好去鶯花今已後、冷心一向勧二農蚕一」がある。道真「献二家集一状」（菅家後草巻一三674）の「雖レ有二風月花鳥一、蓋言レ詩之日尠《スクナシ》焉」は、「風月鶯花」に類似した例。なお、ここの対をなす部分については、すでに【解説】で触れたとおり、『江談抄』巻六32において高く評価されていた。

其為内也―殿舎の中はというと。

綺羅―綾ぎぬと薄ぎぬ、きらびやかな装い。ここでは内教坊の妓女たちの衣服のこと。つづく「脂粉」とともに、殿舎内の美しさを象徴している。白居易「清明日、観二妓舞一、聴二客詩一」（巻二〇1360）に「綺羅従《マカセ》二許笑一、絃管不レ妨レ吟」とある。第一冊2「未レ旦求レ衣賦」に「綺羅色薄、環珮声早」とある。道真はこの語を、右の「其為外也」において引いた巻二77や、「早春侍二内宴一同賦二香風詞一応製」（巻六468）の「香風半是殿中香、吹レ自二綺羅一及二四方一」にも用いている。また、紀長谷雄「貧女吟」（本朝文粋巻一18）の「綺羅脂粉粧無レ暇、不レ謝巫山一片雲」は、女性の美しさを描き出しており、「綺羅脂粉」の例でもある。

脂粉―紅と白粉。妓女らの化粧。中唐の元稹「夢遊レ春七十韻」（唐巻四二二）に「鮮姸脂粉薄、闇澹衣裳故」とある。道真には、第一冊47「顕揚大戒論序」の「博窺二三権之膏肓一、新増二一実之脂粉一」、「早春内宴聴三宮妓奏二柳花怨曲一応製」（巻三183）の「宮妓誰非二旧李家一、就レ中脂粉惣恩華」などがある。

一事一物―一つ一つの事柄や物。内宴で繰り広げる事物について言う。『文選』序に「若其紀二一事一、詠二一物一、風雲草木之興、魚虫禽獣之流、推而広之、不レ可二勝載《アゲテノス》一矣」（張銑注「言、紀レ事詠レ物、其流既広、不レ可三尽載二於此一也」）、白居易「与二元九一書」（巻二八1486）の「其余雑律詩、或誘二於一事一物一、発二於一笑一吟一」は、その例。また、本書39「早春観三賜二宴宮人一同賦レ催レ粧応製序」に「彼桂殿姫娘之羞レ膳《ススメ》行レ酒、梨園弟子之奏レ舞唱レ歌、一事一物、儀在二其中一」とある。

温和―あたたかで穏やかな様。ここではすべてのものの春めいているさまを言う。中唐の崔立之「賦二得春風扇微和一」（唐巻三四七）の「温和乍扇レ物、煦嫗偏感レ人」は、「煦嫗」と対をなす一例。

相送相迎―送り迎えるの意。春が送迎する。

煦嫗―暖かいこと、あたため育むの意。「呴」は「煦」の俗字。『礼記』楽記の「天地訢合、陰陽相得、煦二嫗覆三育万物一」（鄭玄注「気《ニハ》日レ煦、体日レ嫗」）、白居易「歳暮」（巻六二2972）の「加之《シカノミナラズ》一杯酒、煦嫗如二陽春一」は、その例。ここは暖かい春の恵みのこと。「嫗」を底本は「嘔」に作るが、この語は『篆隷万象名義』第二に「歌也、喜也、吟也」とある。これでは意をなさないので改めた。また、「呴」は「煦」とある方が普通だが、『新撰字鏡』巻二には「肝矩肝倶二反、吹嘘之也。呴嫗覆育、以レ気（日）レ呴、以レ体日レ嫗」（「呴嫗」以下は、右の『礼記』の本文と注を引用）とあって、両字は通用する。よって底本のままとする。

小臣―臣下がへりくだって自称する語。わたくし。白居易「七徳舞」（巻三0125）に「元和小臣白居易、観レ舞聴レ歌知二楽意一、楽終稽首陳二其事一」、島田忠臣「早春侍二内宴一同賦レ無二物不レ逢レ春応制」（田氏家集巻上41）に「小臣分合同二芻狗一、何戴二恩光一与レ物殊」とある。

解形俗人―「解形」は、その身を俗世から逃れさせること。『後漢書』列伝巻二・王昌伝に「解二形《ヲ》河浜《ニ》一、削二迹趙魏一」とあり、戦乱の時、黄河のほとりに身を隠したことを言う。その李賢注に「解形、猶レ脱レ身也」と見える。

「俗人」は、世俗の人。ここでは俗人の境、俗界の意をあわせ持つ。内宴を催している仁寿殿を、世俗からは切り離された特別な空間と見なし、そのすばらしさを強調している。この句は、今日は俗人の境涯から逃れ出たと、内宴に参加したことを言い表している。

取楽―たのしむ、たのしみを得るの意。この句は、後漢の張衡「西京賦」（文選巻二）の「取二楽今日一、遑《イトマアラムヤ》レ恤《ウレフルニ》二我後一」による。ほかに白居易「春日閑居三首（其二）」（巻六九3512）の「我今対二鱗羽一、取レ楽成二謡詠一」、本書38「惜二残菊一各分二一字一応製序」の「酒之忘レ憂、人之取レ楽」、紀長谷雄「後漢書竟宴各詠レ史得二龐公一」詩序（本朝文粋巻九262）の「豈只取二楽於今一、宜三以詠二史於古一」などがある。

盛事―立派な事業、すばらしい催し。内宴が見事な催しであることを言う。魏の文帝「典論論文」（文選巻五二）の「文章経《ヘ》国之大業、不朽之盛事」は、よく知られた例。小野岑守の『凌雲集』序にも、「魏文帝曰」として同文を引いている。

瑣窓―玉やくさり型の模様で飾った窓。仁寿殿の窓。南朝宋の鮑照「翫二月《ヲ》城西門解中《ニ》一」（文選巻三〇）の「娥眉蔽二珠櫳一、玉鉤隔二瑣窓一」（李善注「瑣窓、窓為二瑣文一也。范曄後漢書曰、梁冀第舎窓牖、皆有二綺疏青瑣一也」、李周翰注「瑣者、画レ之以レ文也」）、『三代実録』仁和元年（八八五）三月四日条の「寄二事《ヲ》乞骸《ニ》一、解二綱維於潤戸一、矯二詞知足一、停二影向於瑣窓一」は、その例。なお「瑣」は、『新撰字鏡』巻六に「以レ玉錺《カザル》レ帯也」とあり、玉によって飾ること。戦国楚の屈原「離騒経」（文選巻三二）の「欲三少留二此霊瑣一兮、日忽忽其将レ暮」への王逸注に、「瑣、門鏤也。文如レ連レ瑣」とある。これは門の飾りの意。「盛事」を「瑣窓」のうちで「詳」かにするとは、殿舎の中で盛儀のさまを、詩にこと細かに詠じること。

誠不言於温樹―「温樹」は、漢の時代に長楽宮内の温室省の中にあった木のこと。転じて宮中の意。この語は、『蒙求』「孔光温樹」の「前漢孔光字子夏《ヘ》、……沐日帰休、兄弟妻子燕語、終不レ及二朝省政事一。或問レ光、温室省中樹皆何木也。光黙不レ応、答以二他語一。其不レ泄《モラサ》如レ是」により、孔光が宮中のことはいかなることでも人に話さなかった故事にもとづく。「温樹」の例には、白居易「渭村退居、寄二礼部崔侍郎・翰林銭舎人一詩一百韻」（巻一五0807）の「風枝万年動、温樹四時芳」、三善清行「元日賜宴」（新撰朗詠集巻上・早春9）の「不レ酔争辞温樹下、建春門外雪埋レ春」、道真「上巳日対レ雨翫レ花応製」（巻五340）の「温樹莫レ知多又少、応レ言三夢到上二仙家一」などがある。「将詳盛事……」以下の二句は、宮中の「盛事」を詳しく記したいと思うものの、宮中でのことは決してよそには語ってはならないと戒めている。なお、『西宮記』臨時六・侍中事は、「蔵人式云〈寛平六年、左大弁橘広相奉レ勅作也〉、……翫レ月賞レ花、調レ曲吟レ詩之席、乗レ興杖レ酔、何無二戯言一。慎勿二伝語一焉」と、蔵人は宮廷の遊宴での出来事を語ってはならないとする、『蔵人式』の規定を引いている。また、「朕為二汝曹《ナンヂ》一、不二敢隠レ情。今之所レ叙、慙レ不レ中《アタラ》レ道。汝曹秘二於内一而勿レ施二於外一。存二於意一而勿レ出二於言一。若出レ言施レ外、令二人知一之、非二唯汝曹之不レ密、斯乃朕之大過也」と、蔵人に対して、天皇のことばや思いを外へ漏らしてはならないと戒めている。これは他の官人らにも求められていたであろうから、文人（当時は文章博士）として召されていた道真にとっても、守るべき決まりであったにちがいない。

嗟嘆不足―「嗟嘆」は、なげく、ため息をつくの意。ここでは感嘆の意を込めている。周の卜商「毛詩序」（文選巻四五）の「詩者志之所レ之《ユク》也。……言レ之不レ足。故嗟嘆之。嗟嘆之不レ足。故永歌之」にもとづく。内宴のすばらしさに感激して詩を詠もうとするけれど、とても表現しきれないと述べる。本書33「早春内宴侍二仁寿殿一、同賦三春娃無二気力一応製序」にも「楽之逼レ身、詞不レ容レ口」と、楽を描き切れないとある。

略而叙之―宴の模様を言いたくとも言うわけにはいかず、とても述べ尽くせずもどかしいので、簡略に描くという。

【通釈】

早春に仁寿殿の宴に侍り、ともに「春暖かなり」という題で詩を詠む。天皇の命にお応えする。その序春の気というものは、さかんに起こってきて、一面に広がるものなのです。鴛鴦をかたどった瓦からは雪が消えて、天下がすっかり暖かくなったことを目の当たりにし、宮廷の池からは氷が消えて、天下がもう寒くならないことを知るのであります。

まさにこの時、殿中の緑色のとばりが高く開かれ、珠の簾が競い合って上げられました。天皇は政務を今日はおやめになり、春を今日二十日に愛でられます。天皇のご恩によって許された近臣や、お召しになった文人でなければ、いまだかつて風流な語らいの宴に参加し、夢の中のできごとのように思い、その喜びを追い求めたりすることは思いもしなかったのです。

早くも時間があっという間に過ぎ、盃が数え切れないくらい巡りました。赤い衣裳を翻す妓女の舞は破に到り、その姿は後庭に咲く花のようであり、演じる曲は「玉樹後庭花」です。赤い唇から発せられる歌姫の声は空高く届き、そのすばらしさは、空行く雲をとどめるほどであります。

ああ、殿舎の外は美しい景色と鶯や花々、建物の中はと言えばきらびやかな衣裳や化粧の女人たち。一つ一つの事物が、すべて春らしく穏やかで、春が送り迎えるものは、暖かでないものはありません。

私は俗人の身を逃れ出て、今日この宴を楽しんでおります。すばらしいできごとである宴を、くさり模様のある美しい飾り窓のうちでつぶさに詩に詠もうとはいたしますけれど、反対に孔光の温樹と同じく宮中でのできごとは、ほかに洩らしてはならぬと戒めなければなりません。感嘆の声をいくら上げても描ききれないので、しかたなく大概を述べるにとどめます。このように謹んで序文を申し上げます。

（北山円正）

32 九月尽[1] 同諸弟子白菊叢辺命飲[2] 同勒虚余魚各加小序[3]

九月尽 諸弟子と同《とも》に白菊の叢辺に飲を命ず 同じく虚余魚を勒し各おの小序を加ふ

【校異】

1九月尽―九月卅日（粋） 2弟子―才子（内・粋） 3小序―小序不過五十字（粋）

【解説】

本序は、『文草』巻二126に「同二諸才子一九月三十日白菊叢辺命レ飲〈同勒二虚余魚一各加二小序一不レ過二五十字一〉」として所収。『本朝文粋』巻一一333にも所収。底本等巻二126の題下注に「扶十五」との後人注記があり、『扶桑集』巻一五に収載していたことが分かる。現在は佚。

道真が菅家廊下の弟子たちと、九月三〇日に、自邸の白菊の辺りに集まって酒宴を開いた際の小序。父是善の死によって八月十五夜の宴が廃され、九月九日にも宮中の重陽節会で集まることができなかったために今夜この宴を開いたという。『文草』巻二126に収められるが、124「九日侍宴観レ賜二群臣菊花一応製」が、『三代実録』元慶七年九月九日条の「重陽之節。天皇御二紫宸殿一、賜二群臣菊花酒一」に当たると推測されるので、本序も元慶七年九月の作か。なお、巻二の題は前引の如くで、九月三〇日の作であることが確認できる。道真「感二白菊花一奉レ呈二尚書平右丞一」（巻四331）の第五句自注に「予為二博士一毎年季秋、大学諸生賞二翫此花一」と記すのは、この宴を指すか。九月尽日宴が菅家で始まったこと、その最初がこの宴であることなど、北山円正「菅原氏と年中行事――寒食・八月十五夜・九月尽――」、同「菅原道真と九月尽日の宴」（『平安朝の歳時と文学』和泉書院、二〇一八年）に詳しい。菅家では八月十五夜の宴が恒例行事として開かれていたが、元慶四年八月三〇日に是善が薨じ、以後菅家で秋の宴を開くことを避けるようになったが、薨後三年が過ぎ、これに代わる行事として、九月尽日の宴が催されることになったという。なお、『本朝文粋』巻一〇334に同題での紀長谷雄の詩序があり、長谷雄も参加していた。元慶七年九月時点で、道真は、従五位上・式部少輔・文章博士・加賀権守、三九歳。本序の注釈としては、柿村重松『本朝文粋註釈』がある。
　この時の詩は、次の通り。

白菊生於我室虚　　白菊 我が室の虚なるに生ず
残秋一夕又閑余　　残秋一夕 又閑余
浅深淵[1]酔花鰓下　　浅く深く淵酔す 花鰓《くわし》の下
取楽何求在藻魚　　楽《たのしみ》を取る 何ぞ藻魚に在るを求めむ

【校異】
1淵―困（底）。寛・内・川により改む。

【題注】
九月尽―九月の末日。行く秋を惜しむ趣向が詠まれる。白居易に多い、行く春を惜しむ三月尽の趣向を取り入れたもの。太田郁子「『和漢朗詠集』の「三月尽」・「九月尽」」（『言語と文芸』91、一九八一年）参照。「九月尽」の初例はこの序であるという。道真には他に「九月尽日題二残菊一応二太上皇製一〈同勒二寒残看闌一〉」（巻六461）、「九月尽」（後集512）が見える。なお、中国の例としては、中唐の元稹「賦二得九月尽一〈秋字〉」（唐巻四〇九）が、管見に入った唯一の例。
弟子―菅家廊下での道真の弟子であろう。但し「弟子」は、例えば、『論語』雍也に「哀公問、弟子孰為レ好レ学。孔子対曰、有二顔回者一好レ学、不レ遷レ怒、不レ弐レ過。不幸短命死矣」とあるように、学問を学ぶ門人の意味で用いられることもあるが、仏弟子の意が一般的である。道真の例としても、「懺悔会作〈三百八言〉」（巻四279）に「可レ慙可レ愧誰能勧、菩薩弟子菅道真一」、第一冊24「崇福寺綵錦宝幢記」に「朕是慈尊之在家弟子、朕亦聖霊之遺体末孫一」と見える他、願文に頻出する。あるいは「才子」の誤りか。他本・文草巻二及び本朝文粋は「才子」に作る。『文草』に見える「才子」は、文章生になる以前を指す場合が多い。例えば、「書レ懐寄二安才子一」（巻一61）の自注に「君有下歳莫暫停二寮試一之嗟上」とあって、安才子は、寮試（擬文章生試）を受験する学生であったらしい。また、「書レ懐寄二文才子一」（巻四244）の「文才子」は文室時実と推測されるが、続く「聞二文進士及第一題二客舎壁一〈文室時実〉」（巻四245）に及第とあり、244詩の時点では文章生ではない。「才子」の場合は、まだ文章生となっておらず、省試及第以前の弟子ということになるか。

【解説】に上げた331詩自注の「大学諸生」と重なる。底本の如く「弟子」であっても、331詩自注を勘案すれば、「才」と「弟」は、くずして書くと近似しており、誤字の可能性もある。なお、

白菊—白い菊の花。白居易に「重陽席上賦二白菊一」（巻五七2774）があり、「満レ園花菊鬱金黄、中有二孤叢一色似レ霜。還似今朝歌酒席、白頭翁入二少年場一」と詠まれる。また、中唐の劉禹錫にも「和三令狐相公玩二白菊一」（唐巻三六二）の例があるが、中唐以前にはあまり詩の題材としては見られない。この点については、高兵兵「菅原道真の白色好尚と日本的美意識——白い花を詠む詩を通して——」（『詞林』39、二〇〇六年）に、中国に於いて白菊を愛するのは少数派であったという指摘がある。なお、日本に於いて、道真以前の例としては「雨洗二白菊一」（続日本後紀・嘉祥元年九月九日条）がある。道真「題二白菊花一〈去春天台明上人、分二寄種苗一〉」（巻二125）に「寒叢養得小儒家、過レ雨宜レ看レ亜二白沙一。本是天台山上種、今為二吏部侍郎花一」とある。巻二において本作の直前に排列されており、本序でいう「白菊」とは、この、前年春に天台明上人から分けてもらった白菊であろう。

叢辺—（菊が生えている）草むらの傍ら。『続晋陽秋』（芸文類聚巻四・九月九日）の「陶潜嘗九月九日無レ酒。宅辺菊叢

甫研究年報　創刊号　日本杜甫学会[編]●2,000

門　第二十八号　水門の会[編]●3,500

ラー百科 見る・知る・読む 能舞台の世界
小林保治・表 きよし[編]石田 裕[写真監修]●3,200

べ語のモダリティの研究　児倉徳和[著]●12,000

世古今和歌集注釈の世界　国文学研究資料館[編]●13,000

昔物語集の構文研究　高橋敬一[著]●10,000

源氏物語』を演出する言葉　吉村研一[著]●7,000

宋・鎌倉仏教文化史論　西谷 功[著]●15,000

野山金剛寺善本叢刊　後藤昭雄[監修]
一期　第一巻 漢学/第二巻　因縁・教化　●32,000
二期　第三巻 儀礼・音楽/第四巻 要文・経釈・第五巻　重書　●37,000

戸時代生活文化事典　長友千代治[編著]●28,000

居易研究年報　第18号　白居易研究会[編]●6,000

濁の総合的研究　佐藤武義・横沢活利[著]●10,000

醐寺の仏像　第一巻　如来
総本山醍醐寺[監修]副島弘道[編]●46,000

本古代史の方法と意義　新川登亀男[編]●14,000

戸の異性装者たち
クシュアルマイノリティの理解のために　長島淳子[著]●3,200

中、摘レ菊盈レ把」にもとづく。前項目の白居易「重陽席上賦二白菊一」に「中有二孤[redacted]色似レ霜」とあった。「叢辺」の例としては、菊ではないが、元稹「夢遊レ春七十韻」（唐巻四二二）に「楼下雑[redacted]叢、叢辺繞二鴛鷺一」の例がある。道真には「残菊下自詠」（巻三238）に「為恐叢辺賜易レ断、徘徊未レ得早南帰」[redacted]「残菊」の「叢辺」の例がある。また、本書38「惜二残菊一各分二一字一応製序」にも「就二籬下一而引二絃歌一、繞[redacted]辺一而尋二筆硯一」と見える。

命飲—酒宴を命じること。南朝宋の謝霊運「擬二魏太子鄴中集詩一八首」の「平原侯植[redacted]（文選巻三〇）に「副君命二飲宴一、歓娯写二懐抱一」の例がある。日本の例としては、島田忠臣に「惜レ春命レ飲」（田[redacted]家集巻上45）がある。

小序—宴集で詠まれた詩それぞれに付した短い序。和歌序をいう場合もある。本書36[redacted]三月三日同賦二花時天似レ酔応製序」に「謹上二小序一云爾」と見える。『本朝文粋』に収める小序は、この道真の[redacted]例及び長谷雄の同題序である。なお、中国において「小序」という場合は、毛詩大序に対して、それぞれの篇に[redacted]されたものを指す（初唐の陸徳明『経典釈文』巻五・毛詩音義上に「旧説云、起レ此至二周之邦国焉一、名二関雎序一。謂二之小[redacted]。自二風風也一、訖レ末、名為二大序一」とある）、あるいは、「煚等撰集、依二班固芸文志体例一、諸書随レ部皆有二小序一、発[redacted]明其指一」（旧唐書巻四六・経籍志上）とあるように、部毎に付けるものを指すようである。本例は、「各加」とある[redacted]以上、各自が小序を付したものである。本序のように宴集において、各自が付した小序の例は、後代ではあるが、[redacted]藤原実兼「九日於二左金吾藤次将青囲直廬一詠二秋情在レ菊和歌（各加二小序一）」（本朝小序集）がある。なお、大曽根[redacted]章介「和歌序小考」（『日本漢文学論集』第一巻、汲古書院、一九九八年）参照。

勒—韻字を決めて、さらにその用いる順序を定めて詩を作ること。日本では、嵯峨天皇[redacted]重陽節神泉苑賜二宴群臣一勒二空通風同一」（凌雲集1）他、多くの例を見るが、中国での例は少なく、初唐の王湾[redacted]「麗正殿賜レ宴同勒二天前煙年四韻一応制」（唐巻一一五）とあるのはその一例。なお、道真「同賦二春浅帯二軽寒一応[redacted]（勒二初余魚虚一）」（巻六445）の勒韻は、本序と近似する。

仲秋翫月之遊、避家忌以長廢。
九日吹花之飲、就公宴而未遑。
蓋、
白菊孤叢、金風半夜。
今之三字、近取諸身而已。
云爾。

仲秋月を翫ぶ遊び、家忌を避けて以て長く廃したり。
九日花を吹く飲、公宴に就きて未だ遑《いとま》あらず。
蓋し、
白菊孤叢、金風半夜なり。
今の三字、近く諸《これ》を身に取るのみ。
云ふこと爾り。

【語釈】

仲秋翫月之遊―八月十五夜宴のこと。仲秋の明月を特に賞することは、中唐頃から始まり、劉禹錫、白居易の作がある。日本では、是善の時代から見える。『菅家文草』では、本書25「八月十五夜厳閤尚書授二後漢書一畢各詠レ史序」が十五夜の宴としては初出である。その後、本序以前に「八月十五夜月亭遇レ雨待レ月〈探レ韻得レ无〉」（巻一12）、「戊子之歳八月十五日夜陪二月台一各分二一字一〈探得レ登〉」（巻一30）、「八月十五夕待レ月席上各分二一字一〈得レ疎〉」（巻一39）、「八月十五夜月前話レ旧各分二一字一〈探得レ心〉」（巻一64）がある。八月十五夜宴は、「八月十五日夜思レ旧有レ感」（巻四298）に「菅家故事世人知、翫レ月今為二忌月期一」とあって、「菅家故事」として著名であったらしい。菅家の八月十五夜宴については、北山「菅原氏と年中行事」（前掲）参照。

家忌―菅原家の忌。是善が元慶四年八月三〇日に薨じたために、八月が忌月になったことをいう。なお、「家忌」の例、未見。

九日吹花之飲―重陽宴のこと。「吹花」は、酒に浮かべた菊の花を吹くこと。梁の庾肩吾「侍讌九日詩」（芸文類聚巻四・九月九日）に「玉醴吹二花菊一、銀床落二井桐一」とあり、初唐の中宗「九月九日幸二臨渭亭一登高。得二秋字一」（唐巻二）に「泛レ桂迎二尊満一、吹レ花向二酒浮一」と見える。道真の例としては、「九日侍宴同賦レ吹二華酒一応製」（巻一71）に「把レ盞無レ嫌斟二分十一、吹レ花乍到唱二遅三一」とある。

公宴―天皇主催の宴。ここでは、重陽節会を指す。公宴の語義については、滝川幸司「宇多・醍醐朝の文壇」（『天皇と文壇　平安前期の公的文学』和泉書院、二〇〇七年）参照。

孤叢―（白菊が）一むらあること。【題注】に引いた白居易「重陽石上賦二白菊一」に「満レ園花菊鬱金黄、中有二孤叢色似一レ霜」とあった。「孤叢」ではないが、唐の太宗「秋日二首（其二）」の「露凝千片玉、菊散一叢金」は著名な例。道真の例としては、「九日侍宴観レ賜二群臣菊花一応製」（巻二124）の「便採二孤叢秋露種一、非レ租二五柳晩雲孫一」、「寄二白菊一四十韻」（巻四269）の「擬レ擅二孤叢美一、先芸二庶草蕃一」、「感二白菊花一奉レ呈二尚書平右丞一」（巻四331）の「故人知レ我多二芳意一、所以孤叢望レ費レ鞭」他がある。なお、「孤叢」については、高兵兵「菅原道真詩に見られる「孤叢」という表現をめぐって」（和漢比較文学会編『菅原道真論集』勉誠出版、二〇〇三年）がある。

金風―秋風。「金」は五行で秋を指す。晋の張協「雑詩十首（其三）」（文選巻二九）に「金風扇二素節一、丹霞啓二陰期一」とあり、李善は「西方為レ秋而主レ金。故秋風曰二金風一也」と注す。刀利宣令「秋日於二長王宅一宴二新羅客一〈賦得二稀字一〉」（懐風藻63）に「玉燭調二秋序一、金風扇二月幃一」とある。道真には、「重陽侍宴賦三景美二秋稼一応製」（巻一10）に「吹レ金風冷簸、滴レ玉露清瑩」の例を見る。

半夜―夜半の意。梁の蕭綜「聴二鐘鳴一詩」（芸文類聚巻三〇・怨）に「翩翩孤雁何所栖、依依別鶴半夜鳴」、白居易「同二銭員外禁中夜直一」（巻一四722）に「宮漏三声知二半夜一、好風涼月満二松筠一」の例が見える。日本の例としては、嵯峨天皇「山寺鐘」（文華秀麗集巻下99）に「晩到二江村一高レ枕臥、夢中遥聴半夜鐘」がある。なお、「孤」と「半」

の対句の例としては、初唐の李嶠「天官崔侍郎夫人呉氏挽歌」（唐巻五八）「篁愴孤生レ竹、琴哀半死レ桐」、白居易「履道新居二十韻」（巻五三2379）に「厨暁烟孤起、庭寒雨半収」がある。

近取諸身―「虚余魚」の三字を韻字にするということ。この措辞は、『周易』繋辞下伝による。道真はこの措辞を好んだようで、本序以外にも散見する。なお、第一冊48「洞中小集序」の注釈参照。当該注に引用しなかった例として、「雨夜〈十四韻〉」（後集500）に「脚気与二瘡癢一、垂レ陰身遍満。不三啻取二諸身一、屋漏無二蓋板一」がある。『周易』は、身体の部分から八卦の祖型を取ったことをいうが、本序では、三字を自分の韻字とするということであろう。

【通釈】

九月尽日に多くの弟子とともに白菊の叢のあたりで酒を飲むことを命じる。ともに「虚余魚」の三字を韻字として、それぞれ小序を加える

仲秋に月を賞翫する遊宴は、菅原家の忌月を避けて、長く廃止することになった。九日に菊酒を飲む酒宴は、宮中の公宴に参加していたので、行う余裕がなかった。思うに、今日は、白菊が一むら咲き、秋風が夜半に吹いている。この三字を自分の韻字として使って詩を詠む次第である。

（滝川幸司）

33　早春内宴　侍仁寿殿　同賦春娃無気力　応製序

早春内宴　仁寿殿に侍り　同じく「春娃気力無し」といふことを賦す　製に応ふ　序

【解説】

本序は、『文草』巻二148に所収。『本朝文粋』巻九236、『朝野群載』巻一、『本朝文集』巻二八にも収められる。『和漢朗詠集』巻上・管絃466に「羅綺之為㆓重衣㆒、妬㆓無㆑情於機婦㆒、管絃之在㆓長曲㆒、怒㆓不㆑関於伶人㆒」の部分が、『新撰朗詠集』巻下・禁中481に「殿庭之甚幽、咲㆔嵩山之逢㆓鶴駕㆒、風景之最好、嫌㆔曲水之老㆓鶯花㆒」、同482に「通㆓籍重門㆒、踏㆓綵霞㆒而失㆑歩。登㆑仙半日、問㆓青鳥㆒以知㆑音」、同・妓女663に「陽気陶㆑神、望㆓玉階㆒而余㆑喘、韶光入㆑骨、飛㆓紅袖㆒以羸㆑形」の部分が摘句されている。

本作は仁寿殿で行われた内宴での詩序。本序が収載される巻二では、本序の前に、147「賦㆓木形白鶴㆒」〈八年十二月廿五日、金吾納言祝㆓四十年㆒法会賦㆑之〉があり、自注によれば、元慶八年一二月二五日の作となる。従って、本序は元慶九年正月内宴の作と推測される。『三代実録』元慶九年正月二一日条に「於㆓仁寿殿㆒、内㆓宴近臣㆒。内教坊奏㆓女楽㆒、近臣之外、文人預㆑席者五六人賦㆑詩」とあるのに当たるか（川口古典大系補注）。なお、続く149「相府文亭始読㆓世説新語㆒聊命㆓春酒㆒同賦㆔雨洗㆓杏壇花㆒応教」は、仁和元年（元慶九年二月二一日に仁和に改元）二月二五日作と推測されていることも参考になろう（今浜通隆「仁和元年二月二十五日基経邸読書始について（上）――平安文学と「世説」其三――」『武蔵野文学』2、一九九三年）。本序は、内宴の淵源が中国ではなく本朝にあること、当日の光景の美しさを詠み、詩題に即して、ほそやかな妓女が喘ぎ疲れながら舞い、衣裳すら重く、音楽をも長く感じる様子を美しく描き、天皇の長寿を祈る。この時代の公宴の詩序は、帝徳賛美で終わることが通例で、このように天皇の長寿を祈ることはめずらしい。五六歳という光孝天皇の年齢と関わるか。本序全体の注釈としては、柿村重松『本朝文粋註釈』がある。
この時の詩は次のとおり。

紈質何為不勝衣　紈質何為《なんす》れぞ　衣に勝《た》へざる
慢[1]言春色満腰囲　慢《みだり》に言ふ　春色腰囲に満てりと
残粧自懶[2]開珠匣　残粧　自《みづか》ら珠匣《しゅかふ》を開くに懶《ものう》し
寸歩還愁出粉闈　寸歩　還《かへ》りて粉闈《ふんゐ》を出づるを愁ふ
嬌眼曽波風欲乱　嬌眼　波を曽《かさ》ねて風に乱れむと欲し
舞身廻雪霽猶飛　舞身　雪を廻らして霽《はれ》に猶飛ぶがごとし
花間日暮笙歌断　花間　日暮れて笙歌断ゆ
遥望微雲洞裏帰　遥かに微雲を望みて　洞裏に帰る

【校異】
1慢―謾（大）。　2懶―嬾（大）、嫩（寛・川）。

【題注】
内宴―正月二十日あたりに開かれる天皇主催の詩宴。本書26「早春侍㆓内宴㆒同賦㆑無㆓物不㆑逢㆑春応製序」に既出。その注参照。
春娃無気力―春にけだるそうにしている、か弱い妓女。白居易「洛中春遊呈㆓諸親友㆒」（巻六四3064）の「春娃無㆓気力㆒、春馬有㆓精神㆒〈詠㆓春遊一時之態㆒〉」にもとづく。金子彦二郎『平安時代文学と白氏文集　道真の文学研究篇第二』（藝林舎、一九七八年）の指摘の早い。「春娃」は、この例以外に見出しがたい。後の例ではあるが、大江以言「思レ花対二緑樹一」（類聚句題抄96）に「晩月光蔵山下望、春娃粧別帳前心」が見える。「娃」は、晋の左思「呉都賦」（文選巻五）の「幸二乎館娃之宮一、張二女楽一而娯二群臣一」の劉淵林注に、「呉俗謂二好女一為レ娃。揚雄方言曰、呉有二館娃宮一」と見えるように、呉の美女をいう。「呉都賦」に「張二女楽一」とあるので、妓女をいうのであろう。

夫、
早春内宴者、
不聞[1]荊楚之歳時、非踵姫漢之遊楽。
自君作故、及我聖朝。
殿庭之甚幽、咲嵩山之逢鶴駕、
風景之最好、嫌曲水之老[2]鶯花。
節則新焉、一人有慶、
年惟早矣、万寿無疆。
於是、
粧楼進才、粉妓従事。
繊手細腰、受之父母、

夫れ、
早春の内宴は、
荊楚の歳時に聞かず、姫漢の遊楽を踵《つ》ぐにも非ず。
君の故を作りしより、我が聖朝に及べり。
殿庭の甚だ幽なる、嵩山の鶴駕に逢ふを咲《わら》ひ、
風景の最も好《よ》き、曲水の鶯花老いたるを嫌《いと》ふ。
節は則ち新し、一人慶有り、
年は惟れ早し、万寿疆《かぎり》無し。
是に於て、
粧楼才を進《たてまつ》り、粉妓事に従ふ。
繊手細腰、之《これ》を父母に受け、

軟雲穠李、備于髪膚。
況
陽気陶神、望玉階而余喘、
韶光入骨、飛紅袖[3]以羸形。
彼
羅綺之為重衣、妬無情於機婦、
管絃之在長曲、怒不関於伶人。
変態繽紛、神也又神也、
新声婉転、夢哉非夢哉。
臣
通籍重門、踏綵霞而失歩、
登仙半日、問青鳥[4]以知音。
楽之逼身、詞不容口。
請祝堯帝、将代封人。
云爾。謹[5]序。

軟雲穠《ぢよう》李《り》、髪膚に備ふ。
況むや
陽気神を陶《とら》かし、玉階を望みて喘《あへぎ》を余《のこ》し、
韶光骨に入り、紅袖を飛ばして以て形を羸《つか》らすをや。
彼の
羅綺の重衣為る、情無きを機婦に妬《うら》み、
管絃の長曲に在る、関《を》はらざるを伶人に怒る。
変態繽紛《ひんぷん》たり、神なり又神なり、
新声婉転《ゑんてん》たり、夢か夢に非ざるか。
臣
籍を重門に通じ、綵霞を踏みて歩《あゆみ》を失ひ、
仙に登りて半日、青鳥に問ひて以て音を知る。
楽の身に逼《せま》る、詞《ことば》口に容《い》れず。
請ふ 堯帝を祝《いの》りて、将に封人に代はらむとするを。
云ふこと爾り。謹みて序す。

【校異】

1聞―関（粋・朝）。　2鶯―桜（朝）。　3以―而（粋）。　4以―而（粋・朝）。　5謹序―なし（粋・朝）。

【語釈】

荊楚之歳時―荊楚の年中行事のこと。梁の宗懍『荊楚歳時記』に記される。その序（郡斎読書志所引）に「某率為二小記一、以録二荊楚之歳時一」とある。「荊楚」は、長江中流（湖南省）の一帯。「歳時」は、年中行事の意。『荊楚歳時記』は、坂本太郎「荊楚歳時記と日本」（『坂本太郎著作集4　風土記と万葉集』吉川弘文館、一九八八年）によれば、奈良朝には伝来していた。『日本国見在書目録』に「荊楚歳時記一巻」として著録される。後代の例ではあるが、紀斉名「三月尽同賦二林亭春已晩一各分二一字一応教」詩序（本朝文粋巻八220）の「夫三月尽者、虞夏之文、略而不レ載、荊楚之俗、得而無レ称」がある。本序の表現にもとづく。

踵―継承する。後漢の張衡「東都賦」（文選巻三）に「踵二二皇之遐武一」とあり、薛綜注に「踵、継也」とある。

姫漢―周と漢。姫は周の姓。中国の由緒ある王朝を代表させる。梁の丘遅「与二陳伯之一書」（文選巻四三）に「姫漢旧邦、無レ取二雑種一」とあり、李善注に「姫、周姓也」という。なお「文選序」に「自二姫漢一以来、眇焉悠邈、時更二七代一、数逾二千祀一」と見える。

遊楽―遊び楽しむこと。『列女伝』巻五・楚昭越姫に「王曰、昔之遊楽、吾戯耳。……頌曰、楚昭遊楽、要二姫従一レ死。蔡姫許レ王、越姫執レ礼」の例があり、白居易「春遊」（巻六四3039）に「逢レ春不二遊楽一、但恐是痴人」とある。

自君作故―天子が先例を作ってから、の意。中国に由来を持つのではなく、天皇が先例として内宴を行って以来という。後漢の張衡「西京賦」（文選巻二）に「爾乃逞レ志究レ欲、窮レ身極レ娯、自二君作一レ故、何礼之拘」とあり、「善曰、国語、魯侯曰、君作二故事一。韋昭曰、君所レ作則為二故事一也。商君書曰、賢者更レ礼、不肖者拘焉」との注がある。『文徳実録』仁寿二年正月二二日条に「帝觴二于近臣一。命レ楽賦レ詩。其預レ席者不レ過二数人一。此復弘仁遺美、所謂内宴者也」とあって、内宴を「弘仁の遺美」と位置づけていることを勘案すれば、「君」には嵯峨天皇が意識されているか。なお、後代の例だが、大江朝綱「早春侍二内宴一賦二聖化万年春一応製」詩序（本朝文粋巻九234）に「臣謹検二故事一、三春之初、九重之内、設二密宴於燕寝一、賜二近臣一以二鸞觴一。蓋本朝之前蹤、早春之内宴者也」、藤原俊憲「早春内宴侍二仁寿殿一同賦二春生二聖化中一応製」詩序（田安徳川家蔵『内宴記』。佐藤道生・堀川貴司「田安徳川家蔵『内宴記』（前半）の翻字と訓読」『日本漢学研究』4、二〇〇四年）に「内宴之時義遠哉。源起二弘仁聖朝一、塵及二長元之宝暦一」とあり、「本朝」、「弘仁」に起源があることが述べられている。内宴の起源については、滝川幸司「内宴の起源――「弘仁の遺美」か「太宗の旧風」か――」（『女子大国文』158、二〇一六年）参照。

聖朝―今の天子の時代を尊んでいう。また、天子そのものを指す場合もある。ここは前者。後漢の陳琳「檄二呉将校部曲一文」（文選巻四四）に「聖朝寛仁覆載、允信允文。大啓二爵命一、以示二四方一」、三国蜀の李密「陳二情事一表」（同巻三七）に「伏惟聖朝、以レ孝治二天下一、凡在二故老一、猶蒙二矜育一」とある他多くの例を見る。白居易にも「策林五十二」の「議二井田阡陌一」（巻四七2069）に「自二秦漢一迄二于聖朝一、因循未レ遷、積習成レ弊」とある。道真には、「為二大学助教善淵朝臣永貞一請二解レ官侍レ母表」（巻一〇）に「伏惟、聖朝為二民父母一、以レ孝行レ治」、「為二右大臣一依二故太政大臣遺教一以二水田一施二入興福寺一願文〈貞観十五年九月二日〉」に「恩沢追贈之礼、譲二寵章於聖朝一、権車引摂之因、禁二勤修於家僕一」他の例がある。

殿庭―御殿の庭。ここでは、内宴が行われた仁寿殿の庭を指す。『晋書』巻九・孝武帝紀に「妖賊盧悚晨入二殿庭一」とある他、史書に多く見える。また、日本でも、『続日本後紀』承和二年（八三五）八月一日条に「天皇御二紫震殿一。先レ是、左右四衛府相二撲於殿庭一」他の例がある。

嵩山之逢鶴駕―嵩山で白鶴に乗った王子喬と会うこと。王子喬の故事を踏まえる。『列仙伝』に「王子喬、周霊王太子晋也。好レ吹レ笙作二鳳鳴一。遊二伊雒間一、道士浮丘公接上二嵩高山一」（芸文類聚巻七・嵩高山、同巻四四・笙では「嵩山」に作る）とあるように、王子喬は、道士浮丘公と嵩高山（嵩山に同じ）に昇って仙人となった。そして、「王子喬見二栢良一（初学記等、「桓良」に作る）曰、告二我家一。七月七日、待二我於緱氏山頭一。至レ時、乗二白鶴一在二山頭一」（芸文類聚巻四・七月七日所引列仙伝）とあるように、七月七日に緱氏山頂に待てば、白鶴に乗って現れると告げた。これらの故事を踏まえ、（今内宴が行われている「殿庭」の奥深さは）鶴に乗った王子喬のいる嵩山を嘲うほどだという。但し、嵩山で鶴に乗ったわけではないが、鶴に乗って嵩山に帰る例としては、白居易「龍門送二別皇甫沢州赴レ任韋山人南遊一」（巻六五3222）に「隼旟帰洛知二何日一、鶴駕還レ嵩莫レ過レ春」の例がある。

風景―もともと風と光の意。成語としては晋代頃から見られ、中唐頃から、いわゆる風景・景色へと語義が変化するという（小川環樹「中国の文学における風景の意義」『小川環樹著作集 第一巻』筑摩書房、一九九七年）。ここでは後者の意。白居易「五鳳楼晩望〈六年八月十日作〉」（巻五六2699）の「自レ入レ秋来風景好、就レ中最好是今朝」は、「風景」「最好」が出る、本序と近似する例。

曲水之老鶯花―曲水宴の催される晩春には、鶯も花も老いていることをいう。道真「三月三日侍二朱雀院柏梁殿一惜二残春一。各分二一字一応二太上皇製一〈探得二浮字一〉」（巻六456）に「花已凋零鶯又老、風光不二肯為レ人留一」と、三月三日に花が枯れ鶯が老いた様子が詠まれる。但し、三月三日にこのような光景が詠まれることはめずらしく、通常は三月尽である。北山円正「老鶯と鶯の老い声」（『平安朝の歳時と文学』和泉書院、二〇一八年）参照。ここは、内宴の行われる新春の風景のすばらしさを強調するために、本来はすばらしい鶯や花が衰えている晩春の曲水宴の時期を厭うという。

節・新―時節が新しくなること。ここでは新春、正月の意。内宴の時期をいう。

一人有慶―天子が善を行うこと。天子が善を行えば、万民がそのおかげで幸福になる。『尚書』呂刑の「惟敬二五刑一、以成二三徳一、一人有レ慶、兆民頼レ之。其寧惟永」（群書治要巻二にも出る）にもとづく。孔安国伝に「先戒以二労謙之徳一。次教以三惟敬二五刑一。所以成二剛柔正直之三徳一也。天子有レ善則兆民頼レ之。其乃安寧長久之道」とある。晋の潘岳「藉田賦」（文選巻七）に「一人有レ慶、兆民頼レ之」と、『尚書』そのままの形で見える。白居易にも「捕蝗」（巻三0136）に「一人有レ慶兆民頼、是歳雖レ蝗不レ為レ害」とある。日本の例としては、上表文などに見える。嘉祥二年一一月二二日の皇太子（文徳）の上表文に「沈思下済、満二玄沢一而無レ涯。方略傍宣、截二遐荒一而有レ裕。斯乃一人有レ慶之日、兆民共頼之年」（続日本後紀）とある。貞観六年正月七日の、藤原良房、源信等が清和天皇の元服を賀す際の上表文には、「今属二履端朔旦一、開レ歳惟新。元服肇加、礼容斯挙。……是知、一人有レ慶。万国歓心」（三代実録）とあるのは、天皇が元服したことを「一人有慶」と表現している。道真の例としては、「為二太政大臣一謝下加二年官一賜中随身上第一表」（巻一〇）に「臣聞、太政大臣者、上理二陰陽一、下経二邦国一。一人有レ慶、師範猶施。四海無レ波、儀形自用」と見える。

年・早―年初。正月のこと。

万寿無疆―寿命に限りがないこと。長寿を言祝ぐ言葉。『毛詩』小雅・鹿鳴之什「天保」に「禴祠烝嘗、于二公先王一。君曰卜レ爾、万寿無レ疆」、同・谷風之什「楚茨」に「神保是饗、孝孫有レ慶、報以二介福一、万寿無レ疆」とあり、鄭玄箋に「慶、賜也。疆、竟界也」と見える。道真「為二公卿一賀二朔旦冬至一表」（巻一〇）に「臣等詣レ闕之誠何切。聖寿無レ疆、明時有レ端」（三代実録・元慶三年一一月一日条、本朝文粋巻四97）とある。

粧楼―女性が化粧する高殿。ここは、内教坊を指すか。内宴で内教坊が楽を奏すること、【解説】に引用した『三代実録』に見えた。初唐の駱賓王「秋晨同二淄川毛司馬秋九詠一、秋風」（駱賓王文集巻五）に「飄レ香曳二舞袖一、帯レ粉泛二粧楼一」、中唐の劉禹錫「楊柳枝詞九首（其九）」（劉夢得集巻九）に「軽盈嫋娜占二年華一、舞榭粧楼処処遮」と見える。道真の例としては、「暁月応製」（巻五355）に「何処粧楼擲二玉環一、一明一暗暁雲間」、「御製題二梅花一賜二臣等一句。中有下今年梅花減二去年一之歎上。謹上二長句一具述二所由一」（巻五366）に「粉顔暗被二粧楼借一、香気多教二浴殿移一」と見える。

進才—天子が照覧する、舞の才能を持つ妓女を献上したこと。道真「早春観㆑賜㆓宴宮人㆒同賦㆑催㆑粧応製」（巻五365）に「算取宮人才色兼、粧楼未㆑下詔来添」と見える「才色」は、妓女の舞の才と容色を意味しよう。ここではそのような「才」、すなわち舞の才能を持つ妓女が天子へ献上されたことをいう。

粉妓—化粧した妓女。あまり例を見ない。中唐の元稹「酬㆘楽天早春閑㆓遊西湖㆒、……見㆖㆑寄……」（元氏長慶集巻一三）に「各携㆓紅粉妓㆒、倶伴㆓紫垣人㆒」とある。なお、第一冊4「九日侍宴重陽細雨賦応製〈以㆓秋徳在㆑陰為㆑韻依㆑次用〉」に「菊籬清蕊、見㆓酈水之洗㆑金、粉妓湿裳、知㆓巫山之曳㆑綵」とあるのは、重陽宴での「粉妓」であり、本作の例と近い。

繊手—妓女の細く美しい手。梁の何遜「詠㆑妓詩」（芸文類聚巻四二・楽府）に「逐㆑唱迴㆓繊手㆒、聴㆑曲動㆓蛾眉㆒」は、妓女の「繊手」の例。白居易「霓裳羽衣歌」（巻五一2202）には「清弦脆管繊繊手、教得霓裳一曲成」と、「繊繊手」という形で見える。日本の例としては、嵯峨天皇「重陽節菊花賦」（経国集巻一2）に「攘㆓弱腕㆒而採㆑嫩、擢㆓繊手㆒以摘㆑花」とある。

細腰—細い腰。美人の様子を表す。『晏子春秋』巻七に「臣聞㆑之。越王好㆑勇、其民軽㆑死、楚霊王好㆓細腰㆒、其朝多㆓餓死人㆒」とある。初唐の劉希夷「擣衣篇」（唐巻八二）には「西北風来吹㆓細腰㆒、東南月上浮㆓繊手㆒」とあり、「繊手」と対に詠まれている。白居易「和㆓春深㆒二十首（其一六）」（巻五六2668）にも「鞦韆細腰女、搖曳逐㆑風斜」と見える。日本の例としては、小野篁「早春侍㆓宴清涼殿㆒翫㆓鶯花㆒応製」詩序（本朝文粋巻一一341）に「復楚艶之細腰、燕余之弱骨、身奢㆓錦綺㆒、性敏㆓糸竹㆒」とあるのは、内宴で妓女が舞う様子を描いている。

受之父母—『孝経』開宗明義章に「身体髪膚、受㆓之父母㆒。不㆓敢毀傷㆒、孝之始也」とあるのにもとづく。

軟雲—軟らかい雲。次句に「備于髪膚」とあるので、髪を譬えているのであろう。『毛詩』鄘風「君子偕老」に「鬒髪如㆑雲、不㆑屑㆑苛也」とある。なお「軟雲」の例は未見だが、道真「早春観㆑賜㆓宴宮人㆒同賦㆑催㆑粧応製」（巻五

365）に「双鬟且理春雲軟、片黛纔成暁月纖」と「鬟」（女性の髪形）を「春雲」のやわらかさに譬えた例を見る。

襛李―美しく盛んなすももの花。「穠李」も同じ。次句を勘案すれば、妓女の肌を譬えることになろう。『毛詩』召南「何彼襛矣」に「何彼襛矣、華如二桃李一。平王之孫、斉侯之子」とあり、鄭玄の箋に「華如二桃李一者、興下王姫与二斉侯之子一顔色倶盛上。正王者、徳能正二天下一之王」という。「王姫」と「斉侯之子」の顔色が盛んな様を「襛《さかん》」な「桃李」に譬えている。

備于髪膚―軟らかい雲のような髪と美しく盛んな桃のような肌を妓女が備えていること。この措辞は、前掲『孝経』の「身体髪膚、受二之父母一」にもとづく。

陽気―陽の気、春の気。漢の枚乗「七発八首（其四）」（文選巻三四）に「掩二青蘋一、游二清風一、陶二陽気一、蕩二春心一」とあり、李善注に「薛君韓詩章句曰、陶、暢也。陽気、春也。神農本草曰、春夏為レ陽。楚詞曰、目極二千里一傷二春心一。王逸曰、蕩二春心一。蕩、滌也」という。春の陽気の例である。第一冊3「清風戒レ寒賦〈以下霜降之後、戒為中寒備上為レ韻〉」に「月令行、陽気降」と見えた。

陶神―妓女の心を陶然とさせること。「陽気」が妓女の心をうっとりとさせるほどであるという。「陶」については、前注の枚乗「七発八首（其四）」の「蕩春心」を踏まえている。

玉階―宝玉で飾った階段。宮中の階段をいう。仁寿殿のそれを指すか。後漢の班固「西都賦」（文選巻一）に「玄墀釦砌、玉階彤庭」とあり、張銑注に「玉階、以レ玉飾レ階」という。平城天皇「詠二桃花一」（凌雲集1）に「願以成二蹊枝葉下一、終天長樹二玉階辺一」と見える。道真の例としては、「重陽侍宴同賦二菊有二五美一各分二一字一応製〈探得二仙字一〉」（巻六448）に「五美兼姿一草鮮、綺疏窓下玉階辺」がある。

余喘―（妓女が舞って）息が絶え絶えな様子をいう。杜甫「八哀詩　故秘書少監武功蘇公源明」（唐巻二二二）に「長安米万銭、凋喪尽余喘」とあるのは苦しさにあえぐ様。日本の例としては、空海「永忠和尚辞二少僧都一表」（性霊集巻九）に「況乎如今行年七十。筋骨劣弱、窮途将レ迫、残魂余喘、能得二幾時一」とある。これは、老年で息も絶えそうな様。島田忠臣「九月九日侍宴各分二一字一応製〈探賜二時字一〉」（田氏家集巻中102）に「濺泧汗来余二喘息一、簾櫳熙尺戴二恩私一」と見える。

韶光―春の日の光。唐の太宗「春日玄武門宴二群臣一」（唐巻一）に「韶光開二令序一、淑気動二芳年一」、白居易「早春独遊二曲江一〈時為二校書郎一〉」（巻一三666）に「閑地心俱静、韶光眼共明」と見える。日本の例としては、淳和天皇「臥中簡二毛学士一」（文華秀麗集巻上29）に「今年有レ閏春猶冷、不レ解三韶光着二砌梅一」とある。道真には「送春」（巻五391）に「若使三韶光知二我意一、今宵旅宿在二詩家一」の例がある。

入骨―骨の髄まで入ること。ここは骨に染み入るほど、春の光を浴びていることをいう。『後漢書』巻七四下・袁紹伝に「天降二災害一、禍難殷流。初交二殊族一、卒成二同盟一、使二王室震蕩、彝倫攸レ斁。是以智達之士、莫レ不二痛心入レ骨、傷二時人一不レ能二相忍一也」とあるのは、心の痛みが骨に染み入るようだという。中唐の劉禹錫「秋詞二首（其二）」（唐巻三六五）の「試上二高楼一清入レ骨、豈如二春色嗾レ人狂一」は、秋の清らかさが、骨に染み入るようだという。道真の例としては、「金吾相公不レ棄二愚拙一秋日遣懐適賜二相視一。聊依二本韻一具以奉レ謝兼亦言レ志」（巻五352）に「紫宸朝謁開レ身早、明月夜吟入レ骨寒」とある。

飛紅袖―赤い袖をひるがえす。「紅袖」は、梁の簡文帝「採蓮賦」（芸文類聚巻八二・芙蕖）に「素腕挙、紅袖長。迴二巧笑一、墮二明璫一」とあるのが古い例。白居易詩に散見する。「微之到二通州一日授レ館未レ安見二塵壁間一有二数行字一読レ之。……其詩乃十五年前初及第時贈二長安妓人阿軟一絶句。……懐レ旧感レ今因酬二長句一」（巻一五0853）に「昔教二紅袖佳人唱一、今遣二青衫司馬愁一」、「与二牛家妓楽一雨後合宴」（巻六七3378）に「玉管清弦声旖旎、翠釵紅袖坐参差」とあるのは、妓女の「紅袖」を詠む。道真「九日侍宴各分二一字一応製〈探得レ芝〉」（巻二99）に「恩賜黄花纔虎口、勅催紅袖惣蛾眉」とあるのは、重陽宴での妓女を詠む。なお、袖を翻すことを、「飛」と表現する例としては、梁の簡文帝「詠レ舞詩」（芸文類聚巻四三・舞）に「懸レ釵随レ舞落、飛レ袖低レ鬟垂」がある。

嬴形—身体を疲れさせること。ここは、妓女が袖を翻して舞って疲れることをいう。後漢の張衡「西京賦」（文選巻二）に「秘舞更奏、妙材騁レ伎。妖蠱艶二夫夏姫一、美声暢二於虞氏一。始徐進而嬴レ形、似レ不レ任二乎羅綺一」とあり、劉良注に「嬴形、宮女之形、嬴弱以不レ勝二羅綺一」という。妓女が弱々しく、衣裳に堪えられない様子を記す。中唐の元稹「痁臥聞二幕中諸公徴レ楽会飲一因有三戯呈二三十韻一」（唐巻四〇六）の「脹腹看成レ鼓、嬴形漸比レ柴」は、病気で弱った身体をいう。

羅綺—うすぎぬとあやぎぬ。美しい衣裳をいう。ここでは妓女の衣裳。前注に上げた「西京賦」参照。なお、中唐の陳鴻「長恨歌伝」（0596）に「既出レ水、体弱力微、若レ不レ任二羅綺一」と見える。本書39「早春観レ賜二宴宮人一同賦レ催レ粧応製序」に「或辞以レ不レ任二羅綺一、或訴以レ不レ暇二脂粉一」とあるのも、本序と同じく「羅綺」の重さにすら堪えられない程になよやかな妓女をいう。

重衣—重い衣。「羅綺」を重い衣だという。但し「重衣」は、重ねた衣というのが通例で、重い衣の例は未見。例えば、白居易「酔後狂言酬二贈蕭殷二協律一」（巻一二606）に「此時太守自慚愧、重衣複衾有二余温一」とあるのは、重ねた衣の意。

機婦—機を織る女。あまり用例を見ない。晩唐の王轀秀「夫人相二寄姨妹一」（唐巻七九九）に「笄年解笑二鳴レ機婦一、恥見蘇秦富貴時」とある。一句は、羅綺が重いので、それを織った機織り女の無情さを恨むという。

長曲—長い曲の意であろう。用例未見。

闋—終わる。晋の潘岳「笙賦」（文選巻一八）に「酒酣徒擾、楽闋日移」とあり、李善注は「鄭玄曰、闋、終也」という。

伶人—音楽を演奏する人。黄帝の時代に伶倫が音楽を作ったのでいう。『晋書』巻二三・楽志下に「于レ時、以レ無二雅楽器及伶人一、省二太楽幷鼓吹令一」とある。『続日本後紀』承和一二年正月八日条に「外従五位下尾張連浜主於二龍尾道上一舞二和風長寿楽一。観者以レ千数。初謂、鮐背之老、不レ能二起居一。及二于垂レ袖赴一レ曲、宛如二少年一。四座僉曰、近代未レ有二如レ此者一。浜主本是伶人也。時年一百十三。自作二此舞一」とある。道真の例としては、「北堂澆章宴後聊書レ所レ懐奉レ呈二兵部田侍郎一」（巻二90）に「伶人枕レ鼓池頭臥、冑子懐レ詩壁下蹲」とある。一句は、音楽が長く舞うのに疲れるので、楽人が音楽を終わらせないことに怒るという。

変態―舞が変化する様。三国魏の嵆康「琴賦」（文選巻一八）に「嗟姣妙以弘麗、何変態之無レ窮」は、琴の音の変化きわまりない様子をいう。これ以前の例として、後漢の張衡「西京賦」（文選巻二）に「属三長楽与二明光一、径北通二乎桂宮一、命二般爾之巧匠一、尽二変態乎其中一」があり、薛綜注に「変、奇也。態、巧也」というが、この例は、建築の工夫をいう。

繽紛―入り乱れて舞う様。漢の司馬相如「上林賦」（文選巻八）に「荊楚鄭衛之声、韶濩武象之楽、鄢郢繽紛、激レ楚結レ風」とあり、郭璞注に「李奇曰、……繽紛、舞也。張揖曰、楚、歌曲也。文穎曰、……然歌楽者、猶復依二激結之急風一為レ節也。其楽促レ迅哀切也」という。

新声―ここでは清新な音楽の意か。「新声」は、新しく作った音楽の意で用いられることが通例。嵆康「琴賦」（前掲）の「寛明弘潤、優遊躇跱。拊レ紘安レ歌、新声代起」、白居易「華原磬〈刺三楽工非二其人一也〉」（巻三130）の「梨園弟子調二律呂一、知レ有二新声不一レ如レ古」などはそうした例。日本においても、『三代実録』貞観九年一〇月四日条の藤原貞敏卒伝に「劉娘尤善二琴箏一。貞敏習二得新声数曲一」とあるのは、新しい音楽の意であろう。しかし、嵯峨天皇「和二菅清公秋夜途中聞一レ笙」（凌雲集17）の「新声宛転遥夜振、妙響聯綿遠風沈」は、対句「妙響」を勘案すれば、清新な音楽となるか。

婉転―変化する様。『荘子』雑篇・天下に「椎拍輐断、与レ物宛転」とあり、成玄英疏に「輐断、行レ刑也。宛転、変化也」とある。なお、前注に引いた「和二菅清公秋夜途中聞一レ笙」には「新声宛転」と、本序と同じ形で見えた。

通籍―名簿を提出して宮門を出入りできるようにすること。『漢書』巻九・元帝紀・初元元年に「令三従官給二事宮司馬中一者、得下為二大父母父母兄弟一通上籍」とあり、応劭注に「籍者、為二二尺竹牒一、記二其年紀名字物色一、懸二之宮門一。案省相応、乃得レ入也」という。「宮衛令」1に「凡応レ入二宮閤門一者、本司具注二官位姓名一、送二中務省一付二衛府一。各従二便門一着レ籍。但五位以上着二籍宮門一」とあり、「但五位以上……」の義解に「五位以上、身貴朱紫。事殊二士庶一。故在レ京者、皆於二諸門一、著二其通籍一也」という。第一冊2「未レ旦求レ衣賦」序に「臣道真、南郡罷レ官、北闕通レ籍」と見えた。

重門―幾重にもうけた門。ここでは、内裏の門。語例としては、『周易』繋辞下伝に「重門撃柝、以待二暴客一。蓋取二諸予一」とあるのが古い。後漢の張衡「西京賦」（文選巻二）に「重門襲固、姦宄是防」と見える。

綵霞―空にある彩りのある雲。ここは宮中を仙界に見立てた表現。中唐の銭起「薬堂秋暮」（唐巻二三八）に「隠来未レ得レ道、歳去愧二雲松一。……有レ時丹竈上、数点綵霞重。勉事二壺公術一、仙期待二赤龍一」とあるのは、仙界に関わる例。中唐の武元衡「唐昌観玉蕊花」（唐巻三一七）の「琪樹芊芊玉蕊新、洞宮長閉綵霞春」は、道観の光景として「綵霞」を詠む。「彩霞」は、中唐の権徳輿「桃源篇」（唐巻三二九）に「一路鮮雲雑二彩霞一、漁舟遠遠逐二桃花一」とあるのも参考になろう。第一冊23「左相撲司標所記」に「綵霞十四片、以レ木為レ之」と見えた。

失歩―邯鄲の歩を踏まえつつ、内宴に参加して戸惑う様子をいう。邯鄲の歩は、『荘子』外篇・秋水にある故事で、「寿陵余子」が、邯鄲に歩き方を学びに行ったものの、修得できず、故国での歩き方も忘れてしまい、這って帰ったという故事。『隋書』巻七六・王貞伝に「適二鄢郢一而迷塗、入二邯鄲一而失レ歩、帰米反覆、心灰遂寒」、晩唐の胡曽「邯鄲」（唐巻六四七）に「青娥莫レ怪頻含レ笑、記得当年失レ歩人」の例が見える。道真「金吾相公不レ棄二愚拙一、秋日遺懐適賜二相視一。聊依二本韻一具以奉レ謝兼亦言レ志」（巻五352）の「累レ卵相思長失レ歩、銜レ珠欲レ報晩忘レ浪」の例は、讃岐にいたために都でのことを忘れて戸惑う様子を「失歩」で表現している。

登仙―天に昇って仙人になること。戦国楚の屈原『楚辞』「遠游」に「貴㆓真人之休徳㆒兮、美㆓往世之登仙㆒」と見える。ここでは、仙界に比される宮中の内宴に参加したことをいう。島田忠臣「早春侍㆓内宴㆒翫㆓春景㆒応制」（田氏家集巻上18）に「雖㆘上㆓仙櫳㆒陪半日㆖、人間定是十余年」とあるのは、内宴に参加したことを、「上㆓仙櫳㆒」という。「平日」という措辞も本序と共通する。

青鳥―青鳥は、西王母に近侍する鳥。また西王母の使。ここでは、天子に近侍する人を喩える。『漢武故事』（芸文類聚巻九一・青鳥）に「七月七日、上於㆓承華殿㆒斎。正中、忽有㆘一青鳥従㆓西方㆒来㆖、集㆓殿前㆒。上問㆓東方朔㆒。朔曰、此西王母欲㆑来也。有㆑頃、王母至。有㆓二青鳥如㆑烏。侠㆓侍王母旁㆒」とある。また、白居易「山石榴花十二韻」（巻五五2599）に「好差㆓青鳥使㆒、封作㆓百花王㆒」と見える。その「青鳥」に声をかける（「問」）とは、内宴の歌舞について聞くのだろう。『穆天子伝』（芸文類聚巻二七・行旅）に「天子北征。絶㆓漳水㆒、西征、賓㆓于王母㆒。天子觴㆓西王母瑤池之上㆒」とあるように、「瑤池」（西王母の住む崑崙山にある。列子・周穆王）で宴会を開いている。この仙界で開かれた宴会に内宴を比定し、西王母に近侍する青鳥に聞くというのであろう。なお、「問㆓青鳥㆒」という形は、後の例だが、大江以言「七夕陪㆓秘書閣㆒同賦㆓織女雲為㆑衣応製」詩序（本朝文粋巻八225）に「以言聚㆓丹蛍㆒而成㆑功、雖㆑歓㆑属㆓堯日之南明㆒、問㆓青鳥㆒而記㆑事、猶恨㆑暗㆓漢雲之子細㆒」という近似した例があるが、この例は、実際には目にすることのできない七夕宴の様子を尋ねること。

知音―音楽を理解すること、転じて、真の友人をいうが（蒙求・伯牙絶絃）、ここでは、内宴の歌舞を理解するということであろうか。第一冊5「元慶寺鐘銘」に「合応皆是、知音孰非」と見えた。ここは、仙界にも比される仁寿殿での内宴に参加して半日が経ったが、青鳥（近侍する人）に尋ねて、漸く仙界の音楽が理解できたという。

楽之逼身―音楽が我が身に迫るほどすばらしく聞こえること。白居易「悲歌」（巻二〇1377）に「白頭新洗鏡新磨、老逼㆑身来不㆓奈何㆒」とあるように、老いが迫る例は見えるが、音楽が迫ってくる例は未見。

詞不容口―（すばらしく聞こえる音楽に感動して）その感動を言葉として表現できないこと。言葉を口に出して説明できないほどのすばらしさをいう。『漢書』巻四九・爰盎鼂錯伝に「梁王以レ此怨レ盎、使二人刺一レ盎。刺者至二関中一、問レ盎、称レ之皆不レ容レ口」とあり、顔師古注は「称二美其徳一、口不レ能レ容也」という。称賛してもしたりないこと。

堯帝・封人―「封人」は、国境を守る役人。封人が堯の長寿を祈ろうとした故事を踏まえる。『荘子』外篇・天地に「堯観二乎華一。華封人曰、嘻、聖人。請祝二聖人一、使二聖人寿一」とある。『荘子』では、堯はこの祈りを謝絶するが、本序では、天子を堯に比し、封人に代わって、天子のために祈り、長寿ならしめんというのである。本書28「九日侍宴同賦レ喜レ晴応製序」に「群臣効二華封之旧詞一也」と、「華封」の形で見えた。その注参照。

【通釈】

早春の内宴で、仁寿殿に侍り、ともに「春娃気力無し」ということを賦す。天子の命にお応えする。その序

そもそも早春の内宴は、荊楚の行事としては聞きませんし、周や漢の遊びを受け継いだものでもありません。天子が先例を作られてから、我が光孝天皇の御代に及んだのです。内宴が行われる仁寿殿の庭は、鶴に乗った王子喬に会う嵩山を嘲うほどの奥深さであり、内宴の早春の風景は、晩春の曲水宴の頃に鶯や花が衰えるのをうとましくなるほどにすばらしいのです。（内宴が行われる正月なので）時節は新しく、天子は善き行いをなされ、（正月は）年の初めであり、天子の寿命には極まりがありません。

そこで、内教坊から舞の名手を献上するのですが、その化粧した彼女ら妓女が、舞に従事するのです。彼女たちのほっそりとした手やくびれた腰は、父母から受けたもので、柔らかな雲のような美しさ、桃のような華やかさを、髪や肌に備えているのです。まして、春の気が彼女らの心をうっとりさせ、彼女らは美しい階段に目をやりながら息も絶え絶えに舞い、春の光が彼女らの骨に染み入り、紅の袖を翻して疲れるほどに舞うのが、いうまでもなく美しいのです。彼女らの着る、薄く軽い衣裳ですら重く感じ、機織り女が心なしにそれを織ったのを恨むかのようで、管絃の

曲が長いので、楽人がそれを終わらせないのに腹を立てるかのようなのです。様々に変化し巧みに舞う様は、まさしく人智を越えた神の姿のようです。清新な楽の音が絶えず変化していく様は、夢なのでしょうか、そうではないのでしょうか。

私は名簿を提出して宮門を出入りすることを許されておりますが、色とりどりに光輝く仙界のような宮中に踏み入りまして、どう歩いてよいか分からず戸惑っており、仙界にも比すべき仁寿殿に上り宴に参加して半日が経ちましたが、仙界のことを知る青鳥の如き近侍する人々に尋ねて、やっと音楽を理解することができました。歌舞奏楽のすばらしさに圧倒されるほどですが、その感動を言葉として口に出すことができないほどなのです。願いますことには、あの封人に代わりまして、堯にも比すべき天子の長寿を祈りたいと思う次第であります。謹んで序文を申し上げます。

（滝川幸司）

34 右親衛平亜将率殿局親僕[1]　奉賀大相国五十算宴座右屏風図詩　序
已上四首 附第二巻

右親衛平亜将殿局《へいあしやうきうきよく》の親僕を率《ひき》ゐて 大相国の五十の算を賀し奉る宴の座右《ざいう》の屏風図の詩の序
〈已上四首　第二巻に附す〉

【校異】

1局―「扃」（底本）、大により改む。

【解説】

本序は『文草』巻二174に「右親衛平将軍、率二殿亭諸僕一、奉レ賀二相国五十年一。宴座後屏風図詩五首〈幷序〉」として収められる。また序の直後に置かれた「郊外翫レ馬」詩の詩題の後人注記に「扶十六」とあり、『扶桑集』巻十六にも本序が記されていた可能性がある。

仁和元年（八八五）に五十歳になった、時の太政大臣藤原基経の算賀については、大系の本序の補注に『三代実録』仁和元年四月二〇日条の「是日。天皇、於二延暦寺東西院、崇福、梵釈、元興等五寺一、各請二十僧一、始レ自二今日一五個日間、転二読大般若経一。賀三太政大臣満二五十算一、兼祝二寿命一也」、すなわち四月二〇日に光孝天皇が五つの大寺の各十人の僧に、五日間の大般若経の転読を命じて、基経の五十歳を賀し、併せて長寿を祈った記事を引くが、本序に関しては、同じ『三代実録』の仁和元年一二月二五日条の「廿五日乙亥。太政大臣、今年始満二五十之算一。帝於二内殿一、命レ宴賀レ之。杯案精華、糸竹間奏、促レ席談飲、通夜尽レ歓。贈二賚左右馬寮善馬五疋、夏冬衣裳五襲、臥具屏風等一、有レ数。又贈二度僧五十人一、以備二修善祝算一也」の記事が関係するのではないか。本序の末尾に付された自注によると、仁和元年の冬に、当時右近衛少将であった平正範が、道真に「相国今年満二五十一。予率二諸僕一、可レ設二遊宴一。座後所レ施屏風、欲レ致二妙絶一」と密かに語ったとあり、『三代実録』一二月二五日条の記事と同様の行事を算賀の前後に正範が行ったか、或いは『三代実録』では光孝帝が算賀の宴を命じたと記しているが、実際に宴の準備を整えたのは正範で、馬寮の役人たちを率いて宴に参加したというのも、基経に贈る「左右馬寮の善馬五疋」を連れて来るための要員であったのかもしれない。なお、平安時代の算賀については村上美紀「平安時代の算賀」（『寧楽史苑』〈奈良女子大学史学会〉第40号、一九九五年）が詳しく、基経の四十賀については南淵年名が貞観一八年（八七六）に行ったことが同論文に記されている。

正範は、その「密語」の中で、算賀の宴に飾る屏風に書く詩の作成を道真に依頼したのであるが、その詩の詩序が本序である。後の自注にあるように、ほぼ全文が『呂氏春秋』孟春紀の「重己」篇の文章をアレンジしたもので、通常の詩会の詩序などとは性質も形態も異なる。「重己」は、己の生を重んじよの意で、「養性」の方法を中心として不老長寿の心構えを説く篇である。その「養性」を屏風の主題に置き、篇中に「養性」の具体的な五つの項目として掲げられた「宮室台榭《だいしゃ》」、「飲食酏醴《いれい》」、「輿馬《よば》衣裘」、「声色音楽」、「苑囿園池」にもとづき五つの詩（算賀の年齢の「五十」にちなんだ数）を作成し、その詩を藤原敏行が屏風に書し、巨勢金岡が絵に描いた。『呂氏春秋』の五項目と屏風詩の詩題との対応は以下の通りである。「宮室台榭」と176「卜居」、「飲食酏醴」と175「謝三道士勧二恒春酒一」、「輿馬衣裘」と174「郊外翫レ馬」、「声色音楽」と177「南園試二小楽一」、「苑囿園池」と178「園池晩眺」。屏風は六曲であるから、最初の一面にはこの詩序が書かれ、あとの五面にはそれぞれ詩が書かれ、絵が描かれたのであろう。

『呂氏春秋』の原文と、道真の詩序では、次に示すように五つの項目の順番に違いがある。

『呂氏春秋』	「詩序」	『菅家文草』詩
1 苑囿園池	宮室台榭	174郊外翫レ馬（輿馬衣裘）
2 宮室台榭	飲食酏醴	175謝三道士勧二恒春酒一（飲食酏醴）
3 輿馬衣裘	輿馬衣裘	176卜居（宮室台榭）
4 飲食酏醴	声色音楽	177南園試二小楽一（声色音楽）
5 声色音楽	苑囿園池	178園池晩眺（苑囿園池）

これは、『呂氏春秋』の五項目の直前に記された「是故、先王不レ処二大室一、不レ為二高台一（↓居室に対する戒め）。味不レ衆レ珍（↓飲食に対する戒め）、衣不レ燀レ熱（↓衣服に対する戒め）。燀レ熱則理塞、理塞則気不レ達。味衆レ珍則胃充、胃充則中大鞔。中大鞔而気不レ達、以レ此長生可レ得乎」という文章にもとづいて、まず「宮室台榭」「飲食酏醴」「輿馬衣裘」の三者を長生養性のための重要な留意項目として取り上げたものであろう。また「詩序」と屏風詩でも一番の「宮室台榭」と三番の「輿馬衣裘」が入れ替わっているが、これは絵の構図を考慮して（たとえば郊外の景から宮城の邸宅や庭園の景へと移っていくように）変えられたのかもしれない。

なお、大系補注に、この屏風詩の具体的な姿を推測し、「この序ならびに分注は如何なる形で進められたものであろうか」と言うが、分注は『文草』編纂時に道真が付した可能性が高い。なお、本序に続く詩について論じた内田順子「菅原道真の「基経五十賀屏風図詩」について――「用賢」と「長生」――」（『和漢比較文学』39、二〇〇七年）がある。

序に続く詩五首は次の通り。また『呂氏春秋』の本文を〈参考〉として【通釈】の後に載せる。

郊外翫馬　郊外に馬を翫ぶ

龍媒恋主愁毫毛
龍媒主《あるじ》を恋ひて　毫毛を愁《ととの》ふ

眉寿三千欲代労
眉寿三千　労に代《か》はらむと欲す

斉足踏将初白雪
足を斉《ひと》しくして踏《ふ》将む　初白雪

遍身開着浅紅桃
身に遍《あまね》くして開《ひら》着く　浅紅桃

風前案轡浮雲軟
風前に轡《くつわ》を案ずれば　浮雲軟《やは》らかなり

日落鳴鞭半漢高
日落ちて鞭を鳴らせば　半漢高し

仙駕不須飛兎力
仙駕　飛兎の力を須《もち》ゐず

請看双鶴在寒皐
請ふ看《み》よ　双鶴の寒皐に在るを

謝道士勧恒春酒
道士の恒春酒を勧むるに謝す

臨盃管領幾廻春
盃に臨みて管領す　幾廻の春

雪鬢霜髯欲換身
雪鬢霜髯　身を換《か》へむと欲す

若与方家論不死
若《も》し方家と与《とも》に不死を論ずれば

麻姑応謝酔郷人
麻姑は応《まさ》に謝すべし　酔郷の人

卜居
居を卜《ぼく》す

長生自在福謙家
長生は自ら福謙の家に在り

疎冽低簷向月斜
疎冽低簷　月に向かひて斜めなり

縦使門庭皆冷倹
縦使《たとひ》　門庭皆冷倹なりとも

不辞到老富鶯花　　老に到るも鶯花に富むことを辞せず

南園試小楽　　南園に小楽を試みる

遇境偸閑喚管絃　　境に遇《あ》ひ閑を偸《ぬす》みて 管絃を喚《よ》ぶ
余霞断処落花前　　余霞の断ゆる処 落花の前
小児相勧分頭舞　　小児相《あひ》勧む 分頭の舞
取楽当為地上仙　　楽を取りて当《まさ》に地上の仙と為《な》るべし

園池晩眺　　園池の晩眺

松蘿任土枕江湄　　松蘿土に任せて 江湄に枕《のぞ》む
明月春風不失期　　明月春風 期を失はず
枳落蕭疎瞻望遠　　枳落 蕭疎として 瞻望遠く
沙堤委曲歩行遅　　沙堤 委曲して 歩行遅し
波臣自謁垂竿処　　波臣自ら謁《まみ》ゆ 竿を垂るる処
国老相知種薬時　　国老相《あひ》知る 薬を種《う》うる時
懐抱此間機緒断　　懐抱 此間《ここ》に機緒断《た》ゆ
生涯誰見鬢辺糸　　生涯誰か見む 鬢辺の糸

【題注】

右親衛平亜将―当時右近衛少将であった平正範。桓武天皇の曽孫、平高棟の子。「親衛」は、「近衛府」の唐名。「亜将」は、大将に亜《つ》ぐの意で、「中将・少将」の唐名。『三代実録』仁和元年正月一六日条に「従四位下行右近衛少将平正範為二阿波権守一」とあり、この年、正範は少将であった。元慶六年（八八二）の「山家晩秋」（巻二92）の自注に「右親衛平将軍河西別業也」とあり、道真は河西（桂川の西か）にあった正範の別荘を訪れ詩を賦しており、元慶八年の「去冬、過二平右軍池亭一、対二乎囲碁一……」（巻二141）からは、前年の冬に囲碁の対局を行ったことがわかる。本序と同年の仁和元年の「晩秋二十詠」（巻二153）の自注にも「九月廿六日、随二阿州平刺史一到二河西之小庄一、数杯之後、清談之間、令三多進士題二二十事一……」と河西の別荘で清談、賦詩に興じたことが記されており、この時期、道真は正範とは深い親交があった。

廏局親僕―正範が親しくしていた馬寮に勤める役人たち。「廏局」は左右の「馬寮」を指す。『隋書』巻二六・百官志に「内廏局」「外廏局」「車廏局」が見えるが、唐代までの他の資料には例が見えない。巻二の題では「廏亭」に作るが、これも例が見えない語。「親僕」は用例未見、巻二の題では「諸僕」に作る。「親僕」という表現から見て、「僕」は召使、下僕の意の「僕」ではなく、『拾芥抄』官位唐名部に「馬頭」の唐名の一つとして「大僕卿」が挙がり、以下「馬助」に「大僕小卿」、「馬允」に「大僕丞」、「馬属」に「大僕主簿」の唐名が挙がっているので、これら馬寮の役人たち「大僕〇〇」を総称して「親僕」「諸僕」と称したものか。【解説】にも述べたように、基経の賀を祝うための贈り物として左右の馬寮から各々五頭の馬を引き連れてきた要員であろう。『新儀式』巻四「天皇奉レ賀二上皇御算一事」に「晩景、天皇奉レ坏献レ寿……次左右近衛次将馬助等、牽二出御馬十疋一、於二庭中一奉レ覧。訖有レ仰。更召下近衛官人番長已上堪二騎乗一者上、令レ騎レ之。訖大臣仰令レ給二於御廏一」と、天皇が主宰した上皇の算賀の宴に、近衛府や馬寮の役人たちが馬を連れてきて、庭中で騎乗したことが記されており、基経の賀宴でも同様のことが行われたかもしれない。

大相国―太政大臣の唐名。ここは藤原基経をいう。太政大臣が唐の「相国」に当たることについては「定三太政大臣職掌有無幷史伝之中相二当何職一議」（第一冊53）参照。

五十算―「算賀」の語義、わが国における歴史についても、【解説】に掲げた村上論文参照。

座右―座に置かれた、の意で、174詩題の「座後」に同義。白居易「題二詩屏風一絶句」（巻一七1047）序の「前後辱二微之寄示之什一、殆数百篇。雖レ蔵二於篋中一、永以為レ好、不レ若レ置二之座右一」は、その一例。

已上四首、附第二巻―31から本序まで四首の詩序は、『文草』第二巻に収められている、の意。

古人有言。曰、聖人之養生也、必適其性。
室大則多陰、多陰者致逆寒。
[1]台高則多陽、多陽者不能行。
斯乃、
陰陽不適之患、居処空敞之弊。
是故、
其為宮室台榭也、足以避燥脩湿矣。

古人言へること有り。曰はく、「聖人の生を養ふや、必ず其の性に適《かな》ふ。
室大なれば則ち陰多く、陰多ければ逆寒を致す。
台高ければ則ち陽多く、陽多ければ行くこと能はず。
斯《こ》れ乃ち、
陰陽不適の患にして、居処空敞《くうしやう》の弊なり。
是の故に、
其の宮室台榭為《た》るや、以て燥を避け湿を脩すれば足る。

其為飲食酏醴也、足以適味充虚矣。

其為輿馬衣裘也、足以逸身煖骸矣。

其為声色音楽也、足以安性自娯也。

其為苑囿園池也、足以観望労形矣。

五者聖人之所以節性、不必好倹而已。


誠哉、古人之有斯言也。

近取諸身、当施座右。

故寄[2]章句。以備用心。云爾。

〈将軍許余、以言笑之好。元年冬杪[3]、密語云、相国今年満五十。予率諸僕、可設遊宴。座後所施屏風、欲致妙絶。汝作詩、藤将軍書之、巨金岡画之、予願足矣。再三雖辞、遂不寛放。此序是呂氏春秋之成文也。為叙本意、乃有此注而已〉。


其の飲食酏醴《いれい》為るや、以て味に適《かな》ひ虚を充《み》たせば足る。

其の輿馬衣裘為るや、以て身を逸《やす》んじ骸を煖《あたた》むれば足る。

其の声色音楽為るや、以て性を安んじ自ら娯《たの》しめば足る。

其の苑囿園池為るや、以て観望し形を労《ねぎら》へば足る。

五者は聖人の性を節する所以《ゆゑん》にして、必ずしも倹を好むにあらざるのみ」と。


誠なるかな、古人の斯《こ》の言有るや。

近くは諸《これ》を身に取りて、当《まさ》に座右に施すべし。

故に章句を寄す。以て用心に備へたまへ。云ふこと爾《しか》り。

〈将軍余に許すに、言笑の好《よし》みを以てす。元年の冬杪《とうべう》に、密《ひそ》かに語りて云はく、「相国今年五十に満つ。予《よ》諸僕を率《ひき》ゐて、遊宴を設くべし。座後に施す所の屏風、妙絶を致さむと欲す。汝詩を作り、藤将軍之《これ》を書き、巨金岡之を画《ゑが》かば、予の願ひ足らむ」と。再三辞すと雖も、遂に寛放せられず。此の序は是れ呂氏春秋の成文なり。本意を叙《の》べむが為《ため》に、乃ち此の注有るのみ〉。

【校異】

1台―室（底本他）、『呂氏春秋』本文により改む。　2章―奇（底本）、寛・大により改む。

3杪―抄（底本）、大により改む。

【語釈】

古人有言―昔の人に次のような言葉がある、の意。格言・諺などを引く時に用いられる。『尚書』牧誓に「王曰、古人有レ言。曰、牝鶏無レ晨。牝鶏之晨、惟家之索」と見え、『尚書』『左伝』などに古くから例がある。道真の類例として、「請レ罷二蔵人頭一状」（巻九）に「古人云、服之不レ衷、身之災也」と、『春秋左氏伝』僖公二三年の文言を「古人云」として引く。

聖人之養生……―『呂氏春秋』孟春紀・重己の「生之長也、順レ之也。使二生不一レ順者、欲也。故聖人必先適レ欲」にもとづく文。「聖人必先適レ欲」の「欲」を「性」に変えている。

室大則多陰―部屋を大きく作ると陰気が多くなる、の意。以下、『呂氏春秋』の「室大則多レ陰、台高則多レ陽。多レ陰則蹷〈蹷、逆レ寒疾也〉、多レ陽則痿〈痿、躄不レ能レ行也〉。此陰陽不適之患也〈患、害也〉」（〈 〉内は高誘注、以下同）をもとに文章を形成する。

多陰者致逆寒―『呂氏春秋』の「多レ陰則蹷〈蹷、逆レ寒疾也〉」にもとづく。蹷《けつ》は脚気など歩行困難を生ずる病。「逆寒」は寒気が入りやすくなる意か（ここの「逆」は「むかえる」の意）。

台高則多陽―『呂氏春秋』の「台高則多レ陽」にもとづく。底本はじめ諸本とも「室高……」に作るが、「台（臺）」の誤写と見て改める。

多陽者不能行―『呂氏春秋』の「多レ陽則痿《ゐ》〈痿、躄不レ能レ行也〉」にもとづく。痿《ゐ》も手足がしびれて歩行できなくなる病で、こちらは陽気の過多により起こるとされる。

陰陽不適之患―『呂氏春秋』の「此陰陽不適之患也〈患、害也〉」にもとづく。

居処空敞之弊―建物が大きすぎる弊害。『呂氏春秋』の原文に無い文章で、前句との対句を整えるために道真が補入したもの。

其為宮室台榭也……―『呂氏春秋』の「其為二宮室台榭一也、足三以辟二燥湿一而已矣」にもとづく。高誘注に「宮、廟也。室、寝也。爾雅曰、宮謂二之室一。室謂二之宮一。築二土方一而高曰レ台。有レ屋曰レ榭」とある。「辟二燥湿一」を「避レ燥脩レ湿」としたのは、他の句と同じく四字句に揃えるため。

其為飲食酏醴也……―「飲食酏醴」は、酒食の意。「酏醴」は酒・あまざけなどの酒類をいう。『呂氏春秋』の「其為二飲食酏醴一也、足二以適レ味充レ虚而已矣」にもとづく。

其為輿馬衣裘也……―「輿馬衣裘」は、車馬や衣服をいう。「逸身煖骸」は身を安らかにし、体を温めること。『呂氏春秋』の「其為二輿馬衣裘一也、足二以逸レ身煖レ骸而已矣」にもとづく。

其為声色音楽也……―「声色音楽」は、絵画や音楽をいう。『呂氏春秋』の「其為二声色音楽一也、足二以安レ性自娯一而已矣」にもとづく。「声色」は美しい旋律や色彩の意で、高誘注に「声、五音、宮商角徴羽也。色、青黄赤白黒也」とあるが、「声色」も音楽の意かもしれない。

其為苑囿園池也……―『呂氏春秋』の「昔先聖王之為二苑囿園池一也、足二以観望労レ形而已矣」にもとづく。高誘注に「畜二禽獣一所、大曰レ苑、小曰レ囿」とある。

労形―身体の疲れを癒す意。

五者聖人之……―『呂氏春秋』の「五者、聖王之所二以養レ性也。非レ好レ倹而悪レ費也。節二乎性一也」にもとづく。原文の「聖王」を「聖人」に変える。また「養性」が「節性」となっている。高誘注に「節、猶和也。和二適其情性一而已。不レ過レ制也」とある。

近取諸身―身近にして、の意。道真「洞中小集序」（第一冊48）に「況乎山人道士、隠逸梵門、近取二諸身一、多可二景式一」の例が見えた。同注参照。

施座右―座に置くこと。「座右」については【題注】参照。

章句―ここは、以上の『呂氏春秋』にもとづく文のことをいう。

備用心―注意のために備える。「用心」は、注意。気配り、の意。「洞中小集序」（第一冊48）に「今撰二斯一集一、聊宛二用心一」とあった。

将軍―詩題の「右親衛平亜将」、平正範を指す。

許余、以……―私に……を許す。類同の例として『文徳実録』嘉祥四年三月一〇日条の「戯許二大臣一、以二明年之春、有レ翫二其花一」、『都氏文集』巻三「為二宗叡闍梨一譲二僧都一第一表」の「縦今天慈優仮、許以レ備レ員」などがある。

言笑之好―談笑する親しい仲。「言笑」は、『毛詩』衛風「氓」に「総角之宴、言笑晏晏」、盛唐の岑参「懐二葉県・関操・姚曠・韓渉・李叔斉一」（唐巻一九八）に「数子皆故人……去レ君千里地、言笑何時接」、日本では下毛野虫麻呂「秋日於二長王宅一宴二新羅客一」詩序（懐風藻65）に「琴書左右、言笑縦横」と見えるのが早く、道真にも「過二大使房一賦二雨後熱一」（巻二106）の「言笑不レ須レ移二夜漏一、将レ妨三夢到二故山雲一」他、いくつかの例が見える。

元年冬杪―仁和元年の十二月。【解説】に述べたように、仮にこの屏風詩が十二月の基経算賀の宴の屏風に用いられたのであれば、月初めに依頼があったとしても、そこから屏風の披露までには一か月もなかったことになる。「冬杪」は「杪冬」に同じ。「冬の末」の意で十二月をいう。「杪」は「木の枝の末」の意から転じて季や月の最終をいう。『初学記』巻三・冬に「十二月季冬、亦曰二暮冬、杪冬一」とある。晩唐の黄滔の詩題に「貧居冬杪」（唐巻七〇四）、新羅の崔致遠の「大唐新羅国故鳳巌山寺教諡智証大師寂照之塔碑銘幷序」（唐文拾遺四四）に「至二冬杪既望之二日一、趺坐語言之際」の例がある。日本の例は他に未見。

相国―詩題の「大相国」、藤原基経。

妙絶―他に及ぶものがないほど優れていること。魏の文帝「与二呉質一書」（文選巻四二）に「其五言詩之善者、妙二絶時人一」とあり、李善注に「言、其詩之善者、時人不レ能レ逮也」と記す。

藤将軍―大系補注に「おそらく藤右軍のことで、名筆藤原敏行であろう」とする。『文草』巻五の源能有の五十の賀の屏風の詩題に、「本文者紀侍郎之所二抄出一、新様者巨大夫之所二画図一、書先属二藤右軍一、詩則汝之任也」と能有息の源当時から依頼されたことが記され、この時も絵は巨勢金岡、書は藤右軍、藤原敏行が書いている。敏行を藤右軍と呼ぶのは、書聖王羲之が「王右軍」と呼ばれるのにちなんでのこと。『田氏家集』巻中89「見二藤右軍新書大相府屏風一、因有二寄呈一」にも、敏行が島田忠臣の詩を基経のために屏風に書いた際に、「藤右軍」と呼ばれている。仁和二年に右近衛少将に任じられるが、それまでは右兵衛佐であり、「兵衛佐」の唐名として「武衛将軍」があるので（拾芥抄等）、藤将軍と呼ばれたのであろう。「神護寺鐘銘」は彼の筆になり、また寛平四年に太政官から渤海国に与えられた牒の一通も彼が書いた（日本紀略・同年六月二九日条）。『江談抄』（巻二21）には村上天皇が小野道風に日本の書の名人を尋ねたところ、空海と敏行を挙げたことが記される。村瀬敏夫に「藤原敏行伝の考察」（『平安朝歌人の研究』新典社、一九九四年）がある。

巨金岡―巨勢金岡。生没年未詳。貞観年間から延喜の始めにかけて活躍した宮廷画家。画事としては、元慶四年（八八〇）の大学寮の釈奠のための孔子・弟子図がまず知られ、その次にこの屏風の仕事が挙げられる。「寄二巨先生一乞二画図一」（文草巻一35）に拠れば、道真は貞観一〇年（八六八）頃に、神泉苑の遊覧を許され、当時神泉苑監であった金岡に絵画を依頼している。また金岡については、狩野永納『本朝画史』に伝が載せられる。

寛放―許されて自由になること。『芸文類聚』巻三七・隠逸下に「晋皇甫謐答㆓辛曠㆒書曰……毎自陳訴、輒見㆓寛放㆒」とある。

呂氏春秋―秦の荘襄王と息子の秦王政（後の始皇帝）の二代に宰相として仕えた呂不韋が、多くの学者を動員して諸子百家の説を集成し、分類編纂した百科全書的著作。二六巻一六〇篇からなる。

成文―文章を形成すること、できあがって形になった文章、の両義がある。ここは後者。『文草』巻五333「北溟章」以下の『荘子』を題材にした詩群の長文の詩題に「其措詞用韻、皆拠㆓成文㆒」とある「成文」は『荘子』の本文を指す。

本意―ここは、もともとの意図、の意であろう。具体的には基経の養性・長寿を願うことを指す。

【通釈】

右近右衛少将平正範が親しい馬寮の役人たちを率いて、太政大臣の五十の賀を奉った時の宴に飾られた座右の屏風の画図の詩の序文〈以上四首の序は第二巻に詩に付して収めた〉

古人が次のように言っております。

「聖人が性を養い長生をはかるには、必ずその性に合わせるようにする。（家を造るにしても）部屋が大きければ陰気が多くなり、陰気が多くなれば、寒気を迎え入れて脚萎《あしな》えになる。台《うてな》が高ければ陽気が多くなり、陽気が多くなれば、（手足がしびれて）歩行が困難となる。これは陰陽の配分が適切でないことからおこる患いであり、居処の空間が大きすぎることから来た弊害である。こういうわけで、殿舎を作る場合には、乾燥を避け湿気を防ぐだけで十分である。酒食を摂《と》る場合には、味が適度で空腹を満たすだけで十分である。乗り物や衣類を用いる場合には、身が安らかで身体が暖かければ十分である。絵画や音楽を楽しむ場合には、心を安らかにして自分が楽しめれば十分である。庭園を造る場合には、眺めて疲れを癒すだけで十分である。この五つは、聖人が本性を調節するための根本であって、必ずしも倹約だけを好んでのことではない」。

誠に古人のこれらの言葉はもっともなことばかりです。いつも身近に置くため、座右の屏風としてあつらえるのが良いでしょう。そこでこの呂氏春秋による章句を寄せて記します。養性に気をつける備えとしていただきますように。以上。

〈平将軍は、私と談笑を許すほどに親しい仲である。仁和元年十二月、密かに私に次のように語った。「太政大臣の基経様は今年五十の齢に達せられた。私は馬寮の役人たちを引き連れて賀の宴を設けようと思う。そこで主賓の座に設ける屏風を、この上なくすばらしいものにしたいのだ。あなたが詩を作り、藤将軍敏行がそれを書にし、巨勢金岡がそれを絵に描いてくれれば、私の願いは叶う」。私は再三辞退したが、とうとう許されなかった（それでこの序と詩を作ることになった）。この序は『呂氏春秋』の文章にもとづいたものだ。もともとの意図を記しておくために、この注を付ける〉。

【参考】

『呂氏春秋』孟春紀「重己」本文　（四庫全書による。〈　〉は高誘注）

凡生之長也、順㆑之也。使㆓生不㆒㆑順者、欲也。故聖人必先適㆑欲〈適、猶節也〉。室大則多㆑陰、台高則多㆑陽。多㆑陰則蹷〈蹷、逆㆑寒疾也〉、多㆑陽則痿〈痿、躄不㆑能㆑行也〉。此陰陽不㆑適之患也〈患、害也〉。是故、先王不㆑処㆓大室㆒〈為㆓蹷疾㆒也〉、不㆑為㆓高台㆒〈為㆓痿疾㆒也〉、味不㆓衆珍㆒〈為㆑傷㆑胃也〉、衣不㆓燀熱㆒〈燀読曰㆑亶。亶、厚也〉。燀熱則理塞〈理塞、脈理閉結也〉、理塞則気不㆑達〈達、通也〉。味衆㆑珍則胃充〈充、満也〉、胃充則中大鞔。中大鞔而気不㆑達、以㆑此長生可㆑得乎。昔先聖王之為㆓苑囿園池㆒也、足㆓以観望労㆒㆑形而已矣〈畜㆓禽獣㆒所、大曰㆑苑、小曰㆑囿。詩云、王剤霊囿。樹果曰㆑園。詩曰、園有㆓樹桃㆒。有㆑水曰㆑池。可㆓以遊観娯㆒㆑志。故曰㆑足㆓以労㆒㆑形而已〉。其為㆓宮室台榭㆒也、足㆔以辟㆓燥湿㆒而已矣〈宮、廟也。室、寝也。爾雅曰、宮謂㆓之室㆒。室謂㆓之宮㆒。

築レ土方而高曰レ台。有レ屋曰レ榭。燥謂二陽炎一。湿謂二雨露一。故曰レ足二以備一レ之而已〉。其為二輿馬衣裘一也、足二以逸レ身煖一レ骸而已矣〈逸、安也〉。其為二飲食酏醴一也、足二以適レ味充一レ虚而已矣〈醴、読如二詩蛇一。蛇、不言之蛇。周礼、漿人掌二王之六飲水一、漿、醴、涼、醫、酏也。又酒正二曰醴斉。醴者以二蘖与黍一相醴、不レ以レ務也。濁而甜耳〉。其為二声色音楽一也、足二以安レ性自娯一而已〈声、五音。宮、商、角、徴、羽也。色、青、黄、赤、白、黒也〉。五者、聖王之所二以養一レ性也、非二好レ倹而悪一レ費也、節二乎性一也〈節、猶和也。和二適其情性一而已。不レ過制也〉。

（三木雅博）

35 閏九月尽日 燈下即事 応製 序

閏《うるふ》九月尽日 燈下即事 製に応《こた》ふ 序

【解説】

本序は『菅家文草』巻五336に七言律詩（後掲）と共に所収（但し、「閏九月尽日」を「閏九月尽」に作る）され、その題下注に「扶三」と後人注記があることから『扶桑集』巻三（現佚）に所収されていたことも知られる。また、『本朝文粋』巻八227（「閏九月尽日」を「閏九月尽」に作る）にもとられており、先行注に柿村重松『本朝文粋註釈』がある。作時は『日本紀略』寛平二年（八九〇）閏九月二九日条に「有二密宴一。題云、閏九月尽燈下即事詩」とあることで知られる。『朝野群載』巻一三・紀伝上・書詩体・帝王に「七言九日侍宴。同賦二寒菊戴レ霜。応製詩一首〈以レ某為レ韻幷序〉官位臣姓朝臣名上〈帯二蔵人一者、官位上書二蔵人字一。他所者不レ書レ之〉」を挙げて、「今案、公宴之時、必書二侍宴字一也。臨時密宴不レ書レ之。又七言四韻。詩者三行余二三字一為二常例一。若有二字闕一非二此例一」とある通り、密宴であったので本序に「侍宴」の語は用いられていない。滝川幸司（「天皇と文壇――平安前期の公的文学に関する諸問題――」『天皇と文壇　平安前期の公的文学』和泉書院、二〇〇七年）が指摘するように、宮廷詩宴には「公宴」と「臨時の密宴」があり、公事として認められた前者（内宴、花宴、三月三日節会、重陽宴）が政事の一環として行われるのに対し、後者の「密宴」は天皇の私的感興に依るものと考えられる。ここでは好文の宇多天皇の下、ごくうちわの限られた侍臣・詩人が召され、秋の尽きる日にふさわしく、時過ぎ易く、思いに堪えかねる心情をもって燈下に酒を酌み交わす様を記す。なお道真の詩は次の通りである。

天惜凋年閏在秋
今宵偏感急如流
霜鞭近警衣寒冒
漏箭頻飛老暗投
菊為花芳衰又愛
人因道貴去猶留
　臣自外吏入侍重闈。
明朝縦戴初冬日
豈勝蕭蕭夢裏遊

天は凋年を惜しみて 閏《うるふ》秋に在り
今宵偏《ひと》へに感《いた》む 急《すみや》かなること流れの如くなるを
霜鞭近く警《いまし》てめ 衣《きぬ》寒に冒《をか》さる
漏箭頻りに飛びて 老《おい》暗に投《いた》る
菊は花の芳《かぐは》しきが為に 衰へたるも又愛《またあはれ》ぶ
人は道の貴《たか》きに因りて 去り猶し留まる
　臣 外吏より入りて重闈に侍す。
明朝 縦《たと》ひ初冬の日を戴くとも
豈に勝《まさ》らむや 蕭蕭として夢裏に遊ぶに

【題注】

閏九月尽日―寛平二年閏九月の末日である二九日（解説参照）。巻五所収題では「閏九月尽」とあって「日」はない（解説参照）。「九月尽」については本書32「九月尽同二諸弟子一白菊叢辺命レ飲……」題注参照。

燈下―ともしびのもと。盛唐の王維「秋夜独坐」（唐巻一二六）に「雨中山果落、燈下草虫鳴」、白居易「夜坐」（巻一四0789）に「庭前尽日立到レ夜、燈下有レ時坐徹レ明」などとある。

即事―その場のことを詠ずること。『詩轍』巻六に「即事トハ、其人ノ何ゾ有テ、其事ニ即テ作レル也」とあり、例えば白詩にも「郡中即事」（巻八0361）「即事寄二微之一」（巻一八1130）「即事」（巻五七2771）など多く見え、道真には他に「陪二寒食宴一雨中即事」（巻一33詩題）がある。

年有三秋、秋有九月。
九月之有此閏、閏亦尽於今宵矣。
夫、
得而易失者時也、感而難堪者情也。
宜[1]哉、睿情惜而又惜。
于時、
蘭燈屢挑、桂醑頻酌
近習者侍臣五六、外来者詩人両三而已。
請各即事、著于形言。
云爾。謹序。

年に三秋有り、秋に九月有り。
九月に此の閏有るも、閏も亦《また》今宵に尽きなむとす。
夫《そ》れ、
得て失ひ易きは時なり、感《いた》みて堪へ難きは情なり。
宜《むべ》なるかな、睿情《えいじやう》惜しみて又《また》惜しむ。
時に、
蘭燈屢《しば》挑《かか》げ、桂醑《けいしよ》頻りに酌《く》む。
近習の者は侍臣五六、外来の者は詩人両三のみ。
請ふ 各《おの》おの事に即《つ》きて、形言《けいげん》に著《あら》はさむことを。
云ふこと爾《しか》り。謹しみて序す。

【校異】

1宜哉―宜（底本）、内閣文庫紅葉山本、粋により「哉」を補う。

【語釈】

三秋―秋（の三ケ月）。斉の王融「永明十一年策二秀才一文五首（其一）」（文選巻三六）に「三秋式稔」とある李善注に「秋有二三月一、故曰二三秋一」とある。『初学記』巻三・秋に「梁元帝纂要曰、秋……亦曰三秋九秋」「虞世南秋賦、観二四時之代序一、対二三秋之爽節一」、白居易「秋雨夜眠」（巻六六3281）にも「涼冷三秋夜、安閑一老翁」とあり、調古麻呂「初秋於二長王宅一宴二新羅客一」（懐風藻62）の「一面金蘭席、三秋風月時」は本朝の先例。

有……、**有……**—大から次第に小へと取挙げてゆく記述で「有」を用いるのは、「書斎記」（第一冊22所収）冒頭の表現と同類。なお、本序以下三篇の短い序はいずれも対句（単対）仕立てで始まる類似点がある。

得而易失者時也—時（時間や機会）は失いやすいものだ（本書29「晩冬過二文郎中一翫二庭前梅花一序」語釈の「時之難得」参照）。道真は「侍二廊下一吟詠送レ日」（巻一19）でも「易レ失還難レ得、愁看欲二晩陰一」と用いている。なお、「易」と次句の「難」を対語に仕立てる例には、『遊仙窟』の「下官拭レ涙而言曰、所レ恨、別易会難」、白居易「和三武相公感二韋令公旧池孔雀一」（巻一五0846）の「難レ収二帯レ泥翅一、易レ結二着レ人心一」などがある。

感而難堪者情也—心切なくたえきれなくなるのが人の心というものだ。ここでは、すみやかに過ぎゆく歳月に心を傷めずにはおれないということ。戦国の楚の屈原「離騒経」（文選巻三二）に「日月忽其不レ淹兮、春与レ秋其代序、惟草木之零落兮、恐二美人之遅暮一」と見え、王逸注に「言、日月昼夜常行、忽然不レ久。春往秋来、以レ次相代。言、天時易レ過、人年易レ老」とある。歳月は過ぎ易く、人は誰しもすぐ老いてゆく運命にあることを悲観せずにはいられないと、『楚辞』では繰返し詠まれているが、更に『荘子』や仏教思想とも相俟って広く浸透してゆくことになる。鈴木修次「「無常」考」（『中国文学と日本文学』東京書籍、一九七八年）参照。

睿情—天皇の御心（第一冊5「元慶寺鐘銘」語釈「睿情」参照）。肖奈行文「上巳禊飲」（懐風藻61）に「自顧試二庸短一、何能継二叡情一」、道真「請三特授二従五位上大内記正六位上藤原朝臣菅根一状」（巻九）にも「引二経伝一以発二叡情一、抽二章句一以催二文思一」と見える。なお、「叡」は「睿」に同じ。

屢……、**頻……**—この対の類例に、大江朝綱「早春侍二内宴一賦二聖化万年春一」詩序（本朝文粋巻九232）に「乃知、撫レ民之期、海田屢変、膺レ図之運、陵谷頻遷」、大江以言「視レ雲知レ隠賦」（同上巻一14）に「鶴書頻飛、難レ全二霜竹之潔一、鳳詔屢聘、誰動二風桂之文一」などがある。道真は本書37「賦二秋鴈櫓声来一序」でもこの対語を用いている。

蘭燈—香りの良い油の燈火のことで、燈火の美称。『初学記』巻二五・燈に「蘭膏〈楚辞曰、娯レ酒不レ廃、沈二日夜一、蘭膏明燭、華銅錯〉」と「招魂」を引く。初唐の駱賓王「帝京篇」(唐巻七七)にも「春朝桂尊尊百味、秋夜蘭燈燈九微」と見え、道真「燈」(巻五400)にも「挑二尽蘭燈一送二五更一、簷頭夜雨颯然声」と用いられている(第一冊2「未レ旦求レ衣賦」語釈参照)。

挑—燈芯をかきたてる。白居易「長恨歌」(巻一二0596)に「夕殿蛍飛思悄然、秋燈挑尽未レ能レ眠」(和漢朗詠集巻下・恋781)、「秋房夜」(巻一九1295)に「水窓席冷未レ能レ臥、挑二尽残燈一秋夜長」とあり、道真「山陰亭冬夜待レ月」(巻一36)にも「消残砌雪心猶誤、挑尽窓燈眼更嫌」と見える。

桂醑—桂香の酒。香りの良い酒のこと。また、桂花を浮かべた美酒のこととも。「醑」はよく濾《こ》した美酒を言う。『初学記』巻二六・酒の「切桂〈楚詞曰、奠二桂酒兮椒漿一。注曰、切二桂於酒中一〉」は屈原「九歌四首(其一・東皇太一)」(文選巻三二)の引用。梁の沈約「郊居賦」(沈隠侯集巻一)に「席布二騂駒一、堂流二桂醑一」と見え、大江朝綱「早春侍二内宴一賦二聖化万年春一」序(本朝文粋巻九234)にも「桂醑蘭肴、不レ異二昌泰之昔味一」と用いられている。

近習者—天皇のそばに親しくお仕えする人。沈約「恩倖伝論」(文選巻五〇)に「耳目処レ寄、事帰二近習一」と見える李善注に「礼記月令曰、仲冬省二婦事一無レ得レ淫、雖レ有二貴戚近習一、無レ有レ不レ禁。鄭玄曰、貴戚、姑姉妹也。近習、天子所二親幸一也」とある。本書37「賦二秋雁櫓声来一序」でも用いられている。古瀬奈津子は官僚機構とは別の臣下で、天皇の私的伺候者であるとする(「昇殿制の成立」『日本古代王権と儀式』吉川弘文館、一九九八年)。

侍臣—天皇のそばに仕える人。杜甫「雨」(唐巻二二一)に「侍臣書二王夢一、賦有二冠古才一」、白居易「自題二写真一」(巻六0229)に「何事赤墀上、五年為二侍臣一」とあり、『続日本紀』大宝元年(七〇一)六月一六日条に「引二王親及侍臣一、宴二於西高殿一」と見えている。

外来者―「外来」は外《そと》より内《うち》へとやってくる意。『周易』上経・无妄に「无妄、剛自レ外来而為レ主二於内一」と見えるが、ここでは宮中外からやって来た人というほどの意。親近していて宮中に仕えている近習者に対する語。寛平二年春に、道真は讃岐から帰洛したものの、新たな官にはまだ就いていないので、「外来者」の「詩人両三」の一人ということになる。【解説】の詩に挙げた自注に「臣自二外吏一入侍二重闈一」とあった。

形言―言葉にあらわすこと。ここでは詩を作ること。「毛詩大序」に「詩者志之所レ之也。在レ心為レ志、発レ言為レ詩。情動二於中一而形二於言一」（文選巻四五）とあるのにより、道真は「仲春釈奠聴レ講二毛詩一同賦二発レ言為レ詩」（巻一41）でも「挙レ手斟二王沢一、形レ言見二国風一」と詠んでいる。

【通釈】

閏九月尽日　燈下即事。天皇の命にお応《こた》えする。その序。

一年のうちに秋があり、その秋には九月があるが、今年はその九月に閏月があり、その閏月もまた今宵で終わろうとしている。

そもそも得て失い易きは時であり、情感に堪えかねるのは人の心である。なるほど、帝《みかど》がこの閏九月尽日（秋の終わり）を切に惜しみなさるのはもっともなことなのである。

時に、美しい燈火をしばしばかきたて、美酒を頻りに酌む。帝のお側《そば》近くにお仕えする者五、六人と、宮中外から参上した詩人二、三人だけの会である。どうかそれぞれに（眼前の）秋の景物に即して詩を作るように。以上の次第である。謹しんで序とする。

（本間洋一）

36 三月三日 同賦花時天似酔 応製 序

三月三日 同じく「花の時は天酔《ゑ》ふに似たり」といふことを賦す 製に応ふ 序

【解説】

本序は『菅家文草』巻五342に七言律詩（後掲）と共に所収され、その題下注に「扶十四」の後人注記があり『扶桑集』巻一四（現佚）にも収められていた。『和漢朗詠集』巻上・三月三日39には本序全体が採られ、『本朝文粋』巻一〇295にも所収されており、先行注に、柿村重松『本朝文粋註釈』がある。作時については、『日本紀略』寛平三年（八九一）三月三日条に「勅二詩人一、令レ賦二花時天似一レ酔之詩一」と見えるが、甲田利雄（『菅家文草』巻五の含む問題について――『日本紀略』の誤謬及び島田忠臣の没年に及ぶ――」『高橋隆三先生喜寿記念論集 古記録の研究』続群書類従完成会、一九八〇年）の考証に依ると寛平四年の作という。この序では、桃李美しく咲く折、曲水の宴の由来を説くと共に、天皇が雅宴を催されたことを称賛している。なお、この詩宴で現存するのは島田忠臣（田氏家集巻下171）と道真の作で、道真詩は次の通りである。

三日春酣思曲水　　三日 春酣《たけなは》にして 曲水を思ふ
彼蒼温克被花催　　彼の蒼 温克《おんこく》にして花に催さる
煙霞遠近応同戸　　煙霞の遠近 応に同戸《とうこ》なるべし
桃李浅深似勧盃　　桃李の浅深 勧盃《くゑんはい》に似たり
乗酔和音風口緩　　酔ひに乗ずる和音《くわおん》 風口緩《ゆる》び

銷憂晩景月眉開　　憂へを銷《け》す晩景　月眉開く
帝堯姑射華顔少　　帝堯姑射　華顔少《わか》ければ
不用紅匂上面来　　紅匂《かういん》の面《おもて》に上《のぼ》りて来ることを用ゐず

【題注】

三月三日―中国では古く三月の上巳の日（第一の巳の日）に、水辺で不祥を洗い潔める祓除が行われていたが、三国の魏の時代の頃より三月三日に固定化したとされる。本朝では、顕宗天皇元年三月三日の曲水宴が嚆矢とされ、聖武朝頃に儀礼として整備され賦詩も行われるようになっていた。だが、平城朝の大同三年（八〇八）二月に、桓武天皇・藤原乙牟漏（平城・嵯峨両帝の母）の亡くなった月に当たるとして、三日の節は停廃され、その後、宇多朝の寛平二年になり再興された。石川八朗「三月三日」（山中裕・今井源衛編『年中行事の文芸学』弘文堂、一九八一年）、中村喬『中国の年中行事』（平凡社、一九八八年）、同『中国歳時史の研究』（朋友書房、一九九三年）、滝川幸司「曲水宴」（『天皇と文壇　平安前期の公的文学』和泉書院、二〇〇七年）、中村裕一『中国古代の年中行事　第一冊・春』（汲古書院、二〇〇九年）等参照。

花時天似酔―花咲く時節は、空も花の色に染まり、まるで酔った人の顔の色のようだ。中唐の劉禹錫「曲江春望」（唐巻三五七）に「鳳城煙雨歇、万象含二佳気一。酒後人倒狂、花時天似レ酔。三春車馬客、一代繁華地。何事独傷レ懐、少年曾得レ意」とある詩中の五言一句を句題とする。

春之暮月、月之三朝。　　春の暮月《ぼぐゑつ》、月の三朝《さんてう》。
天酔于花、桃李盛也。　　天の花に酔《ゑ》ふは、桃李の盛りなればなり。

我君、[1]一日之沢、万機之余。
曲水雖遥、遺塵雖絶、
書巴字而知地勢、思魏文以翫風流。
蓋志之所之。謹上小序。云爾。

我が君、一日の沢《たく》、万機の余りあり。
曲水遥かなりと雖も、遺塵絶えたりと雖も、
巴《は》の字を書《しる》して地勢を知り、魏文を思ひて以て風流を翫《もてあそ》ぶ。
蓋《けだ》し志《こころざし》の之《ゆ》くところなり。謹《つつし》みて小序を上《たてまつ》る。云ふこと爾《しか》り。

【校異】

1君―后（粋・和漢朗詠集御物本等）

【語釈】

春之暮月―暮春。三月。「暮月」の例として晋の潘尼「上巳日帝会二天淵池一」（晋巻四）に「青春暮月、六気和理」、大江朝綱「重陽日侍レ宴同賦三寒雁識二秋天一」詩序（本朝文粋巻一一339）「三秋暮月、九日霊辰」とある。

月之三朝―月の三日目。「三朝」は「三日」と同じ。李白「上二三峡一」（唐巻一八一）に「三朝上二黄牛一、三暮行太遅」、紀斉名「暮春勧学会聴レ講二法華経一同賦レ摂二念山林一」詩序（和漢朗詠集巻下・仏事594、『本朝文粋』巻一〇278）に「先二勾曲之会一三朝、洞花欲レ落」とある。

天酔于花―天（空）が花に酔ったように紅色に映える意。句題「花時天似レ酔」をふまえた表現。空の色が赤く焼けているのは、春の花（という酒）に酔っているからだという発想に依る。なお、桃花の紅色と人の酔顔を重ねた表

現の一例に、盛唐の劉長卿「洛陽主簿叔知二和駅一承レ恩赴二選伏一辞」（唐巻一五〇）の「官柳陰相連、桃花色如レ酔」もある。

我君—わが主君。ここでは宇多天皇（八六七～九三一。在位八八七～八九七）のこと。魏の王粲「従軍詩五首（其二）」（文選巻二七）に「我君順レ時発、桓桓東南往」と見え、道真は「同二紀発韶一奉レ和下御製七夕祈二秋穂一詩上之作」（巻五378）でも「非レ書非レ剣我君明、千尺願糸一箇情」と用いる。後漢の張衡「東京賦」（文選巻三）に「惟我后能殖レ之」（李善注に「后、帝也」）とある「我后」に同じ。『拾芥抄』（中・官位唐名部第三・唐名大略）に帝王の異称として「我后」を挙げている。

一日之沢—ここでは君の恩沢による一日の宴。『孟子』離婁章句下の「君子之沢、五世而斬」は「沢」の一例。本句を所収する『和漢朗詠集私注』（内閣文庫本）には「一日沢者、天子喚二臣下一賜二詩宴一、曰レ沢」と記す。

万機之余—（天皇の）政務の余暇。「万機」は第一冊2「未レ旦求レ衣賦」語釈参照。『尚書』皐陶謨に「兢兢業業、一日二日万幾」とあり、孔安国注に「兢兢、戒慎。業業、危懼。幾、微也。言レ当レ戒二懼万事之微一」、孔穎達の疏（『尚書正義』）に「為二人君一当二兢兢然戒慎、業業然危懼一。言、当下戒二慎一日二日之間一而有中万種幾微之事上」と見える。『続日本後紀』序文（貞観一一年八月一四日条）の「四海常夷、万機多レ暇」は本朝の一例。「余」は「以二薄官余間一、遊二心文囿一」（「懐風藻序」）の「余間」に同じく余暇の意。

曲水遥—「曲水」はまがりくねった水流で、曲水宴の場を指す。「遥」はここでは曲水宴の起源が遥か昔であることを表現している。『続斉諧記』（芸文類聚巻四・三月三日、初学記巻四・三月三日所引）の記事はよく知られ、晋の武帝が三日曲水について問うたのに対し、摯虞《しぐ》と束皙《そくせき》が各おの起源説を挙げている。摯虞によると、漢帝の時に平原の徐肇の三人娘が生まれて三日で亡くなる怪異があり、一村挙げて相携え水辺にて身を潔め、酒盃を浮かべるようになったのだという。一方、束皙は、昔周公が洛邑に都した時、流水に盃を浮かべたことがあり、詩にも詠まれていると言い、更には秦昭王が三月上巳に曲水に置酒したところ、金人が出現して水心剣を奉り、諸侯の覇者となる予言をしたので、曲水祠を作った、という故事を挙げている。

遺塵―先人のあと。古き名残り。『後漢書』巻六七・党錮伝のはじめの部分に「蓋前哲之遺塵、有二足レ求者一」とあり、道真「絶句十首賀二諸進士及第一（其三）」（巻二131）にも「当家好爵有二遺塵一、不レ若槐林苦出身」と見える。

巴字―水流の曲折する様を言う。盛唐の王維「送二崔五太守一」（唐巻一二五）に「霧中遠樹刀州出、天際澄江巴字回」、白居易「郡斎暇日憶二廬山草堂一……」（巻一八1111）に「香鑪峯隠隠、巴字水茫茫」などと見えるが、曲水宴に関して「巴字」を用いるのは道真が初めであろう。そして後に大江匡衡「賦三因レ流泛（汎）レ酒」詩序（江吏部集巻上、本朝文粋巻八219、新撰朗詠集巻上・三月三日35）に「酒徳頌之文、因二巴字一而添二風情一」、大江匡房「賦三縈流叶二勝遊一詩」詩序（本朝続文粋巻八）にも「潘江陸海、玄之又玄也、暗引二巴字之水一」などと曲水詩序に詠まれている。

地勢―土地の状態、ありさま（第一冊、22「書斎記」語釈参照）。『史記』巻六・秦始皇本紀に「地勢既定、黎庶無レ繇、天下咸撫」、『続日本紀』天平九年（七三七）四月一四日条に「従二玉野一至二賊地比羅保許山一八十里、地勢平坦、無レ有二危嶮一」などと見える。

魏文―魏の文帝（曹丕）。魏以後は上巳の日を用いず、三日としたことが「沈約宋書曰、魏已後但用二三日一、不二復用一レ巳也」（初学記巻四・三月三日）と見え、本詩序の『和漢朗詠集私注』にも「魏文、魏文帝時有二曲水飲一。宋書曰、魏已後但用二三日一、不二復用一レ巳也。紹運図云、魏文帝名丕、字子桓。太祖曹操子也。八歳属レ文有二逸才一、博貫二古今一也」とある。

風流―すばらしい趣。また賞美するに足る対象（第一冊1「秋湖賦」語釈参照）。盛唐の芮挺章撰『国秀集』の序に「昔陸平原之論文曰、詩縁レ情而綺靡。是彩色相宣、烟霞交映、風流婉麗之謂也」とあるのは詩章のすばらしさを表現し、菅原文時「暮春侍二宴冷泉院池亭一同賦二花光水上浮一」詩序（本朝文粋巻一〇300、和漢朗詠集巻下・帝王660）に「布政之庭、風流未三必敵二崐崙一」はすばらしい景趣を指す。

志之所之―心のおもむくところ（第一冊2「未レ旦求レ衣賦」語釈参照）。「毛詩大序」による表現で、初唐の王勃「秋日遊二蓮池一序」（文苑英華巻七〇八）に「酌二濁酒一以蕩二幽襟一、志之所レ之、用二清文一而銷二積恨一、我之懐矣」、初唐から盛唐にかけて活躍した張説「洛州張司馬集序」（同巻七〇一）にも「夫言者志之所レ之、文者物之相雑」などとあり、道真は「詠（読）二楽天北窓三友詩一」（菅家後集477）でも「古不レ同レ今今異レ古、一悲一楽志所レ之」と詠じている。

小序―短い序文。ささやかな序文という謙辞でもあろう。本書32「白菊叢辺命飲……各加二小序一」題注参照。

【通釈】

三月三日に、ともに「花の時は天酔《ゑ》ふに似たり」ということを賦す。天皇の命にお応えする。その序。

春も暮れゆく三月の三日。天が花に酔ったように紅色に映《は》えているのは、桃李の花が盛んに咲いているからである。

我が帝《みかど》は、一日の恵みの宴を、政務の余暇に賜った。

この曲水の宴の起源は遥か昔のことで、その古き習わしも絶えて久しいとはいえ、巴の字を思いえがいて、昔の曲水の地のありさまをさとり、あの魏の文帝の曲水の宴を思慕して風情を楽しむのである。

おそらく（古人の言うように）詩は心に思うままに詠むものである。謹んで小序を奉る。以上の次第である。

（本間洋一）

37 重陽後朝 同賦秋雁櫓声来 応製 序

重陽の後朝《こうてう》 同じく「秋雁櫓声来《きた》る」といふことを賦す 製に応ふ 序

【解説】

本序は『菅家文草』巻五349に七言律詩（後掲）と共に所収され、その題下注に「扶十六」とあることから『扶桑集』巻一六（現佚）に所収されていたことが知られ、また『本朝文粋』巻一一338にも採られており、先行注に、柿村重松『本朝文粋註釈』がある。作時は、『日本紀略』寛平三年九月条に「九日。不㆑御㆓南殿㆒。親王以下著㆓平座㆒。十日丁巳。詩宴。題云、秋雁櫓声来」と見えるが、甲田利雄（本書36「賦㆓花時天似㆑酔序」の【解説】掲出論文参照）によると寛平四年の作という。『紀略』に「詩宴」と記しているが、序文中の「詩臣両三人、近習七八輩」の参加者は本書35「閏九月尽日燈下即事」の折とほぼ同様であり、「密宴」とみてよかろうか。なお、重陽後朝詩の例としては、島田忠臣の寛平元年の作（田氏家集巻下141）が早く、本作はこれに次ぐ。道真の詠詩は次の通りである。

碧紗窓下櫓声幽
聞説蕭蕭旅雁秋
高計雲晴寒叫陣
乍逢潮急暁行舟
沙庭感誤松江宿
月砌驚疑鏡水遊

碧紗の窓下に 櫓声幽《かす》かなり
聞説《きくなら》く 蕭蕭たる旅雁の秋なりと
高く計る 雲の晴れたるに 寒に叫ぶ陣
乍《たちま》ちに逢ふ 潮《うしほ》の急《すみや》かにして 暁《あかつき》に行く舟
沙庭に感《いた》みては誤つ 松江に宿《やど》るかと
月砌に驚きては疑ふ 鏡水に遊ぶかと

追惜重陽閑詠処[1]　重陽を追惜して　閑《しづ》かに詠ずる処に
宮人怪問是漁謳　宮人怪しみ問ふ　是れ漁《いさり》する謳《うた》かと

【校異】
1詠―説（底本）。内閣文庫紅葉山本により改む。

【題注】
重陽―九月九日（の節会）のこと（第一冊4「九日侍宴重陽細雨賦」の【題注】参照）。
後朝―ここでは本文中にあるように翌日の意で、「重陽（九日）の後の朝《ひ》」、即ち九月十日を云う。菅野禮行「道真の詩における和習的特色〈九日後朝の詩〉」（『平安初期における日本漢詩の比較文学的研究』第二編第二章第一節二、大修館書店、一九八八年）によると、「後朝之宴」を略した表現であり、「後節」と言い換えることも可能で、和習と指摘されている。なお、波戸岡旭「「九月十日」詩考」（『宮廷詩人菅原道真――『菅家文草』・『菅家後集』の世界――』笠間書院、二〇〇五年）は、この宴は宇多天皇の叡慮によって始められ、重陽宴の余韻を惜しみ、晩秋の風情を重んずる詩宴であったとする。
秋雁櫓声来―秋の雁は櫓を漕ぐような鳴き声をたててやって来る。この句題は、白居易「河亭晴望」（巻五四2495）に「風転雲頭斂、烟銷水面開。晴虹橋影出、秋雁櫓声来。郡静官初罷、郷遥信未レ廻。明朝是重九、誰勧菊花盃」とあるによる。この他、白居易「秋日与二長賓客舒著作一同遊二龍門一、酔中狂歌、凡二百三十八字」（巻六二・2968）にも「翠藻蔓長孔雀尾、彩船櫓急寒雁声」と、雁声と櫓声を重ねる表現がある。これについて、「この比喩は恐らくその奇抜さに平安人の詩心を動かしたものであろう」（『古今集以前』一九七頁、塙書房、一九七六年）と小島憲之は平安朝詩歌の例に及ぶ。島田忠臣「秋日諸客会飲賦二屏風一物一得レ舟」（田氏家集巻上61）に「雲叫雁声疑二櫓動一」、菅原文時「唳レ雲胡雁遠」（類聚句題抄405）に「千程引レ櫓散時長」とある他、大江匡衡・具平親王らの詩句にも見え、「秋風に声を帆にあげてくる舟は天の門《と》わたる雁にぞありける」（古今集212・藤原菅根）と和歌にも詠まれ、『源氏物語』須磨巻にも「雁の連ねて鳴く声櫓の音にまがへる」などとある。五山の詩僧虎関師錬も「夜聞レ雁」（済北集巻四）で「数声柔櫓過二窓上一」と詠じ、頼山陽「舟発二大垣一赴二桑名一」（山陽詩鈔巻一）に「櫓声雁語帯二郷愁一」などと見えるのも、同じ表現の系譜とみてよかろう。つまり、日本では好んで用いられた表現なのだが、中国古典詩の世界ではさして享受の展開は見えないようだ。本間洋一「大江匡房の和歌」「中世私家集の世界と漢文学」（『王朝漢文学表現論考』和泉書院、二〇〇二年）参照。

重陽之後、翌日之夕。
秋雁者月令之賓也、櫓声者風窓之聴也。
触物[1]而感、非来鏡湖之波、
馳心[2]而思、只望銀漢之岸。
于時、
涼[3]気屢動、夜漏頻移。
詩[4]臣両三人、近習七八輩、
請各成篇、以備言志。

重陽の後、翌日の夕《ゆふべ》。
秋雁は月令の賓なり、櫓声は風窓の聴《きき》なり。
物に触れて感《おも》ふも、鏡湖の波に来るに非ず、
心を馳せて思ふも、只《ただ》銀漢の岸を望むのみ。
時に、
涼気屢《しば》しば動き、夜漏頻りに移る。
詩臣両三人　近習七八輩、
請ふ　各《おの》おの篇を成し、以て備《つぶさ》に志を言はむことを。

云爾。謹序。　　云ふこと爾り。謹しみて序す。

【校異】

1而—以（粋）。　2而—以（粋）。　3気—風（粋）。　4詩—侍（粋）。

【語釈】

秋雁—秋に北方より飛来する雁。来雁。斉の王融「古意二首（其一）」（玉台新詠巻四）に「待レ君竟不レ至、秋雁双双飛」、桑原腹赤「奉レ和レ聴二擣衣一」（文華秀麗集巻中61）に「双双秋雁数般翔、閨妾当レ驚辺已霜」などと見えている。

月令之賓—時候のお客様。季秋（九月）に飛来する雁を指して言うもの。『礼記』の月令に「季秋之月……鴻雁来賓」（芸文類聚巻三・秋、初学記巻三・秋などの類書にも所引）とあるのをふまえて言う。道真は他に「九日侍レ宴同賦二鴻雁来賓一」（巻一8）で「稚羽晩二鴻賓一、寒声驚二鳳扆一」と詠んでおり、中唐の劉禹錫「秋江晩泊」（唐巻三五七）に「暮霞千万状、賓鴻次第飛」、滋野貞主「春夜宿二鴻臚一簡二渤海入朝王大使一」（文華秀麗集巻上37）に「枕上宮鐘伝二暁漏一、雲間賓雁送二春声一」とあるように、鴻賓・賓鴻・賓雁なども表現される。

櫓声—舟の櫓を漕ぐ音。劉禹錫「歩出二武陵東亭一臨レ江寓望」（唐巻三五七）に「戍搖旗影動、津晩櫓声促」と見える。勿論道真は雁の鳴き声の比喩としてその用法を意識して用いるが、前掲白居易詩（【題注】参照）の「秋雁櫓声来」に発する。道真「聞二早雁一寄二文進士一」（巻四265）にも「下弦秋月空驚レ影、寒櫓暁舟欲レ乱レ声」、大江匡衡「嵯峨野秋望」（江吏部集巻上）に「遥漢風高聞二雁櫓一、遠樹雲断見二人家一」、大江匡房の和歌に「さ夜ふけて空に唐櫓の音すなり天の門《と》わたる舟にやあるらん」（江帥集88）などと詠まれるなど、凡そ平安朝の「櫓声」表現を用いる多くが雁の声を重ねて聴いている表現と言っても良い。

風窓之聴—風の吹き寄せる窓辺で耳を傾け聞くこと。中唐の柳宗元「贈二江華長老一」（唐巻三五一）の「風窓疏竹響、露井寒松滴」は、「風窓」の一例。

触物―景物に触れる。晋の張載「七哀詩二首（其二）」（文選巻二三）に「哀人易二感傷一、触レ物増二悲心一」、同じく陸機「赴レ洛道中作二首（其二）」（同上巻二六）に「悲情触レ物感、沈思鬱纏綿」などと詠まれ、道真は「亜レ水花」（巻四287）でも「無三人共見陶二春意一、触レ物空添旅客愁」、「献二家集一状」（後集）にも「触レ物之感、不レ覚滋多」と用いている。

鏡湖―浙江省紹興県西南の湖。その静澄なる様は、李白「越女詞五首（其五）」（唐巻一八四）に「鏡湖水如レ月」、「送二賀賓客帰レ越」（同上巻一七六）にも「鏡湖流水漾二清波一」と見え、盛唐の孟浩然「与二崔二十一一遊二鏡湖一寄二包賀二公一」（唐巻一六〇）にも「試覧鏡湖物、中流到（見）二底清一」と詠まれて、その名称の由縁も知られる。白居易「酬三微之誇二鏡湖一」（巻五三2321）にも「一泓鏡水誰能羨、自有二胸中万頃湖一」とあって、白詩圏でもよく知られている（鏡水は鏡湖のこと）。道真は詠詩の方で「月砌驚疑鏡水遊」と詠み、秋の月下に鏡湖に飛来した雁の鳴き声と、舟を漕ぐ櫓の音を重ねている。鏡湖の月は李白「夢遊二天姥一吟留別」（唐巻一七四）に「我欲三因レ之夢二呉越一、一夜飛度二鏡湖月一、湖月照二我影一、送レ我至二剡谿一」と詠まれており、本朝では、道真の孫菅原文時が「秋光変二山水一」（天徳闘詩）で「煙暗半残鑪岫黛、月明斜入鏡湖心」と詠んでいる。月との縁で鏡を想起し、鏡湖に結びついた可能性もあろうか。

馳心―心にかける、思う。魏の曹植「上二責レ躬応レ詔詩一表」（文選巻二〇）に「至止之日、馳二心輦轂一」、藤原宇合「在二常陸一贈二倭判官留在レ京」（懐風藻89）に「馳レ心悵望白雲天、寄レ語徘徊明月前」などと見える。馳思・馳情というに同じ。

銀漢―天の川。南朝宋の鮑照「夜聴レ妓二首（其二）」（宋巻四）に「夜来坐幾時、銀漢傾露落」、晩唐の温庭筠「七夕」（唐巻五七八）に「金風入レ樹千門秋、銀漢横レ空万象秋」とあり、空海「囉皮函詞」（性霊集巻一9）にも「南峰独立幾千年、松柏為レ隣銀漢前」と見える。

涼気—秋のすずやかな空気。曹植「贈二丁儀一」（文選巻二四）に「初秋涼気発、庭樹微銷落」、巨勢識人「和二伴姫秋夜閨情一」（文華秀麗集巻中55）に「遥想燕山涼気早、誰堪砧杵擣レ衣難」とある。

屢……頻……—この対例は本書35「燈下即事序」語釈参照。

夜漏—夜の時間。中唐の韋応物「驪山行」（唐巻一九五）に「禁仗囲レ山暁霜切、離宮積レ翠夜漏長」、白居易「自歎二首（其二）」（巻二〇1395）に「形羸自覚二朝餐減一、睡少偏知二夜漏長一」などとあり、境部王「秋夜山池」（懐風藻51）に「忘レ帰待二明月一、何憂夜漏深」と見える。

詩臣—詩を詠ずる臣下。公的儀式において詩を詠じ天皇の御代を称揚讃美する役割を果たすべく道真は自らを「詩臣」として規定した。道真の造語で、貞観元慶年間に強かった詩人無用論（実務型文人官僚から詩文を事とする学才型文人官僚に向けられた批判とみてよい）に対する答えとして提示したもの。滝川幸司「詩臣としての菅原道真」「菅原道真の位置」（『菅原道真論』塙書房、二〇一四年）参照。

備—ことこまかに。ことごとく。『礼記』月令に「季秋之月、……乃命二冢宰一、農事備収」の鄭玄注に「備、猶尽也」、後漢の張衡「東京賦」（文選巻三）に「総二集瑞命一、備致二嘉祥一」などとある。「具」（つぶさに）の用法に同じ。

言志—思いを言葉にして表現すること。「毛詩大序」に「詩者志之所レ之也。在レ心為レ志、発レ言為レ詩」（文選巻四五）とあるに因む（第一冊2「未レ旦求レ衣賦」、本書36「賦二花時天似レ酔序」の語釈参照）。

【通釈】

重陽宴の翌日（の宴で）、ともに「秋雁櫓声来る」ということを賦す。天皇の命にお応えする。その序。

重陽（の宴）のあと、翌日の夕《ゆうべ》のこと。秋に渡り来る雁は晩秋の時期のお客様であり、舟を漕ぐ櫓（の音のようなその鳴き声）は、風吹き寄せる窓辺で耳を傾け聞かれるのである。（この）景物に触れて感興を催すが、あの鏡湖の波にやって来ているわけではなく、心を馳せて思うも、(雁の声はすれど) ただただ天の川の岸辺を望みみるばかり。時に涼やかな秋の気がしばしばゆらめき、夜の時はすみやかに流れてゆく。(そんな時) 詩臣二、三人と近習の者七、八人の方々よ、どうか各人《それぞれ》が詩篇を成し、つぶさに思いを述べてくれたまえ。以上の次第である。謹しんで序をしたためる。

(本間洋一)

38　惜残菊　各分一字　応製　序

残菊を惜しむ　各おの一字を分かつ　製に応ふ　序

【解説】

本序は『文草』巻五356に七言律詩と共に収められる。他に『本朝文粋』巻一一329に収録され、『本朝文粋註釈』に注釈がある。寛平四年（八九二）の作。詩の結句に「行年六八早霜鬢」とあり、道真四八歳の作である。時に蔵人頭・式部少輔・左中弁。

残菊を詠詩の対象とすることは中国では唐代以降のことで太宗以下の作がある。日本では宇多朝以降の流行と思われる。この序に先立って寛平元年九月某日（二五日の次の条）に「惜レ秋翫二残菊一」の題で公宴が行われているが（日本紀略）、この時の紀長谷雄の詩序が『本朝文粋』（巻一一331）に、民部大輔惟宗高尚《これむねのたかひさ》以下一五人の詩が『雑言奉和』にある。『本朝文粋』には八首の残菊を読んだ詩序があるが、一首を除いては道真か長谷雄の作である。道真自身は一六歳の貞観二年（八六〇）に「残菊詩」（巻一3）を詠んで以来、これまでに数首の詩を作っている。道真の菊および残菊を詠んだ詩については、菅野禮行「道真の残菊の詩の独自性」（『平安初期における日本漢詩の比較文学的研究』大修館書店、一九八八年）、本間洋一「菅原道真の菊の詩」（『王朝漢文学表現論考』和泉書院、二〇〇二年）、高兵兵「菅原道真詩文における「残菊」をめぐって――日中比較の視角から――」（『日本研究』32、二〇〇六年）がある。

道真の詩は次のとおりである。

寒鞭打後菊叢孤　　寒鞭打ちて後　菊叢孤なり

相惜相憐意万殊
籬脚参差吹火立
暁頭再拝戴星趨
奪情只有披沙練
平価其如合浦珠
此是残花何恰似
行年六八早霜鬢

相惜しみ相憐れむ　意万殊なり
籬脚参差《しんし》として　火を吹きて立つ
暁頭再拝して　星を戴《いただ》きて趨《おもむ》く
情を奪ひて只沙《ただすな》に披《ひら》く練《ねりぎぬ》有り
価を平《はか》るに合浦の珠に其如《いかん》
此れは是れ残花は何にか恰《あたか》も似たる
行年六八　早霜の鬢《ひげ》

【題注】

残菊―季節を過ぎて咲き残っている菊。ここでは重陽（九月九日）以後の菊。本文冒頭に「黄華之過二重陽一、世俗謂二之残菊一」とある。盛唐の李嘉祐「遊二徐城河一忽見二清淮一因寄二趙八一」（唐巻二〇七）に「初過二重陽一惜二残菊一、行看二旧浦一識二群鷗一」、晩唐の顧非熊「万年厲員外宅残菊」（唐巻五〇九）に「纔過二重陽一後、人心已為レ残」とある。道真詩の一例に「晩秋二十詠」の第一首「残菊」（巻二153）の「陶家秋苑冷、残菊小籬間」がある。平安朝詩の「残菊」の語について、小島憲之「漢語享受の一面――嵯峨御製を中心として――」（『国風暗黒時代の文学』補篇、塙書房、二〇〇二年）に論及があるが、「残」は凋残の意とする。

分一字―詩宴において作者各自が韻字として用いる文字を分かち取る。「探二一字一」とも。正倉院本「王勃詩序」の一首「夏日仙居観宴序」に「人分二一字一、七韻成レ篇」、『翰林学士集』所収、初唐の許敬宗「侍二宴中山一詩序」に「爰詔在レ列、咸可レ賦レ詩。各探二一字一、四韻云爾」とある。我が国では下毛野虫麻呂「秋日於二長王宅一宴二新羅客一」詩序（懐風藻65）に「人探二一字一、成者先出」とある。島田忠臣の『田氏家集』には「分二一字一」の用例が見え、「九月九日侍レ宴各分二一字一」（巻中102）はその一例。道真は「翫二梅華一各分二一字一〈探得二勝字一〉」（巻一11）以下多用する。

黄華之過重陽、世俗謂之残菊。
今之可惜、非有意乎。
夫、
難遇易失者時也、難栄易衰者物也。
三秋已暮、一草独芳。
自非就籬下而引絃歌、繞叢辺而尋筆硯、
何以繫流年於飛電、貪晩節於早霜。
故、
燈燭和光、貂蟬交領。
襲香可[1]同含麝、偸色不異受金。

黄華の重陽を過ぎたる、世俗之《これ》を残菊と謂ふ。
今の惜しむべき、意有るに非ずや。
夫《そ》れ、
遇ひ難く失ひ易きは時なり、栄え難く衰へ易きは物なり。
三秋已《すで》に暮れ、一草独《ひと》り芳し。
籬下に就きて絃歌を引《すす》め、叢辺を繞《めぐ》りて筆硯を尋ぬるに非ざる自《よ》りは、
何を以てか流年を飛電に繫《つな》ぎ、晩節を早霜に貪らむや。
故に、
燈燭は光を和《やはら》げ、貂蟬《てうせん》は領《えり》を交ふ。
香を襲《かさ》ぬること麝《じゃ》を含むに同じかるべく、色を偸《ぬす》むこと金を受くるに異ならず。

酒之忘憂、人之取楽、
九仙府奈此時何、五天竺二奈今夕何。
聊分一字、叙其追歓。
云爾。謹序。

酒の憂へを忘れしめ、人の楽しみを取る、
九仙府 此の時に奈何《いかん》、五天竺一 今夕に奈何。
聊か一字を分かちて、其の追歓を叙《の》ぶ。
云ふこと爾《しか》り。謹みて序す。

【校異】

1同—聞（粋）

【語釈】

黄華—黄色い花。菊をいう。『礼記』月令に「季秋之月、……鞠（芸文類聚巻八一・菊所引は「菊」）有二黄華一」とあるのにもとづく。白居易「酬下皇甫郎中対二新菊花一見上憶」（巻六五3186）に「黄花助レ興方携レ酒、紅葉添レ愁正満レ階」、紀長谷雄の「九日後朝侍二宴朱雀院一同賦三秋思入二寒松一」詩序（本朝文粋巻一〇287）に「臣等属二黄花之後朝一、侍二玄覧之末列一」とある。道真の他の例に「九日侍レ宴同賦二喜レ晴一」（巻一48）の「献レ寿黄花酒、争呼万歳声」がある。

重陽—九月九日。本書30「九日侍レ宴、同賦二天錫レ難レ老序」に前出。その注参照。

難遇易失者時也—時間はたちまちのうちに過ぎ去って行くことをいう。本書29「晩冬過二文郎中一翫二庭前梅花一序」に「時之難レ得、不レ可レ不レ惜」、35「閏九月尽日、燈下即事序」に「得而易レ失者時也」とある。その注参照。また『晋書』巻五一・束皙伝に「歳不二我与一、時若二奔駟一、有レ来無レ反、難レ得易レ失」とある。『漢書』巻四五・蒯通伝の「夫功者難レ成而易レ敗、時者難レ値而易レ失」は後句の措辞が近似するだけでなく、「難レ～易レ～」という句形を対句とする点でもここと同じである。

三秋―秋。本書35「閏九月尽日、燈下即事序」に前出。その注参照。良岑安世「途中九日」（経国集巻一三144）の「客裏三秋暮、途中九日来」は「三秋暮」の例。

一草―道真の「重陽侍レ宴同賦三菊有二五美一」（巻六448）に「五美兼姿一草鮮、綺疏窓下玉階辺」とあるが、用例の少ない語。

芳―菊の香りを「芳」で表現した例に盛唐の儲光羲「仲夏餞二魏四河北覲一レ叔」（唐巻一三九）に「東籬摘二芳菊一、想二見竹林遊一」、我が国では田中浄足の「晩秋宴二長王宅一」（懐風藻66）に「水底遊鱗戯、巌前菊気芳」、嵯峨天皇「九日翫二菊花篇一」（経国集巻一一138）に「菊之為レ草兮、寒花露更芳」などがある。

自非……何以……―……でなければ、どうして……であろうか。この句形の例に『後漢書』巻五七・謝弼伝の「方今四境日蹙、兵革蜂起。自レ非二孝道一、何以済レ之」、『宋書』巻五三・庾炳之伝の「自レ非二殊勲異績一、亦何以足レ塞二今日之尤一」がある。

籬下―垣根のもと。有名な晋の陶潜「雑詩二首（其一）」（文選巻三〇）の「采レ菊東籬下、悠然見二南山一」にもとづく語。白居易の「訪二陶公旧宅一」（巻七0278）に「不レ見二籬下菊一、但余墟中烟」、島田忠臣「秋晴」（田氏家集巻下139）に「可レ惜後朝難レ侍レ宴、誰家籬下趁二陶明一」とあり、道真は「対二残菊一詠レ所レ懐、寄二物忠両才子一」（巻四305）に「偏愛夢中禾失尽、不レ知籬下菊開残」と詠む。

絃歌―絃楽器を弾き歌をうたう。『論語』陽貨の「子之二武城一、聞二弦歌之声一」は有名な例。白居易「北窓三友詩」（巻六二2985）に「絃歌復觴詠、楽レ道知レ所レ帰」、高階積善「九月尽日侍二北野廟一各分二一字一」詩序（本朝文粋巻一〇274）に「觴爵行以座漸酣、絃歌進而曲方動」とある。

叢辺―草むらのかたわら。本書32の題に「九月尽、同二諸弟子一白菊叢辺命レ飲」とある。題注参照。

筆硯―ふでとすずり。また詩文を作ること。『旧唐書』巻一六〇・劉禹錫伝に「一二年来、日尋二筆硯一、同和贈答、不㆑覚滋多㆒」、中唐、元稹「別後西陵晩眺」（巻四一七）に「晩日未㆑抛詩筆硯、夕陽空望郡楼台」とある。我が国では島田忠臣「自詠」（田氏家集巻中78）に「形相亦非㆓飛食㆑肉、欲㆑抛㆓筆硯㆒更何縁」、紀長谷雄「対㆓残菊㆒待㆓寒月㆒」詩序（本朝文粋巻一一330）に「一詠一吟、遺㆓懐於筆硯之間㆒耳」など、道真と同時代の文人から用いられる。

流年―過ぎ去っていく年月。白居易「詠懐」（巻七0291）に「不㆑覚流年過、亦任㆓白髪生㆒」、嵯峨天皇「除夜」（経国集巻一三168）に「生涯已見流年促、形影相随一老身」とあり、道真は「寄㆓白菊㆒四十韻」（巻四269）に「爽籟吹㆑灰到、流年転㆑轂奔」と詠む。

飛電―いなびかり。ここでは短い時間をいう。晋の傅玄「短兵篇」（宋書巻二〇）に「剣為㆓短兵㆒、其勢険危、疾踰㆓飛電㆒、回旋応㆑規」、道真の「賦㆓得赤虹篇㆒」（巻一4）に「初疑碧落留㆓飛電㆒、漸誤炎洲颺㆓暴風㆒」とある。

晩節―季節の終わり。この語は多くが晩年また晩年の節操の意で用いられ、この意の用例は少ない。初唐の張説「九日進㆓茱萸山㆒詩五首（其五）」（唐巻八九）に「晩節歓㆓重九㆒、高山上㆓五千㆒」、巨勢識人「神泉苑九日落葉篇」（文華秀麗集巻下140）に「晩節商天朔気侵、厳霜夜雨変㆓秋林㆒」とあり、道真は「寄㆓白菊㆒四十韻」（巻四269）に「想像霜華発、悲傷晩節昏」と用いる。

早霜―はやじも。白居易「湖亭晩望㆓残水㆒」（巻七0333）に「清渟得㆓早霜㆒、明滅浮㆓残日㆒」とあり、道真の詩題（巻四304）に「早霜」がある。

和光―光をやわらげる。調和させる。『老子』第四章「和㆓其光㆒同㆓其塵㆒」に出る語。王維「送㆔綦毋秘書棄㆑官還㆓江東㆒」（唐巻一二五）に「扣㆑舷明月中、和㆑光魚鳥際」、島田忠臣「和㆘野内史題㆓局前黄菊㆒之什㆖」（田氏家集巻上63）に「和㆓光金殿㆒依㆓晴景㆒、混㆓気仙鑪㆒従㆓晩吹㆒」とある。なお忠臣の「惜㆑秋翫㆓残菊㆒」（雑言奉和）の「月桂混㆑香依㆓檻外㆒、燈花和㆑色隔㆓紗陰㆒」は「和色」であるが近い表現。道真の例に「寄㆓白菊㆒四十韻」の「和㆑光宜㆓月露㆒、同㆑類是蘭蓀」がある。

貂蟬—てんの尾と蟬の羽根。ここではそれを飾りとして付けている人。高位高官。『後漢書』輿服志に、侍中、中常侍は身分を表すものとしてこれを身に付けるとある。『漢書』巻三六・劉向伝に「今王氏一姓乗二朱輪華轂一者二十三人、青紫貂蟬充二盈幄内一」とある。我が国では後の例であるが、大江朝綱「仲春釈奠、聴レ講二周易一同賦二学校如レ林」詩序（本朝文粋巻九266）に「仲春上丁、奠二於聖師一。貂蟬交レ衿、槐棘移レ蔭」とあるのはここと同じ措辞（「衿」は「領」に同じ）。

交領—人が交わること、集ること。「領」は衣服のえり。用例は少ない。「交襟」「交衿」とも。中唐の柳宗元「為二韋京兆一祭二太常崔少卿一文」（唐文巻五九三）に「夙歳同道、従二容洛師一。接レ袂交レ襟、以遨以嘻」、『冊府元亀』巻四五八に「李季卿、代宗朝歴二吏部侍郎、散騎常侍一。有二宇量一性識博達、善与レ人交レ襟懐豁」の例がある。道真は「叙意一百韻」（後集484）に「脱レ履黄埃俗、交レ襟紫府仙」と用いる。大江澄明「仲春釈奠、聴レ講二古文孝経一同賦二夙夜匪レ懈」詩序（本朝文粋巻九242）の「于レ時貂蟬交レ領、鵷鸞成レ行」は前注に引いた朝綱の序と共にこの序の措辞に倣う。

襲香—菊の香りが強いことを「襲」と表現した。「襲」は重ねる。

含麝—麝香のかおりがする。菊の香りを麝香にたとえるのは道真の詩の特徴である（解説前掲本間論文）。その一例に「九日侍レ宴同賦レ吹二華酒一」（巻一71）の「脣頭泛レ色金猶点、口上余レ香麝半含」があり、「含」の字を用いること、また菊の色と香を対句とすることで本作に近い。

偸色—同じ色である。これを色を「偸（ぬすむ）」と表現した。白居易「藍田劉明府携レ酌相過、与二皇甫郎中一卯時同飲、酔後贈レ之」（巻六四3107）に「貌偸二花色一老暫去」とある。酔いで顔が赤くなったことを「花の色を偸む」という。道真が「偸」を同じ発想で用いた語に「偸香」がある。「陪二右丞相東斎一同賦二東風粧レ梅」（巻一67）の「偸二得誰家香剤麝一」は梅の香りのよさを麝香をぬすんだものと表現する。この「偸」については小島憲之『古今集以前』（塙書房、一九七六年）に言及がある。

受金―金を受け取る。後漢の楊震は荊州の刺史としてその地の王密を茂才に推薦した。のち県令となった王密がその時の謝礼として誰も見ていないからと言って金十斤を贈ろうとしたが、楊震は「天知、神知、我知、君知」として受け取ろうとしなかった（後漢書巻五四・楊震伝）。『蒙求』に「震畏四知」とある。この故事にもとづくが、これは併せて菊を金に見立てる発想による。これは中国詩に見え、唐の太宗「秋日二首（其二）」（唐巻一）の「露凝千片玉、菊散一叢金」はその一例。道真はこれを句題とした「九日侍レ宴同賦二菊散一叢金一」（巻六460）で「不三是秋江練二白沙一、黄金化出菊叢花」と詠む。

酒之忘憂―酒は憂いを忘れさせるものとされた。『毛詩』邶風「柏舟」の「微二我無一レ酒、以敖以遊」についての毛伝「非三我無二レ酒、可三以敖遊忘二レ憂也」にもとづく。陶潜「雑詩二首（其二）」（文選巻三〇）に「秋菊有二佳色一、裛レ露掇二其英一、汎二此忘憂物一、遠二我達世情一」とある。

取楽―楽しむ。本書31「侍二宴仁寿殿一、同賦二春暖一序」に前出。その注参照。

九仙府―崑崙山にあると考えられた仙人の住み家。『神異経』中荒経に「崑崙之山有二銅柱一焉。其高入レ天。所謂天柱也。……下有二回屋一、方百丈、仙人九府治レ之」とある。

五天竺一―天竺一（インド）は東西南北中の五つに分けられること（旧唐書巻一九八・西域伝）からいう。白居易「胡吉鄭劉盧張六賢、皆多二年寿一。予亦次レ焉。偶於二弊居一合二成尚歯之会一。……」（巻七一3140）に「除二却三山五天竺一、人間此会更応レ無」の例がある。

奈……何―どうだろうか。普通には「奈何」という二字連語であるが、ここでは間に語を挟む形。白居易詩に多く用いられ、「小庭亦有レ月」（巻六二2960）の「幕レ天而席レ地、誰奈劉伶何」はその一例。惟良春道「奉レ和二太上天皇青山歌一」（経国集巻一一212）に「坐且歌、行且歌、青山寂寞奈レ楽何」とある。なお「奈何」の類語に「其奈（何）」「争奈（何）」があり、白居易詩に多用されることについて、早く三浦梅園『詩轍』巻六に「楽天好ンデ用ヒタリ」とあり、小島憲之『古今集以前』（塙書房、一九七六年）にも言及がある。

今夕―今夜。『毛詩』唐風「綢繆」に「今夕何夕、見㆓此良人㆒」、漢、蘇武「詩四首（其三）」（文選巻二九）に「歓娯在㆓今夕㆒、嬿婉及㆓良時㆒」、巨勢識人「九日林亭賦得㆓山亭明月夜㆒」（経国集巻一三146）に「今夕即重陽、月罇唯是更生香」とある。この語については小島憲之「上代語の語性――「今夕」と「此夕」――」（『万葉研究』2、一九八一年）がある。

追歓―楽しさを求める。杜甫「九日登㆓梓州城㆒」（唐巻二二七）に「伊昔黄花酒、如今白髪翁、追㆑歓筋力異、望遠歳時同」、白居易「追歓偶作」（巻六七3398）に「追㆑歓逐㆑楽少閑時、補帖平生得㆑事遅」とあり、道真は「侍㆓宴仁寿殿㆒同賦㆔春雪映㆓早梅㆒」（巻一66）に「雪片花顔時一般、上番梅楥待㆓追歓㆒」と詠む。本書31「侍㆓宴仁寿殿㆒同賦㆓春暖㆒序」に前出。

【通釈】

重陽を過ぎた菊を惜しむ。各自一字を韻字として取る。天皇の命にお応えする。その序

重陽を過ぎた菊を世間では残菊と呼びます。この時を惜しむのは心あることではないでしょうか。そもそも時は得がたく失いやすいものであり、物は栄えがたく衰えやすいものであります。秋はすでに暮れ、菊だけがひとり薫っています。その垣根のもとで音楽を勧め、菊の草むらを巡りながら詩を詠むことをしなければ、流れ行く歳月を稲妻のように過ぎ去る時間の中でつなぎ止め、暮れ行く季節を早霜のなかで満喫することなど、どうしてできましょうか。

そこで燈が光をやわらげるなか、貴人たちは集っています。菊の濃い香りは麝香のようで、黄色い色は金を盗み取ったかと思われます。酒が憂いを忘れさせ、人々を楽しくさせます。かの仙人の住む九府も、また五天竺も、今宵の今この時に比べればどれほどのものでありましょうか。いささか一字を韻字として分かち取って、その楽しさの追求を詩に詠みます。以上のとおりであります。謹んで序を記します。

（後藤昭雄）

39 早春観賜宴宮人 同賦催粧 応製 序

早春宴を宮人に賜ふを観て 同じく「粧を催《うなが》す」といふことを賦す 製に応《こた》ふ 序

【解説】

本序は、『文草』巻五365に同題で収める。また『本朝文粋』巻九244と『本朝文集』巻二八にもある。柿村重松『本朝文粋註釈』には注釈がある。「野中芼レ菜」以下の四句は、『和漢朗詠集』巻上・若菜34に、「秋夜待レ月」以下の四句は、同巻下・妓女710に、それぞれ収められている。『日本紀略』の寛平五年（八九三）正月一一日条に、「其日、密宴。賦二宮人ニ催レ粧之詩一」とあり、「密宴」において「賦詩」のあったことを記している。「密宴」だけではその中身は明らかではないが、序の内容によって子日の宴であることが分かる。ただ一一日の干支は「辛亥」であり、また道真の詩が、『文草』では、この月の二一日に催された内宴での詩の次に配せられている。石井正敏は、『日本紀略』の記す「其日」は某日の意と解するべきであるとする検討結果を示しており（「日本紀略」『国史大系書目解題 下巻』吉川弘文館、二〇〇一年）、これに従えば、何日であるかは分からなくなる。谷口孝介は、これを『日本紀略』の錯誤と見て、二四日甲子のこととするべきであると述べている（「宇多天皇の風雅――雲林院子日行幸をめぐって――」『菅原道真の詩と学問』塙書房、二〇〇六年）。本序には、正月の元日節会から二〇日ころの内宴までの宴に、宮人は召されていない、そこで別途天皇から宴を賜るとあるので、二四日が妥当であろう。宇多天皇は三年後の寛平八年閏正月六日にも子日の催しをしている。「天皇為二遊覧一。幸二北野一、午刻先御二各流（ママ）一、幸二雲林院一。以二院主大法師由性一、為二権律師一。未時更幸二船岡一、放二鷹犬一追二鳥獣一」（日本紀略。「各流」は、「斎院」の誤りか）と、北野・斎院・雲林院を経て船岡山での狩などがあった。右の記事だけでは分からないが、『扶桑略記』には「有二子日宴一。行二幸北野雲林院二」とあるほか、紀長谷雄の「寛平八年閏正月雲林院子日行幸記」（紀家集巻一四）には、天皇に「菓菜」を奉献したとあり、またこの時に催した詩会の序には、「上陽子日、野遊厭レ老」「和二菜羹一而啜レ口、期二気味之克調一也」（本書43「扈三従行二幸雲林院一、不レ勝二感歎一聊叙レ所レ観序」）と述べており、子日の遊びを含んでいることが分かる。この子日の宴は特異であり、宮人のみに賜うものであった。『日本紀略』は詩題を記すだけであり、本序のように「宮人」に宴を賜ったことには触れていない。時に蔵人頭として宇多天皇の側近であった道真は、宴を催す事情を分析して、主催者である天皇の意図を称揚している。序は宮人の美しさやその礼に適った振る舞いを称え、また天皇が宮女ばかりを大事にしていると言われないために、宴の模様を記しておくと述べている。以後このような催しはなかったようで、記録類に所見はない。道真の詩は次のとおり。

算取宮人才色兼　　宮人の才色兼ねたるを算《かぞ》へ取る
粧楼未下詔来添　　粧楼を未だ下りざるに　詔《みことのり》　来り添ふ
双鬢且理春雲軟　　双鬢《さうくわん》且《まさ》に理《ととの》へむとして　春雲軟《やはら》かなり
片黛纔成暁月繊　　片黛《へんたい》纔《わづ》かに成りて　暁月繊《ほそ》し
羅袖不遑廻火熨　　羅袖　火熨《ひのし》を廻らすに遑《いとま》あらず
鳳釵還悔鏁香匳　　鳳釵《ほうさい》　還《かへ》りて香匳《かうれん》を鏁《さ》したるを悔ゆ
和風先導薫煙出　　和風先づ導きて　薫煙出で
珍重紅房透玉簾　　珍重す　紅房の玉簾に透きたるを

【題注】

賜宴―天皇が臣下らに宴をたまうこと。その例には、中唐の韋応物の詩題「奉レ和二聖製重陽日賜レ宴一」（唐巻一九〇）、『三代実録』貞観一七年（八七五）正月七日条の「天皇御二紫宸殿一、覧二青馬一。賜二宴群臣一、奏二女楽一如二常儀一。宴了賜レ禄各有レ差」がある。

宮人―宮中に仕える女性、女官。「後宮職員令」4～15に「宮人職員」と標題を掲げ、その義解に「謂、婦人仕官者之惣号也」と述べている。錦部彦公「看二宮人翫レ扇」（経国集巻一四201詩題）や、『三代実録』貞観六年正月十六日条の「踏歌之節。天皇御二前殿一、賜二宴侍臣一。伶官奏レ楽、宮人踏歌如二常儀一」は、その例。

催粧―化粧を早くするように促すこと。白居易「和二春深一二十首（其一九）」（巻五六2671）の「催レ粧詩未レ了、星斗漸傾斜」は、その例。小野岑守「奉レ和二落梅花一」（経国集巻一一83）の「著レ面催二粧婦一、黏《ネエテ》レ衣助二女工一」は、類似の例。

聖主命小臣、分類旧史之次、見有上月子日、賜菜羹之宴。

臣伏惟、

自觴王公於正朝、至喚文士於内宴、首尾二十余日、

洽歓言志者、諸[1]不及婦人、此唯[2]丈夫而已。

聖主小臣に命じて、旧史を分類せしむる次《つい》でに、上月の子日に、菜羹《さいかう》の宴を賜ふこと有るを見たり。

臣伏して惟《おもひみ》るに、

王公に正朝に觴《さかづき》せし自《よ》り、文士を内宴に喚《め》すに至るまで、

首尾二十余日、

洽《あまね》く歓びて志を言ふは、諸《もろもろ》婦人に及ばず、此れ唯丈夫《ただぢやうふ》のみ。

序

夫、
陰者助陽之道、柔者成剛之義。[3]
況[4]亦、
野中芼菜、世事推之蕙心、[5]
[6]爐下和羹、俗人属之荑指。
宜哉、我君[7]特分斯宴、独楽宮人矣。
観其、
天臨咫尺、逼金鋪以展筵、
地勢懸高、排繍幌而移榻。
春情款款、春態遅遅。
或辞以不任羅綺、或訴以不暇脂粉。
於是、
昼漏頻転、新粧未成。

夫《そ》れ、
陰は陽を助くる道にして、柔は剛を成す義なり。
況むや亦、
野中に菜を芼《と》る、世事之を蕙心《くゑいしん》に推し、
爐下に羹《あつもの》を和《くわ》す、俗人之を荑指《ていし》に属《しょく》するをや。
宜《むべ》なるかな、我が君特に斯の宴を分かちて、独り宮人を楽しましむるは。
観れば其れ、
天臨咫尺《しせき》にして、金鋪に逼《せま》りて以て筵《むしろ》を展《の》べ、
地勢懸高にして、繍幌《しうくわう》を排《ひら》きて榻《しぢ》を移す。
春情款款《くわんくわん》として、春態遅遅たり。
或いは辞するに羅綺に任《た》へざるを以てし、或いは訴《うた》ふるに脂粉に暇《いとま》あらざるを以てす。
是《ここ》に於いて、
昼漏頻りに転じたるに、新粧未だ成らず。

其慎命諧恩、来就列序者、
譬猶、
秋夜待月、纔望出山之清光、
夏日思蓮、初見穿水之紅艶。
斯事之為希夷、不可得而一二。
彼、
桂殿姫娘[8]之羞膳行酒、
梨園弟子之奏舞唱歌、
一事一物、儀在其中、
時却時前、礼治其外。
臣等職為侍中、業書君挙。
恐不得意知理者、謂我君[9]偏専内寵。
故聊仮文章、以備史記。

其れ命を慎しみて恩に諧《かな》ひ、来りて列序に就《つ》く者は、
譬《たと》ふれば猶、
秋の夜に月を待ちて、纔《わづ》かに山を出づる清光を望み、
夏の日に蓮《はちす》を思ひて、初めて水を穿《うが》つ紅艶を見るがごとし。
斯の事の希夷為《た》る、得て一二《つまびらか》にすべからず。
彼の、
桂殿の姫娘《きぢやう》膳を羞《すす》め酒を行《や》り、
梨園の弟子舞を奏し歌を唱ふは、
一事一物、儀は其の中《うち》に在り、
時に却《しりぞ》き時に前《すす》む、礼は其の外《ほか》を治む。
臣等《ら》職は侍中為り、業は君挙を書《しる》すなり。
恐るらくは意を得て理を知らざる者の、我が君偏《ひと》へに
内寵を専《もは》らにすと謂《い》はむことを。
故に聊《いささ》かに文章を仮りて、以て史記に備へむ。

云爾。謹序。

云ふこと爾《しか》り。謹しみて序す。

【校異】

1諸—謀（粋）。　2丈夫—大丈夫（内・川）。　3義—義也（大）。　4亦—乎（粋）。
5心—心矣（底本）、内・川・粋により改む。　6爐—鑪（粋）。　7君—后（粋）。
8之—なし（底本）、内・粋により補う。　9君—后（内・川・大・粋）。

【語釈】

聖主—すぐれた天子、聖天子。ここでは宇多天皇のこと。『拾芥抄』巻中・官位唐名部に、「帝王〈天子……聖主……我后……〉」と見える。漢の揚雄「長楊賦」（文選巻九）に、「蓋聞聖主之養レ民也、仁霑而恩洽、動不レ為レ身」とある。

小臣—臣下がへりくだって言う語。道真のこと。本書31「早春侍二宴仁寿殿一同賦二春暖一応製序」に、「小臣、解二形ヲ俗人ニ一、取二楽今日一」とある。その注参照。

分類—物事をある一つの基準によって区分し、いずれかに所属させること。「文選序」には「詩賦体既不レ一、又以レ類分。類分之中、各以二時代一相次」とあり、詩や賦を種類ごとに分けて、時代順に並べると述べている。「貞観格序」（本朝文粋巻八199）の「省二其繁麗之文一、増二其精微之典一。随レ官分レ類、先レ勅後レ符」が、「分類」の一例。

旧史—古い歴史、古い時代の史書。道真が『類聚国史』を編纂している時のことであれば、六国史に相当する。南朝宋の顔延之「赭白馬賦」（文選巻一四）に「訪二国美於旧史一、考二方載於往牒一」と見える。『類聚国史』は、六国史の記事を部門ごとに分類・配列した書で、二〇〇巻。道真が編纂したと考えられる。本詩序は、そのことを裏付ける資料である。『類聚国史』の編纂については、吉岡眞之「類聚国史」（『国史大系書目解題 下巻』吉川弘文館、二〇〇一年）参照。

之次―～していた折に。ここは「旧史」を「分類」していた折にの意。本書43「扈三従行二幸雲林院一、不レ勝二感歎一聊叙レ所レ観序」に、「聖主玄覧之次、不レ忍レ過レ門、成二功徳一也」とあるのはその例。

上月―中国では、ほとんどの例が空に上った月のことであるが、ここでは正月の意。ただし、初唐の崔知賢「晦日宴二高氏林亭一」（唐巻七二）の「上月河陽地、芳辰景物華」は、一月、正月と解してよいであろう。嵯峨天皇「閑庭早梅」（経国集巻一一101）の「庭前独有早花梅、上月風和満樹開」、『文徳実録』斉衡四年（八五七）正月二六日条の「昔者上月之中、必有二此事一。時謂二之《ヲ》子日態《ト》一也。今日之宴、脩二旧迹一也」（類聚国史巻七二・子日曲宴）は、その例。

菜羹之宴―菜羹を食する宴。子日の宴のこと。宮廷では奈良時代以降、正月の子日に宴を行うことがあり、一方民間では、春に野の若菜を摘んで羹にして食し、また小松を引く風習があった。この民間の行事が、宇多天皇の代あたりから宮廷の行事となったようである。子日の行事については、谷口の前掲論考と北山円正「子の日の行事の変遷」（『平安朝の歳時と文学』和泉書院、二〇一八年）参照。「羹」は、野菜と肉を煮た吸物、あつもの。『和名抄』巻一六・菜羹類に「楚辞注云、有レ菜曰レ羹〈音庚、和名阿豆毛乃〉」とある。「菜羹」は、野菜を煮た汁物。『論語』郷党に「雖二疏食・菜羹・瓜一、祭必斉如也」とあるように粗末な食物である。『芸文類聚』巻四・人日には、「荊楚歳時記曰、正月七日為二人日一。以二七種菜一為レ羹、剪レ綵為レ人」とあり、これを正月七日の人日に食べる風習があった。この詩序は、「旧史」に記すところとして、子日に「菜羹」を食べる宴を催していたと述べるが、『類聚国史』巻七二・子日曲宴に、「菜羹之宴」についての記事は見えない。寛平八年閏正月六日の子日には、雲林院への行幸、つづいて船岡山での遊猟などがあり、「菓菜」を「奉献」している（「寛平八年閏正月雲林院子日行幸記」、紀家集巻一四）。これに従っていた道真は、本書43「扈二従雲林院一不レ勝二感歎一聊叙レ所レ観序」に、「倚二松樹一以摩レ腰、習二風霜之難一レ犯也、和二菜羹一而啜レ口、期二気味之克調一也」（和漢朗詠集巻上・子日29）と記し、「菜羹」を食べることの意義を述べている。この頃「菜羹」が子日の行事として定着していたようである。ただ、本詩序と本書43は「菜羹」について言及するが、食したことについては触れていない。道真が「旧史を分類する」過程で「見」たというのは、子日の宴に関する記事あるいは、実際に催された子日の宴のどちらとも考えられるであろう。なお子日の宴は、「若当二子日一、一二献後、女蔵人等、以二若菜羹一、盛二土器一、進二度御前簀子一、相分列二王卿座一。王卿下レ座跪受レ之」（撰集秘記巻七・廿日内宴事所引の清涼記）と、内宴とともに催すこともあるので、その記事からも「菜羹之宴」開催の情報は見出した可能性はあるだろう。先に指摘したように、現存の六国史には「菜羹」を賜う記事は見えない。

伏惟—つつしんで考えてみますと。改まって天皇などに申し上げる時に用いる語。魏の曹植「求二自試一表」（文選巻三七）の「伏惟陛下少垂二神聴一、臣則幸矣」、『三代実録』貞観七年（八六五）二月二日条の「伏惟皇帝陛下、徳高二雲霓一、明並二日月一」などがその例。

觴—小さいさかずきの意。『類聚名義抄』仏下本に、「サカヅキ」の訓がある。ここでは酒宴を催す、酒をふるまうの意。晋の郭璞「江賦」（文選巻一二）に「惟岷山之導レ江、初発二源乎濫觴一」（李善注「王粛曰、觴、所二以盛レ酒者、言二其微一也」）、都良香「八月廿五日第四皇子於二飛香舎一、従二吏部橘侍郎広相一始受二蒙求一、便引二文人一命レ宴賦レ詩」詩序（本朝文粋巻九264）の「宴命二緑觴一、恩喚二墨客一」は、その例。「觴」を動詞として用いる例には、李白「泛二沔州城南郎官湖一」序（唐巻一七九）の「觴二于江城之南湖一、楽二天下之再平一也」、『文徳実録』仁寿二年（八五二）正月二二日条の「帝觴二于近臣一、命レ楽賦レ詩。其預レ席者不レ過二数人一。此復弘仁遺美、所レ謂内宴者也」などがある。

王公—王侯貴族、尊貴な人々のこと。後漢の馬融「長笛賦」（文選巻一八）の「王公保二其位一、隠処安二林薄一」は、その一例。道真には、「元慶三年孟冬八日大極殿成畢、王公会賀之詩」（巻二84詩題）、「遊覧偶吟」（巻四256）の「京中水地王公宅、畿内花林宰相荘」などの例がある。

正朝―元日。『初学記』巻四・元日に、「玉燭宝典曰、正月為二端月一、其一日為二元日一。亦云二上日一、亦云二正朝一」とある。白居易「伝戎人」（巻三0144）の「唯許三正朝服二漢儀一、斂レ衣整レ巾潜涙垂」、藤原史「元日応詔」（懐風藻29）の「正朝観二万国一、元日臨二兆民一」などがその例。この日に元日の節会があった。

文士―文事に携わる人、詩人。ここでは内宴に召される詩人たち。本書31「早春侍二宴仁寿殿一同賦二春暖一応製序」の「非二彼恩容侍臣、勅喚文士一、未二曽清談遊宴、夢想追歓一者乎」は、内宴での例。その注参照。

内宴―本書26に「早春侍二内宴一同賦レ無二物不一レ逢レ春応製序」、本書33に「早春内宴侍二仁寿殿一同賦三春娃無二気力一応製序」とある。その注参照。

首尾―始めから終わりまで。ここでは日数について言う。第一冊22「書斎記」に「秀才進士、出レ自二此局一者、首尾略計近二百人一」、第一冊51「鴻臚贈答詩序」に「同和之作、首尾五十八首」とあって、ともに数量について用いている。その注参照。

洽歓―皆がよろこぶこと。広く喜びのゆきわたっている様子をあらわす。「歓洽」に同じ。「洽」は、『新撰字鏡』巻六には、「普也」とあるように、あまねく、ひろく、一同にの意。図書寮本『類聚名義抄』には、「普洽……弘々、阿万子久」の訓がある。その例には、『史記』巻巻一〇・孝文帝本紀の「上従レ代来、初即位、施二徳恵天下一、塡二撫諸侯四夷一、皆洽驩」、後漢の傅毅「舞賦」（文選巻一七）の「歓洽宴夜、命遣二諸客一」、紀長谷雄「九日侍宴観レ賜二群臣菊花一応製」詩序（本朝文粋巻一一326）の「恩深二於一束一、歓洽二於群臣一」などがあり、道真にも、「為二南中納言一、奉レ賀二右丞相四十年一法会願文」（巻一二）の「弟子欲下喚二絃管一以洽上レ歓、恐三事至二荒散一、将下累二珍鮮一以取上レ楽、慙三謀及二殺生一」がある。また、「内二宴近臣一、賦レ詩及奏二女楽一。群臣歓洽、畢レ景而罷。賜レ禄各有レ差」（三代実録・元慶二年〈八七八〉正月二〇日条）は、類似の例。なお「洽」にはやわらぐの意があり、この意に解してもよいであろう。

言志―詩を詠じる、心に思うところを述べる。ここでは詩を詠じるの意。本書第一冊2「未ㇾ旦求ㇾ衣賦」に「各献二一篇一、具言二汝志一」、本書26「早春侍二内宴一同賦ㇾ無二物不一ㇾ逢ㇾ春応製序」に、「数輩詩臣、非二詔旨一、不ㇾ得ㇾ言二其志一」とある。その注参照。

諸―後句の「此」とともに、句頭に添えた助字と見て、「もろもろ」と訓んだ。みな、すべての訓みも可能ではあろう。この字を『本朝文粋』は「謀」に作るが、これでは後句と対をなさない。

丈夫―成人男子、男。後漢の孔融「論二盛孝章一書」（文選巻四一）の「今孝章実丈夫之雄也」は、その一例。なお、「婦人」と「丈夫」が対をなす例には、紀淑望「古今和歌序」（本朝文粋巻一一342）の「半為二婦人之右《タスケ》一、難ㇾ進二丈夫之前一」がある。

陰者助陽之道―「陰」は「陽」を助ける、つまり女は男を助けるということ。「陰」は対をなす「柔」とともに女性を象徴する語であり、「陽」は「剛」とともに男性をあらわしている。盛唐の常袞「中書門下請ㇾ冊二貴妃一表」（唐文巻四一五）の「彤管記言、因ㇾ茲而欠、然則奉ㇾ若二天道一、以ㇾ陰而助ㇾ陽、御二於家邦一、由ㇾ中而及ㇾ外」は、その例。

柔者成剛之義―「柔」は「剛」を形作る働きをなす、つまり女は男を支えるということ。宮人らは、日頃男性たちを助け支えていると、その役割について述べている。「宮人」の貢献を認めていると言えよう。初唐の蘇游「三品頤神保命神丹方叙」（唐文巻一八九）の「是以上古聖人、歴二嘗諸味一、甘而無ㇾ毒、可二以養一ㇾ神。遂変ㇾ柔成ㇾ剛、従ㇾ粗入ㇾ妙」は、類似の例。

況亦―その上～なのであるの意。

野中―野原、野原の中。その例には、初唐の張九齢「故刑部李尚書挽詞三首（其三）」（唐巻四八）の「渺漫野中草、微茫空裏煙」、道真「宮滝御幸記」（扶桑略記・昌泰元年〈八九八〉一〇月二六日条）の「内裡御使左兵衛佐平朝臣元方、

忽参二野中一、奉レ問二寒温寝膳一」などがある。

芼―えらぶ、とる。『新撰字鏡』巻七に、「芼　莫告反、簡也、搴也、択也、取也、菜也。衣良不、又加夫志」と見える。『毛詩』周南「関雎」に「参差荇菜、左右芼レ之」（毛伝「芼、択也」）とある。ここは、野原の菜を選んで摘むこと。

世事―世間、世の中のできごと・常識としてはの意。

推之―すすめるの意。

蕙心―心の美しいさま、また女性のことでもある。南朝宋の鮑照「蕪城賦」（文選巻一一）に「東都妙姫、南国麗人、蕙心紈質、玉貌絳唇」とあり、その李善注は「蘭蕙同レ類」、張銑注は「蕙、香草。喩レ美也」と述べる。「蕙」は蘭と同類の香草の名であり、ここでは美人に喩えている。大江朝綱「為二左大臣息女女御一修二四十九日一願文」（本朝文粋巻一四420）にも、「蕙心春浅、未レ及二二八之齢一、蘭質秋深、初備二三千之列一」と見える。「菜」を摘み取るのを、「世事」が「蕙心」に「推」すというのは、世間のならわしとして女性の仕事としているということ。

爐下―煮炊きをする竈、囲炉裏のこと。「爐」の例は、梁の江淹「別賦」（文選巻一六）の「同二瓊珮之晨照一、共二金爐之夕香一」は香爐、道真「客居対レ雪」（巻四276）の「立二於庭上一頭為レ鶴、居二在爐辺一手不レ亀《カガマラ》」（和漢朗詠集巻上・雪379）は囲炉裏のことである。

和羹―若菜などさまざまなものを煮て味を調えてあつものにすること。『尚書』商書・説命下の「若作二和羹一、爾惟塩梅」（孔氏伝「塩鹹梅醋、羹須二鹹醋一以和之」）にもとづく。『毛詩』商頌「烈祖」に「亦有二和羹一、既戒既平」（鄭箋「和羹者、五味和調、腥熟得レ節、食レ之於二人性一安和」）、島田忠臣「和二野秀才叙徳吟見レ寄」（田氏家集巻中115）に「和レ羹未レ得二鼎中滋一、恐懼銅符入手時」とある。本書43「扈二従行二幸雲林院一不レ勝二感歎一聊叙レ所レ観序」に「和二菜羹一而啜レ口、期二気味之克調一也」と見える。『万葉集』（巻一六3791〜3793題詞）には、「昔有二老翁一。号曰二竹取翁一也。

此翁季春之月、登レ丘遠望、忽値《アフ》二煮レ羹之九箇之女子一也」と丘の上で羹を煮る女性らを描いている。これが庶民の野外における習俗だったのであろう。

俗人―世俗の人。この風習がもとは庶民の間で行われていたために、このように言うのであろう。

荑指―若い女性の美しい手。「荑」は、『毛詩』衛風「碩人」の「手如二柔荑一、膚如二凝脂一」(毛伝「如二荑之新生一」)、晋の郭璞「遊仙詩七首(其二)」(文選巻二一)の「臨レ源挹《クミ》二清波一、陵《ノボリ》レ崗掇《トル》二丹荑一」(李善注「凡草之初生、通名曰レ荑。故曰二丹荑一」)のように草の新芽、若芽のこと。また、『日本書紀』巻一五・顕宗天皇即位前紀には、「弘計天皇、……母曰二荑姫一〈荑、此云二波曳一。……〉」とある。「荑」の訓である「ハエ」は、生え始めた草の芽である。これを女性の手の喩えとした。「羹」を「和」するのを、「俗人」が「荑指」に「属」すとは、女性にそれを任せているということ。子日に若菜を摘んで羹を作るのは、女性の優しい心や手に委ねられており、これに因んで宮女のために宴を催したと天皇の考えを忖度したのである。『源氏物語』若菜上において、光源氏四十の賀宴が催され、その日が子日であったために玉鬘が若菜を献り羹をすすめた。女性が若菜を摘み羹を作るならわしがここに息づいており、この女性にまつわる習俗の継承されていることが分かる(本間洋一「『賦光源氏物語詩』を読む(九)――若菜上・若菜下・柏木・横笛・鈴虫――」『同志社女子大学日本語日本文学』28、二〇一六年)。

宜哉―もっともなことである、なるほど。本書35「閏九月尽燈下即事応製序」に、「宜哉睿情惜而又惜」とある。その注参照。宇多天皇が特に宮女に子日の宴をたまう意図に、納得し賛意を表している。

我君―天皇の唐名。本書28「九日侍宴同賦喜晴応製序」の「我皇」も同じ。「聖主」の注に引いた『拾芥抄』巻中・官位唐名部参照。道真は、本書36「三月三日同賦二花時天似レ酔応製序」で「我君一日之沢、万機之余」、42「春惜二桜花一応製序」で「我君毎レ遇二春日一、毎レ及二花時一、……臣願我君兼惜二松竹一」と用いている。36の注参照。

特分斯宴―格別に子日の宴を分け与えるということ。正月の元日節会から内宴までの二十日間余りに、宮人に宴を賜ることがないので、この宴を設けたのであると言う。このように女性にのみ宴をたまわる例は稀である。当時ではほかに、大江千里「三月三日吏部王池亭会」序（扶桑古文集）に「晩春寓二直吏部大王池亭一者、趙姫呉娃」「即無二一男子一、唯有二数女郎一」と記す、式部卿宮が催した宴があるだけだろう（山本真由子「大江千里の和歌序と源氏物語胡蝶巻——初期和歌序の様相と物語文学への影響——」（『国語国文』83—6、二〇一四年）。

観其—発語の助字。見たところでは……である。本書27「仲春釈奠聴レ講二孝経一同賦二資レ父事レ君序」に「観其、一草一木、不レ伐二勾甲於和風之前一」とある。その注参照。

天臨—天子のおでまし、または天子の顔、姿。初唐の張説「侍二宴隆慶池一応制」（唐巻八七）の「霊池月満直城隈、黼帳天臨御路開」、仲雄王「奉レ和下代二神泉古松一傷レ哀歌上」（文華秀麗集巻下121）の「森翠宜レ看軒月陰、還羞不材近二天臨一」、『続日本後紀』承和六年（八三九）一〇月六日条の「遣唐大使已下、朝二拝於八省院一。無レ有二天臨一。唯大臣行レ事例也」は、その例。

咫尺—きわめて近いこと、非常に近い距離。白居易「酔後走レ筆酬二劉五主簿長句之贈一、兼簡二張大賈二十四二先輩昆季一」（巻一二0584）の「歩登二龍尾一上二虚空一、立去二天顔一無二咫尺一」、都腹赤「雑言奉レ和二清涼殿画壁山水歌一」（経国集巻一四207）の「名山大水宛然是、咫尺能分千万里」は、その例。ここは天皇との距離が極めて近いことを言う。「逼二金鋪一」とあることからすると、宴席の場は天皇の御座所の近くであった。

金鋪—門戸や扉に付ける装飾を施した金具。これに門鐶を取り付ける。晋の左思「蜀都賦」（文選巻四）に「金鋪交映、玉題相暉」（劉淵林注「金鋪、門鋪首。以レ金為レ之」）とある。ここは、天皇のいる、門戸などに飾りのある宮廷の美しい殿舎のこと。

展筵—筵を敷く、宴席を設ける。大江維時「朱雀院被レ修二御八講一願文」（本朝文粋巻一三406）に「八講展レ筵、四日設レ会」とあるが、これは講経の場を設《しつら》えたということ。

地勢―後漢の張衡「南都賦」（文選巻四）の「其地勢、則武闕関《トザシ》㆓其西㆒、桐柏掲《ソバダツ》㆓其東㆒」、島田忠臣「新宅晩涼即事」（田氏家集巻中91）の「洞戸疎窓遇㆓晩涼㆒、宅形地勢是山荘」とあるように、土地の状態、地形の意であるが、ここは殿舎の前庭に設けた舞台の状態について言う。また、本書36「三月三日同賦㆓花時天似㆑酔応製序」に「書㆓巴字㆒而知㆓地勢㆒、思㆓魏文㆒以翫㆓風流㆒」とある。その注参照。

懸高―宴の場が高いところにあるということ。

繡幌―縫いとりのあるとばり、垂れぎぬ。晩唐の羅隠「姥山」（唐巻六六五）の「臨㆑塘古廟一神仙、繡幌花容色儼然」、晩唐の徐鉉「夢游三首（其二）」（唐巻七五四）の「繡幌銀屏杳靄間、若非㆓魂夢㆒到応㆑難」などがあり、仙界の趣を醸し出す語のようである。ここは、舞台の背後に垂らした幕のことであろう。

移榻―「榻」は腰掛け、長椅子。『和名抄』巻一一・車具に「唐韻云、榻〈吐盍反、和名之知〉床也」とある。魏の応璩「与㆓侍郎曹長思㆒書」（文選巻四二）の「悲風起㆓於閨闥㆒、紅塵蔽㆓於机榻㆒」（呂延済注「榻、床也」）、藤原宇合「在㆓常陸㆒贈㆓倭判官留在㆑京」詩序（懐風藻89）の「待㆓君千里之駕㆒、于㆑今三年、懸㆓我一箇之榻㆒、於㆑是九秋」などがその例。「移榻」は、「榻」を移動すること。白居易「首夏病間」（巻六0238）の「移㆓榻樹陰下㆒、竟日何所㆑為」、道真「春日仮景尋㆓訪故人㆒」（巻一32）の「余花落処争移㆑榻、宿醸開時且㆑漉㆑巾」は、その例。ここは、中唐の白行簡「李娃伝」の「乃置㆓層榻干南隅㆒、有㆓長髯者擁㆑鐸而進㆒、……乃歌㆓白馬之詞㆒」つまり「榻」を重ねて台としたように、「榻」を前庭に集めて舞台を設えたということであろう。

春情―春ののどかな心。春心に同じ。宮人らの心持ちについて言う。その例には、中唐の劉禹錫「春有㆑情篇」（唐巻三五七）の「為問遊㆑春侶、春情何処尋」、道真「翫㆓梅華㆒各分㆓一字㆒」（巻一11）の「梅樹花開剪㆓白繒㆒、春情勾引得㆓相仍《ヨル》㆒」などがある。

款款―ゆるやかな様。「緩緩」に同じ。中唐の元稹「早春尋㆓李校書㆒」（唐巻四一三）の「款款春風澹澹雲、柳枝低作二翠襱裙一」、都良香（和漢朗詠集巻下・鶴449）の「飢鼯性躁忿忿乳、老鶴心閑緩緩眠」などがその例。

春態―春のさま、春らしい様子。宮人たちのしぐさ、振る舞いについて言う。その例には、白居易「立春後五日」（巻八0360）の「立春後五日、春態紛婀娜」、「代レ書詩一百韻寄二微之一」（巻一三0608）の「粉黛凝二春態一、金鈿耀二水嬉一」などがある。

遅遅―のどかなさま、ゆったりしたさま。『毛詩』豳風「七月」の「春日遅遅、采レ蘩祁祁」（毛伝「遅遅、舒緩也」）、『万葉集』巻一九4292・廿五日作歌一首・大伴家持歌左注「春日遅遅、鶬鶊正啼」は、その例。春ののどけさや風情にいざなわれて、宮人らはぐずぐずしているのである。

羅綺―うすぎぬとあやぎぬ。妓女の衣服。本書33「早春内宴侍二仁寿殿一同賦三春娃無二気力一応製序」に「彼羅綺之為二重衣一、妬二無レ情於機婦一、管絃之在二長曲一、怒二不レ関《ヲハラ》於怜人一」と見える。その注参照。後漢の張衡「西京賦」（文選巻二）の「始徐進而羸《ツカラセ》レ形、似レ不レ任二乎羅綺一」、中唐の陳鴻「長恨歌伝」（白氏文集巻一二）の「別疏《ウガチ》二湯泉一、詔賜二澡瑩一。既出レ水、体弱力微、若レ不レ任二羅綺一」、白居易「霓裳羽衣歌」（巻五一2202）の「娉婷似レ不レ任二羅綺一、顧二聴楽懸一行復止」は、ともに女性が「羅綺」の重みにたえないさまを描いている。

脂粉―べにと白粉。つまり化粧のこと。妓女らの化粧である。元稹「夢遊レ春七十韻」（唐巻四二二）の「鮮妍脂粉薄、闇澹衣裳故」、本書31「早春侍二宴仁寿殿一同賦二春暖一応製序」に「其為レ外也、風月鶯花、其為レ内也、綺羅脂粉」とある。その注参照。紀長谷雄「貧女吟」（本朝文粋巻一18）の「綺羅脂粉粧無レ暇、不レ謝巫山一片雲」は、「不レ暇二脂粉一」に類似した例。「天臨咫尺」から「不レ暇二脂粉一」までで、宴の準備は整ったというのに、「宮人」らはゆったりと構えてしまって、なかなか宴席にあらわれなかったと述べている。

昼漏転―昼間の時間。元稹「春六十韻」（唐巻四〇八）の「昼漏頻加レ箭、宵暉欲レ半弓」は、その一例。これが「転」じるとは、時間が経過すること。晩唐の温庭筠「春江花月夜詞」（唐巻五七六）の「漏転霞高滄海西、頗黎枕上聞二天雞二」は、その一例。

新粧―妓女たちの着替えや新たな化粧。新たな「羅綺」「脂粉」。梁の劉孝威「雑詩三首（郡県遇見《タマタマ》二人織一卒爾寄レ婦）」（玉台新詠巻八）の「新妝莫レ点レ黛、余還自画レ眉」、滋野貞主「奉レ和二早春一」（経国集巻一一88）の「春人釈二旧服一、何処不二新粧一」は、その例。

慎命―命令、おおせをつつしんで受ける。

諧恩―恩沢に応じる、したがうの意。

列序―順序、序列。宮女の宴における席次。その例には、『後漢書』巻四十二・東平憲王蒼伝の「貴有二常尊一、賤有二等威一、卑高列序、上下以理《ヲサマル》」、盛唐の陳貞節「後漢論次昭穆」（唐文巻二八二）の「父子相継、億二万人之心一也、昭穆列序、重二継統之義一也」などがある。

秋夜待月、纔望出山之清光―宮人らの登場を、待っていた月が山の端から出るのを眺めるようだと言う。以下の隔句対は、宮人の美しさを描いている。『毛詩』陳風「月出」に「月出皎兮、佼人僚兮」とあり、その鄭箋は「興者、喩三婦人有二美色之白皙一」と注しており、婦人の美しさに喩えている。なお、嵯峨天皇「和二内史貞主秋月歌一」（文華秀麗集巻下137）の「形如二秦鏡一出二山頭一、色似二楚練一疑二天暁一」は、山からの月の出を描いている。

清光―月の清らかな光。白居易「答二夢得八月十五日夜翫レ月見レ寄」（巻六十四3099）の「遠思両郷断、清光千里同」、道真「霜夜対レ月」（巻五361）の「夜感難レ勝月易レ低、清光不レ染二意中泥一」などがその例。

夏日思蓮、初見穿水之紅艶―宮人らがあらわれるのを、蓮の花が水の中から出て来るのを見るようだと言う。魏の曹植「洛神賦」（文選巻一九）の「迫而察レ之、灼若三芙蕖出二渌波一」（劉良注「灼然如三蓮花出二渌波一也」）は、神女の美しさを蓮の花が水中から開いたようだと述べている。『遊仙窟』の「忽遇二神仙一、不レ勝二迷乱一。芙蓉生二澗底一、蓮子実深」は、女主人公十娘の美しさを喩えている。白居易「晩題二東林寺双池一」（巻一七1014）の「萍汎同二遊子一、蓮開当二麗人一」は、蓮の花を美女のようだと描いている。また、「長恨歌」（巻一二0596）の「帰来池苑皆依レ旧、太液芙蓉未央柳。対レ此如何不二涙垂一、芙蓉如レ面柳如レ眉」は、反対に太液池の蓮の花は、楊貴妃の美貌のようだと言う。同じく白居易の詩題「微之到二通州一日、授レ館未レ安、見二塵壁間一、有二数行字一。読レ之即僕旧詩。其落句云、緑水紅蓮一朶開、千花百草無二顔色一。然不レ知二題者何人一也。……」（巻一五・0853）に引く「旧詩」の「落句」（詩題は不明、落句以外は散逸）は、宮人の美しさを、開いた蓮の花に喩えている。

紅艶―花のあかい色つや。その例には、白居易「秋題二牡丹叢一」（巻九0415）の「紅艶久已歇、碧芳今亦銷」、紀長谷雄「仲春釈奠聴レ講二礼記一同賦二桃始華一」詩序（本朝文粋巻一〇291）の「応二彼青春一、発以二紅艶一」は、花の美しさを言う。道真「言レ子」（巻四260）の「寒樹花開紅艶少、暗渓鳥乳羽毛遅」は、女性の美しさの喩えとして用いている。

希夷―奥深く霊妙な道理、目や耳ではとらえがたい道理。宮人の美しさの奥深さについて言う。『老子』第一四章の「視之不レ見、名曰レ夷。聴之不レ聞、名曰レ希。搏之不レ得、名曰レ微。此三者、不レ可レ致レ詰。故混而為レ一」にもとづく語。空海「荒城大夫奉レ造二幡上仏像一願文」（性霊集巻七）の「希夷玄妙、忽恍冥然」、都良香「神仙」対策（都氏文集巻五）の「真途遼敻、奇骨秘而独伝、妙理希夷、凡材求而不レ得」（本朝文粋巻三70）などがその例。

一二―事細かにのべる、詳しく説明する。『類聚名義抄』仏上には、「ツバヒラカニ」の訓がある。その例には、漢の揚雄「長楊賦」（文選巻九）の「僕嘗倦レ談。不レ能三一二二其詳一。請略挙二其凡一而客自覧二其切一焉」（呂延済注「言、……不レ能二審説一、将三為レ客略挙二大都一」）、白居易「与二元九一書」（巻二八1486）の「事有二大謬《アヤマレル》者一、又不レ可二一二而言一」などがある。

桂殿―香木の桂で建てた殿舎、宮殿の美称。宮人らの勧める所である。初唐の駱賓王「帝京篇」（唐巻七七）に「桂殿嶔岑対二玉楼一、椒房窈窕連二金屋一」、嵯峨天皇「長門怨」（文華秀麗集巻中56）に「秋風驚二桂殿一、暁月照二蘭台一」とある。道真も、「三月三日侍二於雅院一賜二侍臣曲水之飲一応製」（巻四324）で「近臨二桂殿一廻流水、遥想二蘭亭一晩景春」と用いている。

姫娘―「姫」は、元来は側室、妾の意であるが、ここでは下級の宮人・女房を言う。

羞膳―食膳を供する、食事をすすめる。「羞」はすすめるの意。後漢の張衡「思玄賦」（文選巻一五）に「聘二王母於銀台一兮、羞二玉芝一以療レ飢」（旧注「羞、進也」）とある。

行酒―酒盃が宴席を巡ること。ここでは酒を供することを言う。白居易「官宅」（巻五四2474）に「移レ舟木蘭棹、行レ酒石榴裙」、『続日本後紀』承和三年四月二四日条に「采女擎二御盃一来、授二陪膳采女一。常嗣朝臣跪唱レ平、天皇為レ之挙訖。行酒人進賜二常嗣朝臣酒一。即跪受飲竟」、道真の詩題に「……王公依レ次、行二酒詩臣一。……」（巻三184）と見える。また、本書30「九日侍宴同賦二天錫レ難レ老応製序一」の「露酌数行、仙窟掌中之飲」も同じ意。

梨園弟子―「梨園」は、唐の玄宗皇帝が楽人を養成するために設けた教育機関。玄宗自らが指導に当たったという。『旧唐書』巻二一・音楽志一に、「玄宗又於二聴政之暇一、教三太常楽工子弟三百人為二糸竹之戯一。音響斉発、有二一声誤一、玄宗必覚而正レ之。号為二皇帝弟子一。又云二梨園弟子一。以置二院近於禁苑之梨園一」とある。「弟子」は、「梨園」で育った楽人。ここでは宮廷の楽人たちや内教坊の妓女。中唐の陳鴻「長恨歌伝」（白氏文集巻一二）の「梨園弟子、玉琯発レ音、聞二霓裳羽衣一声一、則天顔不レ怡《ヨロコバ》、左右歔欷」、白居易「長恨歌」（巻一二0596）の「梨園弟子白髪新、椒房阿監青娥老」、紀長谷雄「早春内宴侍二清涼殿一同賦二草樹暗迎レ春応製一」詩序（本朝文粋巻一一319）の「梨園之弟子、不レ改二堯年之旧音一、翰苑之英才、重呑二舜日之新化一」などの例がある。ここまでの二句は、下級の宮人や妓女たちのふだんの勤めを取り上げている。

一事一物―一つのことや一つの物。一つ一つの挙措、起ち居振る舞い。宮人の宴の中での振る舞いについて言う。本書31「早春侍二宴仁寿殿一同賦二春暖一応製序」に「一事一物、皆是温和」とある。その注参照。

儀在其中―「儀」は、のり、礼式。「其中」は「一事一物」の中。宮廷でのあるべき礼儀や作法、宮人の通常の勤めにおける振る舞い。宮人の振る舞い・接し方は礼儀に適っていると言う。「在二其中一」は、『論語』には、「子曰、飯二疏食一飲レ水、曲レ肱而枕レ之。楽亦在二其中一矣」(述而)、「孔子曰、吾党之直者、異二於是一。父為レ子隠、子為レ父隠。直《キコト》在二其中一矣」(子路)など数例がある。また白居易「逸老」(巻六九3528)には「人生在二其中一、適レ時即為レ好」がある。

時却時前—退いたり前へ進んだり。出処進退、振る舞い。これも宮人について言う。

礼治其外—「礼」は、なすべきのり、正しいあり方。「其外」は、通常の勤務以外、つまりこのたび天皇からたまわった異例の宴を指す。晋の阮籍「楽論」(芸文類聚巻四一・楽府)の「礼定二其衆一、楽平二其心一、礼治二其外一、楽化二其内一」は、その例。宮人らの所作や行動は、宴を賜った場合でも、礼にもとづいていると述べている。宮人の所作は、いかなる時も礼に適っており、見る人の模範となると評価している。

臣等—臣下である自分。道真のこと。「等」は謙譲の意の接尾語であろう。盛唐の長孫無忌「辞三功臣襲二封刺史一」(唐文巻一三六)の「臣等夙奉二明詔一、授二臣刺史一。子孫継襲一、事等レ建レ侯」、山上憶良の「憶良等《ら》は今は罷らむ子泣くらむそれその母も我を待つらむぞ」(万葉集巻三337・山上憶良臣罷レ宴歌)は、その例。

侍中—蔵人の唐名。『拾芥抄』巻中・官位唐名部に「蔵人〈貫首……或侍中……〉」とある。道真は、寛平三年二月二九日から、蔵人頭の任にあった(公卿補任)。嵯峨天皇「侍中翁主挽歌詞」(文華秀麗集巻中87詩題)、道真「請レ罷二蔵人頭一状」(巻九)の「馴二闕下一而趨拝、分已無レ涯、列二侍中一以周旋、恩何不レ翅《スギ》」(本朝文粋巻五142)などがその例。「臣等職為二侍中一」に類似した例に、道真「春惜二桜花一応製」(巻五384)の「何因苦惜花零落、為二是微臣職拾遺一」がある。

業書君挙—職務は天子の挙動を書きとめることであるの意。「業」は自分の勤め、職務。紀淑望「古今和歌序」(本朝文粋巻一一342)の「其余業二和歌一者、綿綿不レ絶」は、その一例。「君挙」は天子の動静、振る舞い。本書25「八月十五夜厳閤尚書授二後漢書一畢各詠レ史序」（本朝文粋巻九263）に、「司馬遷之修二史記一、君挙無レ遺」とある。その注参照。蔵人には、「凡当日日記、無二大小一詳注記、不レ可二遺脱一」（侍中群要第四・毎日々記。西宮記臨時六・侍中事にも同様の記事がある）と、日々の出来事を大小となく記録するべきこと、「成業者多所レ記也。但見二古今旧例一、雖二非成業一、堪二其事一者只記レ之。当日之事不レ漏、巨細可レ記也。不レ載記事可二用心一。……」と、おもに成業の者が担当するなどの規定があった。

不得意知理者―意図やわけが分からない人。「得意」は、考えや意図が理解できること。宇多天皇の意図は、「特分二斯宴一、独楽二宮人一矣」ことにある。「知理」は、物事のすじみち、ことわりを理解すること。ここでは、この序の「自レ觴二王公於正朝一、至レ喚二文士於内宴一、首尾二十余日、洽歓言レ志者、諸不レ及二婦人一、此唯丈夫而已」つまり元日から内宴までの儀式に女性が参加できない実態を言う。

内寵―気に入っている女性や臣下を君主が寵愛すること。ここでは宮人について言う。『春秋左氏伝』僖公十七年の「斉侯之夫人三。王姫・徐嬴・蔡姫、皆無レ子。斉侯好レ内、多二内寵一」は、夫人よりも側室を大事にしていることを言う。『類聚国史』巻二五・太上天皇・平城天皇崩伝（天長元年〈八二四〉七月十二日）の「傾二心内寵《ヲ》一、委二政婦《ヲ》人一。牝鶏戒レ晨、惟家之喪」は、天皇が藤原薬子を過度に寵愛したことを指し、三善清行「意見十二箇条（其五・請レ減二五節妓員一事）」（本朝文粋巻二67）にも、「伏案二故実一、弘仁承和二代、尤好二内寵一」とある。「専二内寵一」は、宮人ばかりを大事にすること。白居易「長恨歌」（巻一二0596）に「承レ歓侍レ寝無二閑暇一、春従二春遊一夜専レ夜。漢宮佳麗三千人、三千寵愛在二一身一」、陳鴻「長恨歌伝」に「与レ上行同レ輦、止同レ室、宴専レ席、寝専レ房」とある、玄宗皇帝の楊貴妃への寵愛を描く表現にもとづくのであろう。「宮人」らを描くにあたっては、「羅綺」「夏日思レ蓮、初見二穿レ水之紅艶一」の注における用例からも分るように、「長恨歌」「長恨歌伝」を利用していることは明らかである。宇多天皇を玄宗皇帝に、「宮人」らを楊貴妃になぞられているのであろう。

史記—史つまり史官の記した記録、歴史。漢の孔安国「尚書序」（文選巻四五）の「刪《ケヅリテ》レ詩為二三百篇一、約二史記一而修二春秋一」、晋の杜預「春秋左氏伝序」（同巻四五）の「春秋者、魯史記之名也」などがその例。蔵人には、先に述べたように、日々の記録を残す勤めがあった。道真としては、天皇がこの宴を催すのが道理であることを記録して、「専二内寵一」と批難のあろうことに対応しようとしたのである。

【通釈】

早春に宮人に宴を賜うのをみて、ともに「粧を催す」ということを賦す。天皇の命にお応えする。その序

天皇が私にお命じになって、古い史書を分類させなさった折、正月の子日に、若菜の羹を賜う宴の記事を見ました。つつしんで考えてみますと、貴顕に元日に酒を賜ってから、文人を内宴に召すに到るまで、二十日余りを通じて、ひろく歓びおのれの思いを述べる機会は、宮人には及ばず、男性官人だけのものであります。さて陰は陽を助けているのであり、柔は剛を支えているのです。それに野原で若菜をえらんで摘むのは、世間では女性の仕事だとしており、囲炉裏で羹を煮るのは、庶民では女性の優しい手によってすることになっているのですからなおさらでしょう（宮人が宴に召されるのは当然です）。天皇がこの宴を特に分けて、宮人らを楽しませようとなさるのはもっともでございます。

見まするに、天皇は宮人のすぐ側におでましになり、そのお席近くに宴の場を設けています。その場は高いところに位置しており、刺繍のあるとばりを開いて腰掛けを持ってきたのでありました。女人の春の心はのどかであり、その春のしぐさは物憂げなものであります。それで宮人はあるいは衣服が堪えがたいと言っては出席を拒み、あるいは化粧をする時間がないと訴えています。

こうして昼の時間が過ぎてしまうのに、新たな化粧はまだすみません。天皇の仰せをつつしんで受けご恩をこうむり、宴席に列なる者は、喩えますなら、秋の夜に月の出を待っていて、わずかに山からさし込む清んだ光を望むかのようでありますし、夏の日に蓮の花が開くのを期待していて、やっと水中から伸びてくる赤い花の色つやを見るかの

ようであります。この場の雰囲気の奥深さは、くわしくは言うことができません。（宴席にあずかった者たちはふだん）宮廷の女性として食膳を供し酒をつぎ、宮廷の楽人として舞い唱いますが、そのその一つ一つの所作振る舞いは、規範を内側に持っており、その挙措起ち居は、異例の宴においても礼に適ったものとなっております。

私の職は蔵人であり、勤めは天皇の動静を記録することにあります。恐れておりますのは、宴を催す意図が分からずその道理をわきまえぬ者が、天皇が宮人のみを寵愛なさると批判することです。それでまず文章によって、この宴を記録しようとするのでございます。以上つつしんで序を述べます。

（北山円正）

40 賦雨夜紗燈 応製 序

「雨夜の紗燈」といふことを賦す 製に応ふ 序

【解説】

本序は、『文草』巻五380に七言律詩とともに所収。なお、巻五には「于レ時九月十日」との自注がある。また、題下注に「扶十」との後人注記があり、『扶桑集』巻一〇に収載していたことが分かる。現在は佚。『本朝文粋』巻九272にも収められ、柿村重松『本朝文粋註釈』に注釈がある。『日本紀略』寛平六年（八九四）九月一〇日条に「詩宴。題云、雨夜紗燈」とある時の詩序。この時道真は、従四位下参議兼左大弁・式部大輔・春宮亮・勘解由長官・遣唐大使で、五〇歳。宇多天皇は、寛平三年二月一九日に東宮から清涼殿に遷御した後（日本紀略）、清涼殿を常の御在所とした。この詩宴も清涼殿で開かれたと考えられる。本序は、宵越しの雨の中、殿上に燈された紗燈を詠じる。道真の詩は次の通りである。

紗燈一点五更迴　　紗燈一点 五更迴《めぐ》る
不要寒鶏暁漏催　　要《もと》めず 寒鶏の暁漏を催すことを
晴誤穿雲星乍見　　晴れては誤つ 雲を穿ちて星乍《たちま》ちに見《あらは》るるかと
秋疑冒雨菊新開　　秋には疑ふ 雨を冒《をか》して菊新たに開くかと
耳聞落涙兼聞曲　　耳に落涙を聞きて 兼ねて曲を聞く
手勧微心且勧盃　　手に微心を勧めて 且つ盃を勧む

毎憶脂膏多渥潤　　毎《つね》に憶ふ　脂膏渥潤多しと
那勝恩沢繞身来　　那《なん》ぞ勝《た》へむ　恩沢の身を繞《めぐ》りて来《きた》るに

【題注】

紗燈―うすぎぬを張った燈火。初唐の賀朝「宿㆓香山閣㆒」（国秀集巻中）に「朱網防㆓棲鴿㆒、紗燈護㆓夕虫㆒」とある。滋野貞主「和㆓光禅師山房暁風㆒」（経国集巻一〇74）の「侵㆑窓老樹雖㆑鳴㆑葉、閉㆑戸紗燈猶護㆑虫」はこれを踏まえたもの。道真には「残菊詩」（巻一3）の「霧掩㆓紗燈点㆒、風披㆓匣麝浮㆒」の例が見える。

[1]宮人入夜、殿上挙燈、例也。
于時、重陽後朝、宿雨秋夜。
微光隔竹、疑残蛍之在叢、
孤点籠紗、迷細月之挿霧。
臣等五六人、奉勅見之。見之不足、応製賦之。
云爾。謹序。

宮人夜に入りて、殿上に燈を挙ぐるは、例なり。
時に、重陽の後朝、宿雨の秋夜なり。
微光　竹を隔つるは、残蛍の叢《くさむら》に在らむかと疑ひ、
孤点　紗に籠もるは、細月の霧に挿《さしはさ》まるるかと迷《まど》ふ。
臣等五六人、勅を奉じて之《これ》を見る。之を見て足らず、製に応へて之を賦す。
云ふこと爾り。謹みて序す。

【校異】

1宮人―官人（底本）。内・粋により改む。

【語釈】

宮人―宮中に仕える人。ここでは、女官・女房を指す。本書39「早春観レ賜二宴宮人一。同賦レ催レ粧。応製序」に見える「宮人」は、序に「自レ觴二王公於正朝一、至レ喚二文士於内宴一、首尾二十余日、洽歓言レ志者、諸不レ及二婦人一。此唯丈夫而已」とあるように、女官・女房たちを指す。その注参照。

挙燈―燈を掲げること。「宮人入レ夜、殿上挙レ燈」については、『寛平蔵人式』に「日欲レ入時、殿司奉二御燈一」（侍中群要二所引）とあり、後宮十二司の殿司の役割として見える。また、一一世紀前半の摂関期の日中行事を伝えるとされる（西本昌弘「東山御文庫本『日中行事』について」『日本古代の年中行事書と新史料』吉川弘文館、二〇一二年）、東山御文庫本『日中行事』に「酉剋、供二御殿燈一事」として、「主殿女孺昇レ自二右青瑣門一、先懸二燈楼於綱一。次供レ燈〈東廂南一二三五六間等也〉。蔵人一人相随検二察之一」と記し、以下、女孺が殿上に燈を懸けることが記される。なお、『紫式部日記』寛弘五年九月一一日条に「御湯殿は酉の時とか。火ともして、宮のしもべ、みどりの衣の上に、白き当色着て御湯まゐる」とあるのも燈を掲げることであろう。

重陽後朝―九月九日重陽の翌日のこと。本書37「重陽後朝、同賦二秋雁櫓声来一応製序」に見えた。その注参照。

宿雨―降り続く雨。ここでは、夜を経て降る雨。隋の江総「貽二孔中丞奐一」（文苑英華巻二四七）に「初晴原野開、宿雨潤二条枚一」とあるのが古い例。他に中唐の韋応物「郡中対レ雨贈二元錫一兼簡二楊凌一」（唐巻一八八）に「宿雨冒二空山一、空城響二秋葉一」と見え、白居易には「同二韓侍郎一遊二鄭家池一吟詩小飲」（巻一一570）に「宿雨洗二沙塵一、晴風蕩二煙靄一」とあるほか散見する。我が国の例としては、有智子内親王「奉レ和二巫山高一」（経国集巻一〇22）に「陰雲朝晻曖、宿雨夕飄颻」と見える。

微光―かすかな光。ここでは「紗燈」の光をいう。梁の劉孝綽「望レ月有レ所レ思詩」（芸文類聚巻一・月）に「秋月始繊繊、微光垂二歩簷一」、晩唐の温庭筠「七夕」（唐巻五七七）に「微光奕奕凌二天河一、鸞咽鶴唳飄颻歌」とあるように、月の光をいう例が散見する。道真「八月十五夜月亭遇レ雨待レ月」（巻一12）に「月暗雲重事不レ須、天従二人望一豈欺誣、夜深纔有二微光透一、珍重猶勝二到レ暁無一」と見えるのは、雲から漏れる月光を「微光」と表現している。

竹―清涼殿東庭の竹か。本集41「春惜二桜花一応製序」に、承和の代に「清涼殿東二三歩、有二一桜樹一」り、光孝天皇が「移二山木一備二庭実一」えたことが見えるが、「花南有二数竿竹一」るという。

残蛍―季節はずれの蛍。あまり例を見ない。蛍は、日本では『和漢朗詠集』の部立でも明らかなように夏の景物。中国では秋。晩唐の許渾「早秋三首（其一）」（唐巻五二八）に「残蛍委二玉露一、早雁払二銀河一」とあるのは、初秋の「残蛍」。日本では、後の例になるが、菅原文時「蛍飛二白露間一」（天徳闘詩）に「秋風露白巻レ簾居、閑見残蛍飛漸疎」の例がある。本序では、「紗燈」の光を喩える。晩唐の陸亀蒙「蛍詩」（唐巻六二二）の「不レ須レ軽二列宿一、纔可レ擬二孤燈一」は、蛍の光を燈に喩えた例。

孤点―「孤燈」に同じく、ぽつんとした燈の意か。用例を見ない。【解説】に引用した道真の詩には、「紗燈一点五更迴、不レ要寒鶏暁漏催」とある。「点」には数詞の意がある。

細月―細い月。この意味では「繊月」を用いるのが通例。晩唐の温庭筠「生禖屏風歌」（唐巻五七五）に「画壁陰森九子堂、階前細月鋪二花影一」と見えるが、あまり例を見ない。道真には「弓」（巻五411）に「細月空驚レ質、清風自発レ声」とある。

挿霧―（月が）霧に覆われている様子を、霧に挟まれると表現した。白居易「斉雲楼晩望偶題二十韻一、兼呈二馮侍御周殷二協律一」（巻五四2493）に「挿レ霧峰頭没、穿レ霞日脚残」の例がある。第一冊23「左相撲司標所記」に「金龍挙レ首西向、尾触二山上一、身挿二雲中一」とあるのは、龍の身体が雲に挟まれている様子。なお、「紗」を「霧」に見立てた例としては、中唐の王建「荊門行」（唐巻二九八）に「生紗帷疏薄如レ霧、隔レ衣噆レ膚耳辺鳴」の例がある。

見之不足、応製賦之―「毛詩大序」の「言レ之不レ足、故嗟二歎之一。嗟歎之不レ足、故永二歌之一。永歌之不レ足。不レ知二手之舞之足之踏一レ之也」に基づく表現。雨夜の紗燈を見るだけでは飽き足りないので、命令に応じて詩を賦すという。

【通釈】

「雨夜の紗燈」を賦す。天皇の命にお応えする。その序

女官が夜に入って、殿に燈を掲げるのは常のことです。時に、重陽宴の翌日、宵越しの雨が降る秋の夜です。紗燈のかすかな光が竹を隔てているのは、季節はずれの蛍が草むらにいるかのように見え、ぽつんとした燈がうすぎぬに掩われているのは、細い月が霧に挟まれているのではないかと思います。

私共五六人は、命令を承って、雨にけむるに紗燈を見ることとなりました。紗燈を見て飽き足りず、命令に応えて詩を賦すのです。以上の通りでございます。謹んで序を記します。

（滝川幸司）

41 東宮 秋尽翫菊 応令 序

東宮にて 秋尽きむとし菊を翫ぶ 令に応ふ 序

【解説】

本序は、『文草』巻五381に「暮秋賦㆓秋尽翫㆑菊応令」〈幷序〉として、五言絶句とともに所収。底本巻五381の題下注に拠れば、扶桑集巻一五に収載していたことがわかる。現在は佚。『本朝文粋』巻一一332にも「秋尽日翫㆑菊応令」として収められ、柿村重松『本朝文粋註釈』に注釈がある。40（巻五380）が寛平六年（八九四）九月一〇日の作であることから推測すれば、寛平六年の作であろう。詩序中に「九月廿七日」とあるので、寛平六年九月二七日の作となる。この時道真は、従四位下参議兼左大弁・式部大輔・春宮亮・勘解由長官・遣唐大使で、五〇歳。なお、この時の九月尽日は、三〇日である。『文粋』の題よりも『文草』の題が適切である。本序の「九月廿七日、孰不㆑謂㆓之尽秋㆒、孤叢両三茎、孰不㆑謂㆓之残菊㆒」が『新撰朗詠集』巻上・菊251に摘句される。皇太子敦仁（醍醐天皇）が主催して、東宮で開かれた、秋の終わりを惜しむ宴での作。白居易や元稹の詩句を引用し、九月尽と残菊を惜しむ心情を表現する。道真の詩は次の通りである。

惜秋秋不駐　　秋を惜しめども 秋駐まらず
思菊菊纔残　　菊を思へども 菊纔《わづ》かに残れり
物与時相去　　物と時と 相去《ゆ》かむとす
誰厭徹夜看　　誰か 夜を徹して看ることを厭はむ

【題注】

東宮―皇太子のいる宮。転じて、皇太子そのものを指す。ここは前者の意。『毛詩』衛風「碩人」に「斉侯之子、衛侯之妻、東宮之妹、刑侯之姨」とあり、『毛詩正義』に「太子居二東宮一。因以二東宮一表二太子一」とある。日本の「東宮」については、「東宮職員令」の「東宮」について、『令集解』に「太子之所レ居也」とある。『令集解』に引用される「朱説」に「太子之宮名、称二東宮一也」、「穴記」に「御子宮、在二御所東一。故云二東宮一也」とある。平安初期の東宮は、内裏の東にある、西前坊（西雅院）であったという（山下克明「平安時代初期における『東宮』とその所在について」『古代文化』33―12、一九八一年）。この時の皇太子は、敦仁親王（醍醐）。敦仁（仁和元年〈八八五〉～延長八年〈九三〇〉）は宇多天皇の第一皇子。母は藤原高藤女胤子。寛平五年、立太子、寛平九年即位。

秋尽―秋が尽きようとする頃。「秋尽」の語例としては、杜甫「秋尽」（唐巻二二七）に「秋尽東行且未レ廻、茅斎寄在二少城隈一」、白居易「晩秋夜」（巻一四742）に「塞鴻飛急覚二秋尽一、隣鶏鳴遅知二夜永一」がある。

応令―皇太子の命令に答えること。「令」は皇太子の命令。梁の劉遵「繁華応令」（玉台新詠巻八）について、清の呉兆宜注は「凡応二皇帝一曰二応詔一、皇太子曰二応令一、諸王公曰二応教一」という。『詩轍』巻六に「応令、応教ノ別、秦ノ法、皇后、太子称レ令、諸侯王称レ教」とある。日本の例としては、賀陽豊年「賦レ桃応令〈平城天皇在二東宮一〉」（経国集巻一一113）が古い例。中国では、王について「令」といい、日本では皇太子に「令」という。

古七言詩曰、大底四時心惣苦、就中腸断是秋天。

古《いにしえ》の七言詩に曰はく、「大底四時心惣じて苦し、就中《なかんづく》腸断ゆるは是れ秋天」と。

又曰、不是花中偏愛菊、此花開尽更無花。

又曰はく、「是れ花中偏《ひと》へに菊を愛するにあらず、此の詩人之興、誠哉此言。
夫、
秋者惨慄[1]之時、寒来暑往、
菊者芬芳之草、花盛葉衰。
于時、
九月廿[2]七日、孰不謂之尽秋、
孤叢両三茎、孰不謂之残菊。
謹奉令旨、賦此双関[3]。意之所鍾、刀火交刺[4]。故
献五言、以資一劇。
云爾。

【校異】
1慄—懔（大・粋）　2廿—二十（底本）。川・粋により改む。　3関—開（底本）。寛・粋により改む。
4刺—判（底本）。内・粋により改む。

花開き尽して更に花無ければなり」と。
詩人の興、誠なるかな此の言。
夫れ、
秋は惨慄の時、寒来り暑往き、
菊は芬芳の草、花盛りに葉衰ふ。
時に、
九月廿七日、孰《たれ》か之を尽秋と謂はざらむや、
孤叢両三茎、孰か之を残菊と謂はざらむや。
謹みて令旨を奉じて、此の双関を賦す。意の鍾《あつま》る所、
刀火交《こもご》も刺す。故に五言を献じて、以て一劇に資す。
云ふこと爾り。

【語釈】

大底……——白居易「暮立」（巻一四790）に「黄昏独立仏堂前、満レ地槐花満開レ樹蟬。大抵四時心摠苦、就レ中腸断是秋天」とある後聯。『千載佳句』巻上・秋興177、『和漢朗詠集』巻上・秋興223に入る。

大底——おおよそ、おおむねの意。「大抵」に同じ。「大抵」は、第一冊53「定三太政大臣職掌有無幷史伝之中相二当何職一議」に見えた。「大底」の例としては、元稹「送二劉太白一（太白居二従善坊一）」（唐巻四一一）に「洛陽大底居人少、従善坊西最寂寥」と見える。道真の例としては、「晩秋二十詠・秋山」（巻二162）に「大底秋傷レ意、山中不レ勝レ秋」とある。なお、小島憲之『古今集以前』（塙書房、一九七六年）二四四頁参照。

腸断——「断腸」に同じ。腸が断ち切れるほどの悲しい思い。晋の桓温が船で蜀に改め入った時、配下が猿の子を捕らえたが、母猿が泣き叫びながら百余里を追いかけて船に飛び込んだ。既に息絶えていたが、その腹を割くと、腸が寸断されていたという故事にもとづく（世説新語・黜免）。松浦友久「「断腸」考」（『詩語の諸相』研文出版、一九八一年）参照。

不是……——元稹「菊花」（唐巻四一一）の後聯。『千載佳句』巻下・菊646、『和漢朗詠集』巻上・菊267に入る。但し、両書は「開尽」を「開後」に作る（元氏長慶集巻一六は「開尽」）。『江談抄』巻四58に「隠君子鼓レ琴時、元稹霊託レ人称曰、件詩開尽也。後字不レ可レ然」と、元稹の霊が、「開尽」であると告げた話柄が見える。柳瀬喜代志「和漢朗詠集異文考」（『日中古典文学論考』汲古書院、一九九九年）参照。

詩人之興——詩人の感興。「爾雅序」に「夫爾雅者、所下以通二詁訓之指帰一、叙二詩人之興詠一、摠二絶代之離詞一、弁中同レ実而殊上号者也」と見える。また、後漢の王延寿「魯霊光殿賦序」（文選巻一一）に「嗟乎、詩人之興、感レ物而作」とあり、李善注に「見二可レ嗟之物一、為二作レ詩作一レ賦」とある。道真「献二家集一状」（674）にも「触レ物之感、不レ覚滋多。詩人之興、推而可レ量」と見える。

誠哉此言―まことにこの言葉の通りである。前文に引用された言葉に対して真実納得した心情を表す。近似した形として、『漢書』巻五三・常山憲王舜伝に「賛曰、昔魯哀公有レ言、寡人生二於深宮之中一、長二於婦人之手一、未二嘗知一レ憂、未二嘗知一レ懼。信哉斯言也」、『後漢書』巻三三・虞延伝に「衍在レ職不レ服二父喪一、帝聞レ之、乃歎曰、知レ人則哲、惟帝難レ之。信哉斯言」などがある。日本の例としては、『三教指帰』巻上に「孔子曰、耕也餒在二其中一、学也禄在二其中一。誠哉斯言」がある。

惨慄―寒さが厳しく、心身がこたえる様。「古詩十九首（其一七）」（文選巻二九）に「孟冬寒気至、北風何惨慄」とあるのは、冬の北風の厳しい寒さをいう。道真「秋夜〈九月十五日〉」（後集485）に「月光似レ鏡無レ明罪、風気如レ刀不レ破レ愁。随レ見随レ聞皆惨慄、此秋独作二我身秋一」とあるのは、秋に見聞きするものについて「惨慄」という。なお、大系本『文草』、『本朝文粋』は「惨懍」に作るが、これも厳しい寒さをいう。晋の夏侯湛「寒苦謡」（芸文類聚巻五・寒）に「惟玄冬之初夜、天惨懍以降レ寒」とあるのは、冬の厳しい寒さの例。道真「秋風詞〈題中韻〉」（巻一13）に「蕭条為二教令一、惨懍混二雌雄一」は、秋風についていう。いずれも厳しい寒さに用いられるが、ここでは底本に従う。

寒来暑往―寒さが来て暑さが去ること。秋が来て夏が去ることをいう。『千字文』の「寒来暑往、秋収冬蔵」による。これは、『周易』繋辞下伝の「日往則月来、月往則日来。日月相推而明生焉。寒往則暑来、暑往則寒来。寒暑相推而歳成焉。往者屈也、来者信也、屈信相感而利生焉」にもとづく。

芬芳―よい香り。菊の例としては、魏の文帝「与二鍾繇一書」（芸文類聚巻四・九月九日）に「至二於芳菊一、紛然独栄、非下夫含二乾坤之純和一、体中芬芳之淑気上、孰能如レ此」とある。道真には「寄二白菊一四十韻」（巻二269）の「芬芳応二佩服一、貞潔欲二攀援一」がある。

花盛―（菊の）花が盛りであること。あまり例は見ない。晩唐の許渾「冬日登二越王台一懐レ帰」（唐巻五三三）に「河畔雪飛揚子宅、海辺花盛越王台」の例が見える。道真には「寄二白菊一四十韻一」（巻四269）に「寄レ詩花盛否、珍重可レ知レ恩」と「白菊」に対して「花盛否」という。

葉衰―（菊の）葉が衰えること。無名氏「長歌行」（六臣注文選巻二七）に「常恐秋節至、焜黄華葉衰」（李善注本「葉」を「蕊」に作る）と、秋が来て衰える「葉」の例が見える。また、盛唐の銭起「送三万兵曹赴二広陵一」（唐巻二三七）に「山晩桂花老、江寒蘋葉衰」とあるのは、「蘋《うきくさ》」の葉が衰える例。日本の例としては、伴成益「奉レ試得二東平樹一」（経国集巻一四188）に「葉衰寧待レ雪、条靡自因レ風」がある。これは「東平」の松の葉が衰える例。道真には、「残菊詩」（巻一3）に「染レ紅衰葉病、辞レ紫老茎惆」と、残菊の「衰葉」の例が見える。

孰不謂―誰が～と言わないだろうか（いや誰でも～と言う）の意。道真の対策「明二氏族一」（巻八）に「三光名二之日月一、孰不レ謂二之乾象天文一。四瀆号二之江河一、孰不レ謂二之坤儀地理一」と、本序と同じく対句として見える。

尽秋―尽きようとする秋。陳の張正見「寒樹晩蟬疎詩」（芸文類聚巻九七・蟬）に「還因揺落処、寂寞尽秋風」の例があるが、多くは見えない。

孤叢―菊の一むら。本書32「九月尽同二諸弟子一白菊叢辺命レ飲。同勒二虚余魚一各加二小序一」に「白菊孤叢」と見えた。その注参照。

残菊―重陽を過ぎて咲き残っている菊。本書38「惜二残菊一。各分二一字一。応レ製序」に見えた。その注参照。

令旨―皇太子の命令。「公式令」6に「皇太子令旨式」がある。空海「春宮献レ筆啓」（性霊集巻四）に「右伏奉二今月十五日令旨一、即教二筆生槻本小泉且造得奉進一」の例がある。道真には他に「東宮寓直之次、下レ令曰……即奉レ令之後、不二敢固持一。自二酉二刻一、及二戌二刻一、篇数僅成。慎二令旨一也」（巻五）との例が見える。

双関―詩に詠むべき一組のもの。『作文大体』案題に「或可レ有二双関之題一。一題之中二物相双也」とある。白居易「奉レ酬二淮南牛相公思黯見レ寄二二十四韻一〈毎対双関、分二叙両意一〉」（巻六六3289）は、「白老忘レ機客、牛公済レ世賢。

鷗棲心恋レ水、鵬挙翅摩レ天……」と、白居易と牛相公二人のことを一句毎に詠んでいる。本作では、「尽秋」と「残菊」に当たる。

意之所鍾―（「尽秋」と「残菊」への）思いが集まり募るところ。近似した例として、『世説新語』傷逝に「聖人忘レ情、最下不レ及レ情。情之所レ鍾、正在二我輩一」がある。

刀火―刀と火。白居易「祭二小弟一文」（巻二三1448）に「毎二一念至一、腸熱骨酸、如下以二刀火一刺中灼心肝上」とある。弟を亡くした哀しみの強さを、刀や火で、心が刺され焼かれると表現したもの。ここでは、「尽秋」と「残菊」への愛惜の心情を喩える。道真は他にも願文に数例用いており、「為二弾正尹親王一先妣紀氏修二功徳一願文〈貞観十年八月廿七日〉」（巻一二）の「自二綸言不予、宮車晏駕一、魂魄失二寄レ身之地一、刀火為二伐レ性之兵一」は、その一例。

資―たすけるの意。

一劇―ちょっとした座興の意か。「劇」については、『遊仙窟』の「元来知レ劇。未二敢承望一」に「タハフレコト」の訓がある。十娘、五嫂と賭けることを、「始めから冗談だと知っております」という。この「劇」は冗談座興と解釈できる。李白「長干行二首（其一）」（唐巻一六三）の「妾髪初覆レ額、折レ花門前劇」も同様の例。

【通釈】

東宮にて秋が尽きようとする頃に菊を賞翫する。皇太子の命にお応えする。その序

古の七言詩にいうには、「おおよそ四季折々は心がすべて切ないものだが、中でも特に腸がちぎれるような悲しみを感じるのは秋である」と。またいうには、「花の中でひたすら菊を愛しているわけではない、この花が咲き尽くしてしまうともう花がないからだ」と。詩人の感興としては、この言葉は本当に真実です。

そもそも、秋は寒さが厳しい時節で、寒さがやってきて暑さが過ぎ去っていき、菊は香高い草で、花は（香が）盛りですが葉は衰え始めるのです。時に、九月二十七日ですが、誰がこの日を秋が尽きようとする日といわないでしょ

うか、二三本の菊で一むらになっていますが、誰がこれを咲き残っている菊といわないでしょうか。
謹んで皇太子の命を承って、咲き残っている菊と尽きようとする秋の一組を賦します。愛惜の情が募って、刀や火が代わる代わるに心を刺すかのようです。故に五言詩を献上して、座興を添えようとする次第です。以上の通りでございます。

（滝川幸司）

42 春惜桜花 応製 序

春 桜花を惜しむ 製に応《こた》ふ 序

【解説】

『文草』巻五384に七言律詩と共に所収。また『本朝文粋』巻一〇292にも同題で所収。『本朝文粋註釈』に注がある。本作について、大系補注は、「あるいは紀略、亭子院、寛平七年二月某日の「公宴、賦下春翫二桜花一之詩上」のときの作品であろうか」と注する。直前の383「神泉苑三日宴、同賦二煙花曲水紅一」が、『日本紀略』寛平七年（八九五）三月三日条に「天皇幸二神泉苑一、臨二覧池水一、令三鸕鷀喫二遊魚一。観二騎射走馬一」と記された行幸記事と対応し、直後の385「月夜翫二桜花一」が同七年三月一二日条の「天皇御二弓場殿一、覧二結射一。其日公宴、月夜翫二桜花一為レ題」とあるのと対応することから、両詩に挟まれている本作も三月三日から一二日の間に作られたものか。

なお『文草』巻五には寛平三年三月の作とされる344「賦二春夜桜花一、応レ製」があり、この時も宇多帝は道真に同じ桜樹を賦させており、帝がこの桜樹に並々ならぬ愛情を注いでいたことが窺える。

本作については、新間一美「菅原道真の「松竹」と源氏物語」（『源氏物語の構想と漢詩文』和泉書院、二〇〇九年）の論があり、作品についての解説や注意すべき語句についての説明がなされている。また新間は、「桜花」を詠む詩にもかかわらず、道真がわざわざ「松竹」に言及する理由を、道真が当時、参議左大弁で、寛平六年一二月一五日から、天子を諫める侍従（唐名「拾遺」）の職を兼ねていたことと関係すると説き、白居易や島田忠臣の「松竹」を詠んだ詩との関連についても言及しながら、本作の「松竹」が君子の勁節や貞心の象徴として機能していることを論じている。また道真は、「早春侍レ宴、賦二殿前梅花一、応製」（巻六440）でも、梅花ばかりを憐れむのではなく、梅花の傍らの「松竹」にも注目するようにと、本序と同様の提言を醍醐帝に対しても行っている。本序に続く詩は次の通り。

春物春情更問誰　春物春情 更に誰にか問はむ
紅桜一樹酒三遅　紅桜一樹 酒三遅
綺羅切歯相同色　綺羅歯を切《せつ》す 相《とも》に色を同じくすることを
桃李慙顔共遇時　桃李顔を慙《は》づ 共に時に遇《あ》ふことを
欲裛飛香憑舞袖　飛香を裛《つつ》まむと欲して 舞袖に憑《つ》き
将纏脆[1]帯有遊糸　将《まさ》に脆帯《ぜいたい》を纏《まと》はむとして 遊糸有り
何因苦惜花零落　何に因《よ》りてか苦《ねむごろ》に花の零落を惜しむ
為是微臣職[2]拾遺　是れ微臣 職の拾遺たるが為《ため》なり

【校異】

1脆―「晩」（大）。　2職―「職職」（底本）「身職」（大）、ともに衍字と見て訂す。

【題注】

惜桜花―「惜～」は、～を哀惜する、の意。白居易に「惜㆓落花㆒」（巻五六2687）など数例を見る。「桜花」は日本固有の花で、漢詩に詠んだ早い時期の作として、平城天皇「賦㆓桜花㆒」（凌雲集2）、賀陽豊年「詠㆑桜」（経国集巻一一113）がある。小島憲之『国風暗黒時代の文学』（中（上）第二章および中（中）第三章）参照。島田忠臣「惜㆓桜花㆒」（田氏家集巻上54）は、本作に先行する類例。日本における桜の歴史的・文学的考察については、山田孝雄『桜史』（講談社学術文庫、一九九〇年）、後藤昭雄「王朝の漢詩」「素材――桜の文学小史」（『日本文学講座』9「詩歌Ⅰ（古典篇)」大修館書店、一九八八年）等がある。

承和之代、清涼殿東二三歩、有一桜樹。
樹老代亦変、代変樹遂枯。
先皇馭暦[1]之初、事皆法則承和。特詔知種樹者、
移山木備庭実。
移得之後、十有余年、枝葉惟新、根荄如旧。
我君、毎遇春日、毎及花時、
惜紅艶以叙叡情、翫薫香以廻恩眄[2]。
此花之遇此時也、紅艶与薫香而已。
夫、
勁節可愛、貞心可憐。
花北有五粒松、雖小不失勁節。

承和の代《よ》、清涼殿の東二三歩《ぶ》に、一桜樹有り。

樹《き》老いて代《よ》亦《また》変はり、代変はりて樹遂《つひ》に枯る。

先皇馭暦《ぎよれき》の初め、事《こと》皆承和に法則《のつと》る。特に樹を種《う》うることを知る者に詔して、山木を移して庭実に備《そな》ふ。

移し得たる後《のち》、十有余年、枝葉惟《こ》れ新たにして、根荄旧《こんがいもと》の如し。

我が君、春日に遇《あ》ふ毎《ごと》に、花時に及ぶ毎に、
紅艶を惜しみて以て叡情を叙《の》べ、薫香を翫びて以て恩眄《おんべん》を廻らす。

此の花の此の時に遇ふや、紅艶と薫香とのみ。

夫《そ》れ、
勁節は愛すべく、貞心は憐むべし。

花の北に五粒の松有り、小なりと雖も勁節を失はず。

花南有数竿竹、雖細能守貞心。
人皆見花不見松竹。臣願、我君兼惜松竹。
云爾。謹序。

花の南に数竿の竹有り、細しと雖も能《よ》く貞心を守る。
人皆花を見て松竹を見ず。臣願はくは、我が君兼ねて松竹をも惜しまむことを。
云ふこと爾り。謹みて序す。

【校異】

1駁—御（粋）。 2眄—盼（大・粋）。

【語釈】

承和之代—天長一一年（八三四）正月改元から承和一五年（八四八）六月まで。仁明天皇の治世は、承和の後、嘉祥三年（八五〇）三月まで続くが、承和で仁明の治世を代表させる。

清涼殿……有一桜樹—【解説】に挙げた新間論文に「紫宸殿前の梅が桜に変わったのは仁明天皇の頃という。仁明天皇の承和年間にあった清涼殿の桜もそれと関係があるかも知れない」と記す。紫宸殿前の梅が仁明天皇により承和年間に桜に植え替えられことは、『古事談』第六の冒頭に「南殿の桜の樹は、本は是れ梅の樹なり。桓武天皇遷都の時、植ゑらるる所なり。而して承和年中に及びて枯れ失せり。仍りて仁明天皇改め植ゑらるるなり」と見える。この清涼殿の桜を賞翫する催しが、宇多朝から醍醐朝へと引き継がれ、「花宴」として規定されていく過程については、滝川幸司『天皇と文壇』（和泉書院、二〇〇七年）第二編「宮廷詩宴考証」の第三章「花宴」の「花宴の形成」の項を参照。

東二三歩—「歩」は長さの単位。一歩は六尺（約一・八メートル）。『延喜式』巻五〇・雑式に「凡度量権衡者、官私悉用レ大……其度以二六尺一為レ歩」とある。白居易「和三劉郎中学士題二集賢閣一」（巻五六2641）の「欲レ知丞相優賢意、百歩新廊不レ踏レ泥」はその一例。道真「書斎記」（第一冊22）にも「東去数歩、有二数竿竹一」の例が見えた。

先皇馭暦之初―先代光孝天皇の治世の当初。元慶八年（八八四）頃。「先皇」は先代の皇帝、ここでは宇多の父である光孝天皇を指す。『後漢書』巻七・孝桓皇帝紀に「先皇徳政、可レ不レ務乎」、『日本書紀』垂仁天皇二五年三月一日条に「然先皇御間城天皇、雖レ祭二祀神祇一、微細未レ探二其源根一」などの例がある。「馭暦」は、君主が国を統治すること。「馭」は馬を操る意。「馭暦」は暦を操ることから「世を治める」の意となる。道真「元慶寺鐘銘」序（第一冊3）に「皇帝馭暦之四歳己亥」の例が見えた。その注参照。

事皆法則承和―「法則」はここでは動詞的に用いられ、見習う、規範とする、の意。前漢の匡衡「上疏言二政治得失一」（漢文巻三〇）に「今長安、天子之都、親承二聖化一。然其習俗無三以異二於遠方一。郡国来者無レ所二法則一、或見二侈靡一而放二効之一」の例がある。光孝天皇が仁明天皇の故事を復活させようとしたことについては、木村茂光「光孝朝の成立と承和の変」（十世紀研究会編『中世成立期の政治文化』東京堂出版、一九九五年）参照。また承和期が文事や文化の大きな転換点であり、後世の平安朝の人々から注目される時代であったことについては、後藤昭雄「承和への憧憬」（『平安朝漢文学史論考』勉誠出版、二〇一二年）参照。

知種樹者―樹木の植えつけや栽培にくわしい者。今の庭師の類。中唐の柳宗元に「種樹」の名人を扱った「種樹郭橐駝伝」（柳河東集巻一七・唐文巻五九二）がある。

移山木備庭実―山に生えていた桜の木を移植して庭の賞翫物とした。「山木」は、山に生えている樹木。『荘子』内篇・人間世に「山木自寇也、膏火自煎也」、中唐の李嘉祐「送三樊兵曹潭州謁二韋大夫一」（唐巻二〇六）に「江花鋪二浅水一、山木暗二残春一」の例が見える。「庭実」は、庭の眺めを良くする景物。本書29「晩冬過二文郎中一翫二庭前梅花一序」に「具瞻二庭実一、梅樹在レ前」とあった。その注参照。【解説】に掲げた道真の344「賦二春夜桜花一、応製」にも、「香倍移二於仙砌一後、色添隠二在故山一初」と、この桜が山から宮中へ移植された後、一段と香りや色が良くなったと詠む。

移得之後、十有余年―前注に記すように、光孝天皇の治世の初めの元慶八年（八八四）頃に移植されたのであれば、本序の作成された寛平七年（八九五）まで十一年あまりとなる。

枝葉惟新―枝葉は毎年新たに出てくる、の意。「惟新」は「維新」に同じ。「維新」は、『毛詩』大雅「文王」に「周雖二旧邦一、其命維新」と見え、「維」を「惟」に作るテキストもある（『十三経注疏』校勘記）。

根荄―根。白居易「問レ友詩」（巻一0036）に「根荄相交長、茎葉相附栄」、「潯陽三題、廬山桂」（巻一0061）に「枝幹日長大、根荄日牢堅」（那波本「荄」を「發」に作る。誤りか）の例があり、「枝」や「葉」と「根荄」を対にすることからも、これらを学んだものか。

我君―天皇。ここは宇多を指す。本書36に既出。その注参照。

毎～毎～―「毎」字を繰り返す表現については、道真「書斎記」（第一冊22）に「毎レ至二花時一、毎レ当二風便一」の例が見えた。白居易「除二裴垍中書侍郎同平章事一制」（巻三七1747）に「毎二献納之時一、動有二直気一。当二顧問之際一、言無二隠情一」と、「毎」を「～ごとに」の意で用いる例が見える。

花時―花の咲く時節。直前の注に引いた「書斎記」にも「毎レ至二花時一」と同様の措辞が用いられる。中唐の劉禹錫「曲江春望」（唐巻三五七）に「酒後人倒狂、花時天似レ酔」の例があり、後句は本書36「三月三日同賦二花時天似レ酔応一レ製序」の句題としても用いられる。ここは桜花が咲く時節をいう。

紅艶―あでやかな紅色。ここは桜花についていう。晩唐の杜牧「酬二王秀才桃花園見一レ寄」（唐巻五二四）に「桃満二西園一淑景催、幾多紅艶浅深開」、道真「言レ子」（巻四260）に「寒樹花開紅艶少、暗渓鳥乳羽毛遅」の例が見える。

叡情―天子のみ心。本書35「閏九月尽燈下即事、応レ製序」に「宜哉、叡情惜而又惜」の例が見えた。その注参照。

薫香―桜花を詠む作品は、【題注】に述べたように平城天皇や賀陽豊年、島田忠臣に見られるが、桜の「香」は忠臣の「賦二桜花一」（田氏家集巻上54）に「国香知有レ異、凡樹見無レ同」と詠まれ、前注に引いた「賦二春夜桜花一、応製」（文草344）の「香倍移二於仙砌一後、色添隠二在故山一初」も、桜の「香」と「色」を対にしている。和歌では紀友則に「色も香もおなじ昔にさくらめど年ふる人ぞあらたまりける」（古今集・春上57・桜の花のもとにて年の老いぬることを嘆きて詠める）と桜の香を詠んだ例があるが、和歌では珍しい。なお後藤昭雄「古今集時代の詩と歌」（『平安朝漢文学史論考』勉誠出版、二〇一二年）参照。

恩眄—情けをかけること、引き立てること。梁の呉均「雉子斑」（楽府詩集巻一八）に「以レ死報二君恩一、誰能孤二恩眄一」、下毛野虫麻呂「秋日於二長王宅一宴二新羅客一」詩序（懐風藻65）に「俯二雁池一而沐二恩盼一」の例が見える。

遇此時—今この時に出会う。「此時」は、春の花の時。中唐の孟郊「春愁」（唐巻三七五）に「春物与二愁客一、遇レ時各有レ違、故花辞二新枝一、新涙落二故衣一」と「遇時」の例が見える。

夫勁節可愛、貞心可憐—色や香りを賞めるよりも、「勁節」（強固な忠節）と「貞心」（節義を守る心）を愛《め》でるべきであるという。「可愛」は『春秋左氏伝』文公七年五月条に「酆舒問二於賈季一曰、趙衰、趙盾孰賢。対曰、趙衰、冬日之日也。趙盾、夏日之日也」の杜預注に「冬日可レ愛、夏日可レ畏」の例を見る（『初学記』巻一・日にも所引）。白居易にも「文柏床」（0060）に「華彩誠可レ愛、生理苦已傷」とある他、いくつもの例が見える。初唐の劉洎「竹賦」（唐文巻一〇五）に「惟貞心与二勁節一、随二春冬一而不レ変」、中唐の裴度「歳寒知二松柏後レ彫賦」（唐文巻五三七）の題下の韻字注記に「以二貞心勁節翠貫四時一為レ韻」とあるように、唐代には「貞心」と「勁節」を有する植物として、この後に登場する松と竹がともに取り上げられている。

花北有……花南有……—名詞の後に方角を付けて「有〜」で所在場所を示す手法は、「書斎記」（第一冊22）に「家之坤維有二一廊一、廊之南極有二一局一」の例が見えた。

五粒松—一つの萼から五本の細葉が出ている五葉松のこと。『証類本草』巻一二「松脂」に「蕭炳云、又有二五葉一者、一叢五葉如レ釵、名二五粒松一……新羅往往進レ之」と見え、晩唐の李賀に「五粒小松歌」（唐巻三九三）があり、『箋註評点李長吉歌詩』巻四の箋注に「本草図経云、五粒松、粒当二読為レ鬣。音之訛也」と注し、「粒」は「鬣」（馬のたてがみ）の音通による転訛という。『酉陽雑俎』巻一八・広動植之三にも、「今、松言二両粒五粒一、粒当レ言レ鬣」とある。『和名抄』巻一七・果類にも「松子……楊氏漢語抄云、五粒松〈五粒、五葉也。松子、末都乃美〉」とあり、『拾遺集』春22の詞書にも「大后の宮に宮内といふ人の童なりける時、醍醐の帝の御前に候ひけるほどに、御前なる五葉に鶯の鳴きければ、正月初子の日仕うまつりける」と、宮中の五葉松が登場する。

不失勁節—「松」が「勁節」と結びつくことは、厳寒の時節にも松が緑を保つ様を、君子が貞節を保つことに喩えた『論語』子罕の「歳寒然後知二松柏之後レ彫也」を淵源とし、『李嶠百二十詠』「松」に「歳寒終不レ改、勁節幸二君知一」とあるのにもとづく。先の注に引いた裴度「歳寒知二松柏後レ彫賦」の韻字にも「勁節」の語が見えた。

数竿竹—数本の竹。「竿」は竹を数える単位。第一冊22「書斎記」に「東去数歩、有二数竿竹一」と見えた。白居易の「詠竹詩」の影響下にある語。なお当該句注を参照。

守貞心—「竹」は真っ直ぐに育ち、「節」を持ち、冬も青々として寒気に冒されないところから、「貞節」を持つ植物とされた。梁の劉孝先の「詠竹詩」（梁巻二六）に「無三人賞二高節一、徒自抱二貞心一」とあり、先の注に引いた劉泊「竹賦」にも「貞心」の語が見えた。また道真「晩秋二十詠」の「疎竹」（巻二161）の「可レ愛孤叢意、貞心我早知」も竹の「貞心」を詠み、「可レ愛」が用いられるなど、ここと類似の表現が用いられている。

人皆見花……—以下、人々は普通美しい「花」だけを見て、華やかさがない「松竹」には目もくれないが、我が君は「花」だけでなく、いつも変わらぬ勁節と貞心を持つ「松竹」をもいつくしんで欲しいと述べ、華やかに時めく人々を寵愛するだけではなく、目立たないものの、いつも変わらぬ忠節を尽くしている臣下たちのことも、心にかけてくださるようにと諫言を呈し、序を締めくくる。詩の最後の二句にあるように、「拾遺（侍従）」の役目を強く意識したもの。直接には、前掲『李嶠百二十詠』「松」の「勁節幸二君知一」を承けるが、白居易の新楽府「牡丹芳」（巻四0152）には、天子が諸人のように牡丹の花の美を愛でたりせずに、農事に心を砕く様への賞賛が見られ、また秋が来れば色を変える梧桐や春になると軟弱に枝を垂れる柳より、いつも色を変えず真っ直ぐな竹を愛するという「酬下元九対二新栽竹一有レ懐見上寄」（巻一0027）などの「詠竹詩」に、ここと同想の表現が見られることも指摘されており（後藤昭雄「菅原道真の詠竹詩」『平安朝文人志』吉川弘文館、一九九三年）、こうした白詩からも影響を受けた文言であろう。

【通釈】

春に桜の花を哀惜する。天皇の命にお応えする。その序

かの承和の御代《みよ》に、清涼殿の東、二三歩《ぶ》のところに、一本の桜の木がありました。木は年老いて御代も移り変わり、御代が変わるうちに木もついに枯れてしまいました。

先代の光孝天皇の御代の初め、様々な物事を、皆承和の御代に倣って執り行おうとされました。そこで特に植栽にくわしい者に命じて、山の桜の木を移植して庭の眺めをよくしようとなされました。移し植えてから十年あまりが経ち、その枝葉は毎年新たに茂りまして、その根も元の樹と同じように成長しました。

天皇は、春の良き時、花の時節が来る度《たび》に、（桜樹の）紅の美しい色を愛でて御心を述べられ、その香りを賞翫して恩顧の眼差しを向けておられます。

（しかし）この桜の花がこの春の時節にめぐり会って持っているのは、美しい紅色と香りだけなのであります。

そもそも、堅い忠節と貞節な心こそは、（天子が）愛し慈しむべきものでございます。桜花の北には五葉の松があります。小さいとはいえ、色を変えず忠節を失っておりません。桜花の南には数本の竹があります。細いとはいえ、青々として貞節を良く守っております。

人々は皆（美しい）桜の花だけを見て、松や竹には目もくれません。願わくは我が君よ、どうか松や竹もあわせて慈しんで下さいますように。

以上、謹んで序を記します。

（三木雅博）

43 扈従行幸雲林院不勝感歎　聊叙所観　序

雲林院に行幸せらるるに扈従《こしよう》し感歎に勝《た》へず聊《いささ》か観《み》る所を叙《じよ》す　序

【解説】

『文草』巻六431に七言律詩とともに所収。ただし、巻六での題目は「扈従雲林院不勝感歎聊叙所観幷序」であり、「行幸」の文字は見えない。『本朝文粋』巻九235にも所収される。なお、底本巻六詩題下注には『扶桑集』巻五にも所収されることが記されているが、現在は散逸。柿村重松『本朝文粋註釈』に注釈がある。また、本文中「倚二松樹一以摩レ腰、習二風霜之難一レ犯也、和二菜羹一而啜レ口、期二気味之克調一也」は『和漢朗詠集』巻上・子日29に摘句される。

寛平八年（八九六）閏正月六日に行われた宇多天皇の雲林院行幸の際の詩序である。『日本紀略』同日条に「天皇為二遊覧一。幸二北野一。午刻先御二斎院一（「斎院」、原本「各流」とするが、国史大系頭注を参考として改めた）、幸二雲林院一。皇太子以下王卿陪云々。以二院主大法師由性一為二権律師一。未時更幸二船岡一。放二鷹犬一追二鳥獣一」と見える。この時道真は、従三位中納言・式部大輔・侍従・春宮権大夫・近江守で五二歳。

本行幸については、紀長谷雄の『紀家集』巻一四に同日の記録「寛平八年閏正月雲林院子日行幸記（仮称）」（『文草』の古典大系に参考附載されるほか、『図書寮叢刊　平安鎌倉未刊詩集』明治書院、一九七二年、三木雅博編『紀長谷雄漢詩文集並びに漢字索引』和泉書院、一九九二年に翻刻がある。以下「行幸紀」と略す）があり、行幸の記録に加えて『文草』432や宇多天皇御製を含む漢詩四首が残されている。『扶桑略記』同日条にも記事が見える。また、『文草』巻六432「行幸後朝、憶二雲林院勝趣一、戯呈二吏部紀侍郎一」は行幸の翌日、行幸の様子を思い出して紀長谷雄に送った詩である。なお、近年の研究では、本序について論じた谷口孝介「宇多院の風雅――雲林院子日行幸をめぐって――」（『菅原道真の詩と学問』塙書房、二〇〇六年）がある。子日の行事については、嵯峨朝から宮中で行われていた記録が見えるが、本作では北野に赴き、小松を引くなど野遊びを楽しむ風習について触れており、宇多朝における民間行事の宮中行事への取り込み、また、それが故老との会話を通じて紹介されていることが注目される。

この時の詩は以下の通り。

明王暗与仏相知　明王暗《ひそか》に仏と相《あひ》知り
垂跡仙遊且布施　跡を垂れ 仙遊し且《か》つ布施したまふ
松樹老来成繖蓋　松樹老い来たりて 繖蓋《さんがい》を成す
莓苔晴後変瑠璃　莓苔晴れてより後 瑠璃に変ず
暖光如浅慈雲影　暖光浅きが如し 慈雲の影
春意甚深定水涯　春意甚だ深し 定水《ぢやうすい》の涯《ほとり》
郊野行々皆斗藪　郊野行々 皆斗藪《とそう》せんとす
和風好向客塵吹　和風好《よ》し 客塵に向かひ吹け

【題注】

雲林院―平安京北郊に存した寺院。『日本紀略』天長六年（八二九）一〇月一〇日条に「紫野院」という名で見えるのが記録上の初出。同九年四月一一日条には「新択㆓院名㆒、以為㆓雲林亭㆒」とあり、以後ほぼ雲林院と称された。天長年間には数度行幸が行われ、離宮的な扱いをされていたことが分かるが、後に仁明天皇より皇子常康親王に下賜され、親王の住まいとなり、親王の死に際して遍照に託され、元慶寺別院となった。「為㆓大蔵大丞藤原清瀬㆒家地施二入雲林院一願文」（巻一一）には、常康親王に仕えていた清瀬が雲林院近くの土地を与えられ、後に寺院となった雲林院にその土地を施入して親王の恩に報いようとしたことが記されている。一〇世紀中ごろからは堂塔・仏像の整備も進み、法会の場として数多くの記録や文学作品に登場する。なお、雲林院については、第一冊48「洞中小集序」の語注参照。

扈従―天皇に随行すること。漢の司馬相如「上林賦」（文選巻八）に「扈従横行、出二乎四校之中一」と見える。この行幸について伝える『扶桑略記』寛平八年閏正月六日条には「有二子日宴一。行二幸北野雲林院一。其扈従者……」として皇太子以下一三名の名を挙げる。

不勝感歎―感激する気持ちを抑えることができない。類例として晋の曹毗の「杜蘭香別伝」（芸文類聚巻七一・舟）に「碩船行、忽見三香乗二車於山際一、碩不レ勝二驚喜一、遥往造レ香」と見え、道真自身の例に「伏願陛下曲垂二照覧一。臣某不レ勝二感歎之至一」（後集「献二家集一状」）がある。また、『御産部類記』巻三に引かれる『九暦』天暦四年閏五月五日条に「然男皇子平安誕育之由、悦予尤切、不レ堪二感歎一」とある。

叙所……―〜することをのべる。順序立てて陳述する。道真が題で用いた例に「過二尾州滋司馬文亭一、感二舎弟四郎壁書弾琴妙一、聊叙レ所レ懐。献以呈寄」（菅家文草巻一46）がある。

観―眺めよく見ること。『説文』に「観、諦視也」とある。「諦」はあきらかであること。「諦視」ははっきりとよく見ることを言う。詩題に用いられた例に空海「秋日観二神泉苑一」（性霊集巻一2）がある。

雲林院者、昔之離宮、今為仏地。　　雲林院は、昔の離宮、今仏地為り。

聖主玄覧之次、不忍過門、成功徳也。　　聖主 玄覧の次《ついで》、門を過ぐるに忍びず、功徳を成すなり。

侍臣五六輩、翫風流而随喜、
院主一両僧、掃苔蘚以恭敬。
供奉無物、唯花色与鳥声、
拝謝有誠、唯至心与稽首而已。
予亦嘗聞于故老。
曰、
上陽子日、野遊厭老、
其事如何、其儀如何。
倚松樹以摩腰、習風霜之難犯也、
和菜羹而啜口、期気味之克調也。
況年之閏月、一歳余分之春、
月之六日、百官休暇之景。

侍臣五六の輩、風流を翫びて随喜し、
院主《ゐんず》一両の僧、苔蘚を掃ひて以て恭敬《くぎょう》す。
供奉《ぐぶ》するに物無し、唯《ただ》花色と鳥声とのみ、
拝謝するに誠有り、唯至心と稽首とのみ。
予亦《また》嘗て故老に聞く。
曰はく、
「上陽の子日、野遊して老いを厭《ふさ》ぐは、
其の事如何《いかん》、其の儀如何」と。
「松樹に倚《よ》りて以て腰を摩《す》るは、風霜の犯し難きを習ふなり、
菜羹《さいかう》を和《わ》して口に啜《すす》るは、気味の克《よ》く調ふるを期するなり」と。
況むや
年の閏月は、一歳の余分の春、
月の六日は、百官の休暇の景なるをや。

今日之事、今日之為、
豈非為無為事無事乎。
予雖愚拙、久習家風。
廻輿有時、走筆無地。
聊挙一端、文不加点。
云爾。謹序

今日の事、今日の為《わざ》は、
豈に無為を為し無事を事とするに非《あら》ざらむや。
予愚拙なりと雖も、久しく家風を習ふ。
輿を廻らすに時有り、筆を走らすに地《ところ》無し。
聊か一端を挙げ、文点を加へず。
云ふこと爾り。謹みて序す。

【語釈】

雲林院者……—題注に述べたように、雲林院がかつては天皇の離宮であったが、今は寺院となったことを言う。この時の宇多天皇の御製「閏月戊子日遊二覧雲林院一、因題二長句一」（紀家集巻一四）に「是家本自帝王院、今者変為二師□（子カ）宮一」とある。「仏地」は寺院。『阿育王経』巻六に寺院、塔を建立しようとした僧侶らと長者が「於レ是比丘将二長者一共量二仏地一、縄未レ到レ地比丘便得二阿羅漢果一」という奇瑞を描く一節があり、中唐の張祐「題二杭州霊隠寺一」（唐巻五一一）には「仏地花分レ界、僧房竹引レ泉」という例がある。また、三善清行「意見十二箇条」（本朝文粋巻二67）に「故傾二尽資産一、興二造浮図一。競二捨田園一、以為二仏地一」と見える。

聖主—すぐれた天子。ここでは宇多天皇。本書39「早春観レ賜二宴宮人一、同賦二催粧一。応製序」に「聖主命二小臣一、分二類旧史一之次、見レ有三上月子日賜二菜羹之宴二」とあった。その注参照。

玄覧—優れた者が見ること。ここでは宇多天皇がご覧になることを言う。調老人「三月三日。応レ詔」（懐風藻28）に

「玄覧動二春節一、宸駕出二離宮一」とある。また、道真の用例に「遊気高蹇、叡哲玄覧」（本書28「九日侍レ宴、同賦レ喜レ晴。応製序」）がある。その注参照。

不忍―堪えがたい。白居易「和二夢遊レ春詩一百韻」（巻一四0804）の「不レ忍二曲作レ鉤、乍能折為レ玉」、紀長谷雄「法皇賜二渤海裴頲一書」（本朝文粋巻七182）の「方今名父之子、礼畢帰レ郷。不レ忍二方寸一、聊付二私信一」等の例がある。

成功徳―功徳は現在、もしくは未来の善根となる良い行いのこと。ここでは天皇が参詣のために立ち寄ったことを指す。天皇の行いについて用いた例に小野岑守「奉レ和下傷二右近衛大将軍坂宿禰一御製上」（凌雲集64）「天子哀傷下二神筆一、悠悠功徳日月懸」があり、仏教語として道真が用いた例に、「為二温明殿女御一奉下賀二尚侍殿下六十算一修中功徳上願文」（巻一一）「凡厥功徳所レ覃、竟二一賢劫一、以為レ未レ尽」等がある。

侍臣五六輩―「侍臣」は天皇に仕える臣下のこと。行幸に侍った臣下のうちの五六人、の意。前述『扶桑略記』には扈従した者として、皇太子（敦仁親王）、本康親王、貞純親王、貞数親王に加え、源能有、藤原時平、源光、菅原道真、藤原高藤、藤原有実、源真、源貞恒、源希の名を挙げる。『紀家集』の記録から言えば紀長谷雄も居たはずであり、実際にはその数を大きく上回る。行幸に侍った者のうち、雲林院に伴ったのはごくわずかな側近のみであったということか。

風流―世俗を離れた情趣。好もしい景物。風流を翫ぶとは、雲林院の静謐、自然を愛でたということであろう。道真「為二大蔵大丞藤原清瀬一、家地施二入雲林院一願文」（巻一一）には「避レ噪之地、名二雲林院一」と見え、雲林院には世俗の喧噪から隔絶した地というイメージが持たせられているが、雲林院のこうした反俗性については、前述した谷口孝介の指摘がある。道真には他に本書36「三月三日同賦二花時天似レ酔応製序」に「書二巴字一而知二地勢一、思二魏文一以翫二風流一」の例もある。また、第一冊1「秋湖賦」の「勝趣斯絶、風流既殊、世間稀有、天下亦無」の注参照。

随喜―他人の行う善根功徳を見て喜ぶという意味の仏教語。『法華経』譬喩品に「世尊説二是法一、我等皆随喜」とあり、道真「為二諸公主一奉二為中宮一修二功徳一願文」（文草巻一二）にも「我等請奉二行今冬之功徳一、将レ報二宿世之慈悲一。且以随喜、且以思惟」のような例がある。

院主一両僧―院主と一、二人の僧。前述『扶桑略記』には「雲林院之院主由性法師任二権律師一〈遍昭僧正在俗時子〉。弘延、素性両法師施二度者各二人一」とあり、院主である由性法師と弘延、素性の二人の法師の名が見える。

苔蘚―こけ。梁の裴子野「遊二華林園一賦」（芸文類聚巻六五・園）に「苔蘚駮犖、叢攢」とあり、道真「為二南中納言一奉レ賀二右丞相四十年一法会願文」（文草巻一一）には「弟子手披二苔蘚一、親□香筵」の例がある。橘正通「坐レ石弄二潺湲一」（類題句題抄297）には「掃レ苔代レ席寒波灑、向レ岸為レ牀迅瀬縈」という、「苔」を「掃く」例が見える。なお、解説にも引用したこの時の道真詩431には「莓苔晴後変二瑠璃一」とあり、宇多天皇の御製「閏月戊子日、遊二覧雲林院一。因題二長句一」（紀家集巻一四）に「池面□□泉似レ布、青苔満レ地竹林風」、後日回想して詠まれた道真「行幸後憶二雲林院勝趣一、呈二吏部紀侍郎一」（巻六432）にも「青苔地有二心中色一、瀑布泉遺二耳下声一」とあり、雲林院の緑鮮やかな苔が参加者の印象に残ったことがうかがえる。

恭敬―敬う。『法華経』方便品に「舎利弗当レ知、我見二仏子等一。志二求仏道一者、無量千万億。咸以二恭敬心一、皆来二至仏所一」等と見えるほか、『続日本記』養老五年六月二三日条の詔の「詔曰、如有下修二行天下諸寺一、恭敬供養上。一同二僧綱之例一」、道真「叙意一百韻」（後集484）「厭二離今罪網一、恭二敬古真筌一」等の例がある。

供奉―行幸などにつき従うこと、という意味で用いられることが多いが、ここではものを供えること。白居易の詩題に「広宣上人以二応制詩一見レ示、因以贈レ之。詔許上人居二安国寺紅楼院一。以レ詩供奉」（巻一五0814）の例がある。

花色与鳥声―花の姿と鳥の声。「行幸記」に収められた「奉レ和下遊二覧雲林院一御製上」には「花迎二鳳輦一□争異、鳥喜二鴻恩一語各同」と見え、雲林院の花と鳥とを取り上げる。同様に花と鳥を取り上げる例として、嵯峨天皇「春日作」（経国集巻一一91）に「花色風初暖、鶯声日漸遅」がある。

拝謝―仏を拝み、礼をする。『史記』巻七・項羽本紀に「項王曰、壮士、賜二之卮酒一。則与二斗卮酒一。噲拝謝起、立而飲レ之」、『冥報記』巻三に「運拝謝曰、幸甚」の例がある。

至心―まごころ。後漢の孔融「論二盛孝章一書」（文選巻四一）に「隗雖二小才一而大遇。竟能発二明王之至心一」とある。道真「木工允平遂良為二先考一修二功徳一、兼賀二慈母六十齢一願文」（巻一二）に「弟子今年、新書二妙法蓮華経一、叙二至心一也」等とあるように願文で用例の多い語である。

稽首―座って頭をしばらく地面につけている敬礼。『後漢書』巻五・高祖本紀の「朱旗乃挙、粤踏二秦郊一。嬰来稽首、革命創成」（芸文類聚巻一二・帝王）、嵯峨天皇「与二海公一飲レ茶送レ帰レ山」（経国集巻一〇34）の「香茶酌罷日云暮、稽首傷レ離望二雲煙一」のような例もあるが、「為二弾正尹親王先妣紀氏一修二功徳一願文」（巻一一）の冒頭「弟子某、帰命稽首。…」のような願文や奏状などで敬意の表現として慣用的に用いられる例が圧倒的に多い。

聞于故老―（正月の子の日に野遊びをする由来について）老人に尋ねた。「故老」は物事をよく知る老人。表現としては後漢の班固「西都賦」（文選巻一）の、「若レ臣者徒観二迹於旧墟一、聞二之於故老一、十分而未レ得二其一端一、故不レ能二徧挙一也」を踏まえるが、子の日の由来を何らかに求めるという発想の点では、本書39「早春観レ賜二宴宮人一同賦二催粧一応製序」に「聖主命二小臣一、分二類旧史一之次、見レ有下上月子日賜中菜羹之宴上」と類似する。

上陽―正月。『漢書』巻七・五行志に見える「上陽施不二下通一、下陰施不二上達一」は天上にある陽気のことを指し、管見のところ中国には正月という意味での用例を見出していない。道真には「同賦三春浅帯二軽寒一、応製」（巻六445）に「不二是吹レ灰案レ暦疎一、浅春暫謝上陽初」とあり、「上陽」を正月と解することが出来る。このほか、日本では惟氏「奉レ和二除夜一」（経国集巻一三171）に見える「俗事□随□□夜尽、幽心独対上陽新」の例を新年の陽気と解することが出来、参考となろう。後年の例となるが、菅原文時「仲春内宴賦三鳥声韻二管絃一応製」詩序（本朝文粋巻一一340）には「夫内宴者、本是上陽之秘遊也。上陽喜気、与レ古不レ同」という、正月の内宴を「上陽の秘遊」とする例が見える。また、藤原季仲「子日和歌序」（本朝続文粋巻一〇）には「誠是上陽之佳猷、却レ老之秘術也」の例があり、子の日について「上陽」とするほか、後に見る「厭老」に通じる「却老」の語が見え、本序の影響を受けた表現と考えられる。鎌倉時代初期成立の『文鳳抄』早春には「正月……、上春〈上陽　上月　端月〉」とある。なお、日本における正月という意での使用例、また本例がそれらに与えた影響については、本間洋一「院政期漢詩と白詩をめぐる箚記」（『白居易研究年報』15、二〇一五年）参照。

子日―子の日。子の日の行事の歴史、また本作で述べられている寛平八年閏正月六日に宇多天皇が行った行事の意義については、前掲した谷口論文、北山円正「子の日の行事の変遷」（『平安期の歳事と文学』和泉書院、二〇一八年）に詳しい。

厭老―老いのおとずれをふさぐ。「厭」をふさぐという意味で用いた例は、『荀子』修身に「厭二其源一、開二其瀆一、江河可レ竭」とあり、また、『漢書』巻一・高帝本紀上に「秦始皇帝嘗曰、東南有二天子気一。於レ是東游以厭二当之一」とあり、その顔師古注に「厭、塞也」とある。

倚松樹以摩腰―松の木にもたれて腰を摩りつける。冬の寒さにも色を変えない松の生命力を身に付けようとする子の日の風習の一つと思われるが、他の文献には見出しがたい。後に橘在列「春日野遊」和歌序（本朝文粋巻一一350）「倚二松根一而摩レ腰、千年之翠満レ手」に影響を与えた。

風霜―かぜとしも。冬の寒さを指す。松が耐える冬の寒さを表現した例として、魏の劉楨「贈二従弟一三首（其二）」（文選巻二三、芸文類聚巻八六・松）の「亭亭山上松、瑟瑟谷中風。風声一何盛、松枝一何勁。風霜正惨凄、終歳恒端正」、紀長谷雄「侍二宴朱雀院一、賦三秋思入二寒松一」詩序（本朝文粋巻一〇287）の「毎看二風霜之寒色一、不レ堪二幽閑之虚懐一」等がある。

和羹―野菜のあつものの味をととのえる。「和羹」、すなわち種々の具を取り合わせ味を調えたあつものという語があり、例えば『毛詩』商頌「烈祖」には「亦有二和羹一、既戒既平」と見えて参考となるが、ここでの「和」は「倚」と対となる動詞として「ととのえる」と解釈するべきであろう。「菜羹」については、本書39「早春観レ賜二宴宮人一、同賦二催粧一。応製序」に「菜羹之宴」、また「野中芼レ菜、世事推二之蕙心一矣。爐下和レ羹、俗人属二之荑指一」と見えた。それぞれの注参照。

気味―ここでは心身の調子を言うか。古くから『芸文類聚』巻八七・棗に「神異経曰、北方荒中、有二棗林一焉。……気味甘潤、殊二於常棗一」のように、物のにおいと味、という意味があり、唐代に入って雰囲気、趣といった意味の俗語として用いられた。よく知られる「人間栄耀因縁浅、林下幽閑気味深」（「老来生計」巻六六3248、千載佳句巻下・幽居1015、和漢朗詠集巻下・閑居617）等、特に白居易に用例が多いが、ここではあつものを食べることによって調える、落ち着かせるものであるから、心身の調子と解釈した。

克調―よくととのえる。唐の宣宗「授二夏侯孜集賢殿大学士一制」（全唐文巻八〇）に「戎夷式歛、陰陽克調」と見える。日本では天長二年（八二五）一一月一八日の詔（政事要略巻二五・朔旦冬至）に「古明聖之世、辰星不レ忒、律呂克調」と見え、これは『千字文』の「閏余成レ歳、律呂調レ陽」を意識した表現であろう。また、後世の例ではあるが、藤原光親が草した三社告文（猪隈関白記建久八年（一一九七）一〇月一一日条）に「和羹之味克調天、致二君於堯舜一志」とあり、本例を意識したものと考えられる。

月之六日百官休暇之景―今日は六日であり、すべての役人たちは休みである。「百官」はすべての官吏。『周易』繋辞伝下に「上古結レ縄而治、後世聖人易レ之以二書契一、百官以治、万民以察、蓋取二諸夬一」とあり、『政事要略』巻二五朔旦冬至には「陽成天皇元慶三年十一月丙辰、朔旦冬至。……天皇御二紫宸殿一宴二于百官一。大歌五節舞並如レ常。賜レ禄有レ差。宣命叙位云々」の例がある。「休暇」は休み。「仮寧令」1には「凡、在京諸司、毎二六日一並給二休暇一日一」と見え、史料により毎月六日、十二日、十八日、二十四日、晦日の五日が一般的な休日であったことが推測されている（山田英雄「律令官人の休日」『日本古代史攷』岩波書店、一九八七年）。『宋書』巻七・真宗本紀に「詔二禁中外群臣一非二休暇一無レ得二群飲廃職一」とあり、『続日本紀』大宝元年五月七日条には「勅二一位已下一、賜二休暇一不レ得レ過二十五日一。唯大納言已上、不レ在二聴限一」という例が見える。「景」は日光から転じて日を言う。道真に「春日仮景、尋二訪故人一」（巻一32）「軟レ脚和風知レ有レ旧、恰レ顔仮景既知レ新」という例がある。

為無為事無事―何事もなさずしてなすべきことをする。『老子』第六三章「為二無為一、事二無事一、味二無味一」の例がよく知られており、この箇所の表現にも近いが、意味としては、ここは『論語』衛霊公「無為而治者、其舜也与」のように、（帝王が）何もなすことなくして自らのなすべきこと（治世）を果たす、すなわち帝王が聖人であるがゆえに、何もなさずして世が治まっていること。後漢の張衡「東京賦」（文選巻三）に「登封降禅則斉二徳乎黄軒一、為二無為一事二無事一、永有レ民以孔安」とあり、道真の例では「重陽日、侍二宴紫宸殿一、同賦二玉燭歌一応製」（巻二144）に「無為無事明王代、九月九日嘉節朝」と見え、第一冊2「未レ旦求レ衣賦」にも「随二歩驟一而比レ蹤、無為無事」と見えた。その注参照。

愚拙―おろかで出来がわるい。「如レ此、則上無二私威之毒一、而下無二愚拙之誅一」（韓非子巻一七・用人）などは普通名詞として用いられている例であるが、道真の「金吾相公、不レ棄二愚拙一。秋日遣レ懐、適賜二相視一。聊依二本韻一、具以奉謝、兼亦言レ志」（巻五352）は自身の謙称であり、自らの非才を言う本例に近い。

家風―家のならわし。『芸文類聚』巻二三・鑑誡には、晋の潘岳の「家風」詩が挙げられ、白居易「酬二皇甫賓客一」（巻五八2829）に「玄晏家風黄綺身、深居高臥養二精神一」の例がある。ここでは道真の菅原家の業である詩文の製作を言う。菅原家の伝統について「家風」と述べた例として、島田忠臣に「暮春宴二菅尚書亭一。同賦二掃レ庭花自落一。各一字〈得レ還〉」（其三二）（田氏家集巻下172c）の「家風扇与二好風一還、一処歓遊咲破顔」があり、道真自身に「知音皆道空消レ日、豈若二家風便レ詠レ詩一（巻一38「停レ習レ弾レ琴」）の例がある。また、道真の母伴氏が道真の元服に際して詠んだ歌にも「久方の月の桂も折るばかり家の風をも吹かせてしがな」（拾遺集・雑上・473菅原の大臣かうぶりし侍りける夜、母の詠みはべりける）の例がある。

廻輿有時―輿に乗った天皇の移動には定まった時間がある。ゆっくりと詩文を草する余裕がなかったと言う。「廻輿」は輿を移動させること。李白「流二夜郎一半レ道承レ恩放還、兼欣二剋復之美一、書レ懐示二息秀才一」（唐巻一七〇）に「廻レ輿入二咸京一、席巻六合通。叱咤開二帝業一、手成二天地功一」とあり、日本では大江匡衡「初冬陪レ行二幸摂政第一、同賦二葉飛水面紅一。応製」（江吏部集巻下114）「撃レ筑須レ歌豊沛月、廻レ輿重問渭陽風」のような例が見える。なお、『日本紀略』には、宇多天皇一行は午刻に斎院と雲林院に寄り、その後未刻には船岡山に移動したとあるので、雲林院での滞在時間は二時間もなかったということになる。

走筆無地―私が筆を走らせるにふさわしい場も与えられなかった。「走筆」は筆を動かして詩文を作ること。「酔後走レ筆。酬二劉五主簿長句之贈一。……」（巻一二584）のように、白居易がしばしば用いた語。「無地」は場所がなかった。南朝梁の蕭子顕「御二講金字魔訶般若波羅蜜経一序」（広弘明集巻一九）に、講経が行われる寺院に人が密集している様子を、「錐立不レ容、棘刺無レ地」と描く例が見える。

挙一端―一部分を示して。前に「聞于故老」の注で挙げた後漢の班固「西都賦」（文選巻一）に「十分而未レ得二其一端一」と見え、三善清行「意見十二箇条・請レ禁二奢侈一事」（本朝文粋巻二67）に「今略挙二一端一、指陳二事実一」の例がある。

文不加点―文章の見直しをしない。文章の訂正箇所に点を打つことから、「加点」とは、文章を直すこと。後漢の禰衡「鸚鵡賦」（文選巻一三）に「衡因為レ賦、筆不レ停レ綴、文不レ加レ点」と見える。これを忠実に踏まえれば、一気に書き上げたために筆を止めることなく、推敲する必要もないほど優れた出来栄えということになる。第一冊51

「鴻臚贈答詩序」の「凡厥所レ作、不レ起二藁草一。五言七言、六韻四韻、黙記畢レ篇、文不レ加レ点」はその意味で用いられているが、本例は丁寧に見直す余裕がなかった、という謙辞となっている。

【通釈】

（帝が）雲林院に行幸されたのに随行し、感激する気持ちを抑えられず、見たところを申し上げる。その序

ここ雲林院は、かつて離宮でありましたが、今は寺となっています。帝は遊覧の途中、その門を通り過ぎることがお出来になれず、功徳を施されました。お供した臣下のうち五六人は（雲林院の）風光を愛でて喜び、院主と一、二人の僧は、庭の苔を掃き清めて帝への敬意を表しました。み仏におささげするものもなく、ただ花の姿と鳥の鳴き声があるばかりです。仏を拝謝したてまつる気持ちにはまことがあり、ただ真心と深い礼があるのみです。

私はかつて老人に尋ねたことがあります。

「正月の子の日には、野遊びをして老いのおとずれを妨げるというが、それはどういうことなのか、それはどのような行事なのか」と。

（老人が答えるには）

「松樹に寄りかかって腰を摩りつけますのは、（松が）冬の寒さにも負けないことにならうのでございます。野菜のあつものの味を良い塩梅にしていただきますのは、心身の調子を整えることを目指すのでございます」

ましてや今年は正月に閏月があり、例年よりも余分に春があり、（今日は）六日、すべての官吏の休みの日です。帝が今日このような行事を催され、今日このようなことをなされたことは、古の聖人が言うところの、聖帝が何事もなすことなくして世を治めることが実現しているということではないでしょうか。

私は愚かで不出来ではございますが長らく家業たる作文に努めてまいりました。（しかし）帝の移動には決まった時間があり、落ち着いて筆を走らせることが出来ませんでした。

取り急ぎ（今日の様子の）一端を示すばかりで、見直しもしておりません。以上の通りであります。謹んで序を記します。

（仁木夏実）

44　九日後朝　侍朱雀院　同賦閑居楽秋水　応太上皇製　序

九日の後朝　朱雀院に侍りて　同じく「閑居にて秋水を楽しむ」といふことを賦す　太上皇の製に応《こた》へまつる　序

【解説】

本序は『菅家文草』巻六443に七言律詩と共に所収。但し、「応太上皇製」を「応太上天皇製」に作る。題下注に「扶四」とあることから『扶桑集』巻四（今佚）にも採られていたことが知られる。また、序は他に『本朝文粋』巻八230（但し、「応太上皇製」を「応太上法皇製」に作る）、『本朝文集』巻二八（同上）にも収められている。先行注に柿村重松『本朝文粋註釈』がある。作時は『日本紀略』寛平九年（八九七）九月一〇日条に「後太上天皇〈宇多〉於二朱雀院一喚二詩人一、令レ賦下閑居楽二秋水一之詩上。令二権大納言菅原朝臣〈道真〉作レ序」とあることで知られる。この年七月三日に宇多天皇は譲位し、第一皇子敦仁が受禅。一〇日に宇多に太上天皇の尊号が奉られ、一三日に醍醐天皇の即位式が行われた。道真は六月一九日に中納言から権大納言・右大将に任じられ、七月三日の受禅により春宮権大夫を止められている。本詩序は、宇多の退位後の朱雀院で催された雅会の作だが、現存する漢詩は道真と紀長谷雄（類聚句題抄112に摘句二聯）の作のみ。本序の摘句「閑居属二於誰人一……朱雀院之新家也」と「垂レ釣者……遥感二旅宿之随レ時」は、『和漢朗詠集』巻下・水付漁父515・516にも採られ、大江匡房は、本序の「風月同レ天、閑忙異レ地」などの句は「染二心肝一」むものであると評している（江談抄第六32「菅家御集秀勝事」）。また、谷口孝介「朱雀院の道真」（『菅原道真の詩と学問』塙書房、二〇〇六年）の詳解では、本作は「聖君主による用賢政治の理想を、朱雀院における宇多院の治政として現前させる」ものといい、山本真由子「延喜七年大堰川行幸の詩歌と『菅家文草』――〈秋水に泛かぶ〉

の表現をめぐって――」（『和漢比較文学』48、二〇一二年）は、延喜七年の重陽後朝に行われた宇多法皇の大堰川行幸詩歌に本作が影響を与えているとする。なお、道真の七律は次の通りである。

聞昔瀟湘逢故人
在今楽水詎為新
夜魚宿処投心緒
秋月浮時洗眼塵
潭菊落粧残色薄
岸松告老暮声頻
池頭計会仙遊伴
皆是乗査到漢浜

聞けり 昔瀟湘にて故人に逢へりと
在今《いま》し 水を楽しむ 詎《たれ》か新しとせむ
夜の魚《いを》の宿する処に 心の緒《お》を投じ
秋の月の浮かぶ時に 眼の塵を洗ふ
潭《ふち》の菊は粧ひを落として 残色薄く
岸の松は老いを告げて 暮声頻りなり
池頭に計会す 仙遊の伴《とも》の
皆是《こ》れ 査《うきぎ》に乗りて 漢《あまのがは》の浜《ほとり》に到らむことを

【題注】

九日後朝―重陽の翌日（本書37「秋雁櫓声来詩序」題注参照）。

朱雀院―右京の三条と四条の間、朱雀大路に面して設けられていた後院で、「累代後院、或号㆓四条後院㆒。三条南朱雀西、四町。四条北、西坊城東」（拾芥抄・中）と見える。恐らく嵯峨天皇からその皇后橘嘉智子に継承されたもので（続日本後紀承和三年〈八三六〉五月二五日条初出）、承和五年に太后は朱雀院で宴を催しているが、その後殆ど用いられることがなく、宇多天皇の時に復興されたらしい。『日本紀略』によれば、寛平八年閏正月二五日に宇多天皇が朱雀院に幸し諸工の造作を御覧になったと見えるので、その頃に整備が進められていたのであろう。同年一〇月一三日にも行幸され小鷹の興を催されているので、その時には完成していたかという。翌年五月一七日にも幸せられ、九月一〇日にこの雅会が行われた。翌昌泰元年（八九八）二月一七日に朱雀院に移御することになる。なお、本作の一年後の九月一〇日にも朱雀院に文人達を召し、「秋思入㆓寒松㆒」詩（菅家文草巻六449。紀長谷雄の詩序は本朝文粋巻一〇287に、詩は類聚句題抄82所収）を賦せしめている。太田静六「朱雀院の考察」（『寝殿造の研究』吉川弘文館、一九八七年）に詳述されている。

閑居楽秋水―もの静かな住居で秋の（池）水を楽しむ。「閑居して秋水を楽しむ」とも訓《よ》める。句題の典拠未詳（新題か）。「閑居」は閑静な住居、くらし（をする）意。ここでは宇多の退位後のくらしを言う。白居易「春日閑居三首（其三）」（巻六九3513）の「問㆑我逸如何、閑居多㆓興味㆒。問㆑我楽如何、閑官少㆓憂累㆒」、島田忠臣「菅著作講㆓漢書㆒。門人会而成㆑礼。各詠㆑史」（田氏家集巻上55）の「家門罷㆑相閑居久、猶怪恩栄不㆑称㆑名」は語例の一端。「秋水」は秋の池水（や川）のこと（第一冊1「秋湖賦」題注、6「右大臣剣銘」語釈参照）。白居易「渭上偶釣」（巻六0231）に「無㆑機両不㆑得、但弄㆓秋水光㆒」、道真「山寺」（巻二166）にも「門当㆓秋水㆒見、鐘逐㆓暁風㆒聞」と見えている。なお、道首名「秋宴」（懐風藻49）に「望園商気艶、鳳池秋水清」と詠まれるように、澄んで美しい印象もあり、「智者楽㆑水」（論語・雍也）という故事も意識されている（後掲語釈「智者」参照）。

閑居属於誰人、紫[1]宸殿之本主也。
秋水見於何処、朱雀院之新家也。
非智者不楽之、故得我君之歓脱履[2]、
非玄談不説之、故遇[3]我君之逐[4]虚舟。

閑居は誰人《たれ》にか属する、紫宸殿の本主なり。
秋水は何処《いづく》にか見む、朱雀院の新家なり。
智者に非ずは楽しまず、故に我が君の脱履《だつり》を歓《よろこ》ぶを得《え》、
玄談に非ずは説《よろこ》ばず、故に我が君の虚舟を逐《お》ふに遇へり。

観夫、
月浦蕭蕭、分鏡水而繞籬下、
砂[5]岸爛爛、縮松江而導階前。
[6]況乎、
垂釣者不得魚、暗思浮遊之有意、
移棹者唯聞雁、遥感旅宿之随時。
嗟乎、
節過重陽、残菊猶含旧気、
心期百歳、老松弥染新青。
風月同天、閑忙異地。
臣昔是伏奏青瑣之[7]職、
臣今亦追従緑蘿之身
彼一時也、此一時也。

観れば夫《そ》れ、
月浦蕭蕭として、鏡水を分《わ》かちて籬下に繞《めぐ》らし、
砂岸爛爛として、松江を縮めて階前に導く。
況むや、
釣《つり》を垂るる者の魚を得ずして、暗《そら》に浮遊の意《こころ》有ることを思ひ、
棹を移す者の唯《ただ》雁を聞きて、遥かに旅宿の時に随ふことを感《おも》ふをや。
嗟乎《ああ》、
節《とき》重陽を過ぎて、残菊猶し旧気を含み、
心百歳を期して、老松弥《いよ》いよ新青に染《そ》む。
風月は天を同《ひと》しくするも、閑忙は地を異《こと》にせり。
臣 昔は是れ青瑣《せいさ》に伏奏する職なりしも、
臣 今し亦《また》緑蘿に追従する身なり。
彼も一時なり、此《これ》も一時なり。

形骸之外、言語道断焉、
任放之間、紙墨自存矣。
云爾。謹序。

形骸の外《ほか》、言語道断なるも、
任放の間、紙墨自《おのづ》からに存す。
云ふこと爾《しか》り。謹しみて序す。

【校異】

1宸―震（底本）、内・大・粋により改む。　2履―屣（大・粋）。　3遇―過（底本）、大・粋により改む。
4逐―遂（底本）、大・粋により改む。　5岸―崖（粋）。　6況―恐（底本）、大・粋により改む。
7職―識（底本）、内・大・粋により改む。

【語釈】

属―つき従う。～のものとなる。白居易「題㆓報恩寺㆒」（巻五四2485）に「晩晴宜㆓野寺㆒、秋景属㆓閑人㆒」、同「送㆓嵩客㆒」（巻六八3416）に「登㆑山臨㆑水分無㆑期、泉石烟霞今属㆑誰」他、白詩にはよく見える語。道真「予為㆓外吏㆒幸侍㆓内宴㆒……」（巻三184詩題）に依れば、「明朝風景属㆓何人㆒」（「答㆓元奉礼同宿見㆑贈」巻一四0745。千載佳句巻下・送別911）の白詩句を基経朗唱後に吟詠したと記し、「行幸後朝憶㆓雲林院勝趣㆒戯呈㆓吏部紀侍郎㆒」（巻六432）でも「従来勝境属㆓風情㆒、専㆑夜相思夢不㆑成」と用いている。

誰人―だれ。盛唐の高適「別㆓董大㆒二首（其二）」（唐巻二一四）に「莫㆑愁前路無㆓知己㆒、天下誰人不㆑識㆑君」などの先行例もあるが、白詩に多く見え、「中秋月」（巻一六0993）に「誰人隴外久征戍、何処庭前新別離」（和漢朗詠集巻上・月252）、「夭老」（巻五八2851）に「誰人断得人間事、少夭堪㆑傷老又悲」などはその一端。島田忠臣「自勧㆓閑居㆒」（田氏家集巻中86）にも「人生百歳誰人得、縦得㆑全㆑生又易㆑除」と用いられている。

紫宸殿—内裏の正殿。天皇の政務を執る場でもあり、即位、朝賀・節会・新嘗祭などの重要な儀式を行う会場ともなった。南殿・前殿・正殿・寝殿・御在所などとも記される。なお、紫宸殿の名称は弘仁九年（八一八）の殿門改号で唐に倣って誕生したという。『類聚国史』巻七三・歳時四・相撲の天長八年（八三一）七月二五日条に、「皇帝御二紫宸殿一、覧二相撲一」と見えるのは、その早い例の一。道真の詩にも「重陽日侍二紫宸殿一同賦二玉燭歌一。応製」（巻二144詩題）他がある。もともと「紫宸」とは紫微星（北斗の北にある星の名で、南面する天子の象徴となり、天子の居処の意となる）と宸（北極星の位置するところから、帝王・帝位の意を有する）からなり、唐代より殿舎名（聴政や儀式に利用）として用いられていた。従って、本朝でも早く藤原史「元日。応詔」（懐風藻29）に「斉レ政敷二玄造一、撫レ機御二紫宸一」と、語彙としては用いられている。

本主—もともとの主人《あるじ》。白居易「聞三崔十八宿二予新昌弊宅一、時予亦宿二崔家依仁新亭一。一宵偶同、両興暗合。因而成レ詠聊以写レ懐」（巻五二2288）に「何必本主人、両心聊自足」とある意に同じ。『続日本紀』和銅二年（七〇九）一〇月一四日条に「畿内及近江国百姓、不レ畏二法律一、容二隠浮浪及逃亡仕丁等一、私以駆使。由レ是多在レ彼、不レ還二本郷本主一」、『本朝文粋』巻二63の延喜二年（九〇二）三月一三日付太政官符「応下停二止勅旨開田幷諸院諸宮及五位以上買二取百姓田地舎宅一占中請閑地荒田上事」にも「其寺社百姓田地、各任二公験一、還二与本主一」などと見える。また、白詩「遊二雲居寺一贈二穆三十六地主一」（巻一三0644）の「勝地本来無二定主一、大都山属二愛レ山人一」（千載佳句巻下・山居990、和漢朗詠集巻下・山492）などという表現も思い合わされる。

新家—新しい家屋。中唐の劉禹錫「和下思黯憶二南荘一見上レ示」（唐巻三六一）に「丞相新家伊水頭、智嚢心匠日増修」と見える。新宅・新屋・新居・新亭（以上、白詩に見ゆ）の類に同じ。

智者—智恵のあるすぐれた人。道理をわきまえた人。賢人。『芸文類聚』巻八・総載水に「韓詩外伝曰、夫水者、縁レ理而行、不レ遺レ小、似二有レ智者一。重而下、似二有レ礼者一。天地以成、群物以生、国家以寧、万事以平。此智者、所三以楽二於水一也。論語曰、智者楽レ水」と見えている。魏の何晏『論語集解』によれば、「知者楽下運二其才知一以治上レ世、如二水流而不レ知レ已」と云う。また、宮崎市定（『論語の新研究』岩波書店、一九七四年）は、雍也の「智者楽、仁者寿」の文言（第一冊1「秋湖賦」の「楽水」の語釈参照）について、「知者は目前を楽しく暮す方法を知り、仁者は長寿の秘訣を知っている」ことを言うと記している。

非……不……―もし……でなければ……しない。『孟子』公孫丑章句上に「非二其君一不レ事、非二其民一不レ使」、白居易「戯答二皇甫監一」（巻五六2709）に「莫レ道非レ人身不レ煖、十分一盞煖二於人一」などとある。

我君―わが主君（本書36「賦二花時天似レ酔序」語釈参照）。宇多上皇を指す。

脱履―惜しげなく捨てるさま。「履」は草履の類の履《は》き物で、「屣」にも作る。『漢書』巻二五上・郊祀志第五上に「天子曰、嗟乎、誠得レ如二黄帝一、吾視レ去二妻子一、如レ脱レ屣耳」、梁の任昉「為三褚諮議蓁譲二代レ兄襲レ封表」（文選巻三八）に「深鑑二止足一、脱二屣千乗一」と見える。後者の李善注では「呉都賦曰、軽脱二屣（躧）於千乗一」と晋の左思の「呉都賦」（同巻五）の先行例にも触れ、劉良注には「視二所レ封郡一、如レ脱レ屣。屣、履也」とある。ここでは、『続日本紀』霊亀元年（七一九）九月二日条の元明天皇の詔に「釈レ累遺レ塵、将レ同二脱屣一」と見えるのに同じく、皇位を去る意に用いており、後の藤原敦光「太上皇高野御塔供養」（本朝続文粋巻一二）にも「弟子脱履之時、先詣二此山一」とある。なお、この語の和漢における用法（意味）について論ずる于永梅「平安朝の漢詩文における「脱屣」の用法」（『語文』84・85、二〇〇六年）参照。

玄談―深遠な話。老荘や仏教などに関わる出世間的な談話。北魏の常景「讃二四君一詩四首（揚雄）」（北魏巻二）に「世軽久不レ賞、玄談物無レ求」、中唐の銭起「過二長孫宅一与二朗上人一茶会」（唐巻二三七）に「玄談兼二藻思一、緑茗代二榴花一」とあり、都良香「神仙対策」（都氏文集巻五、本朝文粋巻三70）にも「訪二於玄談一、久視之方非レ一」と見え、道真は「行春詞」（巻三219）でも「霊祠怪語年高祝、古寺玄談﨟老僧」と詠じ、「予罷レ秩帰京、已為二閑客一、玄談之外、無二物形レ言。故釈二逍遥一篇之三章一、且題二格律五言之八韻一……」（巻四333〜335）とも用いている。

不説—喜ばない。『論語』雍也に「冉求曰、非レ不レ説二子之道一、力不レ足也」とあるのは一例。また、語らない、話さない意にも解せようか。白居易「贈二晦叔一憶二夢得一」（巻五八2909）に「帰来不レ説二秦中事一、歇定唯謀二洛下遊一」はその一例。

虚舟—荷物を載せていない舟（第一冊1「秋湖賦」の「不繫之虚舟」語釈参照）。ここでは無心の境地や拘《とら》われない心を喩える。この語は白詩にもよく見えるが、「詠懐」（巻六五3232）の「心似三虚舟浮二水上一、身同三宿鳥寄二林間一」は一例。道真は他に「舟行五事（其四）」でも「老泣雖二哀痛一、虚舟似二放遊一」と用いる。なお、『拾芥抄』（中・官位唐名部第三・唐名大略）において「脱履」「虚舟」を太上皇の異称としているのは、道真の本作が淵源ではないかと思う。

観夫—発句の表現で、見るに、思うに、考えるに、という程の意（本書28「賦レ無二物不レ逢レ春序」の語釈参照）。「観其」に同じ。晋の潘岳「西征賦」（文選巻一〇）に「観夫、漢高之興也、非二徒聡明一、神武豁達、大度而已一」、紀長谷雄「春雪賦」（本朝文粋巻一4）にも「観夫、皎然影乱、飄爾質軽」とある。

月浦—月下の入江。『芸文類聚』巻七・総載山に「梁元帝玄圃牛渚磯碑曰、……桂影浮レ池、仍為二月浦一」、李嶠『百二十詠』「江」に「霞津錦浪動、月浦練光開」とあり、道真の例の後にも、源順「賦二度レ水落花来一」詩序（本朝文粋巻一〇307）に「過二月浦一兮漫入、巻レ簾誰待二一葦之軽一」、慶滋保胤「勧学院仏名廻文」（同巻一三399）にも「閉レ戸之生、不レ出二其閫一、誰弄二魚竿於月浦一」などと用いられている。

蕭蕭—（秋の）物さびしい様（第一冊20「祭二連聡霊一文」語釈参照）。風が吹きたてるさびしげな音を言うこともある。秦の荊軻「歌一首」（文選巻二八）に「風蕭蕭兮易水寒、壮士一去兮不二復還一」、白居易「栽レ杉」（巻七0296）に「病夫臥相対、日夕閑蕭蕭」などとあり、道真「海上月夜」（巻一76）にも「秋風海上宿二蘆花一、況復蕭蕭客望賖」と見える。

鏡水—鏡湖。浙江省紹興県西南にある。（本書37「賦二秋雁櫓声来一序」の「鏡湖」語釈参照）。

籬下―かきねのもと（後に見える残菊のそれであろう）。陶潜「雑詩二首（其一）」（文選巻三〇）に「采レ菊東籬下、悠然望二南山一」と詠まれてから、白居易「知足吟」（巻五二2280）に「樽中不レ乏レ酒、籬下仍多レ菊」、島田忠臣「菊花」（田氏家集巻下207）に「曽恨芬芳籬下滅、稍憐気味腹中春」、道真「対二残菊一詠二所懐一寄二物忠両才子一」（巻四305）に「偏愛夢中禾失尽、不レ知籬下菊開残」などと、菊の詠詩に用いられることが少なくない。

砂岸―水際の砂地。「沙岸」に同じ。南朝宋の謝霊運「初去レ郡」（文選巻二六）に「野曠沙岸浄、天高秋月明」とあり、道真は「水中月」（巻二116）でも「円似二江波初鑄一鏡、映如二沙岸半披一金」と用いている。校異による「砂崖」の本文も意味は同じ。

爛爛―明らかな様。光かがやく様。漢の司馬相如「上林賦」（文選巻八）に「磷磷爛爛、采色澔汗」とあり、李善注に「郭璞曰、皆玉石符采、映耀也」と見え、白居易「牡丹芳」（巻四0152）に「千片赤映霞爛爛、百枝絳焔燈煌煌」とある。

縮松江―松江の地を縮小する。「松江」は呉淞江とも言い、呉（江蘇省）の太湖より海に注ぐ川の名称。「張翰適意」（蒙求）の故事で知られるように、秋の鱸魚の美味は名高い。白詩では「晩起」（巻五四2486）に「聞道松江水最清」とあるように澄んだイメージで、「松江亭携レ楽観レ漁宴宿」（同2488）に「松江落葉波」と詠まれるように秋の風情を賞される景勝地でもあった。「縮」は白詩「効二陶潜体一詩十六首（其七）」（巻五0219）に「我無二縮地術一、君非二馭風仙一」と詠まれるように、所謂「長房縮地」（蒙求）の故事を喚起させられる。その故事は二者間の距離を縮めて、近くに引き寄せる意で「縮」を用いているが、ここでは縮小化する意で用いているか。道真は「仁和元年八月十五日行二幸神泉苑一有レ詔二詩臣一命献二一篇一」（巻二152）でも「地縮二松江一秋水満、人招二柳市一古風存」と詠んでいる。源順「奉レ同二源澄才子河原院賦一」（本朝文粋巻一〇10）に「山貌畳レ嵩、岸勢縮レ海」、また、同人「冬日於二神泉苑一同賦二葉下風枝疎一」詩序（同上巻一〇314）にも「緑池水高、縮二呉江於眼下一」などと見えるのは後世の例の一斑。なお、朱雀院の庭園のありさまを鏡湖や松江に譬えて表現しているのは、後のものではあるが、『作庭記』

（橘俊綱）に「国々の名所を思ひめぐらして、おもしろき所々をわがものになして、おほすがたをめぐらして」造園する姿勢と基本的に通うところがあるように思われる。

階前―（家から外に出る時に下りる）階段の先に。白詩にもよく見え、「惜二牡丹花一二首（其一）」（巻一四0743）の「惆悵階前紅牡丹、晩来唯有二両枝残一」はその一例。美努浄麻呂「春日応詔」（懐風藻24）に「階前桃花映、塘上柳条新」、巨勢識人「奉レ和二春閨怨一」（文華秀麗集巻中53）に「階前花積妾不レ掃、窓外鶯啼妾復啼」は本朝の先例。

況乎―まして〜ならなおさらだ。『孟子』万章章句下に「以二士之招一招二庶人一、庶人豈敢往哉。況乎、以二不賢之人招一、招二賢人一乎」、漢の班彪「王命論」（文選巻五二）に「貧窮亦有レ命也。況乎、天子之貴、四海之富、神明之祚、可二得而妄処一哉」などとある用法参照。

垂釣―釣り糸を垂れる。『楚辞』の「哀時命」に「下垂二釣於谿谷一、上要二求於僊者一」と早くに例はあるが、道真は「春日独遊三首（其三）」（巻四249）でも「適遇二多情垂釣叟一、各言二其志一不レ言レ魚」と用いている。もともと太公望呂尚の故事（蒙求・呂望非熊）を意識することが多いが、ここは、釣糸を垂れてはいるが、魚を得るのが目的ではなく、自由な境地に遊び、いつわりたくらむ心を忘れるという白詩「渭上偶釣」（巻六0231）の世界を想起させよう。その作に「渭水如二鏡色一、中有二鯉与レ魴。偶持二一茎竹一、懸レ釣至二其傍一。微風吹二釣糸一、嫋嫋十尺長。誰知対レ魚坐、心在二無何郷一。昔有二白頭人一、亦釣二此渭陽一。釣レ人不レ釣レ魚、七十得二文王一。況我垂レ釣意、人魚又兼忘。無レ機両不レ得、但弄二秋水光一。興尽釣亦罷、帰来飲二我觴一」と詠じている。

暗思―ひそやかに（心に）思う。人知れず思う。白詩「伝戎人」（巻三0144）に「暗思幸有二残筋骨一、更恐年衰帰不レ得」、「潜別離」（巻一二0599）に「不レ得レ哭、潜別離、不レ得レ語、暗相思」などと見え、道真「立春」（巻四278）にも「誣告浪従二氷下一動、暗思花在二雪中一開」と用いられている。

浮遊―浮かびただよう様。気ままに遊びふるまう様。『荘子』外篇・在宥に「鴻蒙曰、浮遊不レ知レ所レ求、猖狂不レ知レ所レ往」とあり、戦国楚の屈原「離騒経」（文選巻三二）にも「欲二遠集一而無レ所レ止兮、聊浮遊以逍遙」と見え、王逸は「欲三遠集二他方一、又無レ所レ之。故且遊戯観望以忘レ憂」と注する。また『続日本紀』養老二年（七一八）一〇月一〇日条に「太政官告二僧綱一曰。……徳根有二性分一、業亦麁細。宜下随二性分一皆令上レ就レ学。凡諸僧徒勿レ使二浮遊一」と見えるのは本朝の先例。ここでは、時期を失うことなく、退位した上皇を、自由気ままに泳ぎまわる魚に託して表現しようとしているのであろう。

有意—思うところある様子。白詩「草レ詞畢遇二芍薬初開一……」（巻一九1274）に「有レ意留二連我一、無レ言怨二思誰一」、滋野貞主「奉レ和二関山月一」（経国集巻一〇26）に「嫦娥如有レ意、応レ照二妾沈瀾一」と見える。

移棹—棹《さお》を操り舟を動かす。白詩「十年三月三十日別二微之於澧上一……」（巻一七1107）に「黄牛渡北移二征棹一、白狗崖東巻二別筵一」、後の藤原敦光「見二行人一」（本朝無題詩巻二86）に「香騎分レ鑣梅嶺暁、花船移レ棹柳湖春」とある。

聞雁—来雁の声を耳にする。雁の声と櫓を漕ぐ音の縁（本書37「賦二秋雁櫓声来一序」の題注参照）も意識しているか。雁の訪れが時節の運行に従っていると述べ、時宜にかなった退位で閑居を楽しむ上皇の様子を表現していよう。

旅宿—旅先の宿。ここは雁が旅の途上に翼を休める処。白詩「棣華駅見下楊八題夢二兄弟一詩上」（巻一八1181）に「遥聞旅宿夢二兄弟一、応レ為三郵亭名二棣華一」と見え、道真「送春」（巻五391）にも「若使三韶光知二我意一、今宵旅宿在二詩家一」（和漢朗詠集巻上・三月尽54）とある。旅宿は本来人の泊るところであるが、道真は人ではない雁や春を擬人化して詠む。この手法は彼の表現の特徴の一つである。

随時—時に随い（第一冊3「清風戒レ寒賦」語釈参照）。白詩「答二四皓廟一」（巻二0105）に「随レ時有二顕晦一、秉レ道無二磷緇一」、中唐の元稹「競渡」（唐巻三九八）に「随レ時布二膏露一、称レ物施二厚恩一」とあり、道真「中途送レ春」（巻三188）にも「花為レ随レ時余色尽、鳥如レ知レ意晩啼頻」と見える。

嗟乎—ああ。詠嘆の語（第一冊22「書斎記」の「嗟嘑」語釈参照）。晋の陸機「豪士賦序」（文選巻四六）に「嗟乎、光二于四表一、徳莫レ富レ焉」、白居易「漢高皇帝親斬二白蛇一賦」（巻二1416）に「嗟乎、神化将レ窮、不レ能レ保二其命一」、道真「鴻臚贈答詩序」（第一冊51）にも「嗟乎、文人相軽」と用いられている。

重陽―九月九日（第一冊4「重陽細雨賦」の題注参照）。なお、この年（寛平九年）の重陽宴に道真は出席し、「九日侍レ宴観三群臣挿二茱萸一。応製」（巻六442）を賦している。

残菊―重陽を過ぎた菊花のこと（本書38「惜二残菊一序」題注参照）。なお、道真の「閑居楽二秋水一」の方では、「潭菊落レ粧残色薄」と視覚的に色変わりした菊花を詠む。

旧気―以前の香気（かおり）。残菊は香消えてしまいがちだが、ここでは「九日後朝」だけに、もとの香気を残しているというのである。道真「入レ夏満レ旬過二藤郎中亭一聊命二紙筆一」（巻一17）に「不レ畏今朝夏日長、偸言出二得旧芬芳一」とある類の例参照。なお、前記注のように、詩では視覚的にとらえていたが、詩序では嗅覚で表現し、変化させていることも注意される。

心期―心に願う。心に定める。白居易「薔薇正開春酒初熟……」（巻一七1055）に「明日早花応二更好一、心期同酔二卯時盃一」、道真「海上月夜」（巻一76）にも「語笑心期声閙レ浪、詩篇口号指書レ沙」と詠まれている。

百歳―人の長命の年数を言う。ここではそれを松に託している。「古詩十九首（其一五）」（文選巻二九）に「生年不レ満レ百、常懐二千歳憂一」（李善注に「孫卿子曰、人生無二百歳之寿一而有二千歳之信一……」）と詠われ、人の一生は百年に満たないものとされ、魏の曹植「贈二白馬王彪一」（文選巻二四）に「変故在二斯須一、百年誰能持」（李善注に「呂氏春秋曰、人之寿、久不レ過レ百」）、白居易「詠懐」（巻八0359）にも「人生百年内、疾速如レ過レ隙」と詠まれている。松の長寿と貞節（次の「老松」注参照）にあやからんとする意を込めて、ここでは用いたものであろう。

老松―松の老木。白居易「桐樹館重題」（巻八0343）に「惨澹病使君、蕭疎老松樹」、道真「秋」（巻三196）にも「老松窓下風涼処、疎竹籬頭月落時」と見える。松は「玉策記曰、千歳松如二偃蓋一」（初学記巻二八・松）李嶠『百二十詠』

「松」に「百尺条陰合、千歳（年）蓋影披。歳寒終不レ改、勁節幸二君知一」などと詠まれるように長寿や凌寒の性などが称美され、「茂岡に神さび立ちて栄えたる千代松の木の年の知らなく」（万葉集巻六990、紀鹿人「跡見茂岡之松樹歌」）「万代を松にぞ君を祝ひつる千歳のかげにすまむと思へば」（古今集巻七356、素性）などと和歌にも詠まれている。

新青―新緑の色を言う。杜甫「宿二白沙駅一」（唐巻二三三）に「駅辺沙旧白、湖外草新青」、中唐の劉禹錫「和三牛相公題二姑蘇所レ寄太湖石一兼寄二李蘇州一」（唐巻三六三）に「煙波含二宿潤一、苔蘇助二新青一」とある。ここは松の青々とした新鮮な色彩を言い、視覚的に詠んでいることになるが、道真は詩の方では「岸松告レ身暮声頻」と聴覚を主体に詠じている。

風月同天―風や月といった自然のたたずまいは、一天の下どこでも同じということ。長屋王は玄宗の時代に千の袈裟をつくり唐に贈ったと伝えられるが、その衣の縁には「山川異レ域、風月同レ天。寄二諸仏子一、共結二来縁一」と刺繍されていたと言う（唐大和上東征伝。唐巻七三二）。「風月」は風や月（といった自然のすばらしさ）。白詩「飲散夜帰贈二諸客一」（巻二〇1365）に「風月応レ堪レ惜、杯觴莫レ厭レ頻」とあり、道真「晩秋二十詠・柴扉」（巻二169）にも「応レ為二風月地一、足レ寄二薜蘿衣一」と見える。なお、この語については詠詩の内容により微妙なニュアンスの違いもあるようである。詳しくは、大曾根章介「「風月」攷――菅原道真を中心にして――」（『大曽根章介　日本漢文学論集』第一巻、汲古書院、一九九八年）、滝川幸司「「風月」考――宮廷詩宴との関わりにおいて――」（『天皇と文壇　平安前期の公的文学』和泉書院、二〇〇七年）参照。「同天」は一天の下のどこでも変わらないということで、ここでは秋の自然の風情はどこも同じであるということ。晩唐の李洞「送三雲卿上人游二安南一」（唐巻七二一）に「島嶼分二諸国一、星河共二一天一」とある類の表現に同じ。

閑忙異地―閑暇《ひま》と多忙は、置かれる立場や境遇により変わるということ。「閑忙」は白居易の詩題（巻五八2845）にもなっており、「閑忙倶過レ日、忙校不レ如レ閑」と詠まれている。

伏奏―平伏して奏上する。朝衡（阿倍仲麻呂）「銜レ命使二本国一」（文苑英華巻二九六）に「伏奏違二金闕一、騑驂去二玉津一」とある。

青瑣―青瑣門のことで、天子の宮門を指す。梁の范雲「古意贈二王中書一」（文選巻二六）に「摂二官青瑣闥一、遥望二鳳皇池一」とあり、李善注に「梁書曰、雲為二通直散騎侍郎一。……漢旧儀曰、黄門郎暮入対二青瑣門一拝」と見える。本朝の例には、後のものだが、『侍中群要』第三・出陣事に「官人来二殿上前一……自二殿上階下一、与二官人一共レ歩、分二於左青璅門下一、待レ召」とある（璅は瑣の異体字）。なお、『芸文類聚』巻四八・黄門侍郎に「漢旧儀曰、黄門郎、日暮入対二青瑣門一。名曰二夕郎一」とあるが、『白氏六帖』巻二一・給事中には「夕郎〈漢官儀、暮入対二青瑣門一拝。名曰二夕郎一〉」と見え、白詩「酬二厳給事一」（巻五五2581）は「不レ縁二啼鳥春饒舌一、青瑣仙郎可レ得レ知」と詠む。「給事」は天子側近の官であり、それを「青瑣仙郎」と呼んでいる。そして、それは「夕郎」とも称されていたことになるが、本朝では「夕郎」は蔵人の唐名（拾芥抄）に当てられている。ここでいう、「青瑣」に「伏奏」する職とは、道真が寛平三年（八九一）三月に蔵人頭となって、宇多帝に一層近侍奉仕することになったことと関わるであろう（柿村重松『本朝文粋註釈』）。

緑蘿―みどりのカズラ。「松蘿」とも。それが茂る地には、仙人や俗外に隠遁する者がいることが暗示され、ここでは宇多の退位後の閑居生活を言う。晋の郭璞「遊仙詩七首（其三）」（文選巻二一）に「緑蘿結二高林一、蒙籠蓋二一山一。中有二冥寂士一、静嘯撫二清絃一」とある。

彼一時也、此一時也―昔と今と、時の事情は同じではないということ、時代が異なれば事情もかわるということ。『孟子』公孫丑章句下に「前日虞聞二諸夫子一。曰、君子不レ怨レ天、不レ尤レ人。曰、彼一時（也）、此一時也」（論衡巻一〇・刺孟篇にも所引）、『史記』巻一二六・滑稽伝・東方朔に「是固非三子所二能備一也。彼一時也、此一時也。豈可レ同哉」（文選巻四五「答二客難一」にも見える）などと見える。

形骸之外―肉体を越えた（それを意識しない）心の世界。『荘子』内篇・徳充符に「吾与二夫子一遊十九年矣。而未三嘗知二吾兀者一也。今子与レ我遊二形骸之内一、而子索二我於形骸之外一、不二亦過一乎」とあるによる。晋の王羲之「蘭亭集序」（晋書巻八〇・王羲之列伝）に「因二寄所一レ託、放二浪形骸之外一」、白詩「和答詩十首序」（巻二0100）に「得二馬上話一レ別。語不レ過下相勉保二方寸一、外中形骸上而已」、道真「山屋晩眺」（巻六465）にも「海水三翻花百種、形骸外事惣忘レ言」と見えている。なお、「形骸」（体。肉体）の語はよく用いられる語で、白詩でも多用されている語彙の一つ。

言語道断―言葉ではとても表現できないこと、その様子。『大智度論』巻二一・初品中縁起に「一切諸法……心行処滅、言語道断」、『維摩経義疏』巻中・阿閦仏品に「不レ来不レ去、不レ出不レ入、一切言語道断」、『法華義疏』巻一・方便品にも「止舎利弗、不レ須二復説一。……心行滅処、言語道断」と見えている。『荘子』雑篇・外物に云う「言者所二以在一レ意。得レ意而忘レ言」ということにも通ずるところあるか。白詩「舟中李山人訪宿」（巻八0377）に「得レ意言語断、入レ玄滋味深」ともある。

任放―何にしばられることもなく、心のままにふるまうこと。『世説新語』徳行に「王平子、胡毋彦国諸人、皆以二任放一為レ達」とある。

紙墨―紙と墨。白居易「裴侍中晋公以二集賢亭即事詩二十六韻一見レ贈……」（巻六二2987）に「乞二公残紙墨一、一二掃狂歌詞一」、空海「答三叡山澄法師求二理趣釈経一書」（性霊集巻一〇107）に「若二紙墨和合生文字一、彼処亦有」と見える。

【通釈】

九日翌日、朱雀院に近侍して「閑居にて秋水を楽しむ」ということを賦す。太上天皇の命にお応えする。その序。もの静かな住居《すまい》は誰のものか（というと、それは）紫宸殿のもともとの御主人（宇多上皇様）でございます。（そして、）秋の池水をどこで見るか（ということでしたら、それはこの）朱雀院の新しい邸宅でございましょう。智者でなければ池水を楽しむことはない（と申しますが）、それ故にわが上皇様が御退位され（閑居にて秋水を楽しまれるのを）お慶（よろこ）び申し上げ、また（退位されて上皇様は）深奥な話を喜ばれますので、こうして上皇様の無心の境地に遊ばれる機会に私もめぐり合うことになったのでございます。

拝見致しておりますと、（この地の）月の光明るい池水のほとりには、秋の物淋しさが感じられまして、あの唐土の鏡湖の水を分けて、垣根のもとにめぐらせたかという風情でございます。また、（水際の）砂浜はきらきら輝いて、まるであの呉の松江の地を縮めて、（この地の）階《きざはし》の前に移したかと思われる趣でございます。ましで、釣り糸を垂れる人が魚を得ず、自由に泳ぎまわる魚に心あることを人知れず感じ、また、舟の棹を操る人は雁の声を聞くだけで、時節を違えることなく雁が遥かな旅路をへて来たのに遙かに感じ入るということになりますと、一層（閑居にて秋水を楽しむ境地は）すばらしいものとなるのでございます。

ああ、重陽も過ぎてしまいましたが、残菊はなお以前にかわらぬ香気を漂わせ、心中百歳（の長寿）を願って、（この庭の）老いた松もいよいよ青さを新たにするよう目に映じるのでございます。

（宮中でもそれ以外でも）自然の趣は天下の地のどこも同じはずでございますが、閑暇と多忙は、立場・境遇により異なるものでございます。私は昔、宮中にお仕え（して蔵人頭として近侍）する職にございましたが、今日は（こうして）御退位後の御遊に付き従う身でございます。あの時はあの時で、また、今は今で、こうしてお仕え申し上げるのを嬉しく思うのでございます。

（それに致しましても）心の世界のことは言葉ではとても表現し尽くせないものがございます。心のままに振舞われますうちにも紙や墨がお手元にあるのでございますね。述べますこと以上でございます。謹しんで序文といたします。

（本間洋一）

45 三月三日 惜残春 各分一字 応太上皇製 序 已上三首附第六巻

三月三日 残春を惜しむ 各おの一字を分かつ 太上皇の製に応ふ 序〈已上三首、第六巻に附す〉

【解説】

本序は『文草』巻六456に七言絶句と共に収められる。ただし表題に違いがある。「三月三日」の後に「侍二朱雀院柏梁殿一」の七字があり、「応製」の後に双行注「探得二浮字一、幷レ序。以下十三首、右丞相作」があり、右大臣としての作。また底本にはその後に「扶三」とある。『扶桑集』巻三に入集していたとの注記である（散佚）。昌泰二年（八九九）の作。『日本紀略』同三月三日条に「太上皇賜二宴於朱雀院柏梁殿一。令レ賦下惜二残春一之詩上。右大臣作レ序」とある。

道真の詩は次のとおりである。

惜春何到曲江頭　春を惜しみて何ぞ到らむ曲江の頭《ほとり》
遥憶羽觴浪上浮　遥かに憶《おも》ふ羽觴の浪の上に浮かべるを
花已凋零鴬又老　花は已に凋零して鴬も又老ゆ
風光不肯為人留　風光は肯《あ》へて人の為に留まらず

【題注】

三月三日―中国に起源を持つ上巳。本書36「三月三日同賦二花時天似レ酔序」に既出。その注参照。なお、大同三年

（八〇八）に停廃されたこの宴が宇多朝寛平期に復活され、度々催されたことについては北山円正「寛平期の三月三日の宴」（『平安朝の歳時と文字』和泉書院、二〇一八年）、またそれが節会ではなく天皇が主宰する私的な宴であることについては滝川幸司『天皇と文壇　平安前期の公的文学』（和泉書院、二〇〇七年）第二編第四章「曲水宴」参照。

惜残春―「残春」は盛りを過ぎた春。詩の第三句に「花已凋零鶯又老」とある。唐詩に多く見え、中唐の李嘉祐「送㆓侍御史四叔帰朝㆒」（唐巻二〇六）の「淮南頻送別、臨㆑水惜㆓残春㆒」はその一例。白居易もこの語を愛用し一四例があり、うち六例は「送㆓残春㆒」と用いるが、「惜㆓残春㆒」の例はない。我が国では島田忠臣の詩題に「残春宴集」（田氏家集巻中70）とあり、道真は「春日仮景、尋㆓訪故人㆒」（巻二32）に「一席将㆑迎能幾人、因㆑君記得惜㆓残春㆒」、「春日独遊三首（其二）」（巻四247）に「放㆑衙一日惜㆓残春㆒、水畔花前独立身」と用いている。

各分一字―詩宴に会した文人がそれぞれ韻字として一字を選び取る。本書38「惜㆓残菊㆒各分㆓一字㆒応製序」に既出。その注参照。【解説】所引巻六の詩題注記にいうように道真は「浮」（平声尤韻）を韻字とした。

太上皇―宇多上皇。本書44「侍㆓朱雀院㆒同賦㆔閑居楽㆓秋水㆒序」に「応㆓太上皇製㆒序」として既出。

已上三首附第六巻―43からこの45までの三首の詩序の本文は第六巻に収めたということ。

三月三日、宴于池上。蓋思古之曲水也。

構柏梁以撥蘭亭、問華林而栽拱木。

皆是好閑放楽無為、詠風月重時節之所致之義也。

三月三日、池上に宴す。蓋《けだ》し古《いにしえ》の曲水を思ふなり。

柏梁を構へて以て蘭亭を撥《ひら》き、華林を問ひて拱木《きようぼく》を栽う。

皆是れ閑放を好みて無為を楽しみ、風月を詠じて時節を重んずることの致す所の義なり。

請各分一字、将惜残春。
云爾。謹序。

請ふらくは各おの一字を分かちて、将《まさ》に残春を惜しまむ
とすることを。
云ふこと爾《しか》り。謹みて序す。

【語釈】

池上―池のほとり。白居易詩に頻出の語。詩題「池上小宴、問二程秀才一」（巻五八2841）はその一例。

曲水―曲水の宴。本書36「三月三日同賦二花時天似レ酔序」に「曲水雖レ遥、遺塵雖レ絶、……思二魏文一以翫二風流一」とある。その「曲水遥」、「魏文」の注参照。

柏梁―柏梁殿。朱雀院（本書44「侍二朱雀院一同賦三閑居楽二秋水一序」に既出）内の殿舎。【解説】所引の『日本紀略』昌泰二年三月三日条の記事が初見。以後、朱雀・村上朝の史料に見える。柏梁の名は漢の武帝が元鼎二年（紀元前一一五年）に築いた柏梁台にもとづく。『漢書』巻六・武帝紀・元鼎二年条に「春、起二柏梁台一」とある。白居易「渭村退居、寄二礼部崔侍郎・翰林銭舎人一詩」（巻一五0807）に「暁従二朝興慶一、春陪二宴柏梁一」とある。『河海抄』巻九・少女所引の『九暦』佚文に「柏梁殿在二朱雀院艮角一。東宮故事云、後宮有二素栢局床一也云々。此故歟。栢殿為二後宮（藤原穏子）御在所一之由、見二九条右丞相記一」とある。柏梁殿は朱雀院の北東の角にあったこと、床が柏の材で張られていたこと、また醍醐天皇の皇后で、朱雀・村上両天皇の母である藤原穏子（八八五～九五四）の居所とされていたことが知られる。村上朝では天慶九年（九四六）九月一七日には朱雀上皇、穏子が「栢殿」に遊覧（貞信公記）、翌一〇年には正月四日、三月九日に天皇が柏殿に朝覲行幸を行っている（同）。また三月一七日には穏子が御八講を行っているが、この時の大江維時の願文（本朝文粋巻一三406）に「其所レ修者、朱雀院之中、柏梁殿之

上」とある。『日本紀略』康保二年（九六五）一〇月二三日条に柏梁殿で村上天皇が主宰する詩宴及び擬文章生試が行われたことが記されるのが所見の最後。

撥—おこす。白居易「題㆓盧秘書夏日新栽竹㆒二十韻」（巻一五0809）に「撐《とう》㆓撥《はつ》詩人興㆒、勾㆓牽酒客歓㆒」の例がある。「撐撥」はかき立てるの意。

蘭亭—晋の永和九年（三五三）三月三日、王羲之が人々と会してみそぎを行い、詩会を催した所。浙江省紹興市の西南。『初学記』巻四・三月三日に引く「晋王羲之三月三日蘭亭序」に「永和九年、歳在㆓癸丑㆒。暮春之初、会㆓于会稽山陰之蘭亭㆒。修㆓禊事㆒也」とある。白居易「遊㆓平泉㆒宴㆓浥澗㆒。宿㆓香山石楼㆒贈㆓座客㆒」（巻一九3515）に「逸少集㆓蘭亭㆒、季倫宴㆓金谷㆒」とあり、道真は「三月三日侍㆓於雅院㆒、賜㆓侍臣曲水之飲㆒」（巻四324）に「近臨㆓桂殿㆒廻流水、遥想㆓蘭亭㆒晩景春」と詠む。

華林—華林園。三国魏の時代、洛陽に造られた宮苑。『三国志』巻二・魏書文帝紀・黄初四年九月条に引く注に「魏書曰、……是冬甘露降㆓芳林園㆒。臣松之案、芳林園即今華林園。斉王芳即位、改為㆓華林㆒」とある。『初学記』巻四・三月三日条の事対「金堤」の注に「陸翽鄴中記、華林園中千金堤、作㆓両銅龍㆒、相向吐㆑水、以注㆓天泉池㆒、通㆓御溝中㆒。三月三日、石季龍及皇后百官臨㆑池会」とあり、また同事対に「華林　疎圃」があり、「荀勗三月三日従㆓華林園㆒詩」を引く。「梁簡文帝三日曲水詩序」（初学記巻四）に「晋集㆓華林㆒、同㆓文軌㆒而高宴」とある。

拱木—大木。「拱」は両手で一抱えの大きさ。晋の左思「魏都賦」（文選巻六）に曹操による都、鄴の造営についての叙述の中に「傍㆓拱木於林衡㆒、授㆓全模於梓匠㆒」とある。

閑放—のんびりと気ままに過ごすこと。白居易は「詠㆑意」（巻七0298）に潯陽（江西省九江市）での生活を次のように詠む。「此外即閑放、時尋㆓山水幽㆒。春遊㆓慧遠寺㆒、秋上㆓庾公楼㆒。或吟㆓詩一章㆒、或飲㆓茶一甌㆒。身心一無㆑繫、浩々如㆓虚舟㆒」。第一冊48「洞中小集序」に「詠㆓竹樹㆒、賦㆓魚鳥㆒、楽㆓山水㆒、重㆓離別㆒之類、与㆓世人㆒異㆑情、与㆓閑放一同レ趣者、撰以載レ之」とある。その注参照。

無為―天下太平であること。『論語』衛霊公の「子曰、無為而治者、其舜与」にもとづき、聖王の治世は人為的なことを何もしなくても天下が自ら治まるとされる。白居易「地上閑吟」（巻六四3113）に「幸逢二堯舜無為日一、得レ作二羲皇向上人一」とあり、道真は「重陽侍レ宴同賦三秋日懸二清光、応レ製」（巻五428）に「天下無為日自清、今朝幸遇二再陽弁一」と詠む。また第一冊2「未レ旦求レ衣賦」に「無為無事」、本書43「扈三従行二幸雲林院一不レ勝二感歎一聊叙レ所レ観序」に「為二無為一事二無事一」とある。それぞれの注参照。

風月―詩興を喚起する自然をこの二物に代表させていう。白居易「閑吟」（巻一六1004）に「唯有二詩魔降未レ得、毎レ逢二風月一一閑吟」、道真「献二家集一状」（674）に「雖レ有二花鳥風月一、蓋慚二言レ詩日一焉」とある。

【通釈】

三月三日、盛りを過ぎた春を惜しむ。各自一字を韻字として選び取る。太上天皇の命にお応えする。その序

〈以上三首の序は第六巻に詩に付して収めた〉

三月三日、池のほとりで宴会を催します。すなわち昔の曲水を想い起こしてのことでございます。柏梁殿を造って、かの蘭亭の風流を興し、華林園の趣きを尋ねて大木が栽えられております。これらは皆自由気ままを好んで天下太平を楽しみ、自然を詩に詠じて時節を大切にすることがもたらすことを意味するのでございます。

どうかそれぞれに一字を韻字として分かち取って、過ぎ行く春を惜しみましょう。以上のとおりです。謹んで序を記します。

（後藤昭雄）

46 未[1]旦求衣賦幷霜菊詩 応製 序 附第七巻

未だ旦《あ》けざるに衣を求むる賦幷びに霜菊の詩 製に応ふ 序〈第七巻に附す〉

【校異】

1未―底本「昧」、寛により改む。

【解説】

本序は右の表題の後に「附二第七巻一」と注記するとおり巻七に収められている。異例であるが、本序は「未レ旦求レ衣賦」と「霜菊詩」両首の序を兼ねているのであり、序本文は賦とともに巻七にある。寛平二年（八九〇）閏九月一二日の作。第一冊に2「未レ旦求レ衣賦」の序として注釈を加えている。

詩は巻四332にあり、次のとおりである。

霜菊詩 同日序幷未旦求衣賦在別巻　　霜菊の詩 同日の序幷びに未だ旦けざるに衣を求むる賦は別巻に在り

粛気凝菊壝　　粛気菊壝《きくき》に凝《こ》り
烈朶帯寒霜　　烈朶《れつだ》寒霜を帯ぶ
結取三危色　　結び取る三危の色
韜将五美香　　韜《つつ》み将《も》つ五美の香
逼簾金砕錬　　簾に逼《せま》りて金は錬を砕き
依砌麝穿嚢　　砌《みぎり》に依りて麝《じゃ》は嚢《ふくろ》を穿《うが》つ

時報豊山警　時は豊山の警《いまし》めを報じ
風伝麗水芳　風は麗水の芳しきを伝ふ
似星籠薄霧　星の薄霧に籠《こ》められたるが似《ごと》く
同粉映残粧　粉《おしろい》の残粧に映れるに同じ
戴白知貞節　白きを戴きて貞節を知る
深秋不畏涼　深き秋に涼を畏《おそ》れず

已上二十二序各列㆓本詩篇首㆒、不㆑載㆓此巻㆒。

已上二十二の序は各おの本の詩篇の首《はじめ》に列ね、此の巻には載せず。

【通釈】
夜の明けないうちから衣服を捜し求める賦並びに霜の置いた菊の詩。太上天皇の命にお応えする。その序〈第七巻に収める〉
以上二十二首の序はそれぞれ本の詩の最初に置き、この第七巻には収載しない。

【解説】

道真が『文草』を編纂するに当たって付した注記である。巻七には序の表題のみが記され、本文は各詩篇の前に付して、巻一～巻六に置かれている。本書の25～46の各篇の解説に記述したとおりである。

この方法は『白氏文集』に倣うものである。巻二八は巻首に「書・序　凡五首」とあり、書と序を収録する巻であるが、序についてはその本文を載せるのは「茘枝図序」だけで、他の序はない。そうして、「和答元九詩序、新楽府詩序、効陶潜体詩序」等、一〇首の詩序の表題を挙げ、次のようにいう。

已上序、各列二本詩篇首一、不レ載二此巻一。

これは前引の本集の一文とほとんど同じである。また序の本文も同じように、たとえば「和答元九詩序」は巻二に0100「和答詩十首幷序」として序を冠した作品の置かれた巻にある。すなわち道真は白居易の方法にきわめて忠実に倣っている。

なお、都良香（八三四～八七九）の詩文集『都氏文集』も同じ方法を取る。巻三の目録に「序〈各付二本詩一〉」とあり、序の本文は収録されていない。これは「序〈各おの本詩に付す〉」で、序は当該の詩に付して詩を収めた巻に置いたということである。『都氏文集』の散佚した巻一・二に詩に冠して収録されていたはずである。

（後藤昭雄）

あとがき

既刊の文章篇第一冊「巻七上」に続き、ここに第二冊「巻七下」をお届けする。本書には「序」（25―46）二二篇を収める。既に第一冊「解説」（執筆後藤昭雄）に記されているように、ここに云う「序」とは『本朝文粋』で云うところの「詩序」に当たる。また、これらの詩序は、原本の『菅家文草』巻七では、ただ題辞を記すのみで、その本文は漢詩と共にそれぞれ当該の巻に置かれている。それが『白氏文集』に倣った方法であることも先の「解説」に指摘されている通りであるが、本書では文章篇と題するに際し、敢て詩序を巻七に戻し、注釈の対象とすることとした。

第一冊刊行より四年半の歳月を経てしまったが、本書もその間参加者一同で、議論を繰返しながら成稿してきたものである。ここに改めて諸賢の御批正を賜ることができれば幸いである。

なお、第二冊の本書より、「文草の会」に新たに仁木夏実が加わった。共に切磋琢磨につとめ、前途遼遠たる営みを続けてゆきたく思う。

二〇一九年春

本間洋一

平安時代における変体漢文の研究

未だ総体を捉える基盤研究のなされていなかった変体漢文の特性と言語的特徴を同時代の諸文体との対照から浮き彫りにし、日本語史のなかに定位する。

田中草大 著・本体八〇〇〇円（＋税）

本朝文粋抄 第一期全五巻

日本漢文の粋を集め、平安期の時代思潮や美意識を知る上でも貴重な史料『本朝文粋』。各詩文の書かれた背景や、文体・文書の形式まで克明に解説。現代語訳も併記。

後藤昭雄 著・本体各二八〇〇円（＋税）

日本古代交流史入門

一世紀～七世紀の古代国家形成の時期から、十一世紀の中世への転換期までを対象に、さまざまな主体の織りなす関係史の視点から当時の人びとの営みを描き出す。

鈴木靖民・金子修一・田中史生・李成市 編
本体三八〇〇円（＋税）

石井正敏著作集 全四巻

日本そして東アジアの対外関係史を精緻かつダイナミックに描きだした石井正敏。その歴史を見通す視点、それを支える史料との対話のあり方を伝える珠玉の論文を集成。

石井正敏 著／荒野泰典・川越泰博・鈴木靖民・村井章介 編集主幹・各巻本体一〇〇〇〇円（＋税）

日本「文」学史第一冊
「文」の環境——「文学」以前

日本の知と文化の歴史の総体を、思考や社会形成と常に関わってきた「文」を柱として捉え返し、過去から現在、そして未来への展開を提示する。

河野貴美子・Wiebke DENECKE
新川登亀男・陣野英則 編・本体三八〇〇円（＋税）

日本「文」学史第二冊
「文」と人びと——継承と断絶

「発信者」「メッセージ」「受信者」「メディア」の相関図を基とした四つの観点より「人びと」と「文」との関係を明らかにすることで、新たな日本文学史を描き出す。

河野貴美子・Wiebke DENECKE・新川登亀男
陣野英則・谷口眞子・宗像和重 編・本体三八〇〇円（＋税）

日本「文」学史第三冊
「文」から「文学」へ
——東アジアの文学を見直す

西洋の概念や学問と出会い、「近代化」に向かった「文」から「文学」への移行を、東アジア全体の問題として位置づけ、現在に至る「文学」の意味を問い直す。

河野貴美子・Wiebke DENECKE
新川登亀男・陣野英則 編・本体三八〇〇円（＋税）

日本における「文」と「ブンガク（bungaku）」

「文」とは何か——。近代以降隠蔽されてしまった伝統的な「文」の概念の文化的意味と意義を再び発掘し、現代に続く「文」の意味と意義を捉え直す論考十八編を収載。

河野貴美子／Wiebke DENECKE 編・本体二五〇〇円（＋税）

句題詩論考
王朝漢詩とは何ぞや

これまでその実態が詳らかには知られてこなかった句題詩の詠法を実証的に明らかにし、日本独自の文化が育んだ「知」の世界の広がりを提示する画期的論考。

佐藤道生 著・本体九五〇〇円（＋税）

三河鳳来寺旧蔵　暦応二年書写
和漢朗詠集　影印と研究

古代・中世日本の「知」の様相を伝える貴重本を全編原色で初公開。詳密な訓点・注記・紙背書入を忠実に再現した翻刻、研究の到達点を示す解題・論考を附した。

佐藤道生 著・本体三〇〇〇〇円（＋税）

中国故事受容論考
古代中世日本における継承と展開

日本人はどのように先例としての中国文化を理解し、独自の文化のなかに咀嚼していったのか——異文化受容の過程で変容する「故事」の機能の多様性を明らかにする。

山田尚子 著・本体一一〇〇〇円（＋税）

重層と連関
続 中国故事受容論考

平安期を中心に、公文書や詩歌、物語や学問注釈の諸相を精緻に読み解くことで、日本文化における思考の枠組みを明らかにする。

山田尚子 著・本体六五〇〇円（＋税）

文草の会

北山円正（きたやま・みつまさ）
神戸女子大学教授

後藤昭雄（ごとう・あきお）
大阪大学名誉教授

滝川幸司（たきがわ・こうじ）
京都女子大学教授

仁木夏実（にき・なつみ）
明石工業高等専門学校准教授

本間洋一（ほんま・よういち）
同志社女子大学名誉教授

三木雅博（みき・まさひろ）
梅花女子大学教授

菅《かん》家《け》文《ぶん》草《そう》注《ちゅう》釈《しゃく》　文《ぶん》章《しょう》篇《へん》　第《だい》二《に》冊《さつ》
（巻七下）

著者　文草の会
発行者　池嶋洋次
発行所　勉誠出版㈱
〒101-0051　東京都千代田区神田神保町三—一〇—二
電話　〇三—五二一五—九〇二一㈹

二〇一九年五月三十日　初版発行

印刷
製本　太平印刷社

ISBN978-4-585-29582-2　C3095

索　引

注語索引

語釈に取り上げた語彙を音によって排列した。但し、文意を説明したものは取り上げない。人名については別に索引を設けた。利用の便を考慮して、語釈の頁数と作品番号を併記した。(　) 内が作品番号。

オ

カ

キ

ス

セ

フ

ヘ

ホ

マ

人名索引

本文に登場する人物を取り上げた。本文の頁数と作品番号を併記した。

ア行

カ行

サ行

タ行

ハ行

ラ行